梦中应识归来路

王玮康　孙良好 ◎ 主编

团结出版社

图书在版编目（CIP）数据

梦中应识归来路／王玮康，孙良好主编. -- 北京：
团结出版社，2023.9
ISBN 978-7-5234-0287-0

Ⅰ．①梦… Ⅱ．①王… ②孙… Ⅲ．①琦君–文学研究
Ⅳ．①I206.7

中国国家版本馆 CIP 数据核字（2023）第 133166 号

出　　　版：团结出版社
　　　　　　（北京市东城区东皇城根南街 84 号　邮编：100006）
电　　　话：（010）65228880　65244790
网　　　址：www.tjpress.com
E － mail：65244790@163.com
出版策划：力扬文化
经　　　销：全国新华书店
印　　　刷：四川科德彩色数码科技有限公司

开　　　本：170mm×240mm　　1/16
印　　　张：19.25
字　　　数：282 千字
版　　　次：2023 年 9 月第 1 版
印　　　次：2023 年 9 月第 1 次印刷

书　　　号：ISBN 978-7-5234-0287-0
定　　　价：72.00 元

序

　　琦君先生已经离开我们 16 年了，但她留下的文学作品却一直陪伴着我们，她倡导的文学精神并没有随着时光流逝而湮没在喧嚣的红尘中。当代社会，人们的价值观趋向多元，功利主义盛行，人心浮躁，"快餐"文化日益成为大众的喜好。此时此刻，我们再来拜读先生的文字，进入她所创造的温柔敦厚、人性善美的世界，犹如清风拂面、月色溶溶。她作品里所蕴含的人文价值和美学品格，越发值得人们研究探索和借鉴学习。

　　温州市瓯海区是琦君先生的故乡，这里山清水秀，文脉悠长，民风淳朴，是瓯越文化的主要发源地。泽雅的庙后村是先生的出生地，这里茂林修竹，流水潺潺，位于温州市区的最高峰奇云山的怀抱里。泽雅因为家家户户利用水多竹茂的优势，以竹为原料制造纸张，绵延千年而不衰，鼎盛时期漫山遍野都是纸，故又被称为"纸山"。保存至今的屏纸制作技艺与作坊，被誉为"中国造纸术的活化石"。泽雅向东，翻过天长岭，就是瞿溪，这里就是先生笔下的"故乡"，童年生活的地方，她的"怀乡"散文，就是从这里源源不断出发，流淌成一条欢愉而慈悲的河流。瞿溪是千年古镇，"纸山"出产的屏纸在这里集散，流向各地。瓯海人民的母亲河"温瑞塘河"的源头也在瞿溪的泉东川。纸山和塘河是故乡人民赖以生存的空间，生于斯、劳作于斯、老于斯，构成了琦君先生生命成长空间最初的背景，塑造了她一生的审美倾向，也积蓄了她源源不断的创作动能。

　　翻开先生的人生旅图，她在故乡温州总共生活了 16 个年头，其中童年 12 年，青年陆陆续续 4 年。1949 年赴台后，从此山高水远，天各一方，回乡之路是那么漫长。直到 2001 年 10 月 17 日，在时隔半个多世纪后，在先生 85 岁高龄之际，才踏上故乡温州的土地，参加了"琦君文学馆"的开馆典礼。故乡人民以最高礼遇，接待了这位远方归来的游子，抚慰了她半个世纪的思乡之情。中国文学评论家夏志清评价琦君的写作，认为琦君终其一生都在写一本"巨大的回忆录"。琦君先生的作品诠释了这么一个道理：一个人无论走多远，都走不出自己的家乡；一个人无论在外面的世界开辟了怎样的疆土，都是为了最后回到自己的内心。

　　先生临终前，还在病榻上喃喃自语："我要回故乡温州。"琦君的"乡愁"也化为家乡人民的深情厚谊，家乡用实际行动完成了先生落叶归根的心愿。这几年，瓯海致力于琦君文化的宣传推广，"琦君文学馆""琦君纪念馆""琦君散文奖""琦君研究高峰论坛""琦君文化讲堂""琦君文化节""桂花雨读书会"……一个个平台在家乡落地生根，掀起了一波又一波的"琦君热"。

　　"留予他年说梦痕，一花一木耐温存。"在这丹桂飘香的深秋季节，第二届琦君研究高峰论坛的学术论文即将汇编出版，这是论坛结出的硕果，也是家乡人民对琦君先生最深的怀念。

王玮康

2022 年 10 月

目　录

第二届琦君研究高峰论坛综述

孙良好　杨舒惠

（温州大学）

琦君是中国当代文学尤其是台湾当代文学的代表人物之一，她在散文、小说、儿童文学，以及诗词创作与研究上均有很高造诣，深受世界各地读者的欢迎，被誉为"台湾文坛上闪亮的恒星"。鉴于其文学成就和影响，半个多世纪以来，海峡两岸的相关研究从最初的印象式批评渐次走向系统的学术探讨。

近年来，琦君的故乡温州市瓯海区致力于打造琦君文化品牌，在精心修整琦君文学馆和纪念馆之外，琦君散文奖和琦君文化讲堂的影响力也日益扩大。为了切实提升琦君研究水平，温州大学人文学院和瓯海区社科联于 2018 年联合打造了一个海峡两岸互动的高端对话平台，并举办了首届高峰论坛，会后出版了由瓯海区社科联主席王玮康主编的《琦君：2018 在瓯海》（文汇出版社 2020 年 6 月），把瓯海在 2018 年打造琦君文化品牌所做的工作进行了全方位的回眸和总结。

今年举办的第二届高峰论坛由中共温州市瓯海区委、瓯海区人民政府主办，瓯海区委宣传部、瓯海区社科联、瓯海区文联、温州大学人文学院、《世界华文文学论坛》杂志社、中共温州市瓯海区委台湾工作办公室等单位联合承办，《华文文学》杂志社、温州市文艺评论家协会协办。因为疫情原因，本届论坛于 5 月 21 日以线上线下相结合的方式举办。与 2018 年深秋举办的首届论坛相比，本届论坛不仅参会专家人数翻倍，而且包含了各年龄段的海峡两岸及日本、韩国的学者。专家学者及硕博士研究生们在论坛举办期间共同细读、品鉴琦君作品,分享了关于琦君文学与文化的研究与思考。现将各位论者的观点进行分类整理,以期多层面呈现琦君的文学世界,展示学界研究的最新动态。

一、研究现状及展望

台湾"中央大学"的李瑞腾教授是资深的琦君研究专家,也是台湾琦君研究最有力的推手,他和他的研究生潘殷琪在《琦君身后有关她在台湾的出版、评论和研究》一文中指出,全台各地及"中央大学"琦君研究中心举办的各种有关琦君的活动不曾间断,研讨会、讲座、展览、文学月等各方面无不涉及;目前以琦君及其作品为研究对象的学位论文共44篇,单篇论文以身后来看也有将近60篇,文章入选国高中教科书及考题的数量亦足见其在教育上之价值及影响力;实体书、电子书及其他形式之再版及重编共计46本,出版商愿意持续经营琦君作品则说明当下琦君的读者不在少数。种种现象表明,琦君虽辞世多年,她的人和作品都还有较高热度,不同世代的读者也以各自的方式研究她、诠释她、怀念她,借此使其人及其作品一代一代地流传下去。与上文相呼应的是福建师范大学袁勇麟教授和他的博士研究生翁丽嘉的《文学研究·文化研究·跨学科研究——琦君研究的趋势与突破》,该文认为,台湾的琦君研究作为一门显学,已建构起较为全面、完善的研究体系,相关的研究生学位论文却仍旧频出,侧面体现出琦君在台湾文学史上的重要性及其作品具有超越性的普世价值;在把握社会文化思潮发展动态的基础上,作者对1996~2021年间40余篇台湾研究生学位论文进行文献分析,总结琦君研究的趋势走向与局限,重新审视并挖掘琦君及其作品的独特性,为未来的琦君研究寻求突破提供借鉴。来自江苏师范大学的方忠教授则以《琦君研究的可能性》为题,强调了与台湾文学的整体研究状况相类似相对应,琦君的研究仍有不少需要拓展的空间。其中,包括琦君和同时代作家关系的研究,琦君和中国古代文学及传统文化关系的研究,琦君和西方文学的关系,五四文学传统对琦君创作的影响,琦君作品中的地域文化书写,琦君在台湾文学史上的地位,以及她对华文文学发展的意义，等等。这些研究空间无论对于琦君的研究还是台湾文学的研究都有重要的意义。

二、思想内涵及文学观念

江苏社科院文学研究所李良研究员的《一条欢愉而慈悲的河流》以诗性的表达，从"清澈的爱""悲悯的心""无限的美"3个角度分析了成长背景对琦君文学生成的影响，并在经典化层面提出琦君作为瓯江土地上成长起来的作家的符号化意义。温州大学彭小燕教授的《临渊，深照——"琦君之爱"的生命心路》以存在主义的研究方法关注琦君文学创作中的哲学层面，对琦君身处个体生命极端低谷时生存哲学的生成进行了考察，认为"琦君之爱"是古今中外的合力生成的结果。盐城师范学院李伟副教授的《琦君中华文化哲思性认同之探微》则重点关注琦君如何通过文学写作为成了"大病室"的台湾社会开出哲思性治病"良方"，即重构病态社会个体人的中华传统文化范型；琦君的哲思性在于把文化、人、社会、民族等看成是一个有生命的整体，又是生命链上不可缺失的一部分，一病皆病，一康皆康；琦君认为，必须重构中华传统文化范型，建立传统文化架构的社会秩序，以传统文化塑造异化人的人格和复兴民族身份。

阜阳师范大学金星博士在《民国家庭佛教生活与现代作家文学观念的建构——以温籍作家琦君的文学创作为例》一文中深入探讨了民国家庭佛教生活与温籍作家琦君的关系，认为琦君文学创作从佛教起步逐步建构起自己的文学观念。上海交通大学博士研究生郭佳乐的《从新见琦君集外诗文五篇谈琦君研究的"文献学"模式》引入中国现代文学文献学的相关理论，结合琦君研究的现状和既有文献史料，考察其早期文学创作及活动的发展脉络，梳理琦君赴台前后文学思想的承继关系，并进而探索与琦君同期自大陆赴台重要作家研究的"文献学"模式。温州大学硕士研究生柴舒莹的《琦君散文中的"凡人"思想》则从文本呈现和具体成因两个方面对琦君散文中的"凡人"思想进行了深入阐释。

三、地域文化与故乡情结

南昌大学李洪华教授的《地方与传统视域中的琦君创作》探究了琦君创作的地方路径与古典文学传统，认为从空间与时间即地方与传统两个方面结合的方法，对世界华文文学研究具有普遍意义。浙江大学陈力君副教授的《琦君的温杭两地书写与记忆编码》则从琦君在不同的人生阶段、分别居住温杭两地两个不同的家庭的内在差异切入，探讨了琦君文学创作中温杭两地的成长经历和个人经验分别表现出的不同情感体验和心灵归属。

山东大学薛熹祯副教授的《怀乡忆亲心路历程中的多面人生与心灵——评琦君的文学创作意义》着重研究琦君赴台后，其文学作品对两岸情感方面的联结与琦君的心路历程。合肥市第四中学教师孙白云的《乡愁文学视野中的琦君散文书写》以童年经验切入，从人物小品、风土人情、民间歌谣三个角度研究琦君散文，认为琦君散文中具有"伊甸园"式的怀乡情节。

来自琦君故里的作家周吉敏在《寻找琦君笔下的故乡　发现温州地域人文之美》中强调了在乡村振兴的时代背景下细读琦君的作品，发现故乡温州地域文化之美以及文本对历史研究的价值。作家周胜春的《琦君笔下的温州故乡乡愁文学探微》则对琦君文学作品中乡愁的载体、表现乡愁的手法与乡愁文学的价值进行了梳理与解读。

四、儿童视角与童心书写

福建师范大学李诠林教授的《忆·情·纯·真——论琦君的儿童文学书写》从"忆""情""纯""真"4个关键词切入，关注琦君的儿童文学书写，他认为琦君的儿童文学书写基于回忆，至情至纯，注意教化功能，多描绘善良、美好，规避人性恶。这些原因令其对青少年读者极富吸引力。温州大学孙良好教授和他的研究生胡新婧以《"守童心"与"乐童心"》为题，对丰子恺与琦君的"童心书写"展开比较研究。作者认为琦君与丰子恺都有一颗童心，但是两位作家的童心又因个人的成长经历与阅历、个人的性格气质和外界的影响闪耀着不同的光芒，在照亮各自生命之旅的同时照亮一代代读者。丰子恺和琦君都明白童心可贵，前者选择守护童心，后者选择与读者一起分享童心之乐；在"童心书写"的过程中，琦君在过去的童年时光中汲取了童心的力量，较丰子恺更能用纯净的童心体验现世，积极看待人生。

来自瓯海的小学校长郑丰在《让琦君文化在孩子心中绽放》中从读本编辑、活动开展、学生感受3个方面谈论琦君作品引入小学阅读的过程和影响。瓯海三溪中学教师胡新婧的《琦君散文儿童视角探微》则从琦君散文中的视域选择切入，从接纳与肯定、远离与排斥两方面分析琦君作品的题材与风格。

五、身份认同与美国书写

西北师范大学张宝林教授的《琦君旅美散文中的自我身份与美国书写》聚焦琦君笔下的"美国形象"。作为集深入参与者、冷静观察者和客观审视者于一身的叙述者，琦君构建了立体多维的美国形象：作为"异乡客"，琦君因暂时无法在地理意义上完成还乡，频繁选择书写"原乡"记忆；作为华人，琦君对自己的原生文化充满自信，同时密切关注文化赓续等问题，体现了很强的中华文化共同体意识；作为渐入或已入老境的女性作家，琦君非常关注老年人尤其是老年女性的生存状态，替这一在文学中长期遭漠视的群体发出声音；作为"今之古人"，琦君时常因现代性冲击倍感焦虑，但表现出了直面的勇气和济世的情怀。温州大学硕士研究生李丽颖的《论琦君笔下的美国形象》则采用比较文学形象学的理论分析琦君作品中落寞的异乡、自由冷漠的都市和热情纯朴的乡村三类美国形象。来自温州本土的资深琦君研究专家章方松在《落日西风，踽踽归途中——琦君晚年在美国》中谈到了琦君晚年在美国的交往以及文学活动、书信往来和她在3个不同时空的成长、创作，并指出琦君在美多年创作丝毫未受西方思想影响与她自幼的家庭和教育分不开。

六、个人成长与人物形象

温州大学李广旭博士的《才女是如何炼成的——琦君教育生活史研究》

以琦君的教育生活史为角度，从个人、家庭、学校、社会4个方面探究琦君的成才因由，为琦君研究开拓了一个新领域。新疆大学硕士研究生古丽拜合热姆·卡得尔的《琦君小说中的女性悲剧成因探析》从父权制社会中男性权威的围困、婚姻伦理困境下男女的异化以及女性主体意识的淡泊与缺失3个方面研究了琦君小说中女性悲剧成因。瑞安市场桥中学教师张晨的《琦君笔下的"丈夫"形象》从小说、散文中的"丈夫"形象及其成因三方面探究琦君笔下富有意味的"丈夫"形象。

七、具体文本解读与鉴赏

台湾东华大学朱嘉雯教授的《满纸悲凉——〈橘子红了〉与〈红楼梦〉》在比较的视野里探讨了琦君作品中的女性意识与女性解放问题。温州大学余琼博士的《琦君小说〈橘子红了〉的文学伦理学解读》则从文学伦理学角度切入，指出要回到当时的伦理现场解读《橘子红了》中的大妈和秀芬形象，从作品中流露的情感和理智两方面的冲突去解读这篇小说。湖州师范学院李朦博士的《无处不余情——琦君的"有情人"书写》从琦君散文集《永是有情人》出发，从何为有情人、家族的有情人、家乡的有情人、家国的有情人4个方面对琦君"有情人"书写进行研究。

日本大阪市立大学都市文化研究所徐叔琳博士的《写在"温柔敦厚"之前——以1954年版〈琴心〉为例》以琦君风格形成之前的第一本散文小说合集《琴心》中的3篇散文出发，研究其中隐藏的关于琦君过往历史的遮蔽。中国矿业大学朱云霞副教授的《场所隐喻——从〈橘子红了〉看琦君的空间意识》从家宅、城乡两方面切入《橘子红了》的空间表述，研究作品中的场所隐喻，具有很强的理论性。上海科技大学祁玥博士的《俯仰内外——浅析〈琦君书信集〉中的空间关系》则专门探讨《琦君书信集》中的空间问题，认为书信中的文本表征体现了琦君俯仰书信内与外的辩证思考。浙江工商大学王芳副教授的《琦君〈故乡与童年〉：娓娓道来的诗情画意》对琦君散文集《故乡与童年》中的诗情画意进行细致研读，分析探讨诗情画意的来源以及其散文与诗歌的关系。

此外，来自温州大学的几位研究生均对自己喜爱的琦君作品进行文本解读。杨舒惠的《论〈橘子红了〉小说与瓯剧的互文性改编》将琦君小说《橘子红了》文本与改编后极具温州特色的瓯剧进行互文性解读。徐敏的《刍论琦君散文的诗意美教学——以〈故乡的桂花雨〉为例》探讨了琦君散文中的诗意美教学。陈媛的《恰似一杯春酒——〈春酒〉的文本细读》则仔细分析了《春酒》的内涵意蕴，旨在让学生透过文本看到更广阔的世界。

　　第二届琦君研究高峰论坛虽已落下帷幕，但海内外的研究者依然意犹未尽，期待下一次的"重逢"有更多的思想火花和学术发现！

2022 年盛夏于大罗山下

一条欢愉而慈悲的河流

——琦君简论

李 良

（江苏省社会科学院）

每位作家往往都是一个特殊的生命体，而特定的时空则是作家个体生长成为一位优秀的文字组织者之不可复制的客观条件，当然，特殊的客观时空环境里生成的或坚硬或柔软、或粗糙或细腻、或迟钝或敏感的心灵世界也创造了具有不同表达内容和力量与表现方式和色彩的作家。由此观之，在整个汉语文学世界里，台湾作家琦君自具其特别超越之处则是不难理解的，也是值得肯定并弘扬的。

生命是空间的耦合，谁也离不开空间给予的美丽或黯淡。琦君是幸运的，出生地永嘉泽雅镇庙益村（现属于温州市瓯海区）是个美丽的南方山村，这一山水胜地赋予了琦君超乎寻常的审美动力源。放眼看，瓯江干流自源头至入海口为三段，分别是龙泉溪、大溪、瓯江。支流有小溪、松阴溪、好溪、宣平溪、小安溪、楠溪江、西溪、瓯渠溪、徐岙溪、菇溪、乌牛溪，大溪纳小溪后称瓯江。瓯江山水是古代浙南山水主线，瓯江自西向东流，贯穿整个浙南地区，流经丽水、温州等地，其承载的文化底蕴独具山水诗气质。泽雅镇位于瓯江水系大小河湖之间，青岭修竹，树木苍翠，山间淙淙水流与开阔处潺潺河水一直伴随琦君成长，她是在水边长大的，一定意义上讲，她也是水做的女子，安静与清澈是其基本审美情调。

对于一个人而言，大自然世界里的家庭组合体也是一个特殊的甚至是不可复制的空间。琦君是旧时代的官家小姐，是父母的掌上明珠。旧式家庭里少见的开明之爱在那个时代里幸运地出现，父亲潘国纲常年戎行，身拜师长，虽出身农野却酷爱古典文学，亦以现代新眼光冀望琦君，为之特聘家庭教师教育之。琦君5岁识字，6岁描红，7岁读诗习字，8岁能读《女诫》《孟子》，9岁又读《论语》《左传》与唐宋古文且学写古文，至10岁则过目能诵、挥笔成文，实可谓现代中国早期少见的新式家庭培育出的极具旧学功底的天才般少女。12岁，琦君随父母迁居杭州，入弘道女中，自此旧学新知纵横浇灌，琦君的文化根底是阔大而健康的。

世上许多人好像都会检讨自己的出身，为自己的生命长度或高度寻得一个令自我权且接受的理由，无论那结果是已经出现或尚在显现之前的路上，也无论那长度与高度是否让自己满意或失落。在这方面，琦君无疑是相对满意的。20世纪中前期一个显赫而安稳的士绅家庭，覆盖琦君心灵的主调是欢愉的。《春酒》《新春的喜悦》《青灯有味似儿时》《百衲衣与富贵被》等文本里，欢乐的自己、慈祥的母亲、威武的父亲、机智的姥爷等以及家乡各色美景、各种饮食皆自然呈现，没有做作之感，毫无牵强之意。当然，也不难理解后来遭逢大变、历经曲折之后的她在《水是故乡甜》中所道："即使是真正天然矿泉水，饮啜起来，在感觉上，在心情上，比起大陆故乡的水，和安居了三十多年第二故乡台湾的水，能一样的清冽甜美吗？"① 世上几人能彻底告别故乡，尤其是那曾经印刻下美好童年与清澈回忆的心灵旧地？应该说，琦君一生也没有离开过家乡。

文学家的真正生长并得以完成，必须是该生命体于历史、哲学与审美等层面实现相对完整的人性抵达。琦君的幸运是连续的，她带着整个成长期的欢愉基调以优秀成绩升入之江大学，成为"一代词宗"夏承焘的得意女弟子，这为作家琦君能够游刃有余地安排使用文字进而形成独有创作风格提供了生发于青春时期的指导性动因。"夏承焘秉持'南面教之，北面师之'的理念，既善于慧眼识英才，发现学生的独特才能，又能与学生平等相待，甚至主动俯身问学；既倾心教学，也注重育人；既充分利用课堂，也关注学生在课堂之外乃至步入社会后的学业、生活。"② 25岁上，夏承焘先后在瓯海中学、温

①琦君《水是故乡甜》，九州出版社2014年版，第7页。
②卢荻菲尔《夏承焘教育理念述略》，《盐城师范学院学报》（人文社会科学版）2022年第4期。

州中学、宁波四中和严州中学任教，1930 年任之江大学国文系讲师，未几升任教授。之江大学的遇逢名师夏承焘，是琦君的又一大幸运，这是俗常生命难得的机遇。

这里，不能不宕开去，多言几句这组师生关系对于作家琦君的深刻影响。"词学宗师"夏承焘在开拓现代词学研究新局面的同时，以极大精力投入教学中，以育人为乐，门下人才辈出。著名学者任铭善、蒋礼鸿、徐朔方，著名翻译家朱生豪，园林建筑家陈从周，著名词学家吴熊和、周笃文、彭靖、施议对等，均曾问学于其门下。夏承焘博学多识，和蔼敦厚，学生于门墙之内得其教学之高妙，卒业以后享其育人之厚远。琦君自己回忆，之江大学"卒业后，同学们各分东西。我僻处山城中，书信逾月始达"，夏师不时来函，"引先贤西哲之言，或记录读书心得相告，并指点我如何读书、作词，诲勉谆谆"。① 如果没有强烈的交往印痕与感情沉淀，数十年后的学生琦君怎能将夏师记忆得那么清晰？

"夏先生嘱其写《沪上朋游之乐》，并时时关注该文的进展情况。可惜因战乱流离，琦君未能动笔。当夏先生询问完稿与否时，琦君深感惭愧。夏先生经常与琦君书信往来，得知琦君安心读书，甚感欣慰，建议琦君读《老子》《论语》《孟子》，并指导琦君进行词创作。夏先生对琦君评价很高，称其'前途无量'，鼓励琦君在工作之余，读书习字'最好勿一日中断'，认为以琦君的性情身世，'体贴人情，观察物态'，如有'佛家怜悯心肠'，'期以十年，必能有所成'，并提出具体的要求，建议琦君'发挥女性温柔敦厚之美德'，先从做札记入手，解决一个个小问题。"师恩难忘是句老话，我们也都知道，一个学生一辈子遇到的老师绝不止一二，能牢记不忘的一定是其恩师，是在相当程度上影响或改变了其一生志业的恩师，于作家琦君来说，夏承焘就是这样的好老师。

"体贴人情，观察物态""佛家怜悯心肠"，夏承焘真是识人！综观琦君一生的文学创作，其之于人情的体味延伸至人性的考量，其之于物态的观察升华至心灵的寄托，是女性的天赋使然，更是大家闺秀的广大见识和知识分

---

① 吴无闻等《夏承焘教授纪念集》，中国文联出版公司 1988 年版，第 151 页。

子的理性思辨合力制造的。至于"佛家怜悯心肠",潜在的是其故乡瞿溪佛教文化的无形浸润,显存的则是诉诸其眼耳的来自家庭佛教生活的直接冲击。她在《我的佛缘》一文中写道:"我和母亲并排儿跪在蒲团上,颈上套着佛珠,边拨边念,一圈阿弥陀佛、一圈释迦牟尼佛、一圈地藏王菩萨、一圈观世音菩萨。念得我空肚子咕咕直叫。只好敲着姑婆从普陀山带回给我的小木鱼。再看母亲仍眼观鼻、鼻观心地念心经、大悲咒、白衣咒,听得耳熟能详,也就饿着肚子跟她念。"母亲抚爱女儿,乖女随效良母,信佛供像,念经抄经,吃素食,讲因果,《南海慈航》《想念荷花》《粽子里的乡愁》《母亲的书》《梦兰》《春酒》《桂花雨》等文本里面皆可见作家基于佛教文化影响的悲悯心及这心致下无边的护生慈怀。

"我接受了整整十年的基督教学校教育,却一直信奉佛教,是因为先父母与先师都是虔诚的佛教徒,家庭气氛与平时的耳濡目染,使我深深感到佛的圆通广大,佛的慈悲包容。无论智愚贤不肖,只要信佛,都能培养起一颗温柔的菩提心。睁开慧眼,在浊世中见净土。《维摩诘经》说:心净国土净,心浮国土浮。可见心外无净土,心外无佛。这一点浅近的体认,完全是由于母亲的身教。"琦君在《母亲·佛心》一文中的这段自白是需要注意的,因为涉及如何看待"接受了整整十年的基督教学校教育"的琦君"却一直信奉佛教"这一问题。琦君 12 岁进入教会学校弘道女中,则开始按照基督教的仪式祈祷礼拜。之江大学是近代美国人在中国创办的教会学校,以宗教的形式推广现代科技教育,此校不是中世纪的神学院,而是在尘世中践行上帝宗旨的清教徒传统,充满了格物致知的理性精神,该校的办学宗旨转为传教和现代科技教育并重,一所基督教教会大学里走出的琦君能不受基督教的影响?否则,我们又如何理解琦君笔下那些佛教情怀不能够涵盖阐释的悲悯底色里的广博大爱呢?

也许,还是要回到空间与时间的耦合角度来看琦君这悲悯心生成的另外原因。人啊,一帆风顺的人生毕竟不多,琦君也不例外。降生在一个显赫家族看起来是幸运的,但不幸的是在琦君还没有理性记忆的时候便失去了至爱血亲:生父潘国康在琦君 2 岁时病故,5 岁时生母卓氏又病故,琦君便被过继给伯父潘国纲和伯母叶梦兰抚养长大。我们不能怀疑养父母对于琦君的疼爱,一如我们阅读琦君笔下习惯而常常记述的父亲与母亲就是潘国纲和叶梦兰，但我们也应该相信成年之后的琦君是知道自己的身世经历的，即会知晓自己的养女身份的。另外，琦君与胞兄潘长春一起过继给伯父，然不久兄病殇。还有，伯父（养父）潘国纲 9 岁丧母、12 岁丧父，赖祖父母抚养，曾取秀才、入武备学堂，累功拜师长，允文允武，家教严厉，他在琦君 22 岁时离世。生命与身份的断裂与缝合之间，变换不居的世界不会影响琦君的人生观和价值观吗？自己笔下的父亲与母亲就是养父母，琦君是没有区分生与养的，但我相信特别的身份经历在琦君内心深处是会促生出悲悯心的，当然也许还包含哀怨与徘徊的。

如果说，身份经历的断裂与缝合是深隐在琦君的内心并影响了其爱与悲悯的超越性书写，那么1949 年的赴台则是显在的空间断裂，只不过面对这不以个人意志为转移的震动，她以大量的欢愉童年散文书写与不多的小说、戏剧文本来缝合了这断裂，其笔下的漂泊离散、怀人忆旧、评古论今、文化乡愁大多可作如是观。离开大陆时，琦君是完成了系统的学校教育并在大学毕业后任教中学，还曾短暂调任江苏省高等法院书记官，她不同于台湾当代文学队伍的主体力量群体。年龄上，她超出那群人 10 余岁，她还有抵台即工作直至退休后又入大学边执教边写作的经历，完整而客观的大陆记忆与系统而理性的岛内把握在琦君那里是自然形成的，她深爱自己长大成人的故土旧家，她也关心自己为人妻母的台湾日常，她以自然之笔写真实之情，成为文坛上一颗恒星般的存在。

当然，把握琦君的文学造诣，换言之，确认琦君文学的经典性，是需要在汉语文学史的层面寻找其特别超越之处。这如同在书法界给一书法家以价值定位，除了已经能够把写字上升为艺术，还要看其书法的辨识度，即自成一体，让人一看就知道字是谁写的。观琦君文学创作，其量大，汩汩然一条河流；其质纯，凌凌然冰清玉澈；其情醇，淼淼乎覆人心胸；其爱深，不觉间浸入魂灵。悲，慈悲也，是对人间的苦难有一种感同身受的情感；悯，是同情，同情不是可怜，是对人间苦难的不轻视不蔑视甚至可怜，折射出的是一种博大的爱。琦君于笔下世界的人与物是几乎没有憎的，至多是无奈与悲哀而已，其满布的是悲悯、是爱怜、是惋惜与同情，批评和讽刺与她是绝缘的，因为她心底里的情不自禁的爱悦和不经意流露的思想张力是那么强大有力，其文本之美是允柔允刚的。

作者简介：

李良，文学博士（后），江苏省社会科学院研究员，《世界华文文学论坛》主编。

琦君研究的可能性

方　忠

（江苏师范大学文学院）

摘要：与台湾文学的整体研究状况相类似相对应，琦君的研究有不少需要拓展的空间。其中，包括琦君和同时代作家关系的研究；琦君和中国古代文学及传统文化关系的研究；琦君和西方文学的关系；五四文学传统对琦君创作的影响；琦君作品中的地域文化书写；琦君在台湾文学史上的地位，以及她对华文文学发展意义，等等。这些研究空间无论对于琦君的研究还是台湾文学的研究都有重要的意义。

关键词：琦君研究；台湾文学；华文文学

作为一个在华文文学界享有盛誉的作家，琦君自20世纪50年代初出版第一本散文小说合集《琴心》开始，就受到了评论界的广泛关注。罗家伦、林海音、张秀亚、夏志清、林文月、杨牧、欧阳子等许多著名作家、学者和一大批评论者都对她的创作进行过评论和研究，可谓成果丰硕。

目前关于琦君研究的论题涉及琦君生活、思想和创作诸方面，包括文本解读、创作主题、思想内容、表现手法、艺术特征、审美风格等，也涉及琦君创作的各种文体，研究相当充分。尤其是怀乡书写和亲情书写的作品，更引起了研究者的重视。这些成果，既较为充分地体现了台湾文学的研究水平，也较好地凸显了琦君作为台湾作家的影响力和传播力。

但与台湾文学的整体研究状况相类似相对应，琦君的研究也有不少需要拓展的空间。这些空间无论对于琦君的研究还是台湾文学的研究都有很大的意义。

一是关于琦君和同时代作家关系的研究还比较缺乏。

琦君自 20 世纪 50 年代初开始文学创作，至 2006 年离开人世，其文学活动跨度长，影响大，文坛交游广，除了她自身的创作成为文学史书写的重要内容外，她与同时代作家关系也构成了文学史的重要内容。中央大学曾举办过一场"琦君及其同辈女作家学术研讨会"，将琦君与一些同辈女作家进行了比较考察，可以说开了一个好头，值得进一步推进。

与琦君同时代的台湾女作家有很多，形成了台湾文坛耀眼的女作家群体。包括林海音、张秀亚、徐钟珮、钟梅英、王文漪、罗兰、胡品清、艾雯、刘枋、王琰如，等等。其中林海音出版了《晓云》《城南旧事》《春风》《孟珠的旅程》《绿藻与咸蛋》《婚姻的故事》《冬青树》《我的京味儿回忆录》等小说和散文集，或写海峡两岸人物命运的变迁，或书写对大陆特别是对北京的留恋和怀念，表现时代社会的蜕变、历史人事的沧桑，写尽了旧时代女性的不幸，笔端包含感情。张秀亚出版了《三色堇》《湖上》《爱琳日记》《两个圣诞节》《北窗下》《曼陀罗》《石竹花的沉思》《白鸽·紫丁花》《海棠树下小窗前》《杏黄月》等散文集，她的散文色彩缤纷，诗情浓郁，笔致秀逸，多采自日常生活和个人情感经历，善于捕捉生活中种种动人的情景和细节，从平凡中发掘出纯真的美，往往触景生情，情景交融，意象生动，充满诗情画意。这些女作家尽管人生经历不尽相同，艺术趣味也有差异，创作风格各有特色，但她们共同创造了台湾女性文学的繁荣。琦君与她们大都有着密切的文学和生活交往，共同构成了台湾的文学创作生态。林海音在《琦君一生儿爱好是天然》一文中便讲述了两人因文结缘的经历。20 世纪 50 年代初两人一起向《中央日报》的"妇家版"投稿，由此结缘，此后便相亲相惜，在创作和文学活动中相互关心、相互支持，成为文坛好友知己。琦君的《琦君说童年》《琦君寄小读者》《词人之舟》等著作都是由林海音主持的纯文学出版社出版的。这样的文学交往和互动，无疑会对作家的创作产生影响。当然，还有很多男作家，琦君也与他们多有文学交往。因此，研究琦君与台湾地区当代作家的关系，研究她与文学报刊的关系，她的文学交游，有着重要的意义。这些研究可以大大丰富台湾文学史的研究，有助于深入了解 50 年代以后的台湾文学发展生态。

二是琦君和中国古代文学及传统文化关系的研究也需要拓展。

琦君自幼喜爱文学，阅读了不少古典文学作品，而她自觉地、系统地学习中国古代文学则是在大学时期。在之江大学上学时她深受词学大师夏承焘的影响。她向夏承焘系统学习诗词理论和诗词创作，打下了深厚的文学特别是诗词功底，这为她后来走上文学创作道路奠定了坚实的基础。需要关注的是，夏承焘的词学渊源又在哪里？他的词学理论和诗词创作有哪些成就？他是如何以及在哪些方面影响了琦君的创作？这些都值得深入研究，由此可以进一步拓展琦君与古代文学传统的研究。夏承焘生于 1900年，卒于 1986 年，浙江温州人，被称为民国时期的"一代词宗"。夏承焘撰写了《唐宋词人年谱》《天风阁词学日记》《瞿髯论词绝句》等词学方面的研究专著，其中《瞿髯论词绝句》以绝句的形式论词，充分展示了夏承焘在词学方面的深厚造诣。他还创作了收录有 300 余首词作的《夏承焘词集》。夏承焘的词作常常以平易晓畅的语言表达深挚浓烈的情感，词风沉郁顿挫而又情愫浓重。现在的问题在于，作为老师的夏承焘，他在哪些方面又在何种程度上对琦君的创作产生了影响？夏承焘的词学观、词学实践和词风和琦君后来的创作有没有发生关联？或许，我们还可以进一步从夏承焘出发，探讨经由夏承焘，琦君又和中国古代哪些词人发生了关联？琦君1981 年在纯文学出版社出版了《词人之舟》，这是一本评介赏析词的专书。书中收有琦君关于温庭筠、李煜、柳永、晏殊、张子野、晏几道、苏轼、秦观、李清照、陆放翁、辛弃疾、朱淑真、吴藻 13 家词人的评论。全书前面有一篇《词的简介》，说明词的形成、名词、体裁及讨论词与诗的区别。这本书集中体现了琦君的词学观及其审美倾向。而夏承焘对这些词人也大都有过深入的研究。夏承焘的《唐宋词欣赏》一书中，既有《词的形式》《长短句》《敦煌曲子词》《中唐时代的文人词》《花间词体》等理论性、知识性的篇章，更有《论韦庄词》《温庭筠的〈菩萨蛮〉》《范仲淹的边塞词》《苏轼的悼亡词》《李清照的〈醉花阴〉和〈声声慢〉》《陆游的〈鹊桥仙〉》《周邦彦的〈满庭芳〉》《冯延巳和欧阳修》《辛弃疾的农村词》《辛弃疾的〈西江月·遣兴〉》《刘克庄的〈清平乐·五月十五夜玩月〉》等对具体词人、词作进行评论、赏析的篇章，论及的词人有数十人之多。

比较两书内容，可明显地看到琦君的词学观及其审美倾向与她的老师夏承焘的渊源关系，二者可谓一脉相承。

关于琦君的创作风格，人们通常以真挚细腻、简洁朴实、温柔敦厚、自然淡雅来概括。林海音便说："她散文的风格，文字朴实无华，但在淡雅中也可看出是经过细心琢磨的。她自己对于写作风格喜欢引用《牡丹亭》里的两句词：一生儿爱好是天然，却三春好处无人见。"① 琦君能形成这一创作风格其实也深受夏承焘的影响。在《李清照词的艺术特色》这篇论文里，夏承焘对李清照的词进行了细致的评论，他认为："李清照词给人第一个印象是好懂——明白如话。李煜词最能抓住读者的是这点，李清照词也复如此。明白如话绝不等于内容肤浅，只有用极寻常的语言写出深刻的感情，才能使人一读即懂而百读不厌。"② 他还进而分析了李清照词明白如话风格的成因：一是由于她有真实深沉的生活感情，故不需要浮辞艳采；二是由于她有高洁的情操，她没有什么不可告人之隐，所以敢于直言不讳。再来考察琦君创作的艺术特色及其成因，从夏承焘的这篇论文中我们不无启发，很容易找到共同点。琦君曾谈到夏承焘老师告诫她，文章是以心写而不是用脑写的，从心里写出来的才见真性情，用脑子写出来的只偏重文字技巧；与其文胜质，宁可质胜文。正因如此，在琦君的作品中，写的是平淡的日常生活，用的是简洁明了的语言，往往使读者有"如见其人"的亲切感；而由于对人生和人情有着深刻的洞察，琦君简朴自然的文字却又显得通透睿智、平易淡远。正如宋代诗人梅尧臣所说的："作诗无古今，惟造平淡难。"（《读邵不疑诗卷》）

琦君的文学创作与佛教文化的关系、琦君文学创作中表现出来的诗词方面的造诣等，都展现出中华传统文化对于琦君的影响。琦君的词风具有婉约派的风格，她近于婉约派的那些词人，与其又有哪些区别？儒释两种文化在她的创作中是如何相融的等，这些都很值得探讨。因此，研究中华传统文化在多大程度上、在哪些方面影响了琦君的文学创作，这是重要且富有价值意义的课题。一些学者注意到了这方面的选题并开展了研究，如琦君的创作与

①林海音《琦君一生儿爱好是天然》，见琦君《母亲的菩提树》，人民文学出版社 2012 年，第 2 页。
②夏承焘《李清照词的艺术特色》，《文学评论》1961 年第 6 期。

佛教文化的关系，她在创作中所表现出来的中国文化的深厚造诣。但这方面的研究还有待深化。

三是琦君和西方文学的关系。

中国现当代作家和外国文学的关系，是一个重要的学术命题。中国现当代文学在一定程度上是在西方文学的影响下发生发展着的。20 世纪 50 年代以后，台湾文坛深受西方现代主义文学思潮的影响，作家们在创作中大都融入了现代主义文学因素，出现了现代主义诗歌、现代主义小说、现代主义戏剧。即便在相对来说较为保守的散文界，60 年代也出现了变革的呼声和实践。1963 年余光中在其第一本散文集《左手的缪斯》的《后记》里发问："我们有没有'现代散文'？我们的散文有没有足够的弹性和密度？我们的散文家有没有提炼出至精至纯的句法和与众迥异的字汇？最重要的，我们的散文家们有没有自《背影》和《荷塘月色》的小土地里破茧而出，且展现更新更高的风格。"① 1965 年他在第二本散文集《逍遥游》的《后记》里又说："只要看看，像林语堂和其他作家的散文，如何仍在单调而僵硬的句法中，跳怪凄凉的八佾舞，中国的现代散文家，就应猛悟散文早该革命了。"在他倡导"散文革命"的纲领性文献《剪掉散文的辫子》中，余光中援"现代诗"之例提出"现代散文"概念，称这是"讲究弹性、密度和质料的一种革新散文"。他认为："原则上说来，一切文学形式，皆接受诗的启示和领导。"进而指出："文学史上的运动，往往由诗人发起或领导。九缪思之中，未闻有司散文的女神。要把散文变成一种艺术，散文家们还得向现代诗人们学习。"② 显然，余光中试图用现代诗的艺术精神革新散文，使它在现代主义的旗帜下蜕旧变新，成为现代文学大家族中新的成员。正是在这一文学理念指导下，余光中进行着自觉的散文创作实践。需要深入研究的是，作为之江大学的毕业生，在大学阶段，琦君有没有受到外国文学的熏陶？这对她后来的文学创作有没有影响？尤其是 50 年代她开始走上文学创作道路，在小说、散文等领域进行创作实验，在现代主义文学思潮的冲击下，她的文学创作有没有发生变化以及发生

①余光中《左手的缪斯·后记》，《余光中集》第 4 卷，百花文艺出版社 2004 年版，第 128 页。
②余光中：《剪掉散文的辫子》，《余光中选集》（三），安徽教育出版社 1999 年出版，第 25—26 页。

了哪些变化？还可以进一步研究，在此背景下，琦君和西方文学有没有发生关系？如果有的话，是什么样的关系？受到了哪些西方作家的影响？

除了上述几方面之外，还有一些值得拓展的领域。

譬如，五四文学传统对琦君创作的影响。五四文学传统对台湾当代文学产生了重大影响。1945 年台湾光复后，从大陆陆续赴台的作家都是五四以后在新文学的熏陶下成长起来的，胡适、台静农、谢冰莹、林语堂、梁实秋、苏雪林等作家更亲身参与了五四新文学建设，直接把五四文学传统传播到台湾。50 年代以后，台湾文学中的人文主义精神，以及现实主义、浪漫主义、现代主义等思潮，都与五四文学传统有着密切的关系。琦君早在大陆时期就大量阅读并接受了五四文学的影响。在 50 年代初，她在台湾文坛崭露头角，在她清新自然的创作中便呈现出这种影响。但她究竟是如何接受影响的？接受了哪些影响？尤其是作为一个女作家，她与五四以后现代女作家创作传统有什么关联？这些很值得深入研究和挖掘。一些学者注意到她与冰心创作的关系。她与冰心创作的联系和区别到底在哪里？除了冰心以外，现代其他女作家如萧红、张爱玲等，有没有对她的创作产生影响？在艺术表现方面，琦君常常采用儿童视角。很多现当代作家都擅长于这种艺术表现，如叶圣陶、冰心、萧红、林海音、白先勇，等等。那么，琦君的独创性又是什么？

再如琦君作品中的地域文化书写。浙江自古人文荟萃，鲁迅、周作人、郁达夫、茅盾、王鲁彦、许钦文、许杰、徐志摩、艾青、冯雪峰、柔石等浙江许多现代作家都有关于浙江的地域书写。而从琦君的故乡温州也走出了不少当代作家，如张翎、陈河、张执任、吴玄、王手、哲贵、东君等，他们以独特的视角和鲜明的个性，叙述着故土的故事和风情。琦君以温州为中心的浙东地域书写与她的那些同乡作家之间有哪些联系和区别？而那些区别之处就是琦君的文学创新的亮点所在。

还有，琦君在台湾文学史上的地位，以及她对华文文学发展意义的研究。要摆脱个案研究的局限性，将研究对象放置在台湾文学的发展脉络、整体的中华文学背景中加以考察，这样会更有利于厘清琦君文学的价值。

大陆对台湾文学的研究已有 40 余年的历史。翻开这部学术史，可以感受到几代学者极为艰辛的努力以及取得的丰硕成果。然而，毋庸讳言，这一研究还在发展过程中，还需要付出更多的努力。这里，既有研究观念创新的问题，也有学术视野扩展的问题，更需要避免急功近利，对学术问题进行系统、深入、细致的梳理和思考，让研究更有广度、深度、厚度和力度。这样，我们的学科就有可能得到更大的发展和更好的提升。基于琦君在台湾文坛的地位和影响力，本文结合琦君的研究现状提出了若干问题，希望可以窥一斑而见全豹，引发学界朋友思考，共同推动包括台湾文学在内的华文文学研究不断走向深入。

文学研究·文化研究·跨学科研究

——琦君研究的趋势与突破

翁丽嘉　袁勇麟

（福建师范大学文学院　闽台区域研究中心）

摘要： 台湾的琦君研究作为一门显学，已建构起较为全面、完善的研究体系，相关的研究生学位论文却仍旧频出，侧面体现出琦君在台湾文学史上的重要性及其作品具有超越性的普世价值。在把握社会文化思潮发展动态的基础上，本文基于 1996~2021 年间 40 余篇台湾研究生学位论文的文献分析，总结琦君研究的趋势走向与局限，重新审视并挖掘琦君及其作品的独特性，为近年来寻求突破的琦君研究提供借鉴。

关键词： 琦君研究；社会文化思潮；文学研究；文化研究；跨学科研究

汗牛充栋的散文作品让散文史的建构远远难于小说、诗歌等其他文体，而饱含编者散文批评理念、编选策略的各类散文选就成为管窥台湾散文发展的有效方式。在巨人出版社 1972 年出版的《中国现代文学大系·散文》、源成文化图书供应社 1977 年出版的《中国当代十大散文家》、尔雅出版社 1984 年出版的《中国现代文学选集·散文》、九歌出版社 1989 年出版的《中华现代文学大系·散文卷》、天下远见出版社 2001 年出版的《天下散文选 I 1970—2000 台湾》、联合文学出版社 2006 年出版的《二十世纪台湾文学金典·散文卷》等各种重要散文选本中，琦君始终占有一席之地。这位生于 1917 年并最先直接享受五四果实的女性知识分子，在迁台、旅美、归乡的一生里横跨两个世纪，凭借真挚醇厚的散文书写感动一代又一代华文读者，成为台湾文学史上的重要人物。

　　1980 年 11 月 20 日，隐地选编的《琦君的世界》一书由尔雅出版社出版，收录了众多学者、作家对琦君的描述和评论文章，体现了学界对琦君研究的重视。该论集虽也涉及小说研究，但仍以散文评论为主。2001 年，琦君小说《橘子红了》被改编为电视剧并风靡海峡两岸后，琦君小说、书信等其他文类作品的研究热度也随之不断提升。2004 年 6 月琦君返台定居，琦君研究又迎来了一个新高峰。此后，章方松的《琦君的文学世界》（三民书局 2004 年 9 月版）、宇文正的《永远的童话：琦君传》（三民书局 2006 年 1 月版），以及李瑞腾主编的《永恒的温柔：琦君及其同辈女作家学术研讨会论文集》与《新生代论琦君：琦君文学专题研究论文集》（"中央大学"中文系琦君研究中心 2006 年 7 月版）、周芬伶编选的《台湾现当代作家研究资料汇编·琦君》（台湾文学馆 2011 年 3 月版）等，都表明琦君研究已成显学。学术界早已建构起较为完善的琦君研究体系，而相关的硕博士学位论文仍旧频出。通过分析，1996~2021 年间台湾地区发表的 40 余篇关于琦君的研究生学位论文，总结琦君研究的趋势走向与局限，以期为近年来寻求突破的琦君研究提供借鉴。

一

　　琦君（1917~2006）的一生折射出时代的巨变，琦君研究也相应地体现出社会文化思潮对文学批评研究的影响。琦君已然成为一个符号，或被纳入第一代迁台女作家群的论述框架，或放进主题研究的热浪中被层层剖析，或成为比较研究中用来验证结论的一个具体例证，或在女性主义思潮影响下"实现"女性的蜕变，或在离散叙事中疏解乡愁……琦君研究热切地探索琦君在台湾文学史中的独特性，而研究本身同时也呈现出不同时期台湾社会文化思潮的时代特征。

　　在 20 世纪 50 年代台湾文学史的相关论述中，第一代迁台女性作家的抒情书写因所谓的"右翼色彩"被解读为是对当时台湾"主流论述"的呼应。此后，这一批女性作家作品由于琐细的生活书写在某种程度上消解了主流意识形态的家国论述，温馨的怀乡书写又与已变质的本土化运动旨归扞格不入，最后在台湾主流文学史中被笼统归类为"闺秀文学"一笔带过，50 年代正活跃在文坛的琦君也被纳入其中。郑雅文的《战后台湾女性成长小说研究——从反共文学到乡土文学》（"中央大学"硕士学位论文，2000年）认识到了女性文学在台湾"中心论述"下的边缘境遇，试图以"抵中心"的姿态重新挖掘女性文学的独特价值。为了方便剖析战后台湾文化思潮中的女性文学，郑雅文直接利用这种"中心论述"框架对研究对象进行分类，将女性作家作品纳入不同阶段的文学主潮，若试图利用这种方式突出"男性化"阐释框架与"去男性化"的女性议题之间的龃龉，也不失为一种"抵中心"的方法。遗憾的是，论者在明知传统主流文学架构缺陷的同时却悄然与之妥协，以自圆其说的方式完成了对代表女作家族群的论说。不过，学界早已在两点上达成共识：一是"将琦君、张秀亚列入50年代作家，是一种笼统含混的归类，尤其在散文一项上，尤其不妥"①；二是琦君不应被归类为"反共作家"。戴华萱的《台湾50年代小说家的成长书写（1950—1969）》（辅仁大学博士学位论文，2007年）、张西燕的《琦君小说中的女性意识书写研究》（屏东教育大学硕士学位论文，2007年）都力图破除"反共怀乡"文学的迷思，从不同角度重新考证琦君的文学位置。

　　琦君的怀旧书写贯穿她的整个文学生命，本就不应被时代语境所拘束。王鼎钧认为琦君的怀旧作品"含有字面意外的意义，有材料之上的意义。她用散文的方式，告诉我们，中国人的灵魂曾经有过一个什么样的摇篮"②。琦君用她的真心善意写下回忆中的童年往事、亲友师长、民俗风情，为她自己、也为远离故乡的那一代中国人编织一个柔软的摇篮，抚慰"精神上的创伤"。琦君在写于1994年的《以文章代书信》中就说道："我常自问，缅怀旧日，是否会只有后顾而无前瞻？仔细想想这是不会的。因为树有根，水有源，故土情怀和天高地厚的母爱，不正是写作的动力吗？"③ 怀念过去不会让人止步不前，琦君和她的读者反而是从过去的美好中汲取前进的勇气和动力。关于琦君的怀旧书写，早期的研究都是在文本细读的基础上进行探索，杨牧是在揣度琦君散文创作的整体情况后，进而发掘琦君追忆儿时的文章是"如何寓

　　①张瑞芬：《琦君散文及50、60年代女性创作位置》，《台湾文学学报》2005年第6期，第128页。
　　②王鼎钧《花语》，《中华日报》1976年1月15日。
　　③琦君《万水千山师友情》，北京：九州出版社，2014年，自序。

严密深广的思想感情于平淡明朗的文体之中"①。郑明娳的《琦君论》也是依据作品本身对琦君的创作进行总结，她认为琦君的怀旧文章着眼点小却不显得琐碎，就在于琦君处理手法的高明："在一些小人物与小事物中，组织成一片有情世界。"②

然而，20 世纪 90 年代以来，台湾评论界已开始了从文学研究到泛文化研究的转向。其中，张诵圣在布迪厄（Pierre Bourdieu）场域理论的启发下，以改良后的"文学场域"理论对台湾的现代主义文学、后殖民文学等进行了一系列精彩论述，深刻地影响了海峡两岸的文学研究。这场源起于西方的理论转向对台湾文论界影响之深，明显地体现在研究琦君的研究生学位论文中，新批评虽然仍旧是研究琦君散文的主要理论工具，但利用社会文化学的批评方法解读琦君文学表现的论文越来越多，如郑雅文的《战后台湾女性成长小说研究——从反共文学到乡土文学》（"中央大学"硕士学位论文，2000 年）、郑君洁的《论琦君的书写美学和生活风格》（佛光人文社会学院硕士学位论文，2005 年）、王钰婷的《抒情之承继，传统之演绎——50 年代女性散文家美学风格及其策略运用》（成功大学博士学位论文，2009 年）、周政华的《性别与空间——琦君、林海音与刘枋迁台初期之短篇小说研究》（东海大学硕士学位论文，2013 年）、何星瑶的《琦君、林海音童年书写研究》（台湾中山大学硕士学位论文，2015 年）等。同一时期，西方第二次女性主义运动浪潮也涌入了台湾，控诉父权体制和社会性别分工，以女性主义视角解读文本的批评理念也逐渐得到不同程度的认同，这种裹挟着后现代与后殖民意味的西方批评方法也被用到了对琦君散文作品的阐释上，如林钰雯的《琦君散文的抒情传统》（彰化师范大学硕士学位论文，2005 年）、王琢艺的《旧时代的弃妇挽歌——琦君小说〈橘子红了〉研究》（彰化师范大学硕士学位论文，2007 年）、张西燕的《琦君小说中的女性意识书写研究》（屏东教育大学硕士学位论文，2007 年）。

对此，学界早已疑惑：文化研究的宏观视野是否适用于所有文类的解读、

---

① 杨牧《文学的源流》，台北：洪范书店有限公司，1984 年，第 71 页。
② 郑明娳《现代散文纵横论》，台北：长安出版社，1986 年，第 68 页。

是否会造成对文本内部文学手段的忽视和遮蔽。不少研究实践已经证明社会文化理论适宜处理与社会现实互动性更强的小说文类，而更为注重个体情感和具体语言形式的抒情叙事散文本身，往往不会积极追随并主动反映时代主题。相比小说，抒情叙事散文与社会发展主流有时反而更"隔"了一层，若将对琦君散文研究的突破寄望于引入文化研究，最后只会将中国的文学作品变成西方理论的附庸。就比如将琦君的怀乡散文放在离散语境中解读就略显生硬。"离散"这种西方概念正被不断地讨论和修正，但一直以来都遭质疑，也被滥用，有些只是旅居国外的作家作品都被纳入离散书写的范畴。与家国产生断裂、只能眺望吴越故土的琦君怀乡之作属于离散书写，尚无异议，然而琦君随丈夫旅居美国，再念台湾的相关书写称得上所谓的"离散"吗？周芬伶是如此评价林秀兰的《从花果飘零到灵根自植——琦君的离散书写》："其论述的逻辑为中体西用，似乎也同样在暗示，即便是透过西方的理论来觉察离散者的生命处境，可是回到心灵故乡的契机，还是要回到自我经验中曾熟悉的文化语言，与结构情感的重新获得。"①蔡佩容的《乡愁成"果"——试论琦君、王童以女性为主的离散叙事》将琦君的小说《橘子红了》与王童执导的家庭剧情片《红柿子》对照分析，虽然这两个研究对象都带有浓厚的自传体色彩，但论者以为"接受五四教育洗礼下的作家琦君代表公元1949年离散族群"②，而琦君写的《橘子红了》也诠释了"离散氛围"，就放心地使用离散叙事框架展开探讨，而最后的结论也不外乎林秀兰论述的"从花果飘零到灵根自植"。

20世纪80年代末以来，由于社会多元化的发展以及作家为给自己定型而进一步深化在某些领域的书写，台湾文坛以特定名词指称特定题材的主题散文兴起，如旅行散文、饮食散文、环保散文、音乐散文，等等。琦君研究也被纳入这场散文次文类的研究热潮，不少学者从琦君作品中选择某一主题作为研究的切入口，常见的有怀旧散文，如陈怡村的《琦君怀乡散文研究》（东吴大学硕士学位论文，2008年）、吴淑静的《永远的温柔——论琦君的怀旧

①周芬伶选编《台湾现当代作家研究资料汇编·琦君》，台南：台湾文学馆，2011年，第99页。
②蔡佩容的《乡愁成"果"——试论琦君、王童以女性为主的离散叙事》，桃园："中央大学"硕士学位论文，2014年，第1—2页。

散文》（高雄师范大学硕士学位论文，2009 年）、杨瑗宁的《林海音〈城南旧事〉与琦君〈桂花雨〉中所呈现的怀旧抒写》（云林科技大学硕士学位论文，2013 年）。廖惠玲的《琦君散文中的慈悲护生书写研究》（云林科技大学硕士学位论文，2011 年）和王宇雯的《琦君饮食散文研究》（高雄师范大学硕士学位论文，2012 年）则选取了以往琦君研究中不常见的视角，研究切入点较为新颖。

虽然将琦君作品纳入不同理论框架中进行解读，有时会存在过度阐释和生搬硬套的问题。但研究本身就会体现时代的印记，不同时期的阅读和研究指涉架构都会推动真知灼见的产生。只有优秀的文学作品才饱含着复杂丰厚的文学意蕴，才能够突破时空的限制被研究者不断地开掘，这就是文学研究的魅力所在。

二

落实到具体的文本解读上，琦君研究的文本分析更加细致深入。其中，散文研究仍是重点，但多以描述性分析、文本细读为基本方法。小说研究多借助结构主义的批评理路，往往是新瓶装旧酒，少有突破。而随着电视剧《橘子红了》热度的消退，琦君小说研究发展趋缓。文坛早已关注到琦君作品中"散文小说化"现象，这种在作者创作理念主导下的文本文体特性，恰是导致近年来琦君文本研究难以得到进一步突破的原因。

细数台湾与琦君相关的研究生学位论文，过半都是以琦君的散文为研究对象，以新批评为主要研究方法。1997 年，台湾关于琦君研究的第一篇硕士学位论文就是以琦君的散文为研究对象。邱珮萱的《琦君及其散文研究》（高雄师范大学硕士学位论文，1997 年）立足于较为翔实的文献资料，梳理了琦君的人生经历与其创作世界之间的联系，将琦君散文分为 5 种类型并加以艺术探析，为此后的琦君散文研究提供了有益参照。由于琦君作品具有浓重的自传性色彩，此后的研究者也都重视琦君生平与其文学观、创作理念、文本之间的联系，并从各种不同的角度对琦君散文进行更为深入细致的探索。陈姿宇的《琦君散文人物刻划研究》（玄奘人文社会学院，2004 年）以琦君散文中的"人物"为研究对象，在扎实的文本阅读、富有逻辑的分类考察、细致的文体研究基础上，肯定了琦君塑造人物的文学功力。林钰雯的《琦君散文的抒情传统》（彰化师范大学硕士学位论文，2005年）以第一手采访资料对前人研究进行补充，还从琦君散文中提取出"母女一体"的概念，重新审视琦君笔下的人物，进一步剖析琦君的女性书写特质。庄明珠的《母亲在琦君散文中的形象及其影响研究》（台南大学硕士学位论文，2009年）在前两篇的基础上进一步深入琦君散文的研究，从琦君散文中选取"母亲"这一核心人物形象，总结出母亲形象中美德、慈悲、智慧、深情四大特征，探索母亲对琦君人格特质、创作观念的影响，某种程度上是对林钰雯"母女一体"论述的深化。

散文批评不似小说，诗歌领域理论繁杂，且周期性地更新换代，散文理论的贫乏也使得对琦君作品的文本分析趋于表面，很多研究都跳脱不出文坛前辈对琦君的定调结论，如黄佩芬的《琦君散文中的儿童视角研究》（东吴大学硕士学位论文，2012年）中提到的"哀而不伤、含而不露"的文学风格这一说法，是受到杨牧《留予他年说梦痕——琦君的散文》一文影响。杨牧认为，每当行文即将走向忧伤之时，琦君都会及时穿插传统文化元素将哀叹化为浅愁。周芬伶在《打开记忆的金盒子——琦君研究的典律化迷思》一文中，称杨牧是为琦君定调的主要推手。由于杨牧对琦君评价之精准，导致后来的研究者无法超越、突破，于是更致力于从各种角度、用各种方法验证杨牧的看法，如上述黄佩芬的硕士学位论文就结合皮亚杰的儿童发展心理学、弗洛伊德的精神分析法等方法，来论析琦君散文中的儿童叙事视角如何推动形成琦君怀旧散文"温柔敦厚"的审美风格，粘美雅的《琦君文学风格之研究》（明道大学硕士学位论文，2009年）则是用《文心雕龙》来解析琦君"温柔敦厚"的文学风格。

为了摆脱前人研究的影响，开拓琦君研究的新空间，近10年来，琦君的比较研究开始变多，然而对于这类比较研究不得不注意两点：（一）研究对象的可比性。以魏缃慈的《台湾女性散文家的童年书写——以琦君、林海音、林文月和张晓风为中心》（成功大学硕士学位论文，2012年）为例，由于琦君、林海音、林文月、张晓风是台湾不同世代的代表性女作家，通过对比研究她们的童年书写，的确可以清晰地看到台湾女性散文的递嬗，一窥时代文学思潮的发展变化。然而四位作家四人四色，差异远远大于相似，不论对比观照的是家庭与教育经验、童年书写，还是散文写作技巧，所得出的结论必然都是"在她们笔下却有不同的写法和呈现"①。在这样的比较研究中，所有作家最后都会被统束在一个主题下、得出一个结论，个体作家的文学独特性会在一定程度上被遮蔽。（二）作家作品或成为理论的附庸。周政华的《性别与空间——琦君、林海音与刘枋迁台初期之短篇小说研究》（东海大学硕士学位论文，2013年）和何星瑶的《琦君、林海音童年书写研究》（台湾中山大学硕士学位论文，2015年）两篇研究的文类对象分别是小说与散文，然而二者却都使用了福柯（Michel Foucault）的批评理路、巴舍拉（Gaston Bache-lard）的空间诗学理论等。文本的文学类型、文体特征、文学技巧在这类研究中都被弱化，选取不同的观照对象，只是为了从不同的文本内容、不同的角度论证理论的正确性。其中，周政华的论文甚至凭自身的主观意志将大陆与台湾放置于对立的位置，将作品与理论拼贴在一起加以论述，存在着严重的观念先行问题。理论工具只是手段，不能以自圆其说的方式让文本适配于理论，成为西方理论的注脚。类似的问题同样也出现在琦君小说研究中，如张林淑娟的《琦君〈橘子红了〉叙事美学研究》（铭传大学硕士学位论文，2005年）、李秀玲的《琦君〈橘子红了〉之空间营构及生命启示研究》（云林科技大学硕士学位论文，2016年）。在文化研究视域下观照琦君的文学创作，或使用结构主义批评方法来剖析琦君作品，难免会显得方枘圆凿。

近年来，琦君研究有所趋缓，或许是研究者意识到西方的文体批评理论、文化理论都易导向对琦君文本的过度阐释。根本原因就在于琦君作品具有文类界限模糊的特点。文坛其实早就发现琦君散文与小说相似的现象，琦君本人就说："朋友们都说我的散文中人物有小说的味道，但仅仅有'味道'是不够的。小说必须着意安排，强调，虚构，穿插，而我记忆中的人物实在太鲜活，太真实，我不忍心着意描绘。"② 但是当琦君写小说的时候，她笔下的小

①魏绀慈《台湾女性散文家的童年书写——以琦君、林海音、林文月和张晓风为中心》，台南：成功大学硕士学位论文，2012年，第99页。
②琦君《万水千山师友情》，北京：九州出版社，2014年，第149页。

说人物往往也有对应的现实原型，又让琦君觉得"跟我太亲了，而且个个都那么单纯、朴实，他们无怨无尤的善良，使我实在不忍着墨多加描绘。他们坎坷的遭遇，也由不得我做主安排。如以客观手法，着意经营，在心情上，他们就会离我好远好远，一切就会显得很不真实，反使我有一分失落感"①。琦君散文之所以有小说的意味是因为她的文章多采用对话，有具体情节，饱含故事性；而小说的散文化是因为她在小说中投射大量的真情实感，导致文本与现实之间的距离过近。面对这种创作现象，研究者多探析以小说笔法入散文的审美意义，并没有在其他方面多做思考。郑雅文在《战后台湾女性成长小说研究》中，直接将琦君"在小说与散文之间，具浓厚的故事性"② 的"杭州"系列作品纳入了小说的研究对象。陈怡村的《琦君怀乡散文研究》（东吴大学硕士学位论文，2008 年）、苏晓玲的《琦君散文在国中国文教学应用之研究》（台南大学硕士学位论文，2009 年），也都只是解读琦君的散文小说笔法的艺术特征。值得一提的是，陈雅芬的《琦君小说研究》（台北市立师范学院硕士学位论文，2003 年）对琦君的作品进行了细致而全面的考察，在扎实的论据基础上系统阐论琦君散文小说类似原因。其中，陈雅芬根据对琦君在《四十年来的写作》《春风化雨——怀恩师夏承焘先生》《读〈移植的樱花〉：给欧阳子的信》等多篇文章中论述的整理，得出结论："琦君极重视《左传》和《史记》，特别是《史记》一书的精神和笔法，更内化成她的写作准则。因为《史记》兼有叙事体和传记体的特色，一篇篇都是散文，但当小说看更好，所以琦君的小说也像《史记》的文章一样，不知不觉的同时有散文和小说的味道。"③ 陈雅芬将琦君"小说散文化，散文小说化"的创作现象与史传影响联系在一起，不仅有力地论述了中国古典文化对琦君创作的影响，更深化学界对琦君的创作理念的理解，推动琦君作品的文体研究。

中国近代小说观念变革是一场循序渐进的过程，早期作家也并非自觉依照文体意识进行创作，琦君更认为："正如似诗的散文可称之为'散文诗'。

①琦君《橘子红了》，北京：现代出版社，2019 年，第 281 页。
②郑雅文《战后台湾女性成长小说研究》，桃园：中央大学，2000 年，第 62 页。
③陈雅芬《琦君小说研究》，台北：台北市立师范学院硕士学位论文，2003 年，第 132 页。

'散文小说'具备小说的成分，而结构不必如'纯小说'之严谨。"① 琦君创作往往融史传笔法，兼采古典修辞，以真情善意在纸上定格自己的回忆。如此，不加批判地以现代西方结构主义乃至后结构主义的批评方法来解读琦君的小说与散文，必然会突出作品与理论之间的抵牾。

<h1 style="text-align:center">三</h1>

根据琦君作品的文体特性，打破文类界限的研究壁垒，能够为琦君研究开拓良好的探索空间。另外，近年来研究者还以史学、教育学、传播学等批评视野介入琦君研究，不断开掘琦君文本中的史料意义、教育价值、民俗学价值等，跨学科的研究思路也为琦君研究打开了新的局面。

21 世纪初，琦君唯一的中篇小说《橘子红了》被改编为电视剧风靡海峡两岸，这股收视热潮也掀起了学界对原著的研究热度。近 10 篇与《橘子红了》相关的研究生学位论文中，只有 2 篇将小说与电视剧对照考察。通过研究小说与影视剧这两种不同传播媒介对相同题材的诠释，必然发现改编影视对原著创作的延续，然而探索二者之间的差异，在对照中更易发现创作主体注入作品中的独特情思。林致好的《现代小说与戏剧跨媒体互文性研究：以〈橘子红了〉及其改编连续剧为例》（台湾东华大学硕士学位论文，2006 年），用"互文性"理论对小说文本与电视剧进行跨媒体互文阅读，先是考察与《橘子红了》或情节、或主题相似的早期小说《阿玉》《梨儿》，以及琦君翻译的韩国作家韩素姬小说《柿子红了》，而后更透过解读琦君在散文与小说两种文类之间的转换，具体分析了琦君实际创作时内心复杂的爱恨情感，如在散文中拥有良好形象的父亲，在小说《橘子红了》中却是冷漠无情的大伯，"在散文中所不能说、不能问、不能被看见的父亲，透过了文类的转换，于小说里被说出与被看见"。② 通过对照导演李少红对小说更为激进的改编，电视剧更明确地指认出造成女性悲剧的元凶是"男人"背后三妻四妾的婚姻秩序，

---

①琦君《琦君读书》，台北：九歌出版社，1987 年，第 177 页。
②林致好《现代小说与戏剧跨媒体互文性研究：以〈橘子红了〉及其改编连续剧为例》，花莲：台湾东华大学硕士学位论文，2006 年，第 75 页。

林致妤认为琦君的作品实质上控诉了旧社会，然而琦君本人多是书写旧时代的悲情，"所要控诉的其实是男人将女人视为生育工具的自私与冷漠，而女人却因此守候终身的悲惨心境。"① 论者通过跨媒体互文性的分析，考索琦君隐隐渗入作品中的幽微情感，有力地指出琦君其实并没有高举所谓的女性主义大旗。而另一篇论文《〈橘子红了〉女性意识研究——以小说与电视剧为文本的考察》（彰化师范大学硕士学位论文，2008 年），则是以女性主义理论作为琦君研究的切入点，作者廖雅玲结合作家琦君与导演李少红的成长经历，发掘两位创作主体的女性意识，探索李少红对琦君思想的沿袭与对女性意识主题的深化。该论文的研究理路和论证方式中规中矩，但对琦君解读的深入并不如林致妤的论文。

对《橘子红了》的解读热潮是电视剧热播后带来的余韵，在这二者的对照研究中，研究者难免将侧重点放在改编的电视剧上，关注不同社会文化环境下对相同题材解读的差异。随着电视剧热度消退，这类对照研究已不是琦君研究应该坚持的方向。为寻求琦君研究的突破，还是要立足琦君作品内部的文类跨界研究，游云卿的《点滴话前尘——琦君忆旧作品与重复叙写的探究》（佛光大学硕士学位论文，2012 年）就在这方面做出了很好的示范，作者将小说、散文等多种文类并置观照：在琦君的忆旧散文、虚实交构的小说、唯一的剧本创作中，找出她重复书写的人、事、物，探索相同题材在不同文类的呈现，在跨文类的"重复叙事"中重新审视琦君的文学风格，进一步挖掘琦君的文学价值。这类富有创见的研究还留有很大的研究空间等待学界进一步深入探究。

相比于文学评论界，其实琦君在台湾教育界更受重视。琦君作品被收录进台湾国文课本，琦君作品及其所传达出的正面情感也成为教育工作者研究的重要对象，如陶玉芳的《琦君散文在国小教育上的价值与应用》（屏东师范学院硕士学位论文，2004 年）、谢欣晴的《琦君散文融入国小品格教育之研究》（台北市立教育大学硕士学位论文，2011 年）和范康文的《国小六年级

①林致妤《现代小说与戏剧跨媒体互文性研究：以〈橘子红了〉及其改编连续剧为例》，花莲：台湾东华大学硕士学位论文，2006 年，第 128 页。

实施班级读书会之行动研究——以琦君散文作品为例》（玄奘大学硕士学位论文，2014 年）都选定琦君散文作为道德品格教育的阅读范本，探索琦君的道德伦理影响；张菁育的《"台湾文坛上闪亮的恒星"琦君的创造力生命故事：以系统演化观点分析》（政治大学硕士学位论文，2020 年）则以琦君的"生命故事"为例，希望教育者激发学生创作的内在动力，引导学生体会有情世界。

虽然大部分的教育学研究者更倾向于将琦君当作教学影响研究的一个范本，但从其他学科的专业视角解读琦君，的确会产生难得的新知。如吴淑静的《永远的温柔——论琦君的怀旧散文》（高雄师范大学硕士学位论文，2009 年）对琦君散文的文学评论方面没有太多新的创见，但论者从琦君怀旧散文中梳理出作家的生活智慧，还在鉴赏作品修辞技巧时，注意到了琦君对方言、俗语、谚语的运用。虽然郑君洁的《论琦君的书写美学和生活风格》（佛光人文社会学院硕士学位论文，2005 年）、陈怡村的《琦君怀乡散文研究》（东吴大学硕士学位论文，2008 年）都专章专节论述琦君笔下的市井风情民俗描写，但吴淑静在教育学专业视野下挖掘出琦君散文中的教育价值和民俗学价值，实属难能可贵。

其他学科的研究者跨界研究的努力值得肯定，而文学评论者也可以用跨学科思维打开琦君研究的思路。如陈滢如的《琦君儿童散文的传记性》既是以史学观念与方法解读琦君的童年散文，又从中挖掘出民俗书写背后的历史寓意与教育价值。论者以琦君儿童散文为具体研究对象，以史学精神探索"文学的传记性"与"传记的文学性"之间的差异与联系，认为琦君童年散文中的"文化风俗成为一种意识上的家园，令自己在创作中寻觅已久的精神归宿地，并且借由文本带领年少读者一同返回自我历史文化的根源——母土（mother land）"[1]。论者通过文史互证方法溯源琦君生命历程的文学途径，远比直接罗列研究对象历史资料的做法更富有文学研究精神。

琦君用她的真心善意写下富有真情实感的作品，她笔下的人物和现实与她的心灵贴得过近，使得作品呈现出"散文小说化、小说散文化"的特点。

---

[1] 陈滢如《琦君儿童散文的传记性》，台东：台东师范学院硕士学位论文，2003 年，第 60 页。

讽刺的是，近年来文坛上出现的"散文小说化、小说散文化"现象，却多是因为作者只愿在散文中展现美化过的自我，而将真实细腻的情感隐于小说中却又不敢承认。在这种对比中，就不难理解琦君的散文为何能够穿透时空的束缚，将那一份温情传递到不同世代读者的心中。琦君温柔敦厚的性情、坦诚节制的情感表达、平和通达的心态、细腻的笔触，使她的作品具有超越性的普世价值，值得研究者在不断发展变换的社会文化思潮中传承这份珍贵的文学遗产。

〔本文系国家社会科学基金重大项目"两岸现代中国散文学史料整理研究暨数据库建设"（18ZDA264）阶段性成果〕

作者简介：

　　翁丽嘉，福建师范大学文学院博士研究生。袁勇麟，博士，福建师范大学文学院、闽台区域研究中心教授，博士生导师。

琦君旅美散文中的自我身份与美国书写

张宝林

（西北师范大学外国语学院）

摘要：琦君旅居美国20余年，美国书写在她的散文中占很大比重。作为集深入参与者、冷静观察者和客观审视者于一身的叙述者，琦君构建出了立体多维的美国形象。作为"异乡客"，她因暂时无法在地理意义上完成还乡，频繁选择书写"原乡"记忆。作为华人，她对自己的原生文化不无自信，还密切关注文化赓续等问题，体现了很强的中华文化共同体意识。作为渐入或已入老境的女性作家，她非常关注老年人尤其是老年女性的生存状态，替这一在文学中长期遭漠视的群体发出了声音。作为"今之古人"，她时常因现代性冲击倍感焦虑，但表现出了直面的勇气和济世的情怀。总体来看，美国书写呈现出的丰富性和深刻性，既是琦君多重自我身份认同的重要表征，又是她反思当下社会文化问题、彰显人文关怀意识的重要方式。研究琦君旅美散文中的美国书写问题，对理解琦君其人其作、体悟现代知识人如何践行"启蒙"理念均不无意义。

关键词：琦君；旅美散文；自我身份；美国书写

琦君的散文蕴含悲天悯人的生命意识和闲适旷达的人生智慧，以清新雅致、情真意切、温柔敦厚著称，备受海内外学者好评。夏志清曾写道："琦君的散文和李后主、李清照的词属于同一系统，但它给我的印象，实在更真切动人……我想琦君有好多篇散文，是应该传世的。"[1] 方忠认为，"无论从哪个角度透视四十余年来的台湾散文，我们都无法漠视琦君的存在。"[2] 综观琦君散文，异国观感尤其是美国观感占很大比重。这与她长期旅居美国、书写美国有直接关系。1972 年春，她随团访问美国两月有余。1977 年 6 月，她陪同丈夫李唐基赴美任职，旅居纽约 4 年之久。1983 年 8 月，她再度随丈夫赴美，客居新泽西，直至 2004 年返台定居。整体考察琦君的散文创作，自然不应忽视她基于多年旅居美国的生活观察和情感体验创作的散文。与此同时，琦君在美国自觉认同"异乡客""今之古人"等多重自我身份，这对她的美国书写产生了深刻影响，使其形成了鲜明特点。遗憾的是，探讨琦君散文的学者层出不穷，成果卷帙浩繁，但很少有人聚焦她旅美散文中的美国书写问题。黄万华等学者曾集中讨论琦君旅美后的散文创作[3]，但论述对象过于宽泛，因而无法较为准确、全面回答琦君如何书写美国这一问题。正是基于上述考虑，本文拟以琦君基于美国生存体验创作的诸多散文为对象，重点讨论她的多重自我身份与美国书写之间的关系。

一、叙事者身份与美国书写中的多维形象构建

"叙事者身份对于作家而言，并非一种界限的确定，而是他开掘其拥有的文化资源的一种过程。"[4] 旅居海外的作家频繁出入于不同的文化空间，易于对自己的原生文化和所处的异域文化形成更为理性的认知，也便于开掘和扮演多重的叙事角色。琦君旅居美国 20 余年，既是美国社会生活的深入参与者，又是清醒的旁观者和深刻的审视者。她书写美国，就是将自己在美国的所见所闻、所思所想诉诸笔端、构建美国形象的过程。在这一过程中，她的多重叙事角色共同作用，不仅使散文明显呈现出叙述中夹杂议论的特点，而且构建出了立体多维的美国形象。

张默芸认为，琦君的散文"甚至可以当成她的自传来读"[5]。杨俊华也曾指出，"琦君的散文颇具小说之趣，其中常有零星片断的故事情节"[6]。作为美国社会生活的深入参与者，琦君侧重于书写自己的生活体验和所见所闻。因而，她书写美国的散文，既具有很强的自传性，又具有情节化和小说化的特征。这与她散文的整体风格完全吻合。与此同时，个人经验的有限性，导致琦君书写美国的散文貌似呈现出视野较为狭窄、题材不够广阔等特点。但

正如曹惠民所指出的，琦君往往能在"自我经历和经验的方寸田园中精心耕耘"[7]。她的美国书写非但没有停留在简单叙述个人体验层面，反而呈现出了丰富性和深刻性。究其原因，旁观者和审视者角色在叙述过程中发挥了重要作用。所见所闻成了她展开观察和审视的重要动因，而深入的观察和多维的审视，不仅让她对美国形成了更为客观辩证的认知，而且为她构建立体多维的美国形象奠定了重要基础。

叙述主体书写异国生存体验，本身就在基于特定期待视野和个体经验构建异国形象。从认知评价的视角来看，异国形象就是主体对他国整体状况形成的感知和评价，它并非完全个性化、单一维度的存在，而是"态度、观点、情感等因素相互作用形成的一个结构性系统"[8]。琦君书写美国，自然在有意无意建构美国形象，而多重叙事角色并存，甚至在个性化、主观化表达与客观化、辩证性审视之间游移，使她笔下的美国呈现出了美丑并存的特点。

一方面，琦君高度肯定美国，构建出了积极的美国形象。在《美国人的亲情》中，好友凯蒂的婆婆住进养老院，那里设施齐全，环境优良，"比我们中国老人住在家里还畅快、温暖"[9]。在《药不离身》中，作者谈到美国电视上的成药广告精彩多姿，有声有色，超市里各种品牌和价位的维生素琳琅满目。《爱的启示》又提到美国的电视节目丰富多彩，能够满足不同观看者的需求。如果说这些只是琦君对美国物质富足、社会福利良好、文化形态多样等形成的表面印象，那么，她的很多散文通过书写具体的人和事，凸显美国人良好的精神面貌，变相地构建出了积极向上的美国文化精神。《窗外》述及美国小学生清早遵守秩序、排队等待校车的情景。《自由中国之友》提到，美国父母训练子女的独立精神，绝不让孩子养成不劳而获的习惯。在《五个孩子的母亲》中，父母既不会对子女的婚恋状况过于牵肠挂肚，又不存"承欢膝下"的念头，体现了美国人崇尚自由的精神。《佛老心》写"我"因胃部疾病晕倒，得到好心人帮助，"被推进医院的急救室以后，没有人问我的身份，也没有人要我缴什么保证金"[10]，医生即刻实施救治，护士也照顾有加。这无不体现出美国人生命至上的价值准则。美国人的奉献精神，更被琦君津津乐道、大加赞扬。比如，《第一枝春花》中白发苍苍的老人不畏严寒，在冰雪未融的清晨，站在车水马龙的街头，充当义警。在《此心春长满》中，一位 80 岁高龄的老人相信音乐的感化力量，时常深入贫苦黑人聚居区，免费提供音乐教育。

另一方面，琦君绝不回避美国自身存在的问题，构建出了消极的美国形象。尽管有人指出，琦君的散文"多叙述一些温暖的外国人情和风土，处处是爱，时时有情"[11]，尽管琦君在《悲剧与惨剧》一文中声称，"一个从事写作的人，更当本着文学良知，多多写发扬人性善良面、人生光明面的文章"[12]，但事实上，她的不少散文述及美国并不美好甚至残酷的一面。这自然是她冷静审视、辩证认知美国的结果。比如，《爱的启示》提到美国青少年自杀现象频发，《黑人之歌》写到美国黑人因种族不平等而遭受苦难，《"你看到过我吗"》述及美国时常发生拐卖人口事件，《电梯口的老妇》将关注的目光投向部分美国人冷漠无情，《十步芳草》则议论道："美国年轻人的公民道德已远不如前了。"[13] 琦君也多次提及战争及其带来的创伤。比如，《打雷与战争》和《爱的启示》二文均述及电视采访《战火孤雏》的作者和因战争而失去双亲的孤儿。显然，琦君将批判的矛头对准了美国穷兵黩武的外交政策。

值得注意的是，随着参与美国社会生活的程度不断深入，琦君对美国的感受和认知明显发生变化。对此，她也有明确意识。在散文集《千里怀人月在峰》的"小序"中她写到，1977 年随丈夫再度赴美，开始漫长的家居生活模式，与 1972 年"到处旅游访问，身心上感受全然不同"[14]。基于两次长期旅居美国体验创作的散文，关注的面明显更为广阔，暴露出的美国的问题也明显增加。与此同时，随着认知和感受发生变化，琦君也部分克服了对美国曾经形成的刻板印象。《美国中年妇女看"妇运"》以美国当时如火如荼开展的女权运动为背景。她通过书写自己接触到的美国女性，凸显了她们勤劳节俭、事业家庭兼顾的良好品质。她写道："搞妇运的激进派女性究竟少数，绝大多数的妇女都是贤妻良母。"[15] 后来写作的《黑人与小猫》和《佛老心》二文，都涉及她对美国少数族群的认知变化。前文述及她一天晚上搭乘地铁因遭遇黑人而恐惧不已，但真正接触之后，她意识到对方心地善良，并为自己的担忧羞愧难当。《佛老心》述及她与犹太医生交涉手术费的过程，最终打破了犹太人"盘算太精"这一刻板印象。

总体来看，琦君在书写美国、构建美国形象时，既能够作为深入参与者，与美国的人和事实现共情，又能够作为冷眼旁观者甚至客观审视者置身事外，与美国保持一定的心理距离。这三重角色并存甚至频繁交替更换，导致琦君书写美国的散文明显具有复调性。叙事者尽管一直以"我"的身份出场，但叙述的对象并不局限于"我"所亲身经历的美国世界，而能扩展到更为辽阔开放、丰富多变的天地，甚至上升到宏大叙事层面。也就是说，琦君尽管多基于个人体验构建美国形象，但往往能够超出个人层面和美国范畴，揭示一些普遍性问题，因而具有更为深邃的内涵。

二、"异乡客"身份与美国书写中的"原乡"记忆

在琦君的生命体验中，地理和文化空间的两次移植至关重要。一次是1949年从大陆迁台，另一次是旅居美国。台湾是中国的重要组成部分，但因政治制度、历史传承、地理位置等问题，与大陆之间的差异巨大。对于第一次移植造成的漂泊、孤寂体验，琦君在《烟愁》《红纱灯》《桂花雨》等早期散文中都有深入体现。与第一次相比，第二次移植带给琦君的"震撼"更为明显，造成的困扰更为巨大，当然意义也更为深远。无论是1972年随团出访美国，还是后来随丈夫两次长期旅居美国，美国对她而言，就是陌生的异邦异乡，而她在美国，就是一个远离故土的"异乡客"。

依照中国基于农耕文化形成的"身土不二"观念，"人存在于他所生活的身体、环境、文化的相互协调一致的状态中，才能达到幸福而合理的存在"[16]。打破了这种平衡，就会引发焦虑甚至痛苦。从大陆到台湾、再从台湾到美国构成的双重移植，使琦君时常受漂泊感、无根感困扰。回望故乡，就成了她克服认同危机的重要途径。故乡，不仅仅是地理意义上的存在，更代表着"生活意义的源头"，是"叙事力量的启动媒介"[17]。琦君书写自己在美国这一异邦异乡的生命体验时，特别喜欢构建与"故乡"的血脉关系，试图在回忆和想象中完成"返乡"之旅。

"从故土来到一个陌生的国度，需要面对的不仅仅是与母国之间遥远的空间距离，更要面对不同文化碰撞所引起的文化惊奇。"[18] 这种"文化惊奇"

会让作家对自己的文化身份更为敏感。在不少旅美散文中，琦君凸显了自己的"异乡客"身份，也淋漓尽致地揭示了伴随其中的无根感、焦虑感和痛苦感。几篇写"过节"的散文，对此体现得尤为明显。对于华人来说，春节、中秋节或许是一年中最为重要的节日，但美国本土人并不具备这样的心理结构，也未形成相应的文化风俗。面对自己珍视但美国人并不在乎的事物，琦君明显强化了"异乡客"身份自觉，也因此倍增凄凉之感、怀乡之意。比如，《不放假的春节》主要写因丈夫供职的美国公司春节不放假而引发的情感体验："没有丝毫年景，只一片荒凉、冷清，真叫人凉到心底。"[19]《团圆饼》起首就写道："寄居异国，几乎年节不分。每到中秋，既无心举头望明月，也无兴趣买象征明月的月饼来应景。"[20] 在《一饼度中秋》中她写道，客居他乡"对我来说，真有一种连根拔的痛苦感觉"[21]。

除了书写因节日引发的孤寂"客心"，琦君还通过其他方式表达"异乡客"生存体验以及由此而引发的"还乡"冲动。比如，在《快乐周末》中她写道："我来美多年，若问我客中心情如何，我的回答很简单，只有三个字：'盼周末'。"[22] 何以如此？主要源于她因对异域空间的不适感受而改变了对时间的认知："在美国，日子不是一天一天地过，而是跨大步一周一周地过。"[23] 也就是说，她渴望早点结束旅居生活、返回魂牵梦绕的故乡。这种"还乡"冲动，在书写患病情状的散文中也有集中体现。《一望无"牙"》写道："单就牙齿来说，我在此心理上就没有安全感。"[24] 在美国看牙，不仅费用惊人，约定时间也颇为不易。这与在台湾看牙形成鲜明对比。就此而言，牙病也就成了思乡病。《佛老心》提到她一直患有胃病，但不愿在美国就医。究其原因，就在于"在异乡异国，孤寂的客心，更可以藉病为由，早作归计"[25]。由此可见，琦君极度渴望完成地理意义上的还乡之旅，自然与"在而不属于"的身份认同有关。

"原乡"不仅是地理意义上的故乡，更是文化和精神层面的故乡，从情感维度来看，总是指向过去和失落。面对暂时无法在地理意义上还乡这一事实，琦君就通过回忆建构"原乡"，流露出了浓烈的怀旧情绪。"怀旧就是现代人为了解决现实情境中的认同危机，时常记忆或回溯过去的自我形象和生存经验。"[26] 从时间维度来看，它重在凸显自己与过去的深度关联。从空间维度来看，它旨在填补自己在当下语境中归属感的缺失。正是通过抒发怀旧情绪、还原"原乡"记忆，琦君部分找到了心灵慰藉。

琦君的"原乡"记忆和构建，同时涉及故乡和童年这两个互为一体的维度，具有诗意化甚至乌托邦化的特征，又往往因现实生活中的特定境遇触发。在《水是故乡甜》中，作者饮着异乡异土的矿泉水，想到的却是家乡的甘泉。她写道："即使是真正天然矿泉水，饮啜起来，在感觉上，在心情上，比起大陆故乡的水，和安居了三十多年第二故乡台湾的水，能一样的清冽甜美吗？"[27] 一句反问，寄托了作者对故乡深深的眷念。在《窗前小鸟》中，作者看到立春时节麻雀在阳台上筑巢，即刻联想到故乡大宅院的栋梁上筑巢的燕子，怀乡之情不言而喻。《故乡的农历新年》则写扭开电视机听到"洋腔洋调"，立刻想起台北尤其是儿时故乡新年的欢乐情境。在琦君笔下，童年的故乡就是心灵的桃花源。她往往把日思夜想的故乡，化作童年视角下的江南，呈现出了别样的人文风俗和诗意的自然美景。《春酒》《新春的喜悦》《青灯有味似儿时》《百衲衣与富贵被》等诸多散文，涉及对故乡和童年的双重建构。欢乐的自己、慈祥的母亲、威武的父亲、机智的姥爷等都被一一活化出来，各色美景、各种饮食、各式风俗也立刻跃然纸上，寄寓了琦君浓浓的乡愁。

因为空间阻隔，故乡已经难返，因为时间断裂，童年早已逝去。童年的故乡，只能是想象域中的美好存在，但它不仅可为个体建构自我提供镜像，还承载着理想生活方式的价值源头，具有精神归依的意义。章方松曾说："故乡是琦君精神上的百衲衣，连缀着每一块碎布，都是她情感的风尘沉淀在蓝靛印花布上，永不褪色的点点生命风痕。"[28] 可以说，琦君在旅美散文中书写精神意义上的故乡，就是受"异乡客"身份困扰，弥合时空距离、填平情感鸿沟的一种努力。可贵的是，琦君虽钟爱寄寓乡愁，但往往能超越乡愁，表现出达观自在的人生态度和直面现实、走向未来的勇气。正如她在《往事恍如昨》的"小序"中所言，缅怀往事，"使我回到童年，使我忘忧、忘老。也使我更有信心与毅力，面向现在与未来"[29]。

三、旅外华人身份与美国书写中的中华文化共同体意识

英国学者乔治·拉伦指出："只要不同文化的碰撞中存在着冲突和不对称，文化身份问题就会出现。"[30] 琦君旅居之时，美国已朝着多元文化主义迈出了一大步，但少数族群依然是相对于白人主流的"边缘化"存在，文化身份也无法得到充分认可。这就促使少数族群时常要通过各种途径找寻、确认、重构自我文化身份。所谓文化身份，一个很重要的层面就是对自己所属群体的认知和想象。上文已经指出，"异乡客"是琦君旅居美国时非常突出的自我身份认同，但她并未将自己宽泛地定位在这一身份层面，而是热衷于凸显自己的华人身份。

琦君旅居美国多年，自然能感受到华人在美国遭受各种不公待遇，但跟赵建秀、汤亭亭等华裔作家明显不同，她很少直接对此展开书写，反而着意突出自己感受到的各种温情。不过，对于自己的华人身份，她则非常敏感。她在美旅居时，喜穿旗袍，每当他人问及，她会立刻亮明自己是台湾人或中国人的身份。她甚至还会因被误认为其他东方族群懊恼不已。比如，在《垂柳斜阳》一文中，篱笆边的一位美国老妇人前来借水龙头冲洗车子，就问道"我"到底是日本人还是韩国人，"我有点生气，大声告诉她，我是从台湾来的中国人"[31]。她为何"有点生气"？究其原因，就在于她对自己的华人身份具有高度敏感性和认同感。

作为旅居美国的华人，琦君除了对自己的华人身份非常敏感，除了会因身份焦虑勾起"原乡"记忆，还时常流露出对中华文化的自豪感，关注在美华人的精神状态、中美文化差异、中华文化赓续等问题。这一切，无不体现出她强烈的中华文化共同体意识。

琦君的散文尽管高度称赞美国的自由、独立等优良文化精神，但从不因此对中华文化妄自菲薄，反而体现出了强烈的文化自信。这种自信，既是因为中华文化自身确有优长之处，又是叙述主体强烈的情感认同使然。比如，《静止的风铃》一文述及她因维护中华文化而怒怼他人的情景。面对爱荷华大学中文系请来的日本书法家胡言乱语，她"心中充满了厌恶，立刻说日本本

身没有书法，也没有绘画，他们的文化艺术最初吸收自古中国，然而再向西方学习"[32]。除了直接维护，琦君还借美国人对中华文化的热爱来体现文化自信。同样是在《静止的风铃》中，她谈到美国友人谈女士发自内心地热爱中国艺术，不仅墙上挂着中国画，而且收藏印有文徵明、齐白石等人画作的画册。在《友谊之舟》一文中，琦君再次谈到该女士，并认为她"诚恳待人、真情流露的性格"，与"深受东方文化的洗礼熏陶"不无关系[33]。

华人是中华文化的重要载体。他们在异域空间的一举一动，都牵涉到中华文化的形象。琦君尽管对中华优良文化及其在美国产生影响深感自豪，但对部分在美华人的劣根性深感痛心，对他们的道德滑坡也忧心忡忡。《一把椅子》中身为华人的大楼管理员，对她傲慢至极，但对另一与他同乡的华人热情相待。两相对比，琦君无不感慨："我感慨的不是他对我的无礼貌，而是某些中国人同乡观念之狭窄。"[34] 这充分展示了琦君批判中华文化残存糟粕的勇气。《自由中国之友》先赞扬美国人的独立自由精神，接着批评不少中国年轻人喜欢依赖父母，但成年之后不顾父母恩情，缺乏人情味。在《五个孩子的母亲》一文中，她先肯定美国老年人强烈的独立意识，接着又发问："台湾现代的中国家庭，有几个儿女能存有反哺之心呢？即使勉强住在一起，又有几家不是貌合神离呢？"[35] 《母心似天空》讲到一名美国女孩对祖母照顾有加，但一华人家庭，将年老病重的母亲弃置家中，自己外出旅行。这三篇散文，都通过对比的方式反思现代转型过程中华人的道德滑坡问题。琦君往往将这一问题归咎于西方文化的冲击，为此，她提出有必要"重振一下中国孝悌忠信的固有道德"[36]。这在某种程度上又反衬了她的文化自信意识。

中美文化存在巨大差异是一个客观事实。作为长期旅居美国的华人，琦君对此自然有深刻感受。比如在《春雪·梅花》一文中，她由纽约春天突降暴雪，引申到了华人对梅花的热爱。她写道："美国是没有太多苦难的年轻国家，他们爱的是春来的姹紫嫣红，和日人所赠的娇艳而短暂的樱花"，因此很难理解中国人爱梅的心情[37]。在《忘年之乐》中，"我"因朋友拒收捎带购买商品的钱款而客气争执，被路过的美国老太太误认为吵架。作者叹道："中国人的客气争执，实非西方人所能理解。"[38] 这种误解，当然是文化差异造成的。琦君处理文化差异时，往往从日常生活的细微之处入手，正是通过一些具体的细节，文化间的差异得以彰显。

　　华人在美国生活，必然遭受两种不同文化的交流和碰撞。找到恰当的平衡点，对于个人维持心理健康、顺利融入美国社会都至关重要。面对文化冲突，华人在美国到底该如何自处？这也是琦君非常关注的议题。《愿天下眷属都是有情人》提到她与费景汉博士座谈。在费博士看来，如今的华人父母不应拿中国传统道德标准要求和衡量子女。这番言论让她"听来如有所失"，接着她自问："在东西不同文化的冲击之下，我们这些老一代的，身居海外，究竟是放弃旧道德观念呢？还是尽全力维系，以身作则，使下一代子女，多多少少能接受这种道德观念呢？"[39] 对此，她并未直接作答。但在另一篇散文《三代情》中，她通过塑造好友爱女的良好形象给出了答案。好友的爱女"自幼生长在美国，却是百分之百的中国闺秀"，尽管受西洋文化洗礼，但保留了中华传统美德。她进一步指出，在美华人面对西方文化冲击，应该"于冲激中获得调和"，"体认中国固有文化之可贵"，而父母亲也应特意培养子女的中国传统文化意识[40]。琦君意识到了西方文化对在美华人传承中华优良文化构成巨大挑战，但并不因此完全排斥西方文化，而是主张华人应采取"调和"策略赓续中华文化血脉。显然，这是一种理性的文化立场。

四、老年女性身份与美国书写中的老年群体关怀

　　一旦步入老年，就需面对身体状况日渐恶化、自我认同感迅速下降等一系列客观和主观问题。琦君出生于 1917 年，第一次访问美国时已 55 岁。第二次旅居美国，已入花甲之年。第三次则 66 岁赴美，直至 87 岁高龄才返台定居。也就是说，琦君体验美国、书写美国，发生在渐入老境甚至已入高龄之时。研究表明，"女性比男性更趋向于认同老年人身份"[41]。琦君作为渐入或已入老境的女性作家，不仅表现出强烈的老年身份认同，而且热衷于书写老年群体。这构成了她美国书写的又一个显著特点。郜元宝指出，"提到'老年写作'，读者容易想到的，要么是'老当益壮'……要么直接想到特奥多·阿多诺'晚期风格'的说法，即认定文艺史上经典作家的晚期作品往往就是灾难。"[42] 就琦君而言，"老年写作"非但是"老当益壮"的表征，更绝非"灾难"。

李商隐曾感叹道："夕阳无限好，只是近黄昏。"夕阳纵使无限诗意，但随着黑夜临近，一切终将化为哀愁。有学者指出，"人至老年，由于感觉感官的老化，记忆力的衰退，现实生活已很难令他们激动，故而在一些老作家笔下，叹老、怀旧、诉说人生哲理，便成了最常见的主题。"[43] 在琦君基于美国体验创作的散文中，叹老、怀旧、分享人生智慧等确是重要主题。反复书写老年作家才钟爱的主题，既与她对自己青春已逝这一事实形成深切认知有密切关系，又表明她对自己的老年人身份有自觉意识。

追忆童年和故乡，关注当下生活中美好的儿童世界，构成了琦君叹老的重要方式。身处异国他乡，琦君时常陷入对童年和故乡的回忆当中。这些又被她投上了浓浓温情和无限诗意，填补了人生迟暮的各种心理空缺。面对暂时回不去的故乡和早已逝去的青春年华，琦君不禁将目光投向了当下生活中充满温情、遍布天真的青少年世界，体现了"老祖母"的"童真视角"，保留了"童真之贞"[44]。比如，《母心似天空》中的女孩积极向上，不仅每天坚持送报，还抽空精心照顾祖母；在《瞬息人生》中，作者对邻居家婴儿宝蓝的眼睛和手舞足蹈的情状念念不忘，更是记住了孩子母亲的话："我真希望她的眼睛永远是蓝的。"[45]

年老体衰，疾病缠身，是不少老人的重要特征。研究表明，"健康状况对老年人身份认同有非常显著的影响，健康水平越低，老年人身份认同越趋向于老化。"[46] 这种因健康状况恶化造成的"老化"，自然也是琦君叹老的重要诱因。琦君在散文中不仅反复述及自己被疾病折磨，还时常描绘其他老年人患病的情状。《佛老心》主要叙述自己因胃部出血实施手术的经历。《一望无"牙"》提到自己经常受牙疼困扰，《药不离身》更是说自己"自幼是从药罐里长大的"[47]，甚至养成了"药不离身"的习惯。《瞬息人生》提到年近七旬、和蔼沉默的邻家老头患肝癌去世，老伴为此悲伤过度，一改往日良好的精神面貌。《赌城奇遇记》提到一银发老太不仅患有严重的心脏病，而且子女分散各地，少来探望，只在重要节日寄送卡片。在《生与死》中，一老人长年患病，因不愿拖累儿孙，开瓦斯自杀。在琦君笔下，疾病不仅仅是一种事实的存在，更是一种对老年生活和精神困境的隐喻。

琦君的散文往往能从小事中提炼出一些道理，具有很强的哲理性。正是因为年事渐高、饱尝人间冷暖，琦君才热衷于总结人生感悟、分享人生智慧。这方面的散文非常之多，其实也是她认同老年身份的重要表征。比如，在《黄金之恋》中，作者因电视上播放的黄昏恋趣剧引发思考："人生数十年寒暑，自出生之日，便是向前行走，也是向终点行走，能愈走愈见境界，平安快乐地走到终点，便是最大幸福。"[48]《若要足时今已足》述及自己不愿丢弃陈旧褪色的五斗橱，深刻体悟了"知足常乐"的人生哲学。《铁树开花》述及自己精心养护被美国邻居丢弃的萎靡铁树，进而形成了如此人生感悟："不管是树或人，不论是十年、百年，只要你付出爱心和关怀，世界的万事万物，总不会使你失望的。"[49]

强烈的老年身份认同，也使琦君将老年群体作为重要书写对象。在她笔下，老年人的生活、精神状态呈现出两种明显不同的形态。一种是老有所为、老有所乐。比如，《窗外》中头发花白的工地管理员身体康健，以工作为乐；《生与死》中的高龄义警精神抖擞，不畏严寒；《五个孩子的母亲》中的老先生深谙恬然生活之道，老太太心宽体胖。这些都是琦君心目中老年生活的理想形态。与之形成鲜明对比的是空虚寂寞、生活无着。比如，《垂柳斜阳》中的邻家老妇人因家人繁忙，无暇照顾，只能寂寞度日；《忘年之乐》中的高龄老妇无限孤独，只能以狗为伴；在《电梯口的老妇》中，老妇人的生活更是缺乏温暖和期待，"在茫然中数着分秒，走向人生的终结"[50]；《此心春长满》一文述及路边长椅上坐着一名衣衫褴褛、无家可归的老妇。在琦君笔下，老年人不仅需要面对身体状况恶化这一残酷的事实，更得忍受温暖缺乏、社会保障不足等一系列困境。她这样的书写，既流露出对老年生活的焦虑和担忧，更隐含着对老有所养、老有所乐这一理想模式的呼吁和期盼。

值得注意的是，琦君笔下生活和精神状态不佳的老年人，以女性居多。这可能与性别差异本身有关，但更是由于作者身为女性，重点刻写了这一群体，甚至有意放大了她们的困境。琦君旅美之时，女权运动正如火如荼开展。不过，她更倾向于在民主、平等、自由等启蒙观念的基础上，宣扬诸如相夫教子、勤俭持家、恭谦礼让等女性"传统美德"。因此，她关注女性尤其是老年女性群体，主要源于深厚的人文关怀意识，而非借此来表达对激进女权观念的认同。有学者指出，在当代文学中，老年女性"这样一个庞大的社会群体，却在同为女性的作家笔下成为事实上的'被遗忘和被抛弃'的人"[51]。难能可贵的是，琦君身为老年女性，热衷于书写老年女性，甚至替她们这一群体发出了声音。从这个维度来看，她的美国书写也很有价值。

五、"今之古人"身份与美国书写中的现代性焦虑

不断追求现代性，是人类社会前进的不竭动力。现代观念的层叠更替，现代技术的推陈出新，在帮助人们祛除对自身和世界的"迷思"、享受大众文化盛宴等的同时，也让大家普遍陷入了备受焦虑、压抑、危机折磨的困境。几乎可以肯定的是，"现代生存危机并不是生产资料和生活资料的危机，而是制度危机、文化危机、情感危机和精神危机"。[52] 现代性这种悖论式的存在，促使不少作家加入了表征、反思甚至批判的行列。美国是当今世界最为发达的国家。琦君在此长期生活，自然对现代性的积极和消极影响体会更为深刻。面对现代性的冲击，琦君不但反复申述自己的"今之古人"身份认同，而且以此为心理机制，书写各种现代危机，体现出了强烈的焦虑情绪和反思意识。

琦君戏称现代生活为"按钮人生"。在同题散文中，她由读到《数字人生》一文引发联想，进而写道："再细细想想，现代人的生活方法，岂不是可以用'按钮'来包括，也有点叫人感慨系之。"[53] 面对以机械化、信息化为特征的现代生活方式，她时常以"今之古人"自许。比如，在《再做"闲"妻》中，她提到租住的屋子里冰箱、洗衣机不能正常工作，连电饭锅等必要的厨房用具也暂时无法使用，只能手洗衣服，用传统锅灶煮饭。对此，她并未埋怨，而是如此安慰自己："幸得我一向自诩为'今之古人'。"[54] 该文文末还提到丈夫李唐基也说她"真是一个顽固的'今之古人'"[55]。《电脑与人脑》则侧重于"论证"人脑远胜电脑的观点，文末写道："也不知哪一天，科学家会把我这个'今之古人'现代化起来。"[56]

琦君对"今之古人"身份的认同，除了自许，还通过其他方式体现出来。在《电脑与人脑》中作者就提到，电脑虽已被广泛使用于下棋、打牌、对谈、写作等生活领域，但她接连发出疑问："试问对着机器人有骨无肉的脸，碰到它冷冰冰的手，生活还有什么情趣？""试想面对一架机器的荧光屏，双手按

钮，美感从何而来？"[57] 琦君承认，人类社会已经步入电脑化时代，但她并不迷信现代科技，甚至认为它造成了情感的淡漠和美感的丧失。正因如此，她才坚持手写文章和书信，认为手写的文字更能彰显个性，蕴含温情。琦君对传统价值观念在现代社会不断遭到解构也深有感触，为此，她将弘扬"仁义忠爱""克己复礼"等"固有道德"作为己任。《愿天下眷属都是有情人》《母心似天空》《三代情》等散文，都表现出了这种价值取向。琦君不仅以散文、小说著称，而且是著名的古典诗词研究专家，曾出版过《词人之舟》等论著。她不排斥外国文学、现代文学，但更偏好于中国古典文学，往往能从其中找到心灵的慰藉。就连她的不少书名、篇名，如"三更有梦书当枕""留予他年说梦痕""未有花时已是春"等，都带有明显的古典气质。

正是因为在很大程度上认同"今之古人"身份，琦君对现代性及其各种表征充满焦虑，倍感困惑。在很多旅美散文中，琦君流露出了这种情绪，主要体现在 4 个方面。一是道德退化、人际冷漠。在《童稚的情趣》中，作者将"人情淡薄"视为"工商业社会"的重要特点[58]。《十步芳草》《电梯口的老妇》等散文都对这方面有所刻写。在琦君看来，这种情况在都市这一现代性的集中演示场域中尤其突出。她笔下的都市，往往就是负面价值的载体。二是行为过激。比如，在《爱的启示》中琦君提到青少年频频自杀，并从物质富足引发感官麻木、科技发展引发对宇宙人生和生命失去敬畏之心等方面分析原因。她进而上升到对整个现代文明的反思层面："可见得这不是某一个国家的单独问题，而是现代文明中究竟缺少了一些什么之故吧？"[59] 三是角色失范。比如，《美国人的亲情》《忘年之乐》等提到有些子女沉迷于满足自我需求，但对父母不管不顾；《美国主妇的生活》《美国中年妇女看"妇运"》等提到部分女性"不安于室"，高喊口号，过于追求个人"权利"，完全忘却了自己理应承担的职责。四是战争频发、歧视横行。比如，《打雷与战争》《贝契勒》等述及战争及其危害；《黑人之歌》《黑人与小猫》等关注的重点则是人类因观念偏狭、平等意识缺乏而引发的种族歧视问题。

琦君曾在《"闺秀派"与丑恶面描写》中写道："平平实实地，以满怀悲悯之心报道，这是作者的写作良知与一份使命感。其用意是为求发掘问题症结之所在，唤起广大读者的同情心而谋解决，绝不是恶意丑化人生。"[60] 可贵的是，面对各种现代性问题，琦君并不一味宣泄焦虑情绪，而是尝试提出解决问题的途径，体现出了强烈的济世情怀。比如，针对战争频发，她"希望美国这个居世界领导地位的大国，能够一直有仁者、智者在位，以正确的外交途径，争取真正的和平"[61]；针对歧视横行，她认为需要"发扬光辉的人性，与不分种族、不分主义的同胞爱"[62]，需要"彼此在心理上都能平等看待"[63]。诸如此类，都体现了琦君"爱"的哲学。在她看来，只有"爱"才能避免各种危机重现，只有"爱"才能弥合各种创伤。琦君一直相信文学的教育功能，"希望能以文学的力量，转社会的戾气为祥和，转人世的烦恼为菩提"[64]。这既是她坚持笔耕不辍的重要缘由，又是她直面现代性问题、克服现代性焦虑的重要方式。

当今时代，做一个真正的"今之古人"并不容易，甚至至为艰难。需要注意的是，琦君一边认同"今之古人"身份，一边思考自己该如何在现代与传统的夹缝中自处。在《四十年来的写作》一文中，琦君谈及缅怀旧事之作时写道，作家"必须要对现实人生有所启迪，不能一味怀旧，否则那真变成'今之古人'，一点时代意识都没有的陈腐人物了"[65]。整体来看，琦君对传统社会秩序、伦理结构、生活方式心存眷恋，甚至表现出了一定的"复古"意识，但并不因此而冥顽不化；她对现代性确实有所抗拒，对其造成的负面影响着实焦虑不安，但并不因此而彻底拒绝接受和融入现代。从这个层面来说，琦君所焦虑甚至抗拒的，与其说是全部的现代性，还不如说是其丑陋的一个侧面。陈力君就曾指出，琦君的散文"低吟慢咏在传统与现代之间"，"回应着从传统向现代裂变中的游子心态"[66]。传统向现代的裂变，在让琦君深感不适的同时，也成了她深入反思、呈现现代性复杂面相的重要动因。

"我是谁""我身居何处"和"我将去何方"，构成了身份的核心命题。如何回答这些问题，不仅涉及如何定位和建构自我，还蕴含着如何与他人、社会、文化等建立认同关系。整体来看，琦君在旅美散文中凸显了渐入或已入老境、具有古典意识的海外华人女性作家身份，对此，她也在很大程度上表现出了认同感。这就导致她书写美国时，既扮演着参与者、旁观者和审视者角色，构建出了立体多维的美国形象，又因暂时无法完成地理意义上的还乡之旅，频繁选择书写"原乡"记忆，还体现出了强烈的中华文化共同体意识、老年群体关怀意识和现代性焦虑情绪。琦君在旅美散文中呈现出的多重自我身份，与她的美国书写之间明显形成了同构关系。她的多重自我身份导致美国书写呈现出了丰富性和深刻性，美国书写反过来又成为她多重身份的重要表征。当然，我们在充分体认琦君认同各种自我身份的同时，也得关注其中复杂的一面。正是因为对自我身份及其认同时常产生困惑甚至焦虑，她往往在美国书写中呈现出深刻的反思甚至锐利的批判意识，这使得她的旅美散文充满了矛盾的张力，意义变得更为繁复，意境也变得更为浑厚。

如今，知识人身处边缘化的尴尬境地，"立法者""启蒙者"等社会角色也明显遭到挑战。然而，琦君作为"五四"文化精神熏陶下成长起来的知识人，依然坚守文学的教化功能，体现出了很强的社会责任感。书写他者，往往是一种投射、想象和表达自我的方式。琦君书写美国，看似关注的对象是美国这一他者，揭示甚至暴露的也是他者的问题，但实际上，她往往能在其中有机融入自我，传达对自身及原生社会和文化问题的关切意识。与此同时，她能够超越自我，上升到对跨越种族、性别、地域和文化的共同性问题的思考层面，体现出大关怀和大智慧。这自然是琦君旅美散文的重要价值。琦君早年的散文，曾因乡愁味道过于浓厚、关注当下生活明显不足而遭到批评。即便是琦君后来创作的诸多作品，不少读者也未充分重视其中蕴含的当下社会文化关怀意识，从而往往形成她总能笑对一切、淡而出之这样的刻板认知。上文的分析即可表明，这种认知至少无法涵盖琦君旅美散文书写美国时呈现出的全部面貌。从这个角度来看，细读琦君的旅美散文，研究其美国书写问题，对重新理解琦君其人其作、深刻体悟现代人践行"启蒙"理念的方式方法依然不无意义。

参考文献

[1] 夏志清《夏志清书简》，周吉敏主编《一生爱好是天然：琦君百年纪念集》，中国文联出版社 2018 年版，第 203—205 页。

[2] 方忠《留予他年说梦痕，一花一木耐温存——琦君散文论》，《台港与海外华文文学评论和研究》1992 年第 1 期。

[3][44] 黄万华《"老祖母"的"童真"视角——琦君旅美后散文创作

浅论》，黄万华主编《美国华文文学论》，山东文艺出版社 2000 年版，第 158—162 页。

[4] 黄万华《视角越界：海外华人文学中的叙事身份》，《学习与探索》 2003 年第 6 期。

[5] 张默芸《琦君论》，《江苏社会科学》1994 年第 3 期。

[6] 杨俊华《论台湾女作家琦君散文的叙述法》，《广东社会科学》2005 年第 6 期。

[7] 曹惠民：《台港澳文学教程》，汉语大词典出版社 2000 年版，第 114 页。

[8] 文春英、吴莹莹《国家形象的维度及其互向异构性》，《现代传播》 2021 年第 4 期。

[9][58] 琦君《琦君散文选》，百花文艺出版社 2000 年版，第 175、 170 页。

[10][19][24][25][31][35][47][54][55][59][61] 琦君 《水是故乡甜》，九州出版社 2014 年版，第 130、88、104、128、65、123、 106、56、59、51、54 页。

[11] 杨牧《留予他年说梦痕》，周吉敏主编《一生爱好是天然：琦君百 年纪念集》，中国文联出版社 2018 年版，第 213—216 页。

[12][13][38][39][45][48][50][56][57][62] 琦君《泪珠 与珍珠》，中国友谊出版公司 1992 年版，第 78、53、72、2、142、34、32、 99、88—89、105 页。

[14][15][32][33] 琦君《千里怀人月在峰》，（台北）尔雅出版社， 1978 年版，第 1、85、36—37、135 页。

[16] 王杰《乡愁乌托邦：乌托邦的中国形式及其审美表达》，《探索与 争鸣》2016 年第 11 期。

[17] 王德威《想象中国的方法》，生活·读书·新知三联书店 1998 年 版，第 225 页。

[18] 万芳《写作的异乡人：以张翎为代表的海外华文作家的书写姿 态》，《当代作家评论》2018 年第 6 期。

[20][21][27] 琦君《素心笺》，重庆出版社 2004 年版，第 34、236、 57 页。

［22］［23］［37］［53］［63］琦君《琦君散文》，浙江文艺出版社1994年版，第280、279、51、351、323页。

［26］赵静蓉《现代人的认同危机与怀旧情结》，《暨南学报（哲学社会科学版）》2006第5期。

［28］章方松《琦君的文学世界》，（台北）三民书局2004年版，第156页。

［29］［60］琦君《往事恍如昨》，湖北人民出版社2006年版，第4、181页。

［30］［英］乔治·拉伦《意识形态与文化身份：现代性和第三世界的在场》，戴从容译，上海教育出版社2005年版，第194页。

［34］［36］［40］［64］［65］琦君《未有花时已是春》，金城出版社2016年版，第231、141、150—151、263、265页。

［41］［46］袁亚运《健康状况、社会性因素与老年人身份认同》，《人口与社会》2016年第3期。

［42］郜元宝《另类"老年写作"·超文本·精神反刍·迟到的主题翻转——读王蒙长篇新作〈笑的风〉》，《当代作家评论》2021年第1期。

［43］杨守森《年龄与文学创作》，《山东师范大学学报（人文社会科学版）》2003年第6期。

［49］琦君：《且修一朵岁月禅》，北京联合出版公司2017年版，第211页。

［51］李有亮《老龄化趋势下文学关怀的缺失——以女性写作中"老年缺席"现象为例》，《当代文坛》2015年第1期。

［52］晏辉《现代性场域下生存焦虑的生成逻辑》，《探索与争鸣》2020年第3期。

［66］陈力君《低吟慢咏在传统与现代之间——论琦君的文学世界》，《中文学术前沿》2010年第1期。

作者简介：

张宝林，男，甘肃定西人，文学博士，西北师范大学外国语学院副院长、教授、硕士生导师，教育部全国高校教师网络培训中心特聘教授。

"守童心"与"乐童心"

——丰子恺与琦君"童心书写"比较研究

孙良好　　胡新婧

（温州大学）

摘要：丰子恺与琦君都拥有一颗童心，但两位作家的童心因个人的成长经历与阅历、个人的性格气质和外界的影响闪耀着不同的光芒，在照亮各自生命之旅的同时照亮一代代读者。丰子恺与琦君都明白童心可贵，前者选择守护童心，后者选择与读者一起分享童心之乐。在"童心书写"的过程中，琦君在过去的童年时光中汲取了童心的力量，较丰子恺更能用纯净的童心体验现世，积极看取人生。

关键词：丰子恺；琦君；守童心；乐童心

五四运动的伟大之处在于，人道主义被提出，女性被关注，儿童被发现。丰子恺作为五四时期发现儿童的代表作家，高举"以儿童为本位"的旗帜为儿童代言和写作，他对孩子的喜爱可以用痴迷来形容。琦君比丰子恺小近 20 岁，但一样能成为儿童的朋友，这是因为两位作家都有一颗童心。但是，他们的童心又因个人的成长经历与阅历、个人的性格气质和外界的影响闪耀着不同的光芒，在照亮各自生命之旅的同时照亮一代代读者。在"童心书写"的过程中，琦君在过去的童年时光中汲取了童心的力量，较丰子恺更能用纯净的童心体验现世，积极看取人生。丰子恺和琦君都明白童心可贵，前者选择守护童心，后者选择与读者一起分享童心之乐。

丰子恺极爱儿童，他曾直言："近来我的心被四事所占据了：天上的神明与星辰，人间的艺术与儿童。"① 在《琦君寄小读者》的自序《给小读者写信，可以忘忧》中，琦君提及自从去了美国后便非常非常想念国内的小读者，每当看报纸的儿童版时，他们天真的笑靥就会浮现心头。可见她不仅自身极富童心，也非常爱儿童，喜欢与儿童交流相处。丰子恺与琦君一样，他们都爱写自己的童年，因为他们都出生于殷实之家，有疼爱他们的长辈和知心的玩伴，可见一个爱写童年并能将之写得生动有趣的作家必定是拥有幸福童年的。然而，他们作为成年人回首童年时的姿态却是截然不同的。丰子恺极端崇拜儿童，琦君则是能与儿童平等对话的朋友。丰子恺笔下记忆中的童年有多欢乐，现实中的成人世界就有多不堪。他在《梦痕》里写自己额上的疤如被流放的囚犯脸上的金印，"仿佛我是在儿童世界的本贯地方犯了罪，被刺配到这成人社会的'远恶军州'来的"，流露出的是被时间驱逐出黄金时代的巨大苦楚与哀怨，这使得他守护童心的信念愈加坚定；琦君写童年则是为了与年老年少的朋友们一起乐享童年、乐享童心，回忆过后虽也会生出一缕亲人永逝、故土难回的轻愁，但并不能掩盖忆旧时的欢乐与温馨。丰子恺与琦君的不同归根结底在于他们对待儿童与成人的态度不同，进而直接影响他们对童心的态度与体验。

一、对儿童与成人的不同态度

在儿童被"发现"以前，其成长过程中该有的天真烂漫阶段往往被成年人残忍地压缩甚至取消，代之以成年人的附属品存在，或者就是缩小版的成人。作为五四时期"儿童崇拜"浪潮中的代表人物，丰子恺对此表现出强烈的不满，成为最坚定的儿童赞颂者与代言人。他一方面继承了李贽的童心观，反对以成人的礼教系统对儿童进行规约；另一方面，他又以佛教的护心观为基石，强调完备的人必须拥有"慧心"与"善心"。不过，与五四时期主张以儿童为本位的其他作家相比，丰子恺的极端之处在于，他对待儿童与成人的态度有着云泥之别。

①丰一吟选编.丰子恺散文 [M].杭州：浙江文艺出版社，2004.29.

　　丰子恺在二十七八岁的时候，已然是 3 个孩子的父亲了。与普通的年轻父亲相比，他还兼任了"母亲"的角色，虽然辛苦，但他甘之如饴。那小燕子似的一群儿女的生活百态成了他上好的绘画素材，同时也成为他重要的写作资源。创作的过程是他加深对儿童的认识和崇拜的过程，他发现儿童是与成人截然不同的群体，他们有丰富饱满的情感，有广大自由的天地，还有天赋异禀的艺术直觉。他们可以随心所欲地提出一切愿望，看到天上银钩似的月亮，便要父母摘下来给他们玩；在大人看来毫无用处的破凳子，能被他们创造成一辆自行车玩得不亦乐乎。他们是有爱的天使，看到光脚的凳子会为它们套上鞋袜，看到死去的鸟儿会认真地喊它活过来；他们坦诚率真，从不掩饰自己的"自私自利"；他们无论做什么事情都愿意不计后果地投入自己全身心的力量。在丰子恺看来，儿童这些看似天真无邪的行为实际上是人类大智慧的反映。

　　事实上，丰子恺揭示的不仅是儿童的个体生存状态，而且以此作为成年人的参照。他认为"孩子们都有大丈夫气，大人和他们比起来，个个都虚伪卑怯"①，只有天真烂漫、人格完整的儿童，才能称之为真正的"人"，相反，那些生活在虚伪骄矜的世界里的成人，早已失却本心，变得面目可憎。因此，当他意识到自己的孩子在逐渐接受成人世界的法则开始长大时，内心就会产生强烈的失落感。如他在《谈自己的画》里写的："他们由天真烂漫的儿童渐渐变成拘谨驯服的少年少女，在我眼前实证地显示了人生黄金时代的幻灭，我也无心再来赞美那昙花似的儿童世界了。"② 他还专门写了《送阿宝出黄金时代》来悼念女儿阿宝逝去的童真。由此可见，丰子恺是将儿童世界与成人世界尖锐地对立起来的，儿童的世界是广大自由的，成人的世界则是狭小苦闷的。当孩子们长大成人，自己也步入中年之境的时候，他就产生了"去日儿童皆长大，昔年亲友半凋零"的感叹。在回复谷崎润一郎的《读〈缘缘堂随笔〉》中，丰子恺表示自己虽然内心还是个孩子，但实际上已将自己移出黄金时代，与儿童世界分裂开来，因此他才会时时流露出损害儿女天真之气

　　①丰一吟选编．丰子恺散文［M］．杭州：浙江文艺出版社，2004.127.
　　②丰一吟选编．丰子恺散文［M］．杭州：浙江文艺出版社，2004.130.

后的忏悔与仰望儿童的姿态。

与丰子恺相同的是，琦君也有意为读者展现儿童的有情世界。不过，丰子恺笔下的主人公大多时候是他的儿女，而琦君笔下天真好玩的儿童则是她自己。在回忆童年，塑造小春的形象时，琦君往往伴随着对成人的描写，这些人大多是小春的启蒙者与引导者。在她看来，儿童无疑是真、善、美的，但成人未必就如丰子恺所描述的那般假、大、空。不论是童稚时身边的长辈、亲人，或是求学过程中遇到的良师益友，还是在漫漫人生路上遇到的形形色色的人，他们有的依旧保留童稚之心，有的永远在传播善意，有的充满人生的智慧，有的虽命途不堪却仍然积极向上，即使是牢狱囚犯也各有各的闪光点。

与丰子恺将儿童与成人之间的联系完全割断不同，琦君认为儿童与成人并非完全对立，很多时候是相互成全的，儿童时期可以是一个完备的"人"的准备期，成人也可以像孩子一样天真烂漫、真挚善良，儿童与成人是两个可以相互学习与对话的群体。所以她并不像丰子恺一样因自己是成年人而感到自卑，从而需要仰望儿童。她的愁与痛来自时光已逝，而不是童真难复，她没有所谓的黄金时代，因为她终其一生都保存着"赤子之心"。林海音在《谈谈琦君》里就曾写到琦君与自己女儿的交往，称琦君给她家来电时，经常是找她女儿聊天，而不是找她，这用北平话讲叫"没大没小"，文言一点说是"忘年之交"。因为忘年，所以当她迈入中年之境时，"如访名山古刹，听鸟语松声，回首羊肠小径，不觉拈花微笑，怡然自得"①。这一份既来之则安之的豁达心境，与丰子恺悲叹儿女不复天真，自己也行将老去的愤愤不平全然不同。

二、儿童文学的不同表达

知名儿童文学研究学者朱自强曾根据作家创作儿童文学的目的将儿童观分为三类：第一类以儿童为本位，尊重儿童自身的原始欲望，从而解放和发

---

①琦君．琦君散文［M］．杭州：浙江文艺出版社，1994.358.

展儿童的儿童本位儿童观;第二类以居高临下的成人姿态,试图通过文学来规训儿童的教训主义儿童观;第三类将自身与儿童合二为一,渴望得到与儿童相同的生命价值的童心主义儿童观。借此,他进一步提出儿童观是决定一部儿童文学作品优劣的关键性因素。这样的分类法对认识和研究儿童文学作家无疑是有一定成效的。但在使用这一分类法时,我们不能简单地对号入座,因为儿童本位儿童观和童心主义儿童观也未必没有教育儿童的目的。

丰子恺无疑是最为尊重儿童自身欲望的作家,他希望儿童能摆脱成人世界的礼教法则,健康自然地生存,同时也希望自己能获得与儿童一样的生存状态和生命价值,甚至曾极端地表示儿童们应当在失去童心之前都自然死去,从而使童心永存。然而,在《丰子恺童话》的代序《吃糕的话》中,他认为作画与作文都应像茯苓糕似的,"最好不但形式美丽,又有教育作用,能使精神健康"。① 由此可见,三种儿童观的部分特性在丰子恺身上是融合并存的。丰子恺写了不少描写儿童的散文,如《儿女》《从孩子得到的启示》《华瞻的日记》等都以儿童为主人公,表现他们的纯真可爱,但其阅读对象则主要是成人。他希望向成人展示纯净美好的儿童世界,以与复杂冷漠的成人世界形成对比,进而表现对儿童世界的赞美和向往,引起成人的反思。这些作品虽然充分表现出儿童本位和童心主义的儿童观,但因为期待读者是成人,所以不能称之为严格意义上的儿童文学。方卫平、王昆建主编的《儿童文学教程》为"儿童文学"下的定义包括:"是为儿童创作的各类文学作品的总称;是具有独特艺术个性和审美价值的语言艺术;是适合儿童接受并为他们所喜闻乐见的语言艺术;对儿童具有审美、认识、娱乐、教育等多种功能和价值。"② 丰子恺真正意义上的儿童文学作品应当是 1936 年为《新少年》杂志写的艺术故事和 1947 年至 1949 年为《儿童故事》杂志撰写并被合编为《丰子恺童话》的儿童故事,后者是最能表现其儿童观和写作目的的作品。《丰子恺童话》收录的故事按写作目的划分大致可以分为以下三类:其一,以教育儿童为主,希望增强儿童的慧心与善心,如《博士见鬼》《油钵》《猎熊》等;其二,以

---

①丰子恺. 丰子恺童话 [M]. 桂林:广西师范大学出版社,2004. 1.
②方卫平,王昆建. 儿童文学教程 [M]. 北京:高等教育出版社,2004. 4.

表达理想为主，为儿童构筑起没有阴谋算计、淳朴友善的乌托邦，如《大人国》《赤心国》《有情世界》等；其三，以娱乐为主，贴合儿童的审美情趣，如《夏天的一个下午》《骗子》《毛厕救命》等。综上所述，无论期待阅读对象是成人还是儿童，丰子恺最主要的创作目的都是"守童心"，他总是希望儿童永远保持天然的艺术直觉和与万物共情的能力，永远真挚热情；希望儿童即使随着岁月流逝而长大成人，也要尽可能避免变成他笔下自私冷漠、虚伪骄矜的成年人。

琦君与丰子恺的相似之处在于前期也创作了大量描写儿童生活的散文，其主要阅读对象同样是成年人，后期才逐渐开始儿童文学创作。与丰子恺不同的是，琦君的儿童文学创作之路是以翻译外国儿童文学为开端的。在《新泽西新闻》的专访中，她提到自己有感于下一代教育的重要性，希望能将中国文化传给下一代，所以有心为中国的儿童文学尽点力，并期望国内能早日成立翻译中心，将文化输出。① 可见，琦君创作儿童文学的初衷，应该是希望通过文学达到教育儿童的目的，并且期望儿童文学能够传承传统文化。

《新泽西新闻》琦君专访版

①报刊信息来自瓯海琦君文学馆陈列琦君图片资料。

1965 年，琦君翻译并出版了《傻鹅皮杜妮》；1966 年和 1969 年分别出版了自己创作的《卖牛记》与《老鞋匠和狗》，这两本儿童故事集构筑了一个充满善意、淳朴温暖、人与动物和谐相处的乌托邦；1981 年和 1988 年又分别出版了儿童散文《琦君说童年》与《琦君寄小读者》，和小朋友分享自己童年时的趣事、小玩意儿，讲述自己可敬可亲的亲人朋友，也和小朋友讲述自己在异国他乡碰到的趣事和做过的糗事；紧接着，在 1988 年至 1997 年的近 10 年时间里，她陆续翻译了 7 本外国儿童文学作品，其中在翻译《菲利的幸运符咒》时颇有感触地说："我恍然觉得这两本书就像是我自己写的，和我是那么心灵契合。也好像我就是书中小孩，向大人倾吐心事，心中有苦有乐，亦喜亦悲。"在《小记：愈译愈年轻》里更是称自己愈译愈忘记自己的年纪了。

通过梳理琦君翻译和创作儿童文学的路程，我们能窥视琦君从最初以教育儿童为目的进行创作，到后来变成在创作中获得自身生命圆满的过程。可以说，琦君既带有教训主义儿童观，但又并非以居高临下的成人姿态教训儿童，而是尊重儿童，以平等的姿态与儿童交谈，符合儿童本位儿童观。在这个过程中，她又不断地回溯童年，再次体验儿童世界，从而得到与童心相交的独特生命体验，符合童心主义儿童观。不过，与丰子恺彼得·潘式的童心主义不同，琦君并不过分地沉湎于已逝的时光和童真，产生封闭消极的心理，而是积极地把握当下，欣赏沿路的风景。

丰子恺无疑是儿童最合格的代言者，也是最真挚的儿童世界的体验者，但由客观因素和主观因素共同促成的对成人的巨大偏见，造成了他以"守童心"的方式来体验人生而带来诸多遗憾。不同于丰子恺的"守童心"，琦君一直在"乐童年""乐童心"。从孩子到老人，最后老人又在生理和心理上变回孩子，这是人类生命的一个循环，琦君就在这样的循环中，获得了最完整的童心体验，并以乐观豁达又平易近人的态度将人生经验与孩子分享。虽然儿童文学并非她最优秀的作品，却是她圆融处世的最好印证。

地方与传统视域中的琦君创作

——兼谈世界华文文学研究方法与路径的拓展

李洪华

（南昌大学人文学院）

　　长期以来，世界华文文学的研究大多是沿着故国/异域、东方/西方、离散/皈依的思路和框架展开的。我个人认为，如果不拓展这种前提预设的惯习，华文文学研究难以拓展新的境界。本文尝试以地方与传统作为一种研究的方法与路径，进入琦君创作，以期对拓展世界华文文学的研究思路有所启示。

　　"地方路径"是四川大学的李怡先生在《成都与中国现代文学发生的地方路径问题》一文中提出来的，后来很快得到学界同行的认可和进一步阐发。不同区域、不同群体的对话和并进形成了中国现代文学的整体格局。他认为，作为现代作家的知识分子，其个人趣味、思维特点有着鲜明的地方特色，多姿多彩的"地方路径"绘制了中国文学走向现代的丰富性，沿着"地方路径"，有望打开现代文学研究的新的可能。我觉得，李怡先生在中国现代文学研究领域提出的"地方路径"同样适用于世界华文文学研究。从地方路径来看，散居在世界各地的华文作家大多存在着两种不同的"地方"，一是故国的，一是他乡的，这两种不同的"地方"在不同程度上都对华文作家的创作产生一定的影响，呈现出不同的特色。

　　对于琦君而言，生长于温州瓯海，徙居于台湾、美国，江南形胜、永嘉文脉濡养了她的温婉和坚毅。虽然在她的创作中既有台湾生活，也有异国经验，但写得最好最多的，还是那些具有浓郁地域色彩的怀乡思亲类作品，家乡味、怀乡愁永远是她作品的思想内核和情感基质。正如她在《家乡味》和

《烟愁》中所说："我们从大陆移植来此，匆匆将三十年。生活上尽管早已能适应，而心灵上又何尝能一日忘怀于故土的一事一物。水果蔬菜是家乡的好，鸡鱼鸭肉是家乡的鲜。当然，风景是家乡的美，月是故乡明。""每回我写到我的父母家与师友，我都禁不住热泪盈眶。我忘不了他们对我的关爱，我也珍惜自己对他们的这一份情。像树木花草似的，谁能没有根呢？我常常想，我若能忘掉亲人师友，忘掉童年，忘掉故乡，我若能不再哭，我宁愿搁下笔，此生永不再写，然而，这怎么可能呢？"

琦君创作的"地方路径"首先表现在物质空间、生活习俗、故里人事及其附着的思想情感和文化意蕴，譬如《钱塘江畔》《西湖忆旧》《春酒》《喜宴》《杨梅》《桂花卤·桂花茶》《压岁钱》《红纱灯》《启蒙师》《母亲新婚时》《油鼻子与父亲的旱烟筒》《外祖父的白胡须》《粽子里的乡愁》《灯景旧情怀》《春节忆儿时》《橘子红了》等，毫无疑问，这些怀乡思亲的忆旧作品具有浓郁的地方特色。

然而，游子思乡，借物遣怀，是中国自古以来的诗文传统，如果仅仅从这个层面上去讨论琦君创作，恐怕难脱浅表化的窠臼。因此，讨论琦君创作的"地方路径"，还要更进一步地从审美方式及其生成机制层面展开。

当我们谈论琦君时，常常会在历时层面上想到冰心，甚至有人称之为"台湾的冰心"；在共时层面上，又常常与林海音相提并论。诚然，琦君与冰心都以温婉真挚的笔调书写"爱的哲学"，尤其动人的是表达那份深深眷恋的"母爱"；而琦君与林海音既是年龄相仿的好友，又都以怀旧方式叙写故土人事。然而，如果从"地方路径"出发，我们不难发现她们之间迥然不同的地方特色。这种地方特色当然不仅只是表现在内容层面，琦君笔下的永嘉人事与林海音笔下的北平旧事、冰心笔下的童心自然不尽相同；更重要的是，她们在情感内核、审美风格及其生成机制等方面的不同。

琦君的《橘子红了》与林海音的《城南旧事》虽都是以童年视角写故家旧识，但"小春子"讲述的秀芬、大妈的黯淡人生与"小英子"叙述的秀贞、宋妈的凄惨境遇有着不同的悲剧蕴含和审美风格。在《橘子红了》中，大伯游宦在外，大妈居家留守，这是封建时代常见的家庭模式。然而，不孝有三，无后为大。没有子嗣的大妈为了挽回大伯的心，自作主张地为他娶了个穷人家女子秀芬做姨太，作为产子的工具。虽然秀芬怀孕了，但是大妈的愿望却在二姨太的干预下落了空，流产后的秀芬抑郁而终。虽然琦君在秀芬的悲剧里或明或暗地指向旧的礼教习俗，但礼教习俗的施事者，"分身乏术"的大伯和"豆腐心肠"的大妈，似乎都没有什么值得谴责批判的"坏"和"恶"。日常生活中所隐含的人性悲剧有时比宏大时代所敞现的矛盾冲突更能产生持久的动人力量。正如白先勇所说，"琦君的作品这些'好人'却往往做了最残酷最自私的事情来——这才是琦君作品中最惊人的地方。论者往往称赞琦君的文章充满爱心，温馨动人，这些都没有错，但我认为远不止此。往往在不自觉的那一刻，琦君忽然提出了人性善与恶、好与坏、难辨难分，复杂暧昧的难题来了，这就使她的作品增加了深度，逼使人不得不细细思量了"。

与《橘子红了》不同，《城南旧事》中秀贞、宋妈的悲剧更多是一种"命运弄人"的感伤，疯女人秀贞好不容易找回了失散多年的女儿，却在母女相认的晚上惨死在火车轮下；朴实善良的宋妈虽得到英子一家人的善待，却不得不在儿子溺亡和女儿被卖后含泪离开，而曾经爱恋过兰姨娘的父亲也因病早早含恨离世。可见，林海音的《城南旧事》在怀旧的感伤中还有一种温暖的底色。

至于冰心的作品，《繁心》《春水》《寄小读者》一类的"爱的哲学"，大多停留在五四青春文学的单纯、明丽的层面，而《超人》《去国》《斯人独憔悴》一类"问题小说"也不过是个性解放而不得的忧郁和感伤。

这种个人审美风格差异当然与作家个人的成长环境、教育背景以及在此基础上形成的性格特征有着密切的关联，但这背后实际上还应该有着地域文化因素的影响。众所周知，瓯越向来以"襟江带湖，绮壤绣错"著称，而永嘉还因"永嘉学派""永嘉四灵"而享誉至今，永嘉文化或曰温州文化既有水陆之美滋养的温婉，也有人文之胜培育的雅致，还有"农商并举、义利并重"的事功传统。因而，琦君创作风格的形成显然与温州自古而来的山水形胜和人文传统有着直接的关联，更加上琦君古典文学功底深厚，自幼过目能诵，又得名师真传（"一代词宗"夏承焘的得意女弟子），不自觉中赓续了"哀而不伤，怨而不怒"的古典文学传统，从而形成了细腻、温婉、隐秀的美学风格。而与琦君的"永嘉路径"不同，林海音的"北平路径"在淳朴中有质直、洒脱的一面，冰心的"福州路径"在真挚中有明丽、单纯的一面，一南一北，风格路向自然有异。

从地方与传统路径进入琦君创作，我只是浅尝辄止和抛砖引玉，当然，作为研究的路径和方法，地方与传统不只是适用于琦君创作，同样也可以广泛地用来讨论其他华文作家的创作，譬如张翎、陈河、池莲子等温州籍作家。由此，我们不但可以避免世界华文文学传统研究中故国/异域、东方/西方、离散/皈依的二元模式，而引入更为丰富的视角和维度，并因此为建构更广泛意义上的华文文学史一体化创造契机。

作者简介：

李洪华，文学博士，南昌大学人文学院教授、博士生导师，江西省作家协会副主席，文艺评论家协会副主席，江西省当代文学学会会长。

忆·情·纯·真

——论琦君的儿童文学书写①

李诠林

（福建师范大学文学院）

温州籍台湾作家琦君素以写作饱含"浙江乡愁"② 的美文著称，她的散文"文笔细腻，情真意切，多写怀乡思归之作，感人至深，有'台湾的冰心'之称"③。因为琦君居乡的时候恰在年少，所以她笔下的情景常常以儿童的视角呈现，这便使得她的作品有了浓厚的儿童文学色彩，也使得她的作品语言清纯，情感真挚，长幼咸宜，适于广泛流播。

一、基于乡愁书写的童年回忆、儿童书写

在台湾，琦君被称为"说童年的魔法师"④。琦君曾说自己"不是儿童文学作家"⑤，当然，琦君这种基于乡愁书写的童年回忆、儿童书写，乃至她对于自己成年以后生活情景的记述，确实不是真正意义上的儿童文学，因为这些文字不是虚构地讲故事，不是童话、寓言，但是，正因如此，琦君的儿童题材文学便有了更强烈的真实性和感染力，也使得她的儿童书写成

①【基金项目】国家社科基金项目（项目号：21BZW035）；国家民族事务委员会项目（项目号：2018—GMB-051）；福建省社科规划项目（项目号：FJ2019B056）。

②李诠林《论台湾作家琦君〈一对金手镯〉中的"浙江乡愁"》，《华夏文化论坛》2020 年第 1 期，第 324 页。

③方爱武，左怀建主编《中国现代文学作品经典导读（1917—2017）》，杭州：浙江大学出版社，2019.10，第 438 页。

④"摘要"，琦君《琦君文集 魔笔》，北京：人民文学出版社，2021 年。

⑤琦君语。

了"无心插柳柳成荫"的"无意识"而成的，而非刻意雕琢而成的儿童文学。

二、中国文学抒情传统的承继

中国文学的"抒情传统"① 在琦君文学创作包括她的儿童文学书写中有着鲜明的体现。"琦君服务于司法界，还兼在两间大学教授文学课程，她自认为教书的乐趣最高。她有坚强的意志，却有一个相反的身体。但是她常说，无论她在怎样头痛如裂的情形下，只要上了讲台，侃侃而谈，古今文学的比较，李杜诗章的讲述，病魔立刻就无影无踪了。她在大学读书时，是江南词宗夏承焘的得意弟子，因此她对诗词有特殊爱好和造诣。对于写作的风格，她喜欢引用《牡丹亭》里的两句词：'一生儿爱好是天然，却三春好处无人见'。"②

三、童心、真心、真实的情感

"情"与"真"，是琦君儿童文学承接中国文学传统的主要元素。"夫童心者，真心也，失却童心，便失却真心，失却真心，便失却真人"③，李贽的"童心说"很能传达琦君儿童文学书写中所蕴含的童真。正像读者所说的，"儿时的记忆，永远会留在我们心中。读琦君的书就像回到儿时，她的文章随处都洋溢着一片真挚朴实之情，怀旧、抒情……"④

四、接受中西优秀文学传统的滋养，语言纯粹、干净，适合于青少年阅读

琦君幼时在其养父（伯父）的呵护下，接受了良好的中国古典文学教育。

---

① （美）高友工语。
② 林海音《一生儿爱好是天然》，林海音《城南旧事》，2018 年。
③ （明）李贽语。
④ 《琦君美文美绘作品 桂花雨》，北京：现代出版社，2019 年，第 2 页。

由于父亲一心希望她成为一代才女，在她 5 岁时就请了一位叶姓家庭教师教她认方块字。6 岁学描红，7 岁读《诗经》、唐诗，8 岁读女赋、《孟子》，9 岁读《论语》、唐宋古文、《左传》，学作古文。10 岁，她过目能诵，挥笔成文了。12 岁入杭州弘道女中，读了《红楼梦》《三国演义》《约翰·克利斯朵夫》《简·爱》《小妇人》等众多中外名著。她作文比赛常得第一，被同学封为"国文大将"。高中投稿报刊，《我的好朋友——小黄狗》成为她发表的处女作。① 由琦君友人对琦君少儿时期的读书写作历程可以看出，琦君的儿童文学书写深受中国古典文学的影响，当然，其中同时也有英国的现代儿童文学的传统的影响。"在学校时，她的英文也学得非常好，在以后的文学生涯中，她的英译中作品非常畅销。她曾赠我两本自己的译作《爱吃糖的菲利》和《小侦探菲利》。我后来才知道，英文原作者是一位纽约的小学教师，写了不少英文童书，但未能在美国出版。他的华人妻子在银行工作，与琦君夫妇相识，谈起丈夫想做作家未成的事，琦君立即要她把书拿来看看，而且用她的妙笔将原作译成非常精彩的中文，使这两本译作在台湾一版再版，成了畅销书。"②

此外，琦君十分敬仰现代散文大家冰心，晚年还曾专门到北京登门拜访冰心女士。当然，琦君的人生经历、写作风格也均与冰心有着诸多相似之处，正像评论家所说，"这位大文豪除散文、小说名扬天下外，还十分热衷于'儿童文学'的写作和翻译，所以有人将她和大陆的冰心相提并论。她们两位身世相似，都是大家闺秀，父亲为官，母亲贤惠，从小得到真挚的母爱和良好的文化教育"③。琦君写作的《琦君寄小读者》正是受冰心影响写作而成的寄小读者体散文。《琦君寄小读者》中所收录的散文也是写于海外、发表于国内，类似于冰心书写于赴美留学途中以及在美留学期间、发表于国内的《寄小读者》系列书信体散文。

---

①冰子《冰子随笔》，上海：上海远东出版社，2016 年，第 323 页。
②冰子《冰子随笔》，上海：上海远东出版社，2016 年，第 323—324 页。
③冰子《冰子随笔》，上海：上海远东出版社，2016 年，第 323 页。

五、结论：童心不泯，至情至纯，过滤杂质，始终注意教化功能

琦君的儿童文学书写，基于回忆，童心不泯，至情至纯，过滤杂质，始终注意教化功能。她常常以儿童的视角观察，或者以母亲的身份忆述，描绘善良、美好，规避展露人性的恶，在文中有意识地强调道德修养方面的因素。

琦君的朋友冰子曾回忆说："琦君和冰心一样，一生中非常关注儿童教育。她们两位都有《寄小读者》文集，影响了一代又一代华人。琦君知我有不少儿童书出版，一再向我索书阅读，甚至是我曾出版的 15 本连环画本《猎狗利利》，她也一一仔细阅读，并赞许说：'你怎么能想出这么多有关科学知识的故事！'2004 年，台湾'三民书店'重出她的儿童小说《卖牛记》，她一定要我为此书写序，我说实在不敢当。她说：'你是最适合写序的人了。'对儿童文学的共同爱好和关注，使我们的友谊更牢固，更至诚。人与人相识相交，是一种修来的缘分，也是因为有共同的爱好和兴趣吧。"[1]

在琦君的《鞋子告状》等晚年儿童文学作品中，她开始自己有意识地绘图、插图，虽然因为她并非美术科班出身，所画草图达不到美术专业水准，以至于在出版社出版这些著作的时候往往将这些插图删去，或者换成美术专业人士专门绘制的插图。但琦君通过这些质朴、似乎稚气未脱的插图，所想表现的肯定不是自己的绘画才能，或者让读者进行美术作品欣赏，她借用这些稚拙的画图恰恰表达出了蒙童们自身对美的欣赏和渴望，这一点恐怕是被出版家们所忽视了的。相对于专业水平的美术画，原汁原味的琦君插画应该是更能体现图书作者琦君的原始意图，也是更吻合琦君文章原意的艺术作品，她用这些图画强调的正是这种与儿童读者进行心灵沟通的教化功能，而非艺术审美功能。

琦君纯粹、干净、规范、平易而又优美的语言，赋予其散文以儿童文学性，提升了其入选中小学教材的可能性，此外，又加以其中多有旅外（类似于留学）生活的体现，对于自 20 世纪五六十年代延续至今的台湾岛内赴外留

---

[1] 冰子《冰子随笔》，上海：上海远东出版社，2016 年，第 324 页。

学热潮下的青少年读者们更加具有吸引力，这些都增强了琦君儿童文学的传播热度。

作者简介：

李诠林，福建师范大学文学院教授、国家重点学科中国现当代文学专业博士生导师、博士后合作导师，中国世界华文文学学会青年学术工作委员会主任委员，福建省台港澳暨海外华文文学研究会副会长兼秘书长，美国麻省理工学院（MIT）客座教授，主要从事中国现当代文学、台港澳暨海外华文文学、海外汉学以及文化产业管理方面的研究。联系地址：福建省福州市仓山区福建师范大学文学院李诠林（收），邮编 350007，E-mail：liquanlin@126.com。

琦君中华文化哲思性认同之探微

李 伟

（盐城师范学院）

摘要：在琦君看来，台湾社会成了"大病室"，人病了，文化病了，社会病了，诸领域皆病了。怎么办？琦君开出了哲思性治病"良方"：重构病态社会个体人的中华传统文化范型。琦君的哲思性在于把文化、人、社会、民族等看成是一个有生命的整体，又是生命链上不可缺失的一部分，一病皆病，一康皆康。她认为：必须重构中华传统文化范型，建立传统文化架构的社会秩序，以传统文化塑造异化人的人格和复兴民族身份。她的这些思想被审美外衣紧紧包裹着，并不易见，论文做了剥离、钩沉、梳理和缀连工作，使一个个思想内核显露出来。

关键词：琦君；传统文化；哲思性；范型；生命链接；文化生态

当我们从文化哲学视域观照琦君的文学创作，便会发现其中贯穿着作者对中华传统文化的一种哲思性认同，她把文化、人、社会、民族等看成是一个有生命的整体，同时又是生命链上不可缺失的环节，互生互息，不可分割。在琦君看来，"当下"（即琦君 1949 年 5 月移居台湾之后，她所耳闻目睹之事件进行时）台湾社会就是个"大病室"[1]：政治病了，制度病了，经济病了，文化病了，人更病了……对此，琦君开出了疗治的"处方"——重构中华传统文化范型，建立传统文化架构的社会秩序，以传统文化塑造异化人的人格和复兴民族身份。本文拟就琦君的哲思性及其产生的文化背景，以及重塑病态社会青年人格的范型和对青年强化传统习俗文化、经典文学教育等方面做深入探究。

一、琦君的"哲思性"内涵诠释

关于琦君的哲思性，张秀亚曾说，琦君的每本集子"并不次于厚厚的哲学典籍"[2]。杨牧也说，琦君的小品"活动着一层引人思考的寓意和哲理"[3]。琦君在谈到自己的创作准则时说过，她不会"故意卖弄文字技巧"，也不会"故意卖弄高深哲理"[4]。她善于把"高深哲理"包裹在审美外衣里，使其含蓄地、或隐或显地表达出来，使读者和研究者不易觉察，我们可以称之为"非哲学的哲学"[5]。琦君所具有的文化生态哲学思想不是单纯聚焦于文化本身，而是将文化——民族——社会看成是一个不可分离的整体，而且是一条完整生命链。

（一）文化与人的生命链接关系

琦君关心的文化是中华文化中的非强制性、非正式规范的精神文化部分，她是中华民族经历了几千年的创造和不断的承受与融合而形成的，凝结着一代代中华儿女的智慧、精神品质、生活方式、行为规范、生存秩序、道德情操等诸方面。在这样的文化意义上，个体的人从出生之时起就成为文化的承接者，乃至长大后还将成为文化的创造者和传授者（传播者）。因此，人的生命意义依赖于拥有文化而存在；文化的生命依附于人的"激活"而鲜活。琦君隐蔽地将这一深刻哲思包裹在生动的故事里叙述给她的读者。比如《我的童话年代》一文，讲述了外公教她识字的故事：外公将一个个汉字根据字形结构编成朗朗上口的歌谣，例如"棋"字，"他说：'有木也是棋，无木也是其，去掉棋边木，加欠便成欺。龙游浅水遭虾戏，虎落平阳被犬欺。'""'此木为柴山山出，因火成烟夕夕多。'"[6]凡此种种的教授，把汉字特有的"字形、字义与四声"刻在小琦君的脑子里，激起了琦君对旧诗词的爱好。汉字的象形、会意等特征是中华民族特有的文化之一，外公教授汉字实际上也是在传授中华文化。在该文的故事中，琦君不仅仅是简单地讲外公教她认字，外公是文化的传授者，她是文化的承受者；实际上，其中还隐喻着三个方面的意义：一是书写中华民族文化生命运动着的关系，即文化只有在被"激活"时，才是有生命的，有意义的，而这个"激活"者只能是拥有该文化的人；二是书写中华民族文化延续的可能性，即外公的传授文化和琦君的承受文化的过程，就是文化延续的时刻；三是书写琦君自己接受文化的过程，也是由自然人向社会人的转变。该文中所隐喻的意义，在《圣诞老公公》一文中得到了较明显的体现：

琦君幼年在乡下时，母亲"每年的严寒岁尾，一定要做许多年糕、粽子"，还要"捡出许多旧衣服"，让长工带着琦君"给附近贫苦的家庭"。"母亲的仁慈"琦君一直铭记在心。在琦君中年时，一年圣诞节前，她的儿子小楠将自己平时受奖励获得的53元钱"慷慨"地全部拿出来，"买了糖果和日用品"，又"捡出几件衣服"，在琦君的陪同下"送给一个没有双亲的贫苦女孩子"[7]。他们以慈爱之心怜悯贫苦中的人，帮助他们。《圣诞老公公》的叙事策略非常巧妙：从故事的表层结构看，主要参与活动的是3个人——"母亲""我"和儿子"小楠"，"我"是不同时空中事件发生的全知者、参与者，也是个"媒介"。"母亲"和"我"与"我"和"小楠"在不同空间、不同时间演绎了不同的故事，但故事的主题是同一的——"仁爱"。这样，主题"仁爱"就在故事的表层结构与深层结构的对应中得以实现。如果说《我的童话年代》中"外公"是文化的传授者，"我"仅是文化的接受者，从文化生命的角度看，"我"这个角色似是有缺失的；那么在《圣诞老公公》中"我"既是文化的承受者也是文化的传授者，"我"就是活在中华文化生命运动中的完整角色——"母亲"将文化传授给"我"，"我"又将文化传授给"儿子"，如此世代相传相承，人的生命和文化的生命互生互息。

（二）文化与民族的生命链接关系

在琦君的思想中，民族不仅仅是一个族籍符号，是人们的血缘纽带，不是地域圈定的范畴，而是长期生息一处并共同创造和共享同一文化的共同体；这一共同体也自然地烙有多元而独特的文化印记。而其中最突出的是"民族思想，立国精神"[8]，具体表现为"宽大、同情、和平、创造"的精神。琦君认为，必须"把这种伟大的精神贯注在文学中"，只有这样的文学"才是真正的美"的文学，才能"发放灿烂的异彩"，才有强烈的生命力。

文学不同于其他的文化形态，具有其特殊性，在琦君看来，文学的特殊性主要表现在两方面：其一，文学本身就是一种文化，是"文化要素之一"；

其二，文学是"民族思想，立国精神"的一种载体，有"深厚而严肃的含义"，而"不是风花雪月、罗曼蒂克的名词，更不是供茶余酒后"的"消遣"之物。"民族思想，立国精神"与文学的互依互存关系，形成了特殊的民族精神文化。这样的文化必能引起民族共同成员的"感性的共鸣与理性的领悟"[9]。在《祖母老师》中，她叙述了一位定居美国西岸的老同学，"每年必从西岸飞到东部女儿家住一段日子"，其主要的任务是做孙儿孙女的老师，让"原来一句中文都不会讲，一个中文字都不认识的"他们，能够"对讲中国话、对中文发生兴趣"，并使他们"知道自己的根在哪里"，自己"仍旧是中国人"。[10] 让孙辈们知道即便是有美国籍符号，也是"中国的美国人"，因为他们是"沐浴于祖父母东方文化的旧道德气氛中"[11] 长大的，"能体认中国固有文化"的精神。居于海外的华人及后裔，他们的国籍虽非中国，但是他们的族籍是不可改变的，尤其是在中华文化熏陶下长大的人，虽然"居异国，也一样地不愧为炎黄子孙"，也会为中华民族"散发灿烂的光辉"。琦君很赞同台湾女作家简宛的一句话："一国文化的绿芽，能在异地成长远播，是需要付出许多心血去照顾的。"[12] 可以说，琦君的这种文化与民族生命链接关系的思想是深沉的，其意义值得我们深思。

（三）文化与社会的生命链接关系

文化与社会的生命链接关系是琦君极为重视的一个议题。琦君曾说自己对政治不感兴趣，她只是以"有良心的作家"（琦君语）的责任，以哲思性思维敏锐地观察和分析社会现存的问题，至于其他方面涉及很少，甚至连"社会"这一概念都没有给我们提供。当然，要给"社会"下定义太难了。"社会"的概念如同"文化"的概念，由于学科、专业、研究的主攻方向等方面不相同，各有其说。马克思认为，"社会""是人们交互作用的产物"[13]。"人们交互作用"不仅产生了社会，也创造出一切物质的和非物质的文化。文化是人的创造物，也是人的享用品。而人又是社会的主体，因此，文化与社会这二者之间是互生互存、密不可分的关系，"如果没有文化，一个社会就无法生存。而如果没有社会的维护，文化也无法存在"[14]。物质文化是为了满足人的基本生存而产生的，非物质的精神文化是在人获得物质的基本满足后，因精神的需求而产生的。当物质产品的生产能力超越人的自然属性的基本欲求时，人的自然属性欲求就会不断升高或膨胀，成为社会逐利的催化剂，致使社会处于纷争状态。此时，对人的物质欲求起平衡、抑制作用的精神文化的强制性部分若处于缺失或软弱状态时，非强制性的精神文化——道德的指导和规劝作用就显得尤为重要。琦君正是在这样的社会环境和文化生态下思考文化和社会的生命链接关系的。琦君认为，社会的丑恶是高度发达的工商业文化造成的，"从事文学写作者，必当把持一分道德良知与使命感；这是个人一再强调的不变的主张"[15]。琦君希望社会健康和谐地发展，她给病态社会开出了疗治的文化"良方"。琦君说，"对社会许多缺憾与丑恶面"，要"怀有一份热诚与善意，不故意渲染，不为了标新立异，哗众取宠而绘声绘影。平平实实地，以满怀悲悯之心报道"[16]。更要"藉写作以尽量发扬人性的善良面，人生的光明面。以期弥补缺憾，走向希望"。也就是要"美化人生、多多鼓励善行和美德"[17]。琦君的这份文化"良方"，是她一贯的文学主张和创作动力，也是中华民族传统精神文化的具体体现。在这样的思想指导下，琦君在文学创作中竭力"发扬人性的善良面和人生的光明面"，努力"过滤掉人间的丑恶"，"以悲悯的善意"宽恕"丑陋"，"唤起世人的关怀，以求改进"社会。因此，人们读琦君的作品就"仿佛进入了一个和平温馨的天地"[18]。

当琦君厘清了文化与人、文化与民族、文化与社会的生命关系后，发现其中起关键作用的是人，人是文化的承接者、传授者、传播者、发现者和创造者，因而，只有由中华民族传统文化塑造的人才能担起传授和传播中华文化的责任，才能发现和创造中华民族所需要的文化。而在这一过程中起决定性作用的，自然是人的价值取向、人的人格作用。

二、重塑"全人的人格"范型

琦君开出的疗治"大病室"的"良方"，就是重塑传统"全人的人格"[19] 范型和传统文化范型。

什么是人格？"人格"一词，在人们言语交流中是一个频出的词，常常与"人品"一词混用，或被取代。"人格"的定义是随研究者的研究专业、学科和意图而定。本文因论述需要，在此列出两例作为我们讨论议题的参照。巴尔诺提出了"一个富有启发性"的"人格"定义：

"人格是个体的各种内在力量的较为持久的组织，这些内在力量和个人较为一致的态度、价值、认知模式组成的复合体有关，通过这一复合体我们可以对个人行为的一致性做出部分解释。"[20]

魏磊认为：

"人格是认知、情感、价值、信仰、联想、生化反应等诸要素整合的产物，表现为复杂的功能性系统。"[21]

以上二则"人格"定义虽出于不同文化和不同研究企图的界定，但其内涵却有相同和相似之处，都说明"人格"是一个"抽象"的词，主要指"过程"而非"事物"。而且，这二则定义中都强调内在性和整合性。那么，"人格"到底是与生俱来的，还是外在的内化而成？答案是后者。有学者认为，"直接影响个人人格的并不是社会结构及系统，乃是附系于社会结构的文化组合及系统"[22]，如环境的、经济的、生理的等方面，但影响最直接的是文化，即什么样的文化濡染将形成什么样的人格。因此，琦君认为，要使"大病室"健康，首先必须疗治"大病室"里人的"病态人格"，使之具有健全的人格——即"全人的人格"。而治疗"病态人格"的良药就是传统文化；人只有具备了"全人的人格"才会积极地作用于文化的发展。

琦君所说的"全人的人格"（理想人格）不是道家的"形随俗而志清高，身处世而心逍遥"，也不是墨家的"兼相爱、交相利、爱无差等，不避亲疏的""博大完人"之人格，而是中国传统儒家以伦理为价值体系、在"三皇"人格架构的基础上，经过历代文士不断地填补——设计——再填补——再设计而形成的，"完善至美"的"仁"与"礼"融合为一的理想人格。"仁"是"里"，是内在的；"礼"是"表"，是外在的。"仁"的形成和提升，需"礼"的内化和制约；"礼"的呈现是"仁"的外化，无"仁"的礼不为"礼"。仁与礼融合为一的人格就是儒家的理想人格。具备了这样人格的人于家则家和而融融，于社会则社会有秩序，于国则国安宁。因此，《论语》中有子曰："其为人也孝弟，而好犯上者，鲜矣；不好犯上，而好作乱者，未之有也。君子务本，本立而道生。孝弟也者，其为仁之本与！"[23] 琦君"全人的人格"就是这一儒家理想人格的"拓本",是现实人须效仿的"范型"。在琦君的心目中,现实人就应该以这"范型"为目标不断地自律内修,使自己最终接近或实现这一目标。因此,她将自己的这一意图付诸笔下怀旧作品的人物及其活动的世界、社会。她说:"至于缅怀旧事之作,必须要对现实人生有所启迪。不能一味怀旧,否则那真变成'今之古人',一点时代意识都没有的陈腐人物了。"[24]

出现在琦君怀旧作品中的人物有父亲、母亲、外公、恩师夏承焘、家庭教师叶巨雄、阿荣伯、五叔、阿标叔,等等,这些人当中其实没有一个是具有"全人的人格"的。琦君虽然已将这些人物的人格进行"优化"处理,但并没有将他们"圣贤化"。琦君清楚,"全人的人格"是圣者的"标签","凡人"只能是圣者人格的终身追求者。如此这般,"凡人"不管如何自律内修,永远也成不了"圣贤",那琦君重塑"全人的人格"的企图不是要"流产"了吗?不会,别看琦君笔下父亲的正义和坚毅,母亲的隐忍、宽容、勤俭、慈爱、孝顺、忠贞,外公的通达、与世无争,夏老师的博大、明透、淡泊,叶老师的自律、清高,阿荣伯、五叔、阿标叔他们的厚道、勤劳、质朴,这些都是单一个体"凡人"的优质人格,如果将他们组合在怀旧的整体文本系统里,使单个个体聚合为群体的个体,这样,"群体的个体"人格就成为"全人的人格"。我们只要将一篇篇有关母亲、外公、夏承焘老师等人物的单篇作品辑成一篇,那就是一篇传记作品,而原来的单篇现在成了这篇传记中的某个片段。正因为有了这"多而合一"的创作策略,"全人的人格"才得以实现,琦君才有依据和条件构造自然和谐、完美至善、亲和友爱的世界和社会。

这种对理想人格的追求不仅仅是琦君创作的原动力,也是她自己人格内修的原动力。她一生以爱心待人,以宽容对待社会,以怜悯之善心对世界的一草一木、一蚊一鼠。琦君将自己童年的认知经验提升为成年的理想构建,从而又铸造成审美经验,继之欲以"审美经验"为"天花",自己"负起""散花天女的任务"来疗治"大病室",使人间"祥和美好"。[25] 正如何淑贞所言:琦君的作品"真正达到了'风格即人格'",读她的作品,会"随着她的情感陶冶、思想启迪、审美的享受认识世界"[26]。

琦君知道，"古圣先贤说，'国之本在家，家之本在身'"[27]。"身"之本在于人格，"全人的人格"是现实人的楷模，人只有不断内修提升自己才能接近这一目标，所依赖的外部资源只能是中华民族传统文化，特别是古代传统文化。

三、重构传统文化范型

日据时期，殖民者的文化统治和大陆五四新文化思潮的引入，使得中华古代传统文化在台湾的生存空间不断地遭到挤压，系统不断遭受破坏，鉴于此，琦君认为必须重构中华民族古代传统文化范型，这是塑造人格之必要，也是改造社会、纠正文化无序状况的需要。对人格铸型最有影响的是哪些传统文化呢？综观琦君的怀旧之作和其他文章的言说，她最为推崇的当是乡俗文化范型和经典文化范型。

（一）乡俗文化范型

根据琦君怀旧作品的童年经验书写可以看出，她认为要塑造"全人的人格"，乡俗文化是关键的、重要的，也是最原初的濡化，虽然这个时段的濡化并不能使人格范型得以定型，但其影响力是不可忽视的。在人出生后到接触文本文化之前这一时段，他首先接触的就是乡俗文化（民俗文化），乡俗文化不是杂乱无章的文化堆积，而是貌似一个个块状的、但在质上是相连的一个文化系统，它是中华民族文化总系统中的一个支系统，也是未经文士加工的原生态文化系统。从琦君笔下的生日、婚嫁、丧葬、节庆、祭祀、庙戏、宗教、饮食、手艺、偏方、对联、俗谚、歌谣等习俗的描述来看，其主题之丰富、结构之复杂、功能之独立、文化圈之明显、内涵之精深、历史遗迹之久远、俗信之强烈，非中华文化总系统中其他任何一个分支系统所能媲美的。因而，有学者认为，民俗"是社会意识诸形态和社会结构所从出的母体。世界观、生活策略、是非曲直、权利和道德最初都孕育在民俗中，尤为明显地蕴含在德范中"[28]。高丙中的论述精准地指出贯穿于民俗文化的主线——"德范"。"德范"是一切习俗活动的基准，更是人的行为和人与人之间交往的基准。显然，琦君"全人的人格"所应具有的"仁"与"礼"就蕴含其中，也就是说，乡俗文化中的仁与礼早于儒家的"仁礼"。

乡俗文化中仁礼的习得不同于学堂里儒家"仁礼"的传授，它不具有强制性。琦君用她的审美形式告诉我们她童年对乡俗文化中仁礼习得的经验——《故乡的婚礼》一文中，十一二岁的琦君，作为"坐筵"的"小贵宾"和母亲一同参加婚娶喜庆。"坐筵"席一半是长辈一半是已定亲的半年内将出嫁的"长得十分标致"的姑娘。"在坐筵席上，新娘是不能动筷子的"，而且"眼泪得忍着"；"陪新娘的姑娘们也不能多吃"；然后就是拜堂，一对新人"拜完天地、祖先、公婆以后"，"双双""跪拜"每位"长亲、宾客"，"平辈的就是鞠躬"，这一道道程序无一不显示"礼"数。婚嫁的"请辞嫁"筵，母亲再忙也要为女儿做出嫁前的最后一道菜，菜盘的周围要放上隐喻性和象征性的"一对用红绿丝线扎的生花生和几粒红枣、桂圆"[29]，这是最为原始的"仁"——母爱的祝福。《启蒙师》一文中记录："族里的规矩，初中毕业分得一对馒头，高中、大学依次递加一对。"小琦君暗暗"立志要好好念书，将来要做个大学生。在祠堂里分六对馒头"，"好替妈争口气"。[30] "好替妈争口气"，对母亲来说，这是最好的报答养育之恩的"孝"。琦君说她"家乡有句俗话：'做牛有条绳，做人有个名。'"她认为，"为人子女者，以令名荣宗耀祖，是我国的传统美德，是孝行之一种"[31]，也是自己"为人立身处世的目标"。这也是"越"民俗文化中最普遍、最深刻、最富有意义的"孝"的表达方式。乡俗文化"育人"具有其独特性，每个人都有"参与者"和"创造者"这双重身份，久而久之，在乡俗文化中生长的成员就自然地知道，自己在不同的文化圈中应该承担什么样的角色，如何"表演"才合德不违礼。一旦乡俗文化成为其成员的潜意识，那么他民族的区域的特征就会自觉不自觉地在行为中显现，不论走到哪里，身上的这个"烙印"都是难以抹去的，所以琦君才说："异乡客地，愈是没有年节的气氛，愈是怀念旧时代的年节情景。"[32]

如果说乡俗文化在相当程度影响着人格形成，那么经典文化就决定着人格趋向。

（二）经典文化范型

琦君很清楚，乡俗文化难以担当起塑造"全人的人格"的重任，还需要经典文化来加以锤炼。经典文化是一代代文士们对民俗文化进行加工、提炼、创造而提升的产物，具有精神文化范型的楷模作用。

琦君一方面通过创作实践来肯定乡俗文化对人格塑造的积极意义，同时也向我们强调经典文化对人格塑造的决定性影响。她记得幼年时，母亲"时常把我抱在膝头上，点着大堂屏风门上的朱柏庐先生治家格言，一字一句地教我念。而对于'一粥一饭，当思来处不易。半丝半缕，恒念物力维艰'的几句，她总是反复为我解释，要我节俭惜福"。"这篇格言，是我父亲的好友，一位名书法家，用方方正正的隶书，写在朱红底飞金纸上的。"[33] 父亲要她通过"背诵、临摹""牢记心头，时时照着去做"。不仅父母如此教育，在她8~11岁间，外公也寓教于乐地在讲故事中教育她，使她"小小的心灵，懂得了仁慈、友爱、诚实、勇敢诸种美德"[34]。琦君信佛，小时候早饭前就常常"和母亲并排儿跪在蒲团上，颈上套着佛珠，边拨边念一圈阿弥陀佛、一圈释迦牟尼佛、一圈地藏王菩萨、一圈观世音菩萨"[35]；敲着"小木鱼"，听母亲"念心经、大悲咒、白衣咒"。母亲之外，还有启蒙师叶老师和在之江大学读书时的瞿禅老师佛教思想的熏染。长期佛教文化熏陶，使她能够领悟"一颗无争、无怨、无尤"[36] 和大爱的"佛心"。中华传统经典文化伴琦君成长，不仅教会她做人的道理，同时也滋养她的性情。

然而，在琦君看来，仅此程度的濡染教化还远不足以成就人格的"全人"化理想，还必须进入经典文化熏陶过程。琦君认为，"未经中国文化的熏陶"，"不懂古典"[37] 就难以铸就"全人的人格"，因为具有"全人的人格"者绝对不是文盲者。孔子就曾阐述"学"对人的重要影响，他曾对仲由说："吾语女。好仁不好学，其蔽也愚；好知不好学，其蔽也荡；好信不好学，其蔽也贼；好直不好学，其蔽也绞；好勇不好学，其蔽也乱；好刚不好学，其蔽也狂。"[38] 琦君看到了学习经典文化对人的重要性，因而，她进一步告诉读者：她7岁读《诗经》，9岁读《论语》《左传》《史记》《战国策》、孟子、老庄和唐宋古文。后来进入教会女中，她继续接受经典国文教育，自己还用文言作文，曾赢得国文老师褒奖。就读之江大学中国文学系期间，又受到瞿禅恩师的填词、作文和做人的教育。长期的经典文化熏陶，使琦君深得其精髓。

琦君不仅自己体悟到中华经典文化精髓，还要将其广泛传播，并嘉惠更多的人。当然，琦君从经典文化汲取的精髓既非儒家的入世之道，也非老庄的出世之说，不是史家的经世沉浮之论，也不是诗"可以兴，可以观，可以群，可以怨"的主题，而是蕴含其中的"真性情"。"真性情"源于人的内在自然状态。琦君认为，"我国自古以来的大文豪大诗人，他们都是用生命的血泪写人文章与诗歌"，这"生命的血泪"就是"真性情"的表露，"屈原不放逐，焉有《离骚》；庾子山不经亡国之痛，焉有《哀江南赋》"[39]。"真性情"是"大文豪大诗人"的品格和高尚人格形成的本源，故而，琦君极力倡导人要坚守可贵可爱的"真性情"，有了"真性情"就会生出爱和善。

在学术性著作《词人之舟》中，琦君将"真性情"作为选择词家和词作的标准，该书所收入的温庭筠、李煜、柳永、晏殊、张子野、晏几道、苏轼、秦观、李清照、陆放翁、辛弃疾、朱淑真、吴藻 13 家及其赏析的作品无一不是"真性情"之典范。我们以晏殊为例可一窥琦君的主张。晏殊曾拜集贤殿学士、同平章事、枢密使和宰相。琦君讲述了晏殊三个掌故，一是"真宗景德初年"，"进士殿试"，"他一看题目就说"："这个题目我十天前就作过了，请另命一题。" "皇上非常赞赏他的诚实，立刻赐他进士出身。"二是他做"太子侍读官"，皇上对他说，"馆阁中臣僚都喜欢嬉游，只有你和兄弟们勤奋读书，才配作东宫官"。"他直率地回答道：'我不是不喜欢嬉游，只是因为贫穷，游乐不起罢了。'皇帝愈加赞许他的诚实可信赖。"三是"仁宗幼年时，他与另一童子蔡伯俙一同在东宫伴读。太子每过高门槛时，蔡伯俙就伏在地上让太子在他背上跨过去。晏殊却不会这般奉承"。琦君通过这三个掌故说明晏殊不会为要做官而说谎，也不为保住官职或升迁而奉承，是一个"真性情"之人。在琦君看来，"真性情"之人才能做出"真性情"好词。晏殊身居高位，在词作方面一扫诗作严肃的态度，也荡除官场严正的面孔，将自己人生的爱与恨、怨与悔、忧与思、乐与愁、热闹与孤独，或直抒、或含蕴、或婉曲、或富丽、或凄婉地书写出来，言随心出，自自然然。如《浣溪沙·一曲新词酒一杯》：

一曲新词酒一杯，去年天气旧池台。夕阳西下几时回。
无可奈何花落去，似曾相识燕归来。小园香径独徘徊。

该词"恬淡清新，轻柔婉转，哀而不伤"，"一曲新词酒一杯"的"热闹"过后，"酒阑人散"，剩下的是"寂寞与空虚"，"淡淡哀愁"泛上心头，此景此情，晏殊毫不掩饰，把此刻的"本我"托给读者。此词只是晏殊呈现"本我"诸词的一例而已。琦君认为，词不同于诗，是"自由自在"的书写，能"把深藏内心的话写出来"，故而，可以"见真性情"。她说："词的第一要件就是一个'真'字。"[40]

由上可见，琦君通过文学创作和学术研究的实践告诉我们：她从传统文化中吸取了乡俗化了的经典文化和佛教文化，又在家塾、中学和大学学习期间系统地领略了中国古代经典文化和文学之美，在中华经典文化逐渐淡出人们阅读和学习界域的当下，她将自己的词学经验书写成书推荐给学习者，是以自己在生活学习中提升人格的经验来激励后辈惠及他人，可谓用心良苦。

综上探微，我们可以了解到面对党派斗争、西方文化霸权、高度工商业化主宰，现实人自觉自愿或无意识地偏离了传统文化轨迹，丧失了应有的人格。这是琦君目中的现状，对有良知和责任心的琦君来说，她是不能看着这"病"沉重下去的，她开出了哲思性治"病"良方：重构中华传统文化范型，建立传统文化架构的社会秩序，以传统文化塑造异化人的人格和复兴民族身份。在这"良方"中，"文化"和"人格"是两味关键性的"药"。琦君认为，只有重构中华传统文化范型，才能塑造"全人的人格"。当然，"全人的人"是琦君理想化的人物，子曰："圣人，吾不得而见之矣；得见有恒者，斯可矣。善人，吾不得而见之矣；得见有恒者，斯可矣。"[41] 孔子都感叹"圣人"不得见，琦君"全人的人"又在何处？这一理想人格应是现实人努力的终极目标。笔者认为，琦君对中华传统文化的认同之"思"具有极大的现实意义，能启迪我们每个有中国心的人去思考，去践行，只要有愚公移山的精神，琦君的"思"就能成为现实。

参考文献

[1][4][25] 琦君.悲悯情怀——序.张至璋短篇小说集《飞》.琦君读书.台北：九歌出版社，1987.P139—140.P134—135.P139—140.

[2] 张秀亚.烟愁.隐地.琦君的世界.台北：尔雅出版社，1981.P134.

[3] 杨牧.序.琦君.留予他年说梦痕.台北：洪范书店有限公司，1994.P6.

［5］［德］奥斯瓦尔德·斯宾格勒．西方的没落（上册）．吴琼 译．上海：上海三联书店，2006．P45．

［6］［34］琦君．我的童话年代．琦君小品．台北：三民书局有限公司，1973．P68．P66．

［7］琦君．圣诞老公公．琦君小品．台北：三民书局有限公司，1973．P37—39．

［8］琦君．漫谈创作．琦君小品．台北：三民书局有限公司，1973．P206．

［9］琦君．培养文学的生活情趣．梦中的饼干屋．北京：中国三峡出版社，2002．P324—326．

［10］琦君．祖母老师．玻璃笔．台北：九歌出版社有限公司，1994．P205．

［11］琦君：三代情．母心·佛心．武汉：湖北人民出版社，2006．P125．

［12］琦君．那一片上升的云——读《地上的云》．琦君读书．台北：九歌出版社有限公司，1999．P186．

［13］马克思恩格斯．马克思恩格斯选集（第1卷）．北京：人民出版社，1972．P363．

［14］［美］伊恩·罗伯逊．社会学（上册）．黄育馥 译．北京：商务印书馆出版，1990．P65．

［15］［17］琦君．爱的人生——读《人生，我爱》．琦君读书．台北：九歌出版社有限公司，1987．P64．

［16］［27］琦君．"闺秀派"与丑恶面描写．往事恍如昨．武汉，湖北人民出版社，2006．P181．P180．

［18］［26］何淑贞．蕴藏隽永话《烟愁》——论琦君《烟愁》．陈义芝编．台湾文学经典研讨会论文集．台北：联经出版社，1999．P342—343．

［19］［39］琦君．"移植的樱花"——与欧阳子谈写作．琦君读书．台北：九歌出版社有限公司，1999．P164．P167．

［20］［美］V.巴尔诺．人格：文化的积淀．周晓虹 等译．沈阳：辽宁人民出版社，1989．P11．

［21］魏磊．中国人的人格——从传统到现代．贵阳：贵州人民出版社，1988．P27．

［22］题解．拉夫·林顿．蔡勇美译．文化人类学——人格的文化背景．高雄：复文图书出版社，1982. P5.

［23］［38］［41］杨伯峻．论语译注．北京：中华书局，1980. P2、P184、P73.

［24］琦君．四十年来的写作．梦中的饼干屋．北京：中国三峡出版社，2002. P334.

［28］高丙中．民俗文化与民俗生活．北京：中国社会科学出版社，1994. P5.

［29］琦君．故乡的婚礼．琦君散文．伊始编．杭州：浙江文艺出版社，1994. P17—20.

［30］琦君．启蒙师．烟愁．台北：尔雅出版社，1981. P5.

［31］琦君．"有我"与"无我"．往事恍如昨．武汉：湖北人民出版社，2006. P165.

［32］琦君．粽子里的乡愁．琦君散文．伊始编．杭州：浙江文艺出版社，1994. P14.

［33］琦君．灯下琐谈．琦君小品．台北：三民书局有限公司，1973. P83—84.

［35］琦君．我的佛缘．素心笺．重庆：重庆出版社，2004. P157.

［36］琦君．母心·佛心．母心·佛心．武汉：湖北人民出版社，2006. P66.

［37］琦君．梦中的花朵儿——观赏卓以玉画展．琦君读书．台北：九歌出版社，1987. P90.

［40］琦君．词人之舟．台北：尔雅出版社，1996. P59—63.

作者简介：

李伟（1974~），女，江苏盐城人，盐城师范学院文学院副教授，硕士，主要从事中国现代文学研究。本文为江苏省高校哲学社会科学研究重大项目"华文女性文学的中国传统文化认同研究"（2019SJZDA110）阶段性成果。

琦君《故乡与童年》：娓娓道来的诗情画意

王　芳

（浙江工商大学）

琦君的《故乡与童年》是一篇散文，读起来却富有诗情画意，其中的诗情画意源从何来？而当我们确定这是一篇散文，而不是一首诗的时候，又促使我们去思考和探讨散文与诗创作之间哪些地方兼容？哪些地方又坚守着各自独立的文体风格？

一、内涵：诗情画意源从何来

《故乡与童年》的诗情画意源从何来？从诗意来说，我想来源于三个方面。琦君的故乡位于江南农村——是一个"离永嘉县城三十里的一个小村庄"，这首先的诗意来源于故乡的美丽景致。琦君开篇便突出了童年的三大印象"合抱的青山，潺湲的溪水，与那一望无际的绿野平畴"，文中勾勒了其中两幅画面，其一是"合抱的青山"：

"十八湾"是这条河上最美的地方，每一个水湾的前面都好像被矮矮的青山拥抱住了，望去没有出路。可是船头一转，双桨又拨出个水湾儿来。两岸的垂杨松柏，夹着杜鹃与山茶，在迷蒙的春雾里，仿佛把船儿摇到了天上。

好一幅山水合抱的江南水乡春景。另一幅"一望无际的绿野平畴"，是江

南田野风光:

> 从河埠头到家门口,中间是迂回的田畴阡陌,嗅着菜花香,闲步在亭亭的麦浪里,满眼是一片青黄相间的天然绒毯。太阳从屋脊升起来,从山坳里落下去。五彩的云霞与地面编织起锦绣般的世界。

恰似江南春天的水墨图画,春天美丽的山水田园风光构成琦君童年故乡的诗意来源。

但一幅美丽江南山水画如果只是景致,而缺失了人,便失去了生命的动感和温情。让《故乡与童年》诗情画意动起来的是活跃于其中的人,这江南水乡中朴实善良的一群人,他们建立了与自然以及彼此之间的和美关系。在这里,人与自然生命之间是和谐的,两个细节可以说明:"春天,溪水绿了,我光着双脚坐在清可见底的溪边,把脚伸在水里,让小鱼悠游地吻着我的脚趾尖,更不时吐点唾沫逗引它。""我"和"小鱼"是相互嬉戏的关系。另一个细节:"浮沉子落下去,鱼儿上来了。父亲乐得连连把烟筒敲着灰,又把钓起来的鱼儿偷偷放回到溪水里。""父亲"与"鱼儿"的关系也不是以占有为目的,而是放生,放其归于自然。而水乡的人又是受惠于自然的,"农夫农妇们"与"谷子"之间:"黄腾腾的稻子割起来了,打稻子、挑稻草、送点心。望着箩中粒粒辛苦的米谷,农夫农妇们满是皱纹的脸上泛起欣慰的微笑。"他们有着收获的喜悦,对于辛勤劳作之后自然的馈赠他们是快乐且知足的。

在水乡的人与人之间,更让我们看到一幅幅生动而温情的江南人文画面。如果细数一下,我们发现琦君为我们揭示了如下几组和美的人际关系。这首先一组是以"溪水"为背景,父亲母亲与家里长工们的关系:"父亲提着钓竿来了,竹桥边已一字儿排开了三张小竹凳,那是老长工阿荣伯伯给摆的,洋铁罐里装满了钓饵。""阿荣伯伯提了满盒子的米粉炒蛋丝,妈也在后面一摇一摆地出来了。"又有深秋桂花季节为背景,"母亲忙着蒸糕做饼,撒上了金黄色的桂花,装在提篮里给收租的叔叔和长工做点心"。不仅父亲而且母亲与家中长工之间,都看不出主人与仆人之间所谓的剥削与反抗关系,彼此是和乐且相惜的。这第二组是以"后河"为背景,父亲与乡里乡亲"船夫"们的关系："父亲爱自己开汽艇……不宽不窄的河水，被掀得白浪翻腾。看一只只乌篷船在浪头上飘然滑去，船夫们都好奇地笑开了嘴与父亲打招呼。"看不出什么因社会地位的高低而产生的嫉妒和恨，而只是好奇和无邪的善意。这第三组是"我"作为孩子和"邻儿"及"放牛牧童"之间，是一起玩耍的平等和谐关系，"我和邻儿在半山腰里挖番薯吃，又与放牛的牧童在平坦的石头上掷石子。哪个输了就罚挖番薯"；"初夏的清晨，我爬上高过粉墙的玉兰树……采下的花儿，分赠给全村的小朋友们，淡淡的芳香里带来了一分友情的温暖"。这第四组是"我"与"长工叔叔"之间关系，是长辈对小辈怜爱、宽容和照顾的关系，如"就跟着叔叔们偷偷爬上称租谷的大船。在黑黝黝的舱位里只管呼呼睡去，直至热腾腾的桂花糕香味冲进鼻子，我才揉揉眼睛，一跃而起……跳上岸来"。第五组是"我"与"父母"之间的关系，那是既被教导守规矩，又同时可以"捣蛋"，父母尊重孩子天性的自然亲子关系，比如"我"和"父亲"之间，"父亲"似乎并没有所谓的威严，"我瞅着父亲全神贯注在钓竿上，把他的一份（米粉炒蛋丝）也一扫而光了"。从中可以看出父亲是位随和平易的人，"我"甚至可以欺负"父亲"，没大小之分。而"我"和"母亲"之间，则隐含着一种教导关系，"妈与老师都信佛，每天叫我念一卷《心经》与《大悲咒》，童稚的心灵也懂得慈悲为怀，也不忍心看活泼泼的鱼儿被烹调后放上餐桌"。"母亲不让我这个'小捣蛋'在旁边'帮忙'，不许在蒸糕的时候把脚放在灶孔边，说糕会蒸不熟的。又不许在开笼的时候先吃一块。"正如琦君所肯定的："到今天我如果还能有一点慧根的话，那就是妈妈用净水灌溉的。"

而如果进一步深究《故乡与童年》中诗情画意之来源，我想琦君隐约揭示出了中国传统文化中追求和美自然和靠勤劳致富的人文精神底蕴。这其一就是以"慈悲为怀"的佛教理念对于水乡人文情怀的影响，正是这一理念形成了人与自然，以及人与人之间和谐美好关系。且不说父亲母亲的为人处世和言传身教表现，只要看这一理念对于"我"的影响就可以说明这一人文精神的传承。"我"对于自然是爱惜的，"薄暮时分，虽然提着空水桶回家，可是带回来的是一家的欢乐"。"我"对于同伴亦是爱惜的，我"采下的花儿，分赠给全村的小朋友们，淡淡的芳香里带来了一分友情的温暖"。这种和美关系还体现在，即使对于一些似乎违背社会道德和佛教信仰的行为，人们也抱以宽容的态度允许其存在。如孩子们"偷"番薯，被"砍柴归去的农夫看见了痛骂一顿"，但仍然可以得逞，"藏了满口袋的番薯回家"。这不是纵容"偷"，而是人们在维护道德戒律的同时，又宽容了孩子们的天性。又如人与佛的关系从儿时"我"的心理可见一斑，母亲"拣了最大的供在佛堂里，我就虔诚地在佛前膜拜，一双圆圆的眼睛却盯着那一盘又大又红的水蜜桃"，对佛的信仰在虔诚之余又流露出天性真率的一面，非常真实自然。琦君说"屋后桃花更是无人为主"，在中国江南这片土地上，以"离永嘉县城三十里的一个小村庄"为代表，传统文化已经内生为人们的理念，又外化为一种自然的生活状态。

在自然良善之余，人们更有着"勤劳致富"的为生理念。文中父亲母亲是勤劳的，"桃花结子的时候，父亲着了短装，亲手捉虫剪枝。母亲和我把纸袋小心翼翼地套上逐渐肥大了的桃子"。"桂子飘香的深秋是母亲忙碌的季节……母亲忙着蒸糕做饼，撒上了金黄色的桂花，装在提篮里给收租的叔叔和长工做点心。"父母这样的身教，"我"必然也是会勤劳的。而文中"农夫农妇们""收租的叔叔和长工们""船夫们"和"老长工阿荣伯伯"亦个个是勤劳且善良的。而我们相信在这样的环境熏染下，勤劳和善良两大为生和为人理念，也会被成长起来的"我"和"邻儿"们代代相传下去的。

琦君说："我爱那一分平凡与寂静，更怀恋在那儿度过的长长的儿时生活。"但她同时表达了这种和美的人文精神在现代社会的失落，结尾处她说："故乡故乡，且让我暂时在梦里追寻，重温童年的旧梦吧！"传统文化中乡邻之间，东家与长工之间，孩子与长工长辈之间，孩子与孩子之间，人与自然之间，那种和美的、自给自足的关系在现代社会只能在梦里追寻了，而由此生出的淡淡的伤感之情，使《故乡与童年》的诗情画意更加隽永深长。

二、叙述与结构：散文叙事特长和诗的结构方式

我们知道，现代散文主要是通过叙事来抒情，遵循叙事逻辑。蕴含在散文抒写中的时间线索是叙事表达的基础，而景物描述则作为人事活动的场景

而设置。随着人物参与到时空中，事情发生的记忆细节娓娓道来，作者的情绪便在叙事过程中得到呈现与抒发。以时空作为叙事背景，内容表达上擅长细节性描述，可称为散文创作两大特征。

《故乡与童年》中的诗情画意正是娓娓道来的，琦君运用了散文在内容表达上擅长细节性描述的特长，为我们还原了记忆深处的温馨场景。如以"溪水"为背景，写"父亲钓鱼"的片段，不仅回忆了"父亲提着钓竿来了"的情景，又交代了"阿荣伯伯"为父亲钓鱼所做细节工作："竹桥边已一字儿排开了三张小竹凳，那是老长工阿荣伯伯给摆的，洋铁罐里装满了钓饵。"在叙写了"浮沉子落下去，鱼儿上来了"之后，更是着意落笔写"父亲乐得连连把烟筒敲着灰，又把钓起来的鱼儿偷偷放回到溪水里"的情境。这前后4个细节就把父亲钓鱼的情态和乐趣，父亲与阿荣伯伯的融洽关系，以及父亲对待鱼儿的慈悲心怀详尽而细腻地勾画了出来。又如以"桂子飘香的深秋"为背景，写"母亲蒸桂花糕"片段，按照记忆的顺序把"桂花摇落""拣去枝叶""筛去花托""摊在秋阳里晒干"等细节一一写来，然后再与"蒸桂花糕"的记忆连接，鲜明的记忆是"撒上了金黄色的桂花"，温情的记忆是这桂花糕是要"装在提篮里给收租的叔叔和长工做点心"，有趣的记忆是"母亲不让我这个'小捣蛋'在旁边'帮忙'，不许在蒸糕的时候把脚放在灶孔边，说糕会蒸不熟的。又不许在开笼的时候先吃一块"，而温暖记忆是"我""就跟着叔叔们偷偷爬上称租谷的大船。在黑黝黝的舱位里只管呼呼睡去，直至热腾腾的桂花糕香味冲进鼻子，我才揉揉眼睛，一跃而起，取两块最大的藏在口袋里，跳上岸来"。通过前后5个细节的叙述，既刻录下母亲的勤劳形象，又展示给我们母亲带有佛教理念的朴素教育观和与人为善的处世观。如果说这是因，那么"长工叔叔们"关照爱护"我"，"我"和他们之间的不分主仆的亲密关系就是果，是母亲种的"善因"结出的"善果"。

与现代散文以时间为线索的结构方式不同，袁可嘉认为，现代诗的结构重点在于想象逻辑，其诗情是经过连续意象所得的演变逻辑来传达的。[1] 而艾略特关于现代诗意象的解释拓宽了我们的理解，即"用一系列实物、场景，

---

①袁可嘉《论新诗现代化》，北京：生活·读书·新知三联书店出版社1988年版，第19页。

一连串事件来表现某种特定的情感"①，由此我们可以认为，现代诗创作是通过一系列意象、场景的描述以及一连串叙事片段的连缀，来暗示、传达和唤起读者的一种感觉经验和情绪体验。相对于散文，诗的抒情方式更具有客观性和隐喻性，作者会有意隐藏主体情感态度，略去具体时间和地点，而想象逻辑和片段式感觉印象呈现成为现代诗创作两大特征。

如上文所述，以时间为线索是散文创作的一大特征，而片段式感觉印象连缀是诗歌创作一大特征。我们发现，在《故乡与童年》中，琦君采取的创作方法是以时间为线索，让记忆片段在时间线索上串起的结构方式。《故乡与童年》有着明确的时间线索，在从"春"到"冬"这条时间线索上，琦君串起了她童年对故乡的一个个记忆片段。可以看出，在这4个季节的叙事中，作者是偏重于"春"与"秋"的记忆和描述的，"夏"只以两个细节带过（一是"调冰雪藕的盛夏，母亲取下纸袋，鲜红清香的水蜜桃照眼欲醉"。又"初夏的清晨，我爬上高过粉墙的玉兰树……采下的花儿，分赠给全村的小朋友们，淡淡的芳香里带来了一分友情的温暖"），而"冬"只是略述过新年的情景（"然后是过新年，祭祖、拜佛，口袋里装满了响叮当的压岁钱，嘴里塞满了甜蜜蜜的糖果"）。

而在"春"与"秋"的记忆片段中，琦君又更偏重于"春"的印象叙述。我们发现，琦君采用的是由远及近的长焦距扫描方法连接了一个个关于"春"的记忆片段。"溪水"是琦君童年春天最深刻印象记忆之一，作为琦君童年记忆的起点，写了"我"嬉水和"父亲钓鱼"的片段；从溪水写到河水，"河水"作为一个记忆点，写了"父亲与船夫们"和"十八湾"的美丽景致；在河埠头到家门口之间，"绿野平畴"是一个记忆点，写了"我"和"邻儿"及乡村"牧童"童年的趣事；回到家门口，家的左边——"果园"是一个记忆点，写了"父亲捉虫剪枝""母亲给桃子套纸袋"以及"我"对佛堂"水蜜桃"馋涎欲滴的记忆片段；"家院子里的花木"是一个记忆点，写了各种花的记忆，尤其是我采"白兰花分赠给全村的小朋友们"的记忆。可见，琦君关于春天的童年记忆是从远镜头"溪水"拉回到"家"这个近镜

---

①艾略特《艾略特诗学文集》，王恩衷编译。北京：国际文化出版公司1989年版，第13页。

头，以"家"——温暖的记忆中心为结束，而"春天的生趣"和"家一样的温暖"则成为全文氛围的主基调。

琦君的笔下，与"春"的外放活泼气质不同，"秋"是回收趋于安宁的季节，因此她采用的是由近及远的聚焦方法连接起记忆片段，即先以"家"作为叙事中心，"收桂花、蒸桂花糕"合为一个记忆点，并且运用散文的叙事特长详细记录下这个片段。再拉向远景"收稻子、捡稻谷"合为一个记忆点，写"农夫农妇们"收割的喜悦，以及"我"捡拾谷子"分享大人们丰收的快乐"的情景。而这种由近及远的手法又恰似绘画中的留白，让人感觉余韵悠长。

正是时间线索与片段式感觉印象呈现相结合的方式，使得《故乡与童年》的诗情画意拥有了诗意的结构特征。而我们就在琦君娓娓道来的诗情画意里，感受着蕴含在"儿时情景，历历似画"背后水乡人勤劳朴实的生之趣味，以及乡邻之间和美良善的人文情怀。

2022. 4. 16

落日西风，踽踽归途中

——琦君晚年在美国

章方松

（温州文史研究馆）

内容提要：表述琦君与丈夫李唐基晚年在美国生活，以及有关文化活动、文化人交往与文学创作等情况，解读琦君晚年在美国的文学创作成就。

关键词：琦君晚年生活；文事交往；三个维度时空与创作

缘起于 2001 年秋天，琦君与丈夫李唐基、儿媳妇陈丽娜从美国回故乡温州探亲。我当时于温州市瓯海区文联供职，有幸参与接待工作。由于 10 天的接触交往，彼此有了较深了解。一天，李唐基先生与我说，台湾三民书局董事长刘振强先生与他是好友。刘先生多次请琦君写一部自传。李先生说，琦君和自己年事已高，没有精力撰写自传，希望我能为之书写琦君的文学评论。于李先生之重托，盛情难却。此后我通读琦君著作。每写一章，邮寄到美国，后来传真给琦君先生与李先生，并请他们及时提出修改意见。

为了撰写《琦君的文学世界》与《李唐基传略》，2001 年至 2003 年期间，我与居住美国新泽西州的琦君先生夫妇经常书信往来，或电话联络。

要对一个作家的文本展开研究，首先要深入到作家生活方式、思想理念，以及信仰的研究。这样可以深化作家文本意涵的解读。琦君人生暮年，在美国的生活研究还是一个有待深化的课题。笔者以此为抛砖引玉，以示关注琦君晚年的生活与文学的关系。

一

我们在电话交流谈论文学时，李先生会跟我聊起在美国和师友往来的情况，以及美国的生活状况。有兴致时，李先生会跟我讲在美国与中国学人交往的故事。他告知我，在美国与著名文学评论家夏志清先生诸多文化人经常往来，并将两张合影照片寄给我，一张是 1978 年太空科学家丘宏义夫妇邀请史学家唐德刚夫妇、夏志清教授、琦君与李唐基家宴的照片合影，另一张是 1984 年 10 月李唐基与琦君一起参加著名史学家唐德刚公子的婚礼喜宴与主婚人的合影。

唐先生久闻其名，他代表作品有《李宗仁回忆录》《胡适口述自传》《胡适杂忆》《顾维钧回忆录》等。

夏先生是享有国际声誉的文学评论家。他对琦君的文学评价很高。他曾在一文评说琦君的文学成就：

> 琦君的散文和李后主、李清照的词属于同一传统，但她的成就、她的境界都比二李高。
>
> 我真为中国当代文学感到骄傲。我想，琦君有好多篇散文，是应该传世的。
>
> —— （《夏志清谈琦君》，隐地编《琦君的世界》尔雅丛书）

琦君的散文语言与意境，渗透着浓烈的中国古典诗词的意味。她的文学语言是中国古典文学语言的现代化，她的现代白话文语言蕴意着浓厚的古典文学语言。读她的散文，仿佛是读中国古典的词文，给人以词学的意境。

一次，我们谈起琦君与孙多慈的交往，李先生讲到孙多慈晚年的一些苦闷，令人同情。琦君与孙多慈于杭州西湖初识，到台湾后相互交往 30 年。后来，我在琦君的《日边清梦断》《归魂只合傍梅花》文章里，读到琦君追忆孙多慈的情景，令人为之感动不已。

2003 年 4 月 12 日，北京时间晚上 8 时 45 分，李先生从美国来电，他激动地和我谈起，他于 1976 年因工作需要，台湾阳明公司调派他到美国纽约跨国公司任财务长。初到美国，工作繁重，思想压力大，感到生活寂寞，十分思念远在台湾的琦君。从下班途中，看到秋风中枫树落叶纷纷，触景生情。他于是捡起一片枫叶，寄给琦君，并附以短简："落日西风，踽踽归途中，见邻舍篱边枫叶，嫣红似江南二月花，拾取一叶寄赠，亦无限故国之思也。"令琦君读后，想起"'秋风渐渐吹我衣，东流之外西日微。'这是一生颠沛患难中的杜甫的悲秋之句。逝水东流，夕阳西下，谁都有无可奈何之感"的深切感叹，曷胜低回怅惘。于是有了琦君的散文《西风消息》。琦君在《与我同车》散文里写道："数十年来，与他甘苦与同，安危相依。他既然'惠而好我，与我同车'。我焉得不'驾言出游，以写我忧'呢?"

　　夫妻分居两地，李唐基曾于琦君信中说："身处异国，才感到家庭的舒适温暖，天堂都无法比拟……千言万语，无从说起，想到前人有这两句诗：'一室庄严妻是佛，六时经济米盐茶。'就以此来赠予你。"在琦君出版《桂花雨》序文写道："于遥远的怀念中，不禁记起琦君最喜欢的清人两句词：'辞赋从今须少作，留取心魂相守。'我真宁愿她少写文章，相信琦君一定能体我深意吧!"（宇文正：《永远的童话——琦君传》）

　　琦君虽然生活在美国，但她对生活 30 年台湾与故乡大陆的思念却是时刻不忘。她在《春酒》散文里，讲到在美国对故乡八宝酒的美好追忆。她在《水是故乡甜》一文中，与李唐基从欧洲来美国，李先生讲故乡四川山泉水美好甜，琦君先生讲家乡的河水、井水、山水的水好，并讲故乡泉水与品茶的美好追忆。她在《春雪·梅花》中深情地说："美国是个没有经过太多苦难的年轻国家，他们爱的是春来的姹紫嫣红，和日本所赠的娇艳而短暂的樱花。所以在这里，不知何处去寻找梅花。他们怎也不懂得中国人爱梅花的心情。"

　　在美国生活期间，琦君还写她与李唐基在美国生活状况。如《我的另一半》《"三如堂"主人》《与我同车》《西风消息》等。从这些文章里，可以读出这一对乡愁结良缘、真诚山海情的恩爱夫妻，在海外肝胆相照、情深意长的生活。

二

深入了解琦君在美国文学活动情况，对于研究琦君的晚年文学创作有着重要的意义。

琦君最早到美国是 1972 年，应美军太平洋总部邀请，以友好访问团身份访问夏威夷，又由美国国务院安排访问美国长达两个月。她在《忘我》一文中，讲到她于 3 年前在美国遇到一位黑人吹鼓手。他以微薄工资办了一个简陋收容所，辅导迷失归家的儿童，一一送他们回到父母身边。此文选入 1977 年 7 月 20 日尔雅出版社初版的《细雨灯花落》文集里。可能是琦君于 1972 年访问美国的记录。

李唐基于 1976 年到美国工作，一年后，琦君也跟随李唐基留居美国。李唐基暂居离纽约 50 公里的城市新泽西州的住宅社区福德里（Fort Lee），和纽约只隔一座华盛顿桥。

在美国期间，琦君经常往返于中国台湾。1980 年，琦君由美国返回中国台湾，在中央大学中文系任教。1983 年，随夫再次留居美国。7 月上旬，琦君由中国台湾赴美国途中，应新加坡《联合早报》之邀，在该报总编辑张道舫主持的座谈会上，就文学创作、新旧文学的交融、诗词与散文、体验与观察世态、儿童文学及个人写作经验等问题谈了体会。该报于 7 月 12 日以整版刊出了谈话记录，题为《人人意中所有，人人笔下所无》。

在美国期间，琦君也经常参加一些华文文学活动。

1984 年，琦君散文集《水是故乡甜》由台湾九歌出版社出版。应邀出席纽约美东区中华妇女联谊会座谈。1986 年 1 月，琦君参加在美国举行的第四十八届国际笔会，与中国著名作家、文化部原部长王蒙会面，并应邀出席休斯敦中华妇女工商会美国总会演讲《妇女与文学》，应邀出席旧金山国建会美西分会文学组座谈。5 月 12 日，夏承焘逝世后，《温州日报》转载琦君题为《鹧鸪天》的怀念文章。5 月中旬，夏承焘逝世的噩耗传到美国之后，她悲痛万分，连夜操笔写了数万字的题为《卅年点滴念恩师》的悼文，在台湾报刊发表。7 月 16 日，参加在圣法兰里斯旅店举行的华美经济科技发展协会文学组的座谈会，讲题是《散文易写而难工》。这一年取得绿卡，定居美国纽约新泽西州，任旅美华文作家协会理事。

1987 年，应邀出席休斯敦国建会美西分会文艺组座谈。1988 年，中篇小说《橘子红了》选载于 3 月号中文版读者文摘。1989 年，应邀返台湾出席文建会与中央日报副刊会办之"文学讨论会"。

琦君在美国，经常与大陆学者交流。据《红楼梦诗词曲赋评注》著者蔡义江先生说：1989 年 10 月，他曾收到旅居美国的台湾著名作家潘希真（笔名琦君）女士的信，信中说："尊著《红楼梦诗词曲赋评注》，使我着迷，使我惊叹！"此间因缘于蔡义江为夏承焘先生学生，故此，琦君读蔡义江著作而感动，写信给蔡义江（段江丽：《务真求实，明辨慎思——蔡义江教授红学访谈录》，刊于《文艺研究》2021 年第 3 期）。

在美国期间，琦君与丈夫李唐基前后 3 次回大陆探亲。

1990 年，琦君 74 岁，与丈夫李唐基回大陆四川酆都探亲。其间，因琦君学生沙里引介，拜访了全国政协委员会副主席程思远、中国著名作家冰心，还游览了北京、长江三峡、都江堰、酆都故城等风景名胜。1992 年，琦君与李唐基先生回大陆，应邀拜访了全国人大常委会副委员长雷洁琼女士，还专程到浙江省千岛湖，拜谒琦君恩师江南一代词宗夏承焘之墓。

2001 年秋天，85 岁高龄的琦君，与丈夫李唐基、儿媳妇陈丽娜回大陆浙江温州探亲。探亲期间参加琦君故乡温州瓯海区瞿溪成立琦君文学馆盛典，并先后参观了琦君故乡瞿溪、泽雅庙后，以及温州风景名胜江心屿、雁荡山等地。

三

琦君晚年在美国的生活期间，她居然成了"闲妻"。每当李唐基下班回家，琦君跟他聊着看书、看报、看电视的感想。李唐基听得迷迷糊糊说，你在台北时信太长，来此以后话太多。琦君打趣李唐基："宋代词人说：'树若有情时，不会得青青如此。'你这个没嘴的葫芦，比树如何呢？"李唐基笑答："树无情，才能长青。人有情，乃得白头偕老啊！"（宇文正：《永远的童

话——琦君传》)

在美国生活中，写信成了琦君生活的重要内容之一。书信不仅是情感的交流，更是为人为事的品格彰显。从李瑞腾、庄宜文主编《琦君书信录》（台湾中央大学中文系琦君研究中心编印，台湾文学馆 2007 年 8 月出版），可见琦君的美国生活状况，从信札里发现琦君丰富内心世界。比如记录琦君给九歌出版社编辑陈素芳 300 封信，从她给李素芳的信中，记录她在美国的文学创作情况，正如她给陈素芳的信中所说："只有在写作与朋友写信时是快乐的。"

琦君在美国，喜欢种花草，调适生活。她喜欢看花草，并说："看多美的春花，多美的生命啊！"她在给女作家黄安琼的信中说："我也最爱，看花木一天天欣欣向荣，对它们唱歌说说话，好乐。""有一棵小草藤，只在一个小钵里，半年来却爬满了墙，我就用喷壶喷上面的。用竹筷天天挑松钵中的土，好像它在对我微笑呢！生命真有意义哪。"她喜欢荷花，在给夏祖美、庄因信中说："这张荷花是一位朋友所摄，寄给你们分享。"

琦君受到伯母与启蒙老师叶巨雄影响，信仰佛教。她在给林秀兰信中多次谈到念佛的事。琦君说："疾病磨人，只有自己调整心境。佛家所谓'业'，并非'孽'。我每天念佛，心如止水，一切平安，请勿念。""我近来有点不对劲，头常晕，只是一下子就好了。念观世音菩萨就好了。"

琦君夫妇与夏志清夫妇关系密切，曾多次通信交往，谈论文学与生活的往来，以及互相分享剪报好文章。

琦君在给友人信中，多次讲到自己因头晕手抖，严重影响写作而苦恼。但是她还是在病痛中坚持写作。

1992 年 10 月，琦君给韩秀信中讲到："我与外子将于本月去北平，然后到上海、杭州、温州（我的故乡），半个世纪了，心情非'近乡情怯'所能形容，祭扫一下祖坟，也不知能见到哪些乡亲？"可见，琦君总是思念着故乡温州。但不知何因，1992 年大陆之行未能成全。

琦君是一个讲究传统文化理念的作家。她在给尤今信中讲到："我一直有个心愿想写自传，可是心乱如麻，有些事又不便写，因为生怕伤害到亲族中人的感情，顾忌太多，下笔更难了。"由此顾忌，也影响了琦君文学创作的题材开发与思想情感的表述。

庄宜文主编《琦君书信录》编后记讲得对："世人所见琦君温厚，原来自于教养和修持，她藉由创作进行自疗与救赎，如若真能宽宥和彻底放下，也许便无需重复书写相近的题材。""伤痛造就了琦君的文学，踟蹰回绕也可能限囿了她的书写。"

四

从一个作家的生活时空，审视其文学创作的意味，有着重要的思考意义。倘若将琦君人生分 3 个生活时空维度，青少年时代在大陆温州、杭州、苏州、上海等地，青年至中老年在台湾台北等地，人生暮年在美国新泽西州。

这 3 个地理空间，成为琦君文学创作的空间地图。从琦君这 3 个文学创作空间地图，结合时代文化背景的时间节点上，思考琦君的文学创作思维、情感、意味，也颇有文化思考的价值。

从琦君的文学创作流程来看，20 世纪 50 年代与 70 年代，主要散文与小说的创作所取的题材，基本上是因战争动乱造成了远离大陆而奔走到台湾的一批人对故乡的向往思念，与亲人离别痛苦的不幸命运。特殊的时期和特殊的命运，构成了许多多难的夫妻生活。琦君在这一时期所写的小说《钱塘江畔》《完整的爱》《梅花的踪迹》《琴心》《姐夫》《永恒的爱》《失落的梦》等，从这些小说作品中，我们就会发现琦君对爱情与家庭的社会伦理观念，以及当时台湾人对爱情的一些生活观念，从而表现了一位有良知的作家所具有高度的社会责任感。琦君在这一时期所写的散文有《金盒子》《下雨天，真好》《油鼻子与父亲的旱烟筒》《髻》《乡思》《家庭教师》《西湖忆旧》《忆苏州》等，从这些文章里，可以读到琦君恋乡思亲的乡愁情感是多么的深沉，这些作品构成了乡愁文化精神内核。

70 年代后期到 90 年代后期，琦君随李唐基旅居美国新泽西州后，此时，琦君的散文写作注重于对故乡温州、杭州与台湾的思念，乡愁的情感日益浓厚。琦君将她的无限乡愁情感，通过对故乡的风情、物产的描述，表达自己在异国他乡思念故国的情怀，隐含着人世沉浮的乡愁情思。这一段时期的乡愁，也是琦君与李唐基一起漂泊在海外，对家人牵挂、对故乡的祖国无限思念的心境。这个时期琦君所写的散文《粽子里的乡愁》《春酒》《灯景旧情怀》《水是故乡甜》《三十年点滴忆师恩》《桥头阿公》等，正是表现了她对故国与亲人的无限怀念，也是一种乡愁情感的表现。琦君的著名小说《橘子红了》，也是在美国新泽西州写成的。

20 世纪 90 年代，琦君小说《橘子红了》拍成了电视连续剧，成为轰动一时的电视剧。在写作《橘子红了》过程中，琦君与李唐基经常讨论写作的题材与形式的问题。这一部小说写出了琦君无私无畏的想法，写出了隐藏在内心世界的痛苦，以及有关父亲与母亲的身世。这跟李唐基先生对她的鼓励是分不开的。从某种意义上说，这部小说里面包含着琦君家世的变迁与人性伦理的奥秘。

从琦君的文学创作发展的流程中，发现琦君对家庭与社会是有着高度的道德良知和社会的责任感。

李唐基退休后，晚年在美国过上清闲的生活，他也写出了清丽淡雅的散文，如《万里江山师友情》《名山古寺自清凉》《千秋伟业都江堰》等。这些文章是李唐基经过人生漂泊、尘埃落定之后写成的，以淡淡的追忆心绪，抒发心中思恋之情。李唐基的文字淡雅，意境清静，文风自然，自有秋水文章不染尘之美。读之使人情怀澄清，心境清明。李唐基生活在幽默中，总流露出淡淡的风雅的趣味。他在《牛奶与啤酒》《理发话沧桑》等文章中，寓于生活，意趣无限，读来自有喷饭之妙。《我家有个反对党》《"读后感"变成了"情书"》等文章中，写出了他与琦君先生由诗、散文构成美妙的夫妻生活，令人敬仰而神往。

结 语

琦君从 1977 年旅居美国，1980 年回中国台湾，1983 年再旅居美国，直到 2004 年夏天，88 岁的琦君与丈夫李唐基结束客寓美国回中国台湾，定居在台北淡水乡润德生活新象。在美国生活了先后 20 多年左右，在这期间，琦君往返于中国台湾以及大陆进行探亲等活动。

琦君在美国的生活，并不是因为向往美国的文化与西方生活，而是因为丈夫的工作与儿子的就业等需要。从而说明她是一位以家庭为核心生活的良妻贤母，并以善美为创作主题的作家。特别是在美国期间，琦君忍受着病痛折磨，从未搁笔，而是勤奋地创作，为读者提供精美的精神食粮。这是难能可贵的坚韧意力与锲而不舍的精神。

在美国生活，读琦君与师友的信札，善解人意，关爱他人，总是惦记着他人的家庭、身体、创作的状况，可见琦君是一位慈善的老人。

在美国生活期间，琦君丝毫没有受到西方文化思潮的影响，完全是一位以中国文化表述家国情怀的纯美作家。她无时不在思念着30多年生活的台湾与青少年时代的大陆故乡温州。这也许是她从小受到家庭父母、师友以及瓯越文化的影响与熏陶，从而成为儒家文化的思想维护者。她对文学创作的持敬与师友的诚信，对佛教虔诚信仰，正是表明她的文学意境与思想境界。

注：由于本人对琦君在美国期间所掌握的资料有限，只能简要地表述琦君晚年在美国的生活与文学创作的情况。拙文只能作为抛砖引玉，希望今后有更多的研究者深入到琦君晚年在美国的生活与创作研究，这样为全面完整地认识与理解琦君的人生情感与文学创作理念，有着重要的意义。

附录：

1. 夏志清（1921年至2013年12月29日），原籍江苏吴县（今苏州），1921年生于上海浦东。上海沪江大学英文系毕业。1948年考取北大文科留美奖学金赴美深造，1952年获耶鲁大学英文系博士学位。1962年应聘为哥伦比亚大学东亚语文系副教授，1969年升任为教授，1991年荣休后为该校中国文学名誉教授。2006年当选为中央研究院院士。

2. 唐德刚（1920年8月23日至2009年10月26日），男，美籍华人学者，历史学家、传记文学家、红学家；1920年生于安徽省合肥市肥西县西乡山南馆唐老圩，就读于舒城中学。1939年入重庆国立中央大学（南京大学）历史学系；1943年毕业，获学士学位；1944年在安徽学院史地系讲授《西洋通史》；1948年赴美留学，1952年获哥伦比亚大学硕士，1959年获史学博士；

后留校任教，并兼任哥伦比亚大学中文图书馆馆长，负责口述历史计划中国部分；1972 年受聘为纽约市立大学教授、亚洲研究系系主任；曾任纽约文艺协会会长；2009 年 10 月 26 日，因肾衰竭卒于美国旧金山佛利蒙家中，享年89 岁。

3. 李唐基先生传略

李唐基，字志酬，笔名唐吉。民国辛酉九月十五日（1921 年 10 月 15 日）出生于四川酆都古城。1945 年毕业于中国复旦大学经济学系。1946 年调派台湾工作。1950 年于台湾与著名作家琦君结为百年夫妻。1976 年与琦君旅居美国新泽西州。

李唐基先祖原籍湖北麻城，明崇祯庚辰十三年（1640 年），起义军张献忠率部进入四川，屠杀掳夺，扰乱社会后，李氏先祖始从湖北麻城移民迁居四川丰都县南岸李家坝。祖辈世代，务农维生。曾祖父李公万钧为摆脱农耕困境，从乡村迁居酆都高家镇，经营布匹印染事业。经祖父李公世清和祖母何氏艰难创业，经营发展，家境渐有起色，始重视家庭文化教育，着力资助培养子弟读书深造。

父亲李公建阳，从小刻苦用功读书，求学上进，曾考入四川文法学院（四川大学前身）就读。后因祖父李公世清英年病逝，为维持家政，负担生计，侍奉祖母何氏，只得辍学。父亲曾先后就任过酆都地区政府公职、高家镇镇长、江津县府公职、杨森军部文员等职。

母亲秦氏文怡，出身于四川酆都耕读书香之家，为秦家长女。外祖父为秦氏宗祠田地代管人，倡导耕可致富，读可荣身，非常重视对秦氏庭训教育，使其从小受到良好的中国传统家庭文化教育。母亲秦氏为人慈善，关爱他人，深懂礼仪，聪明能干，颇得长辈和左舍右邻喜爱。

1921 年（1 岁） 古历辛酉年九月十五日（1921 年 10 月 15 日），李唐基出生于四川丰都县高家镇一个文化始盛的家庭。父亲为人仁善，是工作精明踏实的公务职员。母亲秦氏为人慈祥，孝敬长辈，是一个信仰佛教的行善之家。

1924 年（3 岁） 父亲李公建阳初入社会政坛干事，兢兢业业，力争上进，深受有关政要与民众所信任，县内各地区政府皆邀约前去服务，每日奔波，工作十分繁忙。是年，二弟李昼堂、字志锦出生，母亲须侍奉祖母，抚育幼弟，料理家务。唐基便由父亲带往任所，教其识字、读书。

1925年（4岁） 父亲李公建阳平时做事公正无私，踏实能干，是年，应家乡父老召唤，回高家镇任镇长一职。高家镇为酆都石柱县长江口岸，物资进出口集散要地，各地商家往来频繁，市场繁荣。这样父亲公务十分繁忙，来不及照顾唐基学业，就将他寄养于山区士绅孙大爷家。孙府生活宽裕，环境优美，妻妾三人，为人仁善，膝无子女，对唐基教养十分关爱，使唐基从小受之礼仪熏陶和良好启蒙教育。

1927年（6岁） 是年，祖母何氏谢世，唐基回家奔丧，从此离开孙家，结束孙府两年快乐的童年黄金岁月。

1928年（7岁） 是年，三弟李麟书、字志玉出生。母亲秦氏因家务繁忙，将唐基与二弟昼堂寄养外祖父家。唐基与弟一起初入私塾。

1929年（8岁） 父亲为拓展事业，谋求发展，赴重庆寻找机会。唐基与二弟回家，由母亲在家设蒙馆，请先生家教就读。

1930年（9岁） 继续在家就读蒙馆，除学习四书五经等基本课程之外，平时兼读父亲从重庆寄来、由商务印书馆版新编国语课本读物，补充新知识。酆都为先秦巴国别都，东汉道教圣地，奉为天下七十二福地中第四十六福地。唐宋时称为"鬼国幽都"。此地山水秀丽，名寺古刹鳞次栉比，历代名人墨客仰慕寻踪，赋诗赞美，文化底蕴深厚。每逢暑热期间，父亲李公应名山古刹天子殿住持邀请前去纳凉避暑，常带唐基登山临水，指引唐基从中观赏长江雄伟壮丽，奇崛山水崇高之美，指导阅读中国古典文学，感受中国传统文化博大精深，以及祖国大好河山的酆都古城深厚历史文化内涵。

1931年（10岁） 始入高家镇立高小就读，不久因日寇发动"九一八"侵略中国东三省事件，一度曾经辍学。

1934年（14岁） 高小毕业就读丰都县立初中，平时喜爱阅读文学作品，爱好文学创作，受国文老师引导和鼓励，开始阅读"五四"新文化运动以来有关新文艺作品。假期在家大量阅读中国古典文学和现代小说作品，以及《人世间》《宇宙风》等文学杂志。是年，父亲李公自军中退休回酆都，有暇指导唐基弟兄三人学习，要求他们从小立志刻苦读书，将来成才为国建设做出奉献。

1937年（16岁）　丰都县立初中毕业，是年中国发生"七七事变"，全国人民奋起抗日，抗日战争在全国掀起了高潮。

1938年（17岁）　是年就读四川省立重庆高级商业学校，爱好体育运动，学习期间当选为学校篮球队长与班长。其间重庆为抗战时期陪都，各类人才荟萃，各擅其长，政治风云变幻莫测，使他大开眼界，广为见识。并深感国难当头，忧国忧民，一腔爱国热血涌上心头，立志以读书铭志，学好知识，将来为国效劳。

1941年（20岁）　是年就读复旦大学经济学系。唐基于重庆高级商业学校读书时，原想考文学系，以圆文学作家之梦。后因父亲影响，改变初衷，立志以经贸促民族经济发展，作为国家兴国立业之根本。立志后，专心致志，刻苦学习。是年考入复旦大学经济学系。大学期间，为人诚恳，谦虚好学，喜亲近学校教授学者，广为结交全国各地同学，人际关系协和，深得老师和同学信任。大三时，当选为复旦大学生自治会三人主席团成员之一。自初中、高中、大学，一直喜爱文学创作，大量阅读林语堂等新文艺作家作品。因抗战时期复旦大学转移到重庆北碚夏坝，著名剧作家曹禺任外文老师，教授莎士比亚剧作选，使他深受启发，曾一度立志要做一个文学家，以文学作品立世，作为人生奋斗宗旨。那时，复旦大学教授名流辈出，教唐基有关课程的还有周谷城教中国通史，陈望道教论理学（唐基在中学时代，就十分喜爱读陈望道的《修辞学发凡》），伍蠡甫教英文，洪深、陈子展、马宗融教中文。

1945年（24岁）　复旦大学毕业后，保送国家资源委员会，分派北泉酒精厂任课员工作。

1946年（25岁）　因工作需要调派台湾纸业公司罗东厂账务股长，接收日人账册。

1948年（27岁）　任台湾金铜矿务局账务课长。善于探索会计业务工作，为利于会计管理，并奉命拟订矿业会计制度。

1949年（29岁）　任中国台湾油轮总公司会计课长。针对新台币发行与会计处理出现的问题进行了研究，于台湾《新生报》发表《新台币发行后会计处理问题》论文。

1950 年（30 岁） 是年，唐基与作家琦君结为百年好合夫妻。缘由是琦君于 1949 年从大陆漂泊到台湾，思念往逝的岁月和离别人世的亲人，在台湾《中央日报》发表了缅怀去世哥哥的《金盒子》文章。此时，处于乡愁恋情痛苦中的唐基读到《金盒子》，心底里产生了强烈的共鸣。后来由于一次偶尔的机缘，经法院友人介绍《金盒子》的作者琦君女士。两人由于乡愁的文化情感"共生效应"，也由于共同爱好文学而相恋相爱相亲。他们结婚时，在台湾的生活十分艰难，琦君有词可证：

鹊桥仙

卅九年七夕结婚，四十年迁往住机关宿舍。蜗居潮湿，壁间龙头，滴水涓涓。戏名其室曰水晶宫，因赋此阕寄意。

金风玉露，一年容易，心事共君细诉。米盐琐事费思量，已谙得人情几许。

半岁三迁，蜗庐四叠，此际酸辛无数。水晶宫里醉千杯，也胜似神仙伴侣。

结婚后，唐基发现琦君的文学灵性比自己充盈，愿意牺牲自己爱好的文学追求事业，而全力支持琦君文学创作，成为琦君文学创作的第一个读者和编辑。当琦君未成名时，第一本散文集《琴心》出版时，唐基亲自骑着自行车挨家挨户推销散文集。是年，会计师考试合格，任台湾招商局专员，并在《会计月刊》发表《年终决算话拨补》专题论文。

1956 年（35 岁） 平时工作严谨守纪，调任招商局会计处课长。

1962 年（41 岁） 由于精通业务，奉公敬业，调任招商局稽核。

1970 年（49 岁） 任招商局副处长。派赴日本邮船及大阪商船株式会社考察其经营管理制度，回来写书面报告刊载《招商通讯》十二月号。

1971 年（50 岁） 《日本考察散记》刊载同年《招商通讯》十二月号。

1974 年（53 岁） 由于工作敬业，勤劳吃苦，默默无闻，是年荣获"全国模范航港从业人员金鸥奖"。

1975 年（54 岁） 赴香港出席"国民外交协会"亚洲区代表大会。

1976 年（55 岁）　调任美国工作。

1980 年（59 岁）　因工作需要调回台北转任阳明海运公司会计处处长（总会计师）。

1981 年（60 岁）　阳明公司拓展业务，开辟欧洲航线，进而形成环球连线。奉命拟订各国代理行财会管理办法及制度，并约定美花旗银行为本公司收支代理行。该行即将其制定制度选为当年度在荷兰举行全球分行经理会议教材之一，并邀请以贵宾身份列席会议。

1983 年（62 岁）　公司派驻纽约转投资公司董事会之监察人。

1987 年（66 岁）　是年届临退休，因公司工作关系，延期一年。

此后，和妻子琦君及儿子李楠旅居美国新泽西州。

1990 年（69 岁）　唐基偕琦君回大陆四川酆都探亲，其间因琦君学生沙里引介拜访了全国政协委员会副主席程思远、中国著名作家冰心，还游览了北京、长江三峡、都江堰、酆都故城等风景名胜。

1992 年（71 岁）　唐基偕琦君回大陆，应邀拜访了全国人大常委会副委员长雷洁琼女士，还专程到浙江省千岛湖，拜谒琦君恩师江南一代词宗夏承焘之墓。

2001 年（80 岁）　秋天，唐基偕琦君、儿媳妇陈丽娜回大陆浙江温州探亲，参加琦君故乡温州瓯海区瞿溪成立琦君文学馆盛典。并先后参观了琦君故乡瞿溪、泽雅庙后，以及温州风景名胜江心屿、雁荡山、泽雅等地。

注：李唐基先生传略是根据李唐基先生提供的有关资料以及琦君散文有关方面的内容进行整理成文。

寻找琦君笔下的故乡　发现温州地域人文之美

——琦君怀乡文的地域文化研究价值

周吉敏

（温州市瓯海区文联）

"像树木花草似的，谁能没有一个根呢？我常常想，我若能忘掉亲人师友，忘掉童年，忘掉故乡，我若能不再哭，不再笑，我宁愿搁下笔，此生永不再写，然而，这怎么可能呢？"

故乡与童年是一个人空间和时间上的"根"。台湾作家琦君正基于这"根"，建立起了自己文学的精神坐标，成为一个时代的文学代言人。在琦君50多年的写作时光里，出版了《水是故乡甜》《灯景旧情怀》《青灯有味是儿时》《留予他年说梦痕》《烟愁》《红纱灯》等四五十部著作。于琦君，是乡思驱动回忆，以文字铺砌了一条回乡的路。今天我们以地域文化的视角，去解读琦君的怀乡文，发现琦君写下的怀乡文是一座挖掘不尽的温州地域文化的宝藏。

寻找琦君笔下的故乡，在对琦君的生命和文学进行溯源的同时，是发现琦君文学的另一种价值——作为故乡地域文化历史研究文本的意义，这是琦君文学的"根"和传统文化的"根"相互映照。尤其在当下乡村振兴的时代背景下，阅读琦君笔下的乡村，是一场温州地域文化之美的辨认。笔者就这个意义，在此举例进行粗浅的呈现。

一、出生地——《纸的怀念》：泽雅纸山珍贵的历史文献资料

琦君，1917年出生于泽雅庙后。但琦君的笔下从未出现过"泽雅庙后"4个字，也未言及自己的身世。直到20世纪的1998年，82岁的琦君在台湾出

版《永是有情人》的代序《敬祝大妈妈您在天堂里生日快乐》一文中，第一次透露了自己的身世——"写至此，我忍不住要向亲爱的读者朋友们吐露一件心事：数十年来，我笔下的母亲，其实是对我天高地厚之爱的伯母，我一岁丧父，四岁丧母，生母奄奄一息中，把哥哥和我这两个苦命的孤儿托付给伯母，是伯母含辛茹苦抚养我们兄妹长大。"琦君在2001年接受台北教育大学教授廖玉蕙的访谈说道："我出生时，父亲出外经商，一直没回来，我妈妈认为我不详，就把我丢在地上，是大伯母把我抱起来的，其实从那时起，她就是我妈妈了。"（《台湾现当代作家研究资料集编——琦君》）如果不是自己内心的认定和感恩，谁会将心事隐藏如此之久，手中那支写尽故乡的笔从不拐弯抹角透露半点口风，直到白发苍苍才说出实情。

细读琦君的作品，祖居如雪泥鸿爪，还是隐约可见——"我自幼生在瞿溪乡，一年里总有一两次到山里去做客。族中的长辈们，都把我当贵宾款待……"（《纸的怀念》）这是琦君作品里唯一有关出生地的文字。文中的"山里"就是"泽雅庙后"——潘氏的祖籍地。

庙后村坐落在瓯海境内的最高峰崎云山脚下，丰沛湍急的涧水流经村庄，村人就栖居这条山涧的两岸茂密的竹林间。这条山涧发源于瓯海海拔最高的山崎云山。庙后的村头村尾都是落差极大的悬崖峭壁，涧水流经庙后时，只是稍作平缓，在蛮石间曲折腾挪，而后就冲下悬崖峭壁，如遇雨季山洪暴发，更见这里险峻的原始地理生态。潘氏从明代避乱迁至此，已有600多年的历史。《潘氏宗谱》记载，庙后潘氏自东嘉潘桥（今温州瓯海潘桥街道）迁往二十三都庙后。旧时，村里家家户户以做纸为业，现在村里还遗留着造纸的一些作坊遗址。琦君在《纸的怀念》一文中非常细腻地描绘了自己儿时到庙后村看村人做纸的情景。

这篇文章除了可以证明琦君的出生地之外，还是一篇珍贵的泽雅纸山历史文字资料。泽雅古法造纸历史最早可追溯到明代，但迄今为止发现的记录泽雅纸山历史文字资料极其稀少，除了清乾隆年间唐宅5位村民集资造水碓的一块记事碑外，琦君的《纸的怀念》可谓是一份比较完整的珍贵历史文字资料了。《纸的怀念》中写到了泽雅做纸的流程、销售过程、运输过程等，呈现了20世纪初泽雅纸山的风貌，携带着丰富的泽雅纸山的历史信息，是可以佐证一些事实的一份依据。我在这里就此意义作几点陈述：

1. 呈现泽雅做纸的历史盛况

《纸的怀念》一文中第二段写道："我要骄傲地告诉朋友们，我的故乡——浙江永嘉县是以产纸闻名全国的。各大都市如上海、宁波、杭州乃至远及山东各地，都纷纷来温州订购质地细软的纸。最细最薄的一种，透明得跟蝉翼一般。"接着又写道："由于我们的纸，行销全国，每年出售数量庞大，因此，纸的出产地——我们的小镇瞿溪乡，都上了中小学地理课本呢。"琦君描述可见泽雅纸的销售量很大，瞿溪作为泽雅纸的集散地，以纸全国闻名，由此才上了当时的中小学地理课本。这段文字也解释了上海之所以有一条街巷命名为"瞿溪路"的原因。瞿溪乡因纸闻名，背后就是泽雅做纸的盛况。

2. 呈现了"纸山"地理范围

琦君在文中写道："其实瞿溪乡本地并没有真正产纸，方圆十里之内，根本就没有一家做纸人家。所有的纸，都是由附近山乡，刻苦的山地人做的。山乡的做纸人家，范围很广，一直绵延瑞安、青田的边界山区。我们称之为'纸山'。所有的纸，都由他们一张张做出来，再一担担挑到我们瞿溪集中，转给纸行成交以后，纸行再以双把桨的平底船，运到距离三十里水路的城区，装轮船运往各地。"可见，"纸山"这个称呼在民间存在已久，而成为一个固定的称呼。琦君童年在瞿溪度过，那时是 20 世纪 20 年代，琦君是有记忆的。写这篇文章的时候是 1987 年。而瞿溪是因为水路发达，有运输条件，成为纸的集散地。这段文字同时也呈现了泽雅纸的运输和销售情况，隐含着泽雅纸的产业链。

3. 佐证泽雅纸山曾经生产书写纸

琦君在文中写到，因为自己是读书的，王泰生、胡昌记两个纸行时常会送一刀刀的头类二类好纸，给她习字抄书。王泰生纸行的大姑娘嫁给毛宅的子弟毛镇中。毛宅是书香世家，毛镇中喜欢金石、书法、篆刻，还会吟诗。"他太太娘家有的是好纸，倒让他把一手字练得苍劲有力。"后来这个毛镇中也到了台湾，琦君在台湾他乡遇故旧，问毛镇中用什么纸。他说："报纸嘛，哪里还有家乡的头类二类呀！"琦君文中这样解释"头类二类"纸——"品类多至十几种，我只记得有所谓的'头类''二类'两种，是我们写字常用的。"可见民国时期，泽雅还生产书写纸，并不是现在只能用于祭祀用的纸。据泽雅纸山文化研究者黄克荣介绍，琦君书中记录的"头类二类"纸，是一种"长帘"纸，或毛边纸，比现在纸的尺寸大。

琦君详细描述了生产这种纸的流程。从中我们了解到那时做纸流程中，男女有着严格的分工。"捞纸"必须由男人来操持。琦君写道："这种本领，都要有十数年的经验。经验不足的，捞起的纸厚薄不匀，就只得列入次一等货色，白白糟蹋了上好竹浆是很可惜的，所以做这项工作的，都是家中年长、富有经验的男人，妇孺之辈是绝不能碰的。"而"分纸"则是妇女的专门技术。请看妇女分纸："右手握一枚特制细长上有竹柄的针，在纸的右下角轻轻一挑，一张纸就翘起来了，左手撮住纸角往左上方轻轻撕起，撕到只留下一小角停止，挑完一叠，捧起转过来一抖，那一角未撕的就自然抖开。一挑一抖都要用浮劲，手法之奇妙跟变魔术一般，这是妇女们的专门技术，也是真功夫，也看得我目瞪口呆。"琦君的文字画面感非常强，文中的分纸场景，跟现在分纸动作差异很大。男女严格分工也是没有的。这种差异就是书写纸与现在泽雅屏纸制作的区别。

当下，一些专家学者对泽雅屏纸形成了一种偏见和成见，认为泽雅屏纸工艺粗糙，只用于民间祭祀，是一种低端纸，不是书画纸，于是不予以重视。这种成见和偏见，久了变成一种习惯，进而发展成了泽雅地方文化传承和发展的一个瓶颈。这种成见，是没有摆脱封建士大夫对待下里巴人文化的轻视，至少在潜意识上没有摆脱，而且一直用雅俗对立思维来对待民间文化，即站在雅文化的立场居高临下对待大众的、通俗的、民间的文化。我们要用民族文化的眼光，或者文明的眼光来看待泽雅纸山文化。琦君文章佐证了泽雅纸山历史上曾经制造过书写纸，从而成为泽雅屏纸有"文化用纸"功能的一份重要的历史依据。

4. 呈现了一个丰满立体的泽雅纸山

琦君这篇文中写到了做纸是"胼手胝足的辛劳"。做纸人最后把纸挑到了瞿溪出售，还要受到"牙郎"刻意贬损，有苦不敢言只好把纸降等级出售。琦君用笔一幕幕展现漫长做纸过程中的艰辛劳作，以及做纸人的生活状态，其中有一幕非常动人。琦君写道："分纸工作，是山头妇女最悠闲快乐的时光，她们三五成群坐在一起，边挑着纸边哼小调，'十送郎''十里亭''四季花开'等，我当时都听得入神。"在琦君的笔下，我们看到了山里做纸人在做纸的一个特定场合里情感的自然绽放。这些小调就如野花，开在做纸人经过的曲折又高低不平的石板路旁，摇曳生姿，那些艰辛的做纸生涯也显得隽永起来。琦君用笔呈现了这一幕，使得泽雅纸山变得立体而丰润起来。

琦君笔下的"山里"，也就是泽雅庙后，现在自是没有人做纸了。溪边还遗留着一些造纸作坊，村里还遗存着潘家老宅的门台。屋后的小山坡上还保存着琦君笔下的父亲潘鉴宗资助创办的"庙后小学"的遗址，现已改建为琦君纪念馆，馆内展出琦君与父亲潘鉴宗的生平事迹。

2001年10月，琦君回庙后寻根问祖看到宗谱上自己的名字时，写下"崎云山水秀，庙后乡情亲"。这是琦君对"血地"的一种确认。

二、童年的生活——笔下的瞿溪：一幅瓯越民俗风情画卷

瞿溪是琦君写作的出发地，也是回归地。

琦君在文章《春节忆儿时》《春的喜悦》的开头都用了同一句话指认自己的故乡——"我的故乡，是浙江永嘉县的瞿溪乡"。琦君所说的"永嘉县的瞿溪乡"，就是现在瓯海区瞿溪街道。

瞿溪与泽雅一山之隔，是一个山区与平原接壤点上的小镇。琦君的亲生父母亡故后，伯父潘鉴宗和伯母叶梦兰抚养了琦君。琦君在瞿溪潘宅度过12年的童年生活。"我家的老屋建筑，在乡里是最大最气派的。"琦君在《纸的怀念》中如是描述潘宅。"看戏""迎神""划龙舟""桂花""瓯柑""杨梅""玉兰酥""烂脚糖""月光饼""母亲""父亲""外公""阿荣伯"……瞿溪小镇和潘宅里发生的事，成了琦君笔管里写不尽用不完的活水，最后流淌成一条大河，载动琦君半个世纪的乡愁。正是这样的书写让琦君在台湾获得了认同感，继而再次获得生活的定力——在一个完全陌生的地方重构家园的力量。

潘宅旧址在今天的瞿溪街道崇文路36号——现在是三溪中学校址。校园内还保留着一幢潘宅的主体建筑，现已改建为"琦君文学馆"。这是一幢中西

合璧的砖木结构歇山顶的二层楼房——就是旧日主人的"养心寄庐"。

瞿溪，是琦君乡愁文学写作的主要书写地。而琦君的乡愁落在故乡的民俗、美食、亲人、师友，从而呈现了温州地域文化的独特性和丰富性。这里的地域文化主要指民间文化，是广大民众生活的真实呈现，从中可以了解一个地区的山川地理、民众的心理状态、乡村内在秩序、思想情感，还有传承状态，等等。笔者暂且在琦君的文中梳理出三类：

1. 民俗：瓯越民俗风情画卷

琦君用了很多笔墨书写故乡的节日和集会——春节、端午节、中秋节、元宵节、看戏、婚礼、喜宴，等等。阅读琦君这些文章，犹如打开一副瓯越民俗风情画卷，其中琦君对年节的书写，烟火味最为浓郁、色彩也最为斑斓。

琦君在《春节忆儿时》一文中，书写了"宰猪""掸尘""捣糖糕""祭灶""分岁酒""拜年""迎神提灯"6个过年的习俗，连缀起20世纪初温州民间在"年"这个最具中国标志性的时间里的热闹情景。琦君把读者带进了过年的特殊空间里，与琦君一起过了一个幸福年。能在琦君的文字中共情，其实是隐含在文中的信仰、伦理、秩序、美食、教育等传统因素在起化学反应。琦君的这篇忆旧文是活色生鲜的传统年节的研究文本。在年味淡化的网络化、陌生化的时代，这些因素值得我们去研究思考和传承，为传统节日的复兴与重建提供思路。

《宰猪》中写道："九月晚谷收成时所酿的新酒，到腊月开缸，只要闻到一阵阵新酒的香味，就知道第一件大事要办，那就是宰猪。"这一句，隐含着时间的规律，也就是人们遵循着自然的规律生活。这句中包含了节日的饮食传统，就是年酒、年猪。

而此时，琦君的母亲还会送一些猪肉接济穷苦的邻居，点缀年景。"而邻居也都纷纷送来整篮鲜红的大吉（橘子和柑）或新鲜的鸡蛋，以报好意，倒是给新年增添了一片欢乐祥和气氛。"琦君本意是说母亲仁慈。或许琦君也不明白，其实母亲的品德是其内在情感和精神的需求，属于节日精神生活方面的传统。在《捣糖糕》里，最后一笼是"富贵年糕"，专门给叫花子的。这种扶贫济困的行为也是同样的情感需求和精神传递。节日是人们沟通、调节天人和谐、人际关系以及安抚、表达人们内在情感的时机，也是显示生活地位，也是社会关系在特殊的时间里得到缓和，从而加强村落社区成员之间的情感纽带，完成一种精神的传递。现在人的"新春慰问"，也是来源于这种传统。

接着写《掸尘》。"母亲"一边谨慎小心地捧着碗碟放进橱柜，一边嘴里不停地念"瓶瓶碗碗、瓶瓶碗碗"，就是"平平安安、平平安安"的意思。数数遇到"四"一定要说"两双"，绝不能说"四"，因为声音不好听。这是因为"四"与"死"的方言谐音，不好听，过年要讨个吉利。在《分岁酒》中，琦君写到祭品，阿荣伯都能说出名堂——"整鸡（基业稳固），猪头鼻梁上横着尾巴（有头有尾），整鱼（年年有余），豆芽（年年如意），红糖莲子（子孙满堂），甘蔗（节节高），藕（路路通），橘子（大吉），柑（升官）。"这是节日的禁忌传统。今天，这种传统虽然有所淡化，但温州人似乎比别的地方的人更看重这种在特殊的时间里的语言表达，所谓"讨口彩"。

而"外公"用微微颤抖的手，剪出大红元宝、金元宝，贴在厨房门上、橱柜门上。到处红，到处亮，一片热闹的新年气象。《捣糖糕》中一幕相当有趣。"长工们做年糕，阿荣伯就捏金元宝，大大小小的元宝捏了无数个。捏一个最大的（有米斗那么大），再以红绒线串了一百个子孙钱（崭新发亮的铜钱）套在上面，摆在大厅靠屏风的琴桌正中。其他的元宝，由大而小，九个一叠，九九生财，摆在灶脊上、谷仓里，由我帮着去摆。"贴元宝、做元宝都是节日艺术文化。现在的人都是去商店买现成的福字，都是机器做的，也是到处红，但总觉得少了一点东西似的。

在《分岁酒》中，琦君写到祭祖和分压岁钱的场景："父亲燃上香烛，带领全家跪拜，先祭天地，谢神灵，后祭祖先。父亲一脸的崇敬，我们孩子们也鸦雀无声。祭拜完毕，洒一杯酒在地上，然后烧纸马和金银纸钱……他（父亲）坐在太师椅里，我们围上去团团下拜。他从黑缎马褂的暗口袋里，抽出红封袋，每人一封，一律的两块银大洋。"这段文字里包含着浓郁的伦理传统。传统节日，这种家庭伦理是非常浓重的。其中包含着两个方面，一是自然伦理关系，在节日中祭拜天地，有机会跟自然沟通，建立跟自然和谐共处的伦理关系；二是家庭伦理关系，传统节日都是围绕家庭伦理来展开。家人团聚，长幼同欢，跟祖先对话，加强了家族的团结，于是亲情关系、血缘关系都在回归中得到强化。家庭稳定是社会稳定的基础。

琦君的《迎神提灯》里说："乡民们以十二分的虔诚崇敬的态度，举办这件大事。上下河乡的乡长，在头年腊月酒开始忙碌筹备。"后面又写道："典礼完毕之后，祭物一部分由设祭者自己取回，一部分由乡长分配，散发给贫苦的村民享受，这一切都处理得井井有条，公平合理，也显得上下河乡两村村民的至诚团结，和睦互助的精神。乡间民风的淳厚，也于此可见了。"这一节隐含其中就是乡村的秩序之美，里面有一整套的人际关系，亲情关系、血缘关系都在这张网里发挥作用，从而构成了传统节日社会伦理层面的和谐关系。

而这一系列的年节活动中，于个人，特别是为孩子们完成了道德理念的教育，这就是传统节日德育方面的作用。

而传统节日的一切都在生活物质的层面上建立起来，就是节日的饮食传统。每个人热气腾腾地迎来送往，寒来暑往，生生不息。琦君的文字给我们留下了这片土地上的热度、温度。

2. 风物：隐藏着一方水土的地理密码

琦君的乡愁还寄寓在故乡的风物上，那些风物是一个个时间宝盒，保存着琦君美好的童年，打开，里面有母亲、父亲、哥哥、外公、阿荣伯，等等。琦君不知道，她笔下的风物，其实隐藏着故乡山川大地的文化密码。琦君的文字赋予了这些风物一层融融的光泽。我这里特举瓯柑、月光饼两种来呈现。

琦君在《瓯柑》开篇就写道："柑子是我故乡的特产，与黄岩的蜜橘齐名。"接着写出瓯柑生长泥土的特性。"因为永嘉有瓯江江水所冲积的泥层，最适宜于种植柑子，所以叫瓯柑。"接着写瓯柑的形状和味道，也就是独特性。"瓯柑比橘子形状稍尖，皮亦较厚，但皮上那股子清香味儿，却有胜于橘子。瓢子水分充足，只是吃后回味稍稍有点苦。"琦君像一位农艺师一样，对瓯柑的习性了如指掌，可见她对瓯柑的爱。

琦君最后说："我就是喜欢那一点隽永的苦味，这是任何其他水果所没有的。"这是一代散文家琦君给瓯柑的最好的代言了。

文中还写道储藏瓯柑的办法，是民间最原始收藏方法，也是瓯柑的特性决定的。请看："先用青翠的松针，密密层层地铺在小瓮中，然后把柑子小心地一个个放入，不能碰击，不能用手指攫；更不能重跌在地上，碰跌过的，都要剔出，以免腐烂害了其他的柑子。瓮中再塞以厚厚的松针，压上一块砖头，要等过了年才可开启。这项收藏的工作非常重要，如封得不紧，水分跑了，明年就全变成'金玉其外，败絮其中'了。收藏得好，不但次年清明扫墓时可以作祭祀妙品，就是到了端午节还有得吃。那时的柑子，表皮虽不那么光泽，可是水分一点不减少，而且甜得出奇，也苦得清口，可以解煤烟，去火气。头痛、嗓子痛，吃一两个就好了。"这一段文字，包含了瓯柑的收藏方法、温州清明祭祀用瓯柑的习俗、药用价值，等等。

瓯柑在温州种植已有 2000 多年的历史，唐宋明清也是朝廷的贡品。现在瓯柑种植面积不断减少，但温州人对瓯柑还是有着深深的情结。琦君的文字是瓯柑最好的历史记录。

"人生总是甘苦参半，这味儿又岂不隽永？"琦君从瓯柑之味中体味到的人生滋味，或者说生活哲思，为瓯柑增添了隽永的味，这味是人文之美。

琦君的《团圆饼》和《月光饼》中都写到"月光饼"，这是一种中秋节专属的食物，专门用来祭拜月光菩萨。

琦君在《团圆饼》中写道："阿荣伯兴匆匆地从街上买来一个好大的月光饼，有小圆桌那么大，阿荣伯说是专为祭月亮菩萨的。"可见月光饼不是家里做的，是从街上买的，或许是那时一种新兴的中秋节专属的祭品。

琦君在《月光饼》一文中说："月光饼也许是我故乡特有的一种月饼，每到中秋，家家户户及各商店，都用丝线穿了一个比脸盆还大的月光饼，挂在屋檐下。廊前摆上糖果，点起香烛，和天空的一轮明月，相映成趣。"如今看来，这月光饼还真是温州特有的一种月饼，只可惜现在已消逝在时间的深处了。幸好还有琦君的文字记录下来，让后人见到月光饼的样子。

琦君笔下的"月光饼"是这个样子的，琦君写道："月光饼做得很薄，当中夹一层稀少的红糖，面上撒着密密的芝麻。供过月亮后，拿下来在平底锅里一烤，扳开来吃，真是又香又脆。"这是月光饼的味道和吃法。从文章中我们还知道，月光饼的上面都有一张五彩画纸，印的是"嫦娥奔月""刘备招亲""西施拜月"等图画，旁边还印有说明。月光饼是孩子们争着要吃的美食，而这些画纸也是孩子们收藏的宝贝。

现如今，月光饼没有了，悬挂月光饼，祭拜月光菩萨的仪式也不见了。

温州这种独特的中秋节祭祀仪式，其实是对自然神的崇拜，里面包含着对自然的敬畏之心。月色融融，祭拜月光菩萨，吃着月光饼，那时多么美好浪漫的习俗呀。今天，依照琦君的文字，中秋节的月光饼习俗完全是可以重建的，而且可以注入现代生活，成为青年人喜欢的习俗。

3. 看戏：南戏故里的乡村演剧样本

温州是南戏故里，自古以来演剧活动繁盛。琦君的《看戏》一文，可谓给南戏故里的温州提供一个 20 世纪初的乡村演剧情况的样本。

从这篇文章里，我们可以看到以下几点：

一是瞿溪庙台演出的时间。正月初七和二月初一，因为是闲月，看的人多。每回戏班子来，都是演两天，每天两场。有京班、昆版、高腔班、乱弹班，乱弹班唱家乡调，应该就是温州官话。母亲喜欢乱弹班。一次难得请到绍兴班，母亲和五叔婆赶紧做好饭，赶去看戏，可见那时绍兴班盛行，现在称越剧。

二是乡村看戏的状态。自带长凳去庙台，把长凳摆在长廊最好的位置，用草绳扎在栏杆上，这是以防被人移动。"戏没开锣前，外公总叫我到大殿上向神像拜三拜。"阿荣伯站在天井里看戏，说这样站近些，看得仔细。如果唱错了、动作错了，他好敲戏台板。

三是做戏的一些民间规矩。戏银是挨家挨户筹集，现在称额子戏。那时一些大户人家，或者有名望的人可以点戏。庙台专门搭了一座高高的彩台让大户人家的老爷、太太、小姐座。正本开始前，还会专门为高台上的大户人家"跳加官"。然后大户人家会给戏班打赏。

四是戏的教化功能。琦君的《春节忆儿时》里的《迎神提灯》那一节也写到看戏的场景。我问外公哪边是好人，哪边是坏人，哪边会把哪边杀掉。额角正中央粉红色的，一定是忠臣。满脸雪白的，不是曹操就是司马懿。鼻子上一团白，一定是坏人。这些脸谱，约定俗成，民间的教化之功能。

文中还出现一些民间专用的名称，如称演戏的，不论男女，都叫"戏囡儿"；称戏为"戏文"。这些都是南戏故里的历史上流传的名称。

琦君的忆旧文包含的地域文化信息非常的丰富，我只是结合本土的几个比较有特点的地域文化作陈述，其他如节日美食、工艺、传说故事、民间歌谣等都值得去梳理、研究、传承、创新。

莫言说："作家的故乡并不仅仅是父母之邦，而是指作家在那里度过童年乃至青年时期的地方。这地方有母亲生你时流出的血，这地方埋葬着你的祖先，这地方是你的'血地'。"对"血地"的书写，琦君用了一辈子。

今天，我们与琦君站在岁月的两端，去寻找琦君笔下的故乡，让琦君文学中的故乡与现实中的故乡做一次深情的对视，也是相隔一个世纪后温州传统地域文化的一次温暖回望。

琦君笔下的温州故乡乡愁文学探微

周胜春

（温州市瓯海区文联）

摘要：在琦君的笔下，相当一部分的作品是描写温州故乡乡愁的，有人物，有事物，个个鲜活如昔，生动无比，构筑成了她生命中最为重要的那条乡愁线。作为她笔下的乡愁文学，采取了以小胜大、以物抒情、直抒胸臆的手法，有着重要的文学、历史和文化价值。

关键词：琦君；温州故乡乡愁文学；探微

以思念故土、缅怀故园为主要内容的乡愁是文学永恒的主题，古今中外大部分伟大的作家都有描写乡愁的作品。在由他们的生花妙笔之下形成的各个时代不同主题、不同思想的浩如烟海、璨如星云的系列伟大作品中，乡愁总是占有一席之地，起着举足轻重的作用。

一、琦君笔下的温州故乡乡愁载体

构成乡愁的载体，是亲朋好友，是一方水土，是一粒细微的种子、一缕轻轻的风尘。王维笔下的乡愁是茱萸，是寒梅；范仲淹笔下的乡愁是黄叶、碧云；余光中笔下的乡愁，是一张邮票，是母亲，是一张船票，是一方坟墓，是一湾海峡，是大陆；荷马笔下的乡愁是战神奥德修斯的家乡、家庭、妻儿；勃朗宁笔下的乡愁是树丛和燕子。

而琦君笔下的乡愁，突出了更多的地方色彩，载体有桂花，有母亲，有父亲……因为迁徙移居而对故土故园形成乡愁的，是琦君笔下永恒的表现主题。她一生学习、生活和工作过的地方有温州、杭州、台湾和美国，她所形成的 40 余部文学作品中，相当数量的散文、小说描写的都是乡愁。可见乡愁是她文学创作的主题和主旋律。而她最为钟爱的是第一故乡温州瓯海，在她所描写的关于温州瓯海的作品中，每一句话，每一个字，甚至于每一个标点，扑面而来的都是满满的乡愁。也可以看出她对于整整生活 12 载，度过童年、少女时代的第一故乡有难以割舍的情感，在情感上面最为深厚和难以忘怀。

有专家说，作家创作的背景，一般是离不开他成长生活的地方以及所处的时代。就如莫言写的大部分小说，其时代背景一直未离开过他的故乡高密，他说故乡是他小说的灵魂。贾平凹写了这么多小说，无一背景不扎根于秦岭一带。

在琦君对故乡乡愁的文学表达里，主要是通过回忆来抒发，将这份深情通过饱蘸笔墨诉诸纸端进行充分地表达和极力地倾诉。

1. 父母、家和师友

琦君说："每回我写到我的父母家与师友，我都禁不住热泪盈眶。我忘不了他们对我的关爱，我也珍惜自己对他们的这一份情。像树木花草似的，谁能没有根呢？我常常想，我若能忘掉亲人师友，忘掉童年，忘掉故乡，我若能不再哭，我宁愿搁下笔，此生永不再写，然而，这怎么可能呢？"可见她是一个很怀旧的人，一个深情厚谊的人，对于过去有恩于她、陪她度过生命的人饱含深情，非常珍惜、怀念和挂牵。可见她对于一草一木、一人一物，一旦上了情，就很懂得赋之以真情，而且还如绿叶对根、泉水对井一般的深厚。

对于母亲，琦君涉及的笔墨是最多的，在很多篇目中都或多或少地写到，如《金镯子》《桂花雨》和《金盒子》等都有零星或者重彩的展现。专门写的篇目是《妈妈的手》，琦君说妈妈的手是"粗糙多骨的"，表明虽然贵为官宦之家、将军之妻，但她很勤劳，每天在辛苦的操劳，没有一点养尊处优享福享乐的架子和样子，一个平凡普通家庭主妇形象。"流再多的血，她也不会喊出声来"，表明她的容忍、坚强和吃苦的品质；"我梦中都拉着她的手不放——那双粗糙而温柔的手啊"，表明作者对她的依赖，以及因而她对作者造成的影响。这里通过时光切换，紧紧抓住妈妈的手来描述出妈妈的品质，以及由此对作者造成的影响。作者写母亲的其他作品还有《母心似天空》《母心·佛心》《母亲的手艺》和《母亲的金手表》，等等。

其他人物，作者还写到理发的宝松师傅，通过回忆，想起从事理发手艺的他，自己却只留着几绺头发的形象，以及在他家里理发的过程，他教自己理发的那几个绝招，以及帮她父亲理发的整个详细过程。文中透露出处于山村最底层的老百姓靠手艺吃饭的满足、正当和勤劳，以及琦君等人抛开地位、身份差别，与其平等和睦相处的愉快，还有乡邻之间情深意笃的表现。

其他写到人物的还有阿标叔、萧琴公等，个个别具一格，独具特性，鲜活生动，个性突出。

2. 桂花

桂花历来就是文人墨客笔下的乡愁之物，李清照说"骚人可煞无情思，何事当年不见收"，说当年没有收起桂花的遗憾，还说它"熏透愁人千里梦，却无情"，极言其香可致千里。朱淑真说"月待圆时花正好，花将残后月还亏"，言中指秋桂花，有花开花落，跟苏东坡笔下的月有阴晴圆缺一样，表达世事无常、人生轮回的规律。

桂花在琦君笔下是散文《故乡的桂花雨》中所表现的。作者称在台湾时，一闻到此花香气，就会泛起乡愁，想象家的桂花香。因为桂花，作者还回忆起了故乡的一句俗语"风水（台风）"，说她妈妈通过观测天象获知"风水"将要来时，就要摇桂花树，把树上还没有完全成熟的桂花摇下来。因为风水一过来，桂花就会被风吹飘得无影，被雨淋得无踪。小小的作者站在树下面，整个人被摇在了朵朵纷飞的花朵里面，于是她就说："啊！真像下雨，好香的雨。""桂花雨"由此而来。由于这"桂花雨"，饱读诗书儒雅师长的父亲把它拿来供佛，还会诗兴大发吟咏一首。有了桂花，整个村子就热闹了起来，大家一起动手做桂花卤、糕饼，村子的上空飘溢着桂花的香，大家个个眉开眼笑，喜气洋洋，过上了一个热热闹闹香气腾腾的桂花季节。

作者还回忆起来在杭州桂花胜地满觉垄摇桂花树时的情景，以及将摇来的桂花带给母亲。但母亲见到后，都会说这比不了家乡院子里的桂花香，即花是家乡香。

3. 酒

关于浸在酒中的乡愁，李白说"劝君更尽一杯酒，西出阳关无故人"，可见酒是友情，也是乡思，没有故人陪同喝酒的日子，是会相思的，所以离别的时候要多喝几杯，喝个够，喝个尽兴，是为了使留下的记忆更明晰更深刻一些，减少一些一个人喝酒时的孤独而引起的失落之感，促进浓浓的乡愁之情。晏殊有"一曲新词酒一杯，去年天气旧亭台"，可见乡愁往往混淆酒词，即乡愁需要酒和词来解、来度过。

在台湾跟大陆方面，酒是"我从柳梢头望你，你是一杯乡色酒，你满，乡愁也满"。酒的方面琦君写了"春酒"，所谓的"春酒"，是指元宵节过后，亲朋好友左邻右舍之间互相请吃的酒。在吃"春酒"过程中，作者写到酒的品种中有一种"八宝酒"，即用黑枣、荔枝和桂圆等 8 种补品浸泡而成的酒，闻起来香气四溢，喝起来甜美可口。作者说，自己由于年龄尚小，遵照大人的嘱托，在酒桌上遇到八宝酒时，都只是用手指头、筷子蘸点过来舔一舔来过个瘾。

4. 金盒子、金镯子

金盒子即小保险箱，类似于杜丽娘的百宝箱，即女孩或者女人珍藏最为珍贵物件的小盒子，里面放着的都是她们认为最值钱和最贵重的珍稀物品。但作者独具匠心，独树一帜，她的金盒子里面放着的不是价值连城的金银财宝，不是百宝箱中"夜明之珠，约有盈把。其他祖母绿、猫儿眼，诸般异宝，目所未睹"，而是封神榜香烟片、小泥兵、信封和信笺，通过这个小盒子，串起了她跟父亲、母亲及兄弟的亲情，以及隐隐于后的时代背景，还有哥弟的悲惨命运，对于作者及其家人的打击和伤感，反映出他们之间深厚的亲人情感。处于懵懂之年的她过早失去了父母，幸而过继她的伯父、伯母待她如己出，无缝对接地将父母之爱全都倾注在她身上。在她所有的文章中，一直称伯父、伯母为父母。

情之深，离难却，由此也使得她在失去兄弟时，在情感上更加难以割舍，更加使心灵遭受苦痛。琦君的这些人生苦痛和悲凄的经历，在她将其转化为文字、诉诸笔端时，也使她人生的情感经历更加丰富多元，而且深入人心，跌宕起伏，整个人丰盈立体了许多。

琦君在写金手镯的文中，主要记叙金手镯是一对，说她跟奶娘之女阿月的故事。她俩由于出生时间相差不到一月，被母亲等人称之为双胞胎姐妹，各分了一个金手镯作为名分和纪念，还有是为了"两姊妹都长命百岁"的美好祝愿，金手镯有点类似于长命锁的蕴义。不知为何，我在看完她的这篇文章后，鲁迅笔下的闰土的形象，时不时地在脑海浮现，仿佛阿月就是闰土，闰土就是阿月。二者在身份上的差异，鲁迅和作者都是出生于大富、官宦人家，而阿月和闰土则是出生在乳娘和长工等下人，属于平凡普通的底层人家。但是小时候的他们（她们）都是两小无猜、心无芥蒂的，不会在意或者说有这种概念的，而是一起说话、玩耍，互赠礼物，在相处上也是互相尊重，亲密无间，离开后也能够互诉相思，真正如双胞胎姐妹两兄弟伙伴一般亲密无间，青梅竹马。闰土为鲁迅打开了另外一个完全不同的童年世界，地上的微小生物都自有天地；阿月则是尽自己所能，饱含深情，将用自己的双手制成的家乡礼物送给了作者。时代注定了他（她）们不能同小时一样一直过下去，一直好下去，这份情感有一个美好的归宿。当再见面时那句"老爷""大小姐"代替了兄弟和姐妹时，无形的鸿沟就已在两个人之间筑就。其结果自是没有以后了，在此断裂了，留给鲁迅和琦君的，即使非常遗憾，也只能无可奈何地接受。这是时代的产物，是时代的背景造成的，跟他们个人无关。在文中，琦君偏重于通过金镯子来写阿月，着力塑造成她纯朴、真诚和善良的人物形象，细细读来似散文，也似小说。跟鲁迅笔下的闰土一样，琦君对于阿月这个人物的塑造很具有典型性和代表性，那就是底层劳动人民的丰富情感、艰难生活以及优良品性。

5. 婚礼

琦君对于那时婚礼的描写，有母子离别时的依依不惜，难舍难分。"妈妈呀，今夜和你共被单，明天和你隔重山。左条岭，右条岭，条条山岭通天顶哟。妈妈呀，娘边的女儿骨边的肉，您怎么舍得这块肉啊。"这山歌集中概括了女儿出嫁时的母子情深，跟血脉相连的普世情感是一样的。还有重山、山岭和天顶等，注明那时是在山野之地、山村之间嫁娶。婚礼酒席方面，她写到"八盘八"或"八盘五"，即八盘冷盘，分四角和四样，"四角"是放置在四方桌子4个角上的菜，有山楂糕、虾蛏、橘子和甜点心，"四样"是白切肉、猪肝、鳗鱼鳖和笋，五或八的意思是在桌子中间端上来的 5 个或者 8 个热菜。这"八盘八""八盘五"的习俗，已经成为温州几代人的吃食记忆，大多红白喜事都逃不了这架构，迄今仍然在一些地方流行和承继着。

文中还同时提到了新娘的眼泪，"请辞嫁""坐筵"等习俗。其中有新娘坐在花轿中等新郎穿衣出来接亲的情景，使我想起"红高粱"中颠花轿的传统。我顿觉到南方这种新娘一个小时坐等的习俗，比那西北颠花轿的可强多了，也文明多了。想那影视剧中个性倔强有点男孩子气的周迅在里面颠颠还可以，而柔情似水身子骨有点弱弱的巩俐在颠时，实是不忍心看下去，有时候都略过去了。

其他表现的载体还有麦芽糖、红豆糕、菜干和腌咸菜，等等。

二、琦君表现乡愁的手法

人之所恋，古今相同，琦君所恋的故乡和故人，在表现他（它）们的手法上，在如拉家常的话语之中，在孩童的视角之下，娓娓道来，娴熟地运用了各种技法，如流水春风，随风潜入夜，润物细无声一般，读起来自然得体，毫无生搬硬套和矫揉造作之感，而是浑然天成，不露痕迹。

有直抒胸臆的，如对于她的父母、家和师友的思念，直言让她热泪盈眶不能忘却不能停下笔，特别是她的母亲，屡屡提到对她的怀念和思念。也有借物抒情的，琦君相当一部分的作品，都是通过物来表达的。如借桂花写母亲、父亲的，母亲的"风水来了"、父亲的吟诗，以及在杭州时将桂花送给母亲时，母亲的想法和评判等。她在此时也深层次地表达出"人闲桂花落"的意境。另外还提到了西方极乐世界，充满了禅意。在借物抒情时，琦君笔下表现最为突出的是"金盒子"和"金镯子"，在金盒子中通过金盒子里收藏情感联络之物，而不是贵重的物质之物，来表达亲人之间深厚的情感。金盒子是情比金子贵，不是指它的价值千金。

另外作者还有通过母亲的发髻，来表达母亲宽容、隐忍和格局的品性，这在旧社会妇女身上是难得的宽阔的心胸。在"金镯子"中，文章的出彩之处是对文章的结局进行了升华："阿月，她现在究竟在哪里？她过的是什么样的日子呢？她的孩子又怎样了呢？她那只金镯子还戴在手上吗？但是无论如何，我心中总有一对金手镯，一只套在我自己手上，一只套在阿月手上，那是母亲为我们套上的。"

从以物寄情这方面的表达手法上来看，按散文家张拓芜的心灵深处诉之的笔端，故乡的一块酥糖、一片茶叶、一滴清泉、一尾琴鱼、一座小山丘、一辆纺车……都被理想化、抒情化，染上了鲜明的思乡怀亲的色彩。弗雷德认为："对过去自我显得'古怪和与众不同'的层面的怀旧，恰恰成为我们加深与他人情感纽带的基础，同时也让我们相信我们根本不是那么'奇怪'，因为他们正经受着巨大的社会断裂和认同紧张。"也许对于闰土和阿月而言，根源上就是在于社会断裂，使他们感到了二人之间的差异和距离。而难能可贵的是琦君和鲁迅，他们是想要接近他们的，拉拢他们到一个社会平面上来平等对话和相处的。这是他们的理想，也是心之所想，更是乡愁的目的。因为"怀旧原本就是为了宣泄由变动（时间、空间）而造成的身份认同混乱而进行的自我调适"。

作者还有以小见大窥一斑而知全豹的，比如通过描写母亲的手，来表现她的伟大平凡辛勤劳作之处。有通过时光转换回忆进行对比的，在《妈妈的手》中，她通过三四次由眼前的场景，推到那时母亲的手上所表现出来的勤劳、忍耐和操劳的画面，体现出时代的变化，母亲可贵品质的坚守和容忍的可贵。有借事托情的，如在"婚礼"文中，借参加婚礼的整个过程，来描写出地方民俗特色、人们怀着的美好期望，还有对其深厚的情感。也有借人物来表达的，如对于宝林师傅的描写。还有触景生情的，将现实生活的小事，与过去的时光联系在一起，从而追溯过去，比如在美国超市里看到饼干，想起母亲做的麦饼；为夫理发，想起宝林师傅；叫子女给捶背按摩，想起妈妈的手，等等。这是"人的心理常常具有美化过去的倾向，过去因其与现在的时空、心理距离而脱离了与主体的功利性联系，它已经不再是现实的对象而是审美的对象……它的不可复制性使得它具有了现在无法比拟的优势"。所以，那时的一切都好，都比现在好，可以跨越时空，忽略时代带来的变化。

三、琦君乡愁文学的价值

琦君的文章文字朴实无华，通俗易懂，情节平实动人，似在听一个长者讲故事，微言大义，如轻风拂过，而在叙述过程中夹杂着的议论，隐隐透露出些许的人生感悟和向上向善的思想，丝毫没有说教的意味，以及无处不在堆砌着的深厚情感，"乡情是人类的一种情绪，只要是有感情的人，必然摆脱不了它在心灵长久牵绊而引起的悲喜"，让人在感动之余，留有深切的思考。她的温州乡愁文章在文学上的价值主要有：在文学上的淡雅哀愁之韵、在文化上的乡土俗语之美和在历史上的时代映射之形。

1. 在文学上的淡雅哀愁之韵

美国作家托马斯·沃尔夫说："我已经发现，认识自己故乡的办法是离开它；寻找到故乡的办法，是到自己心中去找它，到自己的头脑中、自己的记忆中、自己的精神中以及到一个异乡去找它。"法国埃尔韦说："中国大家庭的所有成员身上都有一种特别的倾向，这种倾向在别的任何民族中都没有这么根深蒂固，这就是对家乡的眷恋和思乡的痛苦。"在琦君自然淡雅、清丽超俗的语言里面，她是一个讲往事的高手，在往事中涉及一个个鲜活个性鲜明的人物，又让人怀疑她下笔的体裁是小说，但跟散文又是若即若离，缥缈不定。说它们是小说，是因为在她笔下的人物个性总是很突出，很具有典型性，读着读着其人物形象就会浮现在眼前，一个立体化的大写的人，活色生香，栩栩如生。说散文是因为，她是通过回忆往事中实写了一个人物形象，并非凭空杜撰的，并且人物写得形象具体，很具有代表性。因此在细读之下，会发现她的文章风格上又会出现一种浓郁低昂的调子，使人感到一股悲天悯人的情怀浮上心头来。就如她说自己的文"淡淡的哀愁，像轻烟似的，萦绕着，也散开了。那不象征虚无缥缈，更不象征幻灭，却给我一种踏踏实实的，永恒的美的感受"一样。这也应了一句老话，现实生活总是比艺术上的虚构精彩。

另外，在文章结构编排方面，琦君善于将眼前的人和物、场景组合起来推到过去，借此把过去翻转过来，由今至昔，从昔返今，层层推进，循环反复，有时还会使用好几个当下和过去的场景进行相互交换、映照，如电影的画面一般，一个一个镜头进行切换和展示。读着读着，使人会依据当下的画面，对过去进行勾画，一笔一笔，一画一画，细致入微，浓淡适宜，精彩纷呈。

2. 在文化上的乡土俗语之美

传统文化中的老节日会唤起民众的思乡风暴，记忆中标志性的乡土风情则会瞬间激起内心深埋的乡情。

在琦君的笔下，对于过年的描绘笔墨是颇多的，《春节忆儿时》写到宰猪、掸浮尘、捣糖糕、祭灶、分岁酒、拜年和迎神提灯等，徐徐展开一幅民俗画卷。那时的过年，对处于少年儿童时代的他们而言，是一件大事，是处处充满欢乐的，让人极为向往的，因此往往都是印象最为深刻和矢志不忘的。在此期间，过节也充分表现出了温州特有的风情，如掸浮尘时"'瓶瓶碗碗，瓶瓶碗碗'，就是'平平安安，平平安安'"；捣糖糕时"阿荣伯就捏元宝，大大小小的元宝捏了无数个。捏一个最大的（有米斗那么大），再以红绒线串了一百个子孙钱（崭新发亮的铜钱）套在上面，摆在大厅靠屏风的琴桌 正中。其他的元宝，由大而小，九个一叠，九九生财"；分岁酒时，"从厨房里端出大碗大碗热腾腾的菜。整鸡（基业稳固）、猪头鼻梁上横着尾巴（有头有尾）、整鱼（年年有余）、豆芽（年年如意）、红糖莲子（子孙满堂）、甘蔗（节节高）、藕（路路通）、橘子（大吉）、柑（升官），阿荣伯样样说得出名堂"；迎神提灯时，还有"瞿溪没情理，阿哥拜阿弟"的故事，等等。

温州是一个方言地区，虽然没有文字，但作为一个地方语言的自成体系，以及由语言智慧创造的时代延续，却是不争的事实。在琦君的文章里，方言时时有体现，表现出浓厚的地域色彩。随着时代的发展，这些话极有可能会消失在历史的长河中，如今已经岌岌可危，步履维艰。因此，在琦君的文章中，还能捡到零星的珍珠，不能不说是幸事一桩。她在《桂花雨》中提到"风水"，即是"台风"，台风来时有风有水，温州人说得太好了。还有在《妈妈的手》里提到"接力"，即点心，对于干活的人而言，肚子饿了干活的气力会跟不上，吃了点心之后，气力就能续上，活也就能接上了。试评，此词无论是从语意上还是语境上，都比"点心"有过之而无不及。还有在"婚礼"中提到的"吹打"，即在红白喜事时吹拉弹唱的那班人，现在也还有从事这活的人。还有"母亲的手艺"中的"菜干"，即霉干菜，我怎么觉得"菜干"好听多了，有形象上的意义，又有诗意。因此，从这个角度讲，乡愁不仅是一种情感的表达，更是一种文化的传承。

3. 在历史上的时代映射之形

在琦君的文字中，立足于时代背景，注重于地方和时代特色的表达，是其作品的又一个鲜明的特征。所以，在她的文章由于落实到了当时中国社会的描写，往往能够读到时代的脉络和线索，通过这个脉络，如一把钥匙打开了那个纷繁复杂时代的大门。《橘子红了》将当时人们在社会伦理道德边缘的挣扎和磨难反映得更为具体。一篇《春酒》，就让人了解了正月酒过后还有吃春酒这回事。一篇《婚礼》，基本上就知晓了那个时候新娘出嫁新郎迎娶的所有民俗。一个"宝松师傅"，也就基本上知晓了那时理发师的形象。在她平实如流水一般的语言中，载着厚重的历史的船。当时大的社会背景，1917 年出生的她，历经了抗日战争、国共内战等一系列战乱，社会总体上是动荡的，人是在外漂泊的。而故乡这一片净土的宁静，是难能可贵的存在。

至于动笔的原因，也是作者看重血缘宗亲关系，相隔两岸不能相见的现实际遇等不能释怀时，所做出的决定，如她自述："1949 年到台湾，生活初定以后，精神上反渐感空虚无依，最好的寄托就是重温旧课，也以日记方式练习写作。供自己排遣愁怀。"这也说明乡愁是一种由于文化、历史等方面造成的距离而形成的一种孤独的心态。

参考文献

1. 俞歆航. 从《故乡的桂花雨》解读琦君的乡愁书写. 《名作欣赏》. 2021 年第 5 期.

2. 方忠. 从乡愁文学到探亲文学——台湾当代散文走向管窥. 世界华文文学论坛.

3. 郑春. 试论台湾文学作品中的乡愁情节. 山东大学学报（哲社版）. 1999 年第 1 期.

场所隐喻：从《橘子红了》看琦君的时空意识

朱云霞

（中国矿业大学人文学院）

琦君以散文见长，被誉为"20 世纪最富有中国风味的散文家"。白先勇说："看琦君的文章就好像翻阅一本旧相簿，一张张泛了黄的相片都承载着如许深厚的记忆与怀念，时间是这个世纪的前半段，地点是作者魂牵梦绕的江南。"① 对于有迁移经验的作家而言，时空意识是解读其作品的重要密码，他们在为"过去"造像的同时，也从空间延展出更丰富的文化向度。值得注意的是，琦君的散文虽然有"散文小说"的倾向，但仍旧在散文体式中，而为数不多的小说在承续散文主题的同时，真正拓展了叙事的时空结构。琦君的中篇小说《橘子红了》，最初刊于《联合文学》1987 年 6 月号，后在海峡两岸以中短篇小说集形式出版，引起广泛关注，并且以跨媒介传播的方式在 21 世纪初年获得新的阐释空间。尤其是，在从小说向电视剧转换的过程中，原作中的人物形象更加鲜明立体，而人物生活、活动的时代与空间也在琦君的乡愁与当下人的"怀旧"情绪中获得新的意义。因此，当我们思考《橘子红了》何以动人之时，除却叙事本身的吸引力，还应该考虑空间构设以何种方式成为文化隐喻。因此，本文尝试以"场所"为关键词进入《橘子红了》，考察琦君的时空意识，进而探索作家的文化心理与情感表征。

---

① 白先勇《弃妇吟——读琦君〈橘子红了〉有感》，收入琦君《橘子红了》，人民文学出版社，2001 年，第 1 页。

一、家宅：家庭的空间性与象征性

小说《橘子红了》开篇即为"乡下的家"，可以说家的感觉和家宅的形象是此部小说最重要的情感指向。巴什拉在《空间的诗学》中说："家宅是我们在世界的一角。是我们最初的宇宙。""应该证明家宅是一种强大的融合力量，把人的思想、回忆和梦融合在一起。"① 家宅在小说中就是凝聚了琦君复杂情感的独特存在。小说中有很多与家宅相关的场所描写，如写院子、厢房、厨房、厅堂、堂屋等，不只是人物活动的地点，还是琦君表达文化思考的有意味的空间。

最具代表性的是书房。书房是小说中最先出现的场所，是"我"学习的地方，但又是家族中不同个体文化理念的汇聚地。"我"和秀芬阅读《模范青年》，显然是与时代同步的"新青年"行为，但秀芬在这一场所中的位置却是非常矛盾的，一方面她接受了"我"的影响，通过阅读和交谈自我意识觉醒，但"书房"并不属于她，置身其间更多的是被束缚、被形塑——伯母对秀芬的期待正如同先生让她抄《心经》，秀芬虽然有自己的想法，但她的选择始终逃不过伯母有形或无形的掌控，小说中的大妈总要建构出伯父在书房的形象与影响："这是老爷爱坐的椅子，这是老爷爱吃的东西。"② 尽管琦君的语言是温和的，叙述的情调也是柔软的，但在书房这样的空间中，我们依然能够感受到日常与梦想的冲突。可以说书房是老爷、大太太和秀芬精神、情感的汇聚地，也是每一个人保留自我的独特空间，是传统与现代交融的所在。对于"我"和秀芬来说，书房是知识启蒙，是获得精神成长和自我新生的空间，在这里阅读的时候，"我们"是具有时代感的青年，但大妈一定要在书房建设"老爷"的威严，一方面提示秀芬注意自己的身份，另一方面也是强调自己作为家长代言人的话语权。由此，可以看到"我"与秀芬同大妈之间的差异，这是两代女性的精神之异，但秀芬又是传统与现代夹缝中存在的若干个体。

---

① 加斯东·巴什拉《空间的诗学》，张逸婧译，上海译文出版社，2020 年，第 4、5 页。
② 琦君《橘子红了》，人民文学出版社，2001 年，第 55 页。

正是借由"书房"这一场所，我们得以透视故事之外不同个体的精神境界，看到大家族内部的分裂。

值得注意的是，《橘子红了》很少提及大伯城里的家，二太太也是作为秀芬的对立面而存在。琦君对她的批判和审视是温和的，并非源自作为女性的性别思考，更多的还是琦君对现代性的反思，在对比中肯定"乡"的内在价值尺度。电视剧改编中把握住这一情绪，充分拓展了城里的公馆，将公馆营构为不同人物自我身份重构之地，并且小说中乡下不能做的、被压抑的事情，在城里的家却获得新的进展。但这样的空间，并不是琦君要展示的重点，在她那里，乡下的老宅是新旧文化的融合、冲突地带，也是保持美好与安宁的想象性空间，以及稳定的价值观——"大妈心甘情愿地住在乡间，默默地盼待着他定时'贤妻妆次'的简短来信，度着淡泊的一生。"①

从女性写家庭、写乡土的角度来说，琦君对"家宅"形象的塑造也呈现出性别与文化思考之外的广阔意涵。当论者以"家庭"为切入点讨论女性书写时，"对家庭性的定义所依据的是它的文化边缘性和一系列涵盖极广的所谓'女性细节'，以及从这些细节中演变出来的颠覆性含义"②，但是，家庭性话语在台港及海外华人女作家那里具有更复杂的意涵，"颠覆性"可能是对主导意识或男性中心的抵抗，更重要的是她们立足家庭性话语，建构了一种表述移民者与地方关系的新方式。比如琦君在《橘子红了》中所进行的思考，对传统父权的拆解，并不如以家庭性话语建构"过去"和家乡之诗意空间的意涵强烈，即便是以书房表现不同代际间文化和精神的差异，但批判性维度始终隐藏在怀想之后，大妈之古典、先生之守旧都只存在于记忆时空，这份记忆是亲切与源头，在回望叙事中凝结了浓郁的情感，以至于这情感削弱了表现秀芬之悲的残酷力度，但情感张力留下了琦君更为复杂的心理。

---

①琦君《橘子红了》，人民文学出版社，2001年，第103页。

②黄心村《乱世书写——张爱玲与沦陷时期上海文学及通俗文化》，胡静译，上海：上海三联书店出版，2010年版，第44页。

二、橘园：多重情感空间

具体的场所是承载"过去"的宝藏，《橘子红了》在家宅之外，还形塑了极具地域乡土特色的"橘园"形象。由此展开的记忆空间、生活空间和文化空间，亦融汇了作者的多重情感体验。在小说中，橘园的形象和家宅一样深厚，与乡土和记忆紧密相连，但橘园与家族空间不同的是，它更加包容与开放。

橘园是家族空间的延伸，也是新一代青年的自由之地。对于"我"而言，读书之后一到橘园，"顿觉眼前一亮，一股清新的空气直透心肺，古战场凄凄惨惨的景象马上消逝"①，而橘园的景象也是小说中最具乡土诗意的表征："抬头望远处，红日衔山，天边一抹金红，把一树树的橘子都照亮了。橘子还是青的，结的很密。"② 隔着岁月重述少年记忆，琦君在橘园中寄予了许多过滤后的情感，是一种在远方追根溯源的时间意识，这一点也在她的许多散文中有所体现。橘园作为家族空间的延伸，在作者的情感维度中是与家一体的家园意涵。但与沈从文式的诗化乡土不同，琦君与"乡"的关系，是20世纪中国知识分子的另一种经验，但迁移之后的离散并非真正的割裂，这一脉络的书写中，回望叙事所隐含的城乡结构，维系的是一种文化共同体的感受——移民者以时空书写建构一种与过去永在的共同感。

回到文本，在叙事结构上橘园又是家族的另类空间。类似于传统小说的后花园，橘园是"我"的自由空间，我和秀芬也经常一起玩，我们之间是没有伦理身份的羁绊与阻隔的。因此，橘园成为去身份化的象征，秀芬得以忘却自己的妾身与使命，成为她的情感之园，隐藏着秘密。比如写"橘园的小屋"，是"我"和六叔、秀芬在这里聊天的空间，"这里是我们的安全港，人迹罕到"。在这里，秀芬与六叔生发出隐秘情愫，与青春和爱有关，但又必须恪守伦理规范。因此橘园与书房、厢房都不同，橘园是秀芬的精神寄托，是真正自我的表征。秀芬死后，橘园的悲剧色彩也更鲜明："橘树上已没有一个

①琦君《橘子红了》，人民文学出版社，2001年，第3页。
②琦君《橘子红了》，人民文学出版社，2001年，第3页。

橘子，树叶也脱落得光秃秃的。泥土里还零零落落掉有几枚橘子，灰扑扑的早已腐烂。"① 秀芬显然是千百年来诸多女性的化身，她们的情感空间难以持续性存在。"我"作为一个现代女性对秀芬悲剧的审视，亦通过"橘园"得以呈现，明年橘树会再开花结果，橘子会再成熟，但明年"我"不会再有心思数橘子、采撷丁橘、不用再给大伯写信告诉他橘子红了。"我"自然是爱橘园的，爱那里的人与事，但秀芬的死也是橘园不再美好的象征，这里融注了作者最复杂的情绪，有诗意乡土的怀想，亦有对传统和人性的反思，尽管语意是委婉的，比如她说："在大伯看来，秀芬的死，大概就像一颗橘子掉落做泥土里吧。"不忍心破坏大伯作为"好心肠"男人的形象，但又不得不写出其残忍与冷漠。如同白先勇所言，正是大伯、伯母这些"好人"做出来最残酷、最自私的事情，这才是琦君作品惊人的地方②。尤其是在橘园这样的空间，好与坏的标准，伦理与身份的意识都被淡化了，橘园更多的是作为琦君的内心空间而存在，以故乡地标的形象凝聚其情感的复杂性。琦君在《橘子红了》中对橘园的多重情感投射，可以说在同名电视剧改编中有较好的诠释。电视剧中的橘园强化了原作中诗意空间的象征性，不仅承载了大妈、秀芬和"我"的日常活动与情感维度，也成为现代人精神皈依的指向——大伯在城里的家庭建设失败之后，回到乡下，回到橘园；六叔在挣扎与困顿之后，也回到橘园，这种回归是在作为源头的乡土空间寻找自我救赎的可能。他们与现代都市告别，在橘园缓释精神之困，与其说是对现代/城市的逃离，不如说是剧作对琦君在远方写故园的情感回应，将琦君内心对故乡的情感以具体可感的方式进行升华。而从另一个向度来说，琦君式情感通过橘园得以具象化的过程，是"场所"超越作家的个体性与作品时代性的表征，橘园所代表的过去的时光和诗意乡土是现代人的"远方"，是开放的心灵空间，但又是特定的地方，这一地方，如同段义孚所言是一个使已确立的价值观沉淀下来的中心，而作为"远处的空间"其广阔性能够带来一种萦绕心头的存在感③。

---

①琦君《橘子红了》，人民文学出版社，2001年，第96页。

②白先勇《弃妇吟——读琦君〈橘子红了〉有感》，收入琦君《橘子红了》，人民文学出版社，2001年，第4页。

③段义孚《空间与地方：经验的视角》，王志标译，中国人民大学出版社2002年，第44页。

三、结语

"时空转换不仅是一个空间命题，而且是一个历史与现实命题。时间通过在空间中的延伸使人们建立起对某一位置的持续记忆，进而使空间成为地方。"① 移民作家的迁移经验使得其作品中地方与空间的关系异常复杂，但他们在想象或凝视过去的过程中，场所始终是与记忆有关的具象存在。通过家宅和橘园这类场所重新阅读《橘子红了》，我们可以更清晰地感知琦君及其所代表的那一代移民作家如何通过特定的场所表述时空意识，而迁移经验又从不同角度强化了他们的"恋地情结"——这是一种更为持久且难以表达的情感对某个地方的依恋，因为那个地方是他的家园和记忆储藏之地，但是当这种情结不断地转化到作品中的场所、地方与风景时，对于特定地方的情感也愈加浓烈，地方也就成为情感依附的符号。所以，在《橘子红了》这部小说中，我们借由琦君的记忆和遥想，读到的不仅是江南之美，还有更深厚的恋地情结——家乡之爱。因此，家庭性超越了个人性或私人空间的意涵，成为小说建构地方感、表达文化理念的关键。因为"家"的形象是移民者与遥远故乡产生深层关系的独特存在——延伸并拓展了五四以来中国现代文学中的家庭性话语。

---

①段义孚《恋地情结》，志丞、刘苏译，商务印书馆，2021年，第224页。

俯仰内外

——浅析《琦君书信集》中的空间关系

祁　玥①

（上海科技大学）

一、《琦君书信集》：书写及其价值

1. 文学与史料：书信作为"增补"

书信这一文体有着悠久的书写历史与传统，因其可容纳记叙、议论、抒情、说明等多种表达方式的灵活性与包容性，在文化赓续中承载着丰富的情感与思想内涵，因此既可视为文学表述，亦可作为历史史料。同时，相较于其他艺术形式，书信突出强调作者本人的主观与主体性，尤其是相对于公共空间展演的内在私密性。周作人曾在《日记与尺牍》一文中写道："日记与尺牍是文学中特别有趣味的东西，因为比别的文章更鲜明地表现出作者的个性。诗文小说戏曲都是做给第三者看的，所以艺术虽然更加精炼，也就多有一点做作的痕迹。信札只是写给第二个人……自然是更真实更天然的了。"同时他认为好的书信"文章与风趣多得兼具，但最佳者还应能显出主人的性格"[1]。后续又相继在《宇宙风》和《益世报》上发表了《关于尺牍》[2]《再谈尺牍》[3] 等文章，专论尺牍与个人主体性的直接关系。由此可见，书信不仅是一种实用的交流方式，更因其与个人及其所处具体情境的关联，兼具文学与历史的研究价值。琦君的相关研究也不例外，书信或许可以成为我们切近琦

①祁玥：上海科技大学人文科学研究院助理教授，北京大学文学博士。地址：上海市浦东新区华夏中路 393 号上海科技大学创艺东楼 E205。邮箱：qiyue@ shanghaitech. edu. cn。

君某一特定时空情境下内心世界与主体思考的钥匙，是相较于小说、散文等公开出版作品的"内面"景观。琦君自幼时即为母代书、读信（《"代书"岁月》），长大后与文坛编辑、读者亲友保持交流亦仰赖尺牍，书信始终伴随、记录、见证着她的成长，同时也以细腻充沛的内心情感使作品年表勾勒的人生经历更加丰满充盈，因此也是个人史的增补与脚注。琦君公开发表的最后一篇散文是 2001 年 12 月为悼念亡友林海音而作的《最后的握手》，因此，其后 2002 年至 2004 年的 40 多封书信，是我们了解琦君暮年生活与思考的珍贵材料，甚至可视为最后阶段的"作品"。

除了在个人尺度上把握书信，也可以站在社会、时代的角度，考察其能够提供的互文与增补。朱光潜曾提示这种"最家常亲切的艺术"，不仅"小可以见一人的风格"，更"大可以见一时代的风气"[4] 161。书信以其时效性，与作者置身、思考着的现实密切相关，因而不仅可以视为公开作品的内面、个人史的脚注，亦可为某一时期的文坛、社会乃至历史提供一种微观视角的体认，读者得以借此管窥特定时空背景下的人事互动，例如《琦君书信集》（以下简称《书信集》）就集中体现了她侨居美国阶段的个人思考与文坛交往："从征集到的书信看来……大部分是 1980 年代前期赴美以后所写，止于 2004年前期……整个来说，这将近四百封信，既显示出琦君的一部分的人际关系，也反映出她的生命历程，特别是琦君的旅美岁月，她毫不隐避地写下她的生活与心情，其中包含她对朋友的思念，对文学现象的观感，对今昔之变的感怀等。"[5] 5 由此可见，不论是异国他乡远离亲友的孤独状态，还是创作渐少、淡然隐遁的书写阶段，方寸尺牍都成为她特殊时期个人精神生活稀有的也是最为直接的表达途径和展示窗口，同时也在往复间折射着大洋彼岸台湾文坛的纷繁互动。

而对书信从文体功能角度探究其与文学、历史的关系，或针对古往今来具体的作家文本展开解读，学界已有不少相关研究。如金宏宇的《中国现代作家书信集及其研究》一文，即归纳总结了学界关于中国现代作家书信集的研究较为突出的两个角度：一是将书信视为"边缘自传"，从私人历史文献角度考察其中的身份、信息等；二是将其视为"潜在写作"，强调其文学性。但同时金宏宇认为，将书信限制在自传范围将掩盖对其社会价值和文学史价值的关注；而侧重挖掘文学意义又会对史料性的价值理解不够。因此，他在文章中提出了第三种"朴学式研究"，即借用中国传统的朴学方法来研究书信，追求博证，多用归纳和演绎，具化为训诂、校勘、目录、版本、辑佚、辨伪、考据等，提出"我们当以手稿原信去写史而以书信集来论文学"[6] 62—69。

对于琦君及相关研究来说，书信包含的上述文学与历史双重价值不言而喻，但从成果来看，一方面针对《书信集》这一具体文本的解析屈指可数[7] 9—11；另一方面，对书信整体的、功能上的总结归纳，如何具体体现在琦君的书信内容中，还有待进一步细化讨论——书信究竟如何作为个人历史的"增补"，不论是出版作品的"内面"，还是日常生活的互文；同时又如何作为宏观历史的"增补"，以微观视角曲折反映文坛、社会乃至时代风貌；所有这些文本表征体现了她俯仰书信"内"与"外"怎样的辩证思考——这将是本文通过细读重点讨论的内容。

2. 辑录、馆藏与推介：书信的物质性

书信不仅从内容上提示了一种"互文"与"增补"，扩展了具体作家作品的相关文学研究范围，同时作为一种实际沟通中的有形载体，以其"物质性"成为实体的"文物""文学遗产"，同照片、手稿、档案等材料一道，有待更多的留存保护与发掘关注，乃至收集、馆藏、整理、展览、出版，在文学的生命线上不断继承延续、发光发热。

《书信集》就是在这样的意识下被收集、辑录和整理而成的。中央大学率先成立了琦君研究中心，并申请了"琦君资料汇整及作品重探"专项计划，研究中心负责人、中央大学中文系教授李腾瑞在与琦君家人商议后，共同认为书信作为重要的生命见证，是专项计划不可或缺的一部分，随即展开收集与整理，并将征得的原件与影印本永久保存为馆藏，作为文学研究重要的基础资料。最后在学界同仁的努力下，经过艰难的征集、辨识、筛选后，汇编成了 500 多页的《书信集》，并按收件人的姓氏笔画予以排列，同一收件人以时间为序。

书信集不仅是琦君个人生命及相关研究的重要资料，在台湾文学馆馆长郑邦镇看来，也是面向未来，持续输送和推介华语世界优秀作家作品的重要媒介，因此有责任也有义务支持收集优秀作家的多类型资料，同时台湾文学馆"也带有博物馆的性质，故有助于加深认识台湾作家的文物，诸如手稿、信札、照片等，应选择入馆典藏"[5]1，通过展览等活动持续推介，以飨后人。

值得注意的是，书信写作的私密性确实有助于研究者还原作者的真实心境，但这也恰恰成了《书信集》出版阶段的难点，李瑞腾教授解释道："一向被认为温柔敦厚的琦君，在书信中有时亦直抒其怨怒之情，说出了不少平常不会写进作品中的心里话，这个部分，由于关涉者多，有不少不宜公布者，我们在编辑上不得不作了一些处理，特此说明，还望读者谅解。"[5]6 在"编辑体例"一节中第四条也特别提示："信件内容事涉隐私不便公开者，以'略'注记。"[5]7 这些被标识为"不宜"公开的内容，不仅增加了读者的好奇与兴趣，反而才是研究者切近作者内心的不二法门。

由此我们可以看到，不论是初始书写还是后续推介，书信都在个人、私密、真实的与公共、展演、加工的两类空间中循环往复，它不仅是交互的媒介、转换发生的枢纽，更是行动与存在本身，因而有着内在的深广性。通过下文的讨论，我们能够更加具体地看到，琦君如何通过书信将外部的现实转化、整理到自己的内心世界，即把自我的栖息地从异国他乡陌生的"新家"转化到书信构筑的、熟悉的文学与精神世界中；同时又通过书信与大洋彼端的文坛相连，通过儿童文学的实践行动，反身纾解自己置身却无力整理的家庭事务与亲子关系；最后这种"内"与"外"的不断交互如何构筑起她个人晚年的生存辩证法。正如海德格尔认为"栖居"本身是在一种主体的建造行为中实现的，"我们通过建造来实现栖居……栖居是存在的基本特征"[9]323-338。本文即把书信视为通过书写建造和栖居的空间，主体就是在整个过程中探索并实现着存在的意义。

二、阅读书信：文本内外

1. 书信与家屋

如前文所述，《书信集》收录的多是琦君赴美后的信件，因而阅读过程中可以发现，除了事务性的问询、嘱托，例如作品内容、出版、稿费等相关事宜，在叙事间隙，经常会流露、夹杂着些许个人情绪，而这些情绪大部分与美国的"新家"以及家庭内部的生活体验有关。笔者认为,这些看似细碎的日常喟叹并非无足轻重,恰恰是通往琦君内心世界的钥匙。正如加斯东·巴什拉在《空间诗学》中提示的:"家屋在世间的处境,只是一个具体呈现了我们人类在世间形上具体处境的变奏。"[8]54

琦君在 1983 年 11 月写给尤今的信中,交代了自己初到美国的生活状态:"这半个多月来,我生活大乱,心情非常不安定……我一个人,本来手就有点风湿,腿也无力,但非得一样样拆封,像蚂蚁搬窝似的,从地下室拖上二楼三楼,每天几十趟上下楼梯,头晕眼花,到深夜临睡时浑身骨节都如拆开般的疼痛,有点叫天天不应的感伤。"除了身体上的精疲力竭与风湿病痛无处呻吟,外子工作又太忙,回家也"沉默不发一言",导致琦君"体力心情都很不好",尤其是身边又没有其他亲友可以倾诉,更感到内心孤独悲苦。"这里又没我的朋友,全是他同事太太们……至于谈心,那更说不上,彼此生活情趣不同,也不知谈什么好(我并不是个很能适应任何环境的人,尤其是名利热闹场中,我感到很苦)。所以这些日子以来,我身心两疲,写作灵感更是不谈了,每天都想给你与周粲写信,总是没有宁静心情与时间。"[5]8—9

"家"这一空间本应给人以私密、充实、温暖的安全感,仿佛婴儿蜷缩、置身的母亲子宫,作为一种心理上的原型,是每个人最初的"宇宙"(cosmos),正是这个"非我"(non-moi)的空间像壳一样庇护着"我"(moi),使个人得以安稳地居于世界的一角(coin du monde),同时抵御自然的和人生的风暴[8]29。但在琦君的信中可以看到,"大乱""不安定""叫天天不应""身心两疲"等词被用来形容美国新家内部的空间体验,整体的心情是"感伤"和"苦"的。比起外部世界的变动,"家屋"的感受与个人的"内面风景"——内心情感更直接地相连,正如巴什拉提示的,家屋"既是身体,又是灵魂"[8]29,家庭内部空间与个人内心价值甚至可理解为同构关系,因此空间的"体验"也就与价值"感"息息相关。可以看到,琦君在这个家里上下奔波、忙碌到"头晕眼花",却感受不到家人之间的亲密温暖;每日招待丈夫的同事、来访的客人,却又格格不入,无话可谈,导致每天全身投入自己新家的同时,却最终发出了"没有自己生活"的喟叹:"来到美国,竟然会没有我自己的生活……感到很苦,也不知哪一天才能安定,这也是我当初不愿意同来美国的原因。"[5]9

　　同时，家不仅创造特定的空间，也召唤着时间——对个人来说，即起到凝聚主体思想、汇集过去记忆的功能——"家屋是人类思维、记忆与梦想的最伟大整合力量之一。"[8]31 美好的记忆、积累的关系、未来的梦想，所有关乎主体的时间被整合进这一空间，无形之中助力形塑着它的内部氛围，并与人相互抚慰，巴什拉称之为"记忆的家屋（maison du souvenir）"[8]39。这一观点的重要性在于提示我们，"无形的过去"之于当下的"有形家屋"及其体验，是非常重要的组成部分。但反观琦君美国的新家，与过去的紧密连接一方面因为相隔远洋而断裂（"这里又没我的朋友，全是他同事太太们"），迁移带来的生活、工作、社交网络等诸多变化，都使她脱离了原来的集体记忆，被置于缺少连接的陌生境遇；另一方面仅存的与"过去"有关的家人之间又无法有效沟通——"工作太忙""沉默不发一言"——无法过渡和生产新的情感记忆，并给予自我以精神支持，以至于美国的新家如同她的内心，遗世而独立："夜深人静，不知怎地我感到好孤单……"[5]10

　　在这样的情况下，人与家的关系成了"机械性"的："活着好像只为应付一件件的事，我并不怕忙，也不怕累，在台北时再忙再累的日子多的是，那时却比较快乐，因为我可以有许多方式排遣，在此实在太机械化……"[5]10 琦君自己用"机械化"来形容此间生活，足以说明那种感觉是多么强烈，即人未能将内心纵深的价值赋予空间，同时空间亦未能给予个人私密且充盈的宇宙感，家屋成了纯粹外在的框架与壳子，人与家屋是基于功能的使用关系，机械而缺乏情绪价值，幸福、满足与安全感从钢筋水泥的缝隙中流失掉了，因而琦君坐在自己的新家中又发出了"不知道哪一天才能安定"的感叹。

　　而在现实的"家屋"中未能建立、召唤、获得的，彼时的琦君将希望寄托于笔端，将精力投诸书信空间，希望通过书写，在这一精神的纵深空间中去建立、去召唤、去获得。

　　因而书信于她不仅是交流的工具和媒介，更是代替"家屋"作为她私密的精神空间、与记忆网络连接的场所和现实的"诺亚方舟"。在书信中，琦君得以与过去的文坛好友、读者、亲人等记忆网络再度连接，并在书写中不断延导建构个人的"私密宇宙"。她持续地在字句间流露出写信的幸福和充实：

"我好想回台湾，休息一段日子，可是办不到，做人真是苦多乐少，只有在写作与给朋友写信时是快乐的。"（1991 年 8 月 2 日）[5]183 正是在这样的互动中建构着属于自己内心的安稳与踏实。"客居异国，朋友与读者的来信，是对我最多的安慰与鼓励，认为自己这支笔虽陈旧，还没长霉，还可以写下去……因而回信也成了我每日课题，不回信于心实在不安……"（1993 年 8 月 24 日）[5]189−190 方寸尺牍，即是琦君的诺亚方舟，在精神的维度载她逃脱桎梏，越过重洋，回到那个温暖有力量的文学网络中去。"来美以后，从永远保持通信的朋友中，才深深体会到'同文同心'的知己之感。"（1999 年 2 月 15 日）[5]479 书信空间的存在对她来说至关重要，以至于她在给蔡文甫的信中曾写道："我忙得半死，信欠下二十多封了，但一定得回，这是我的精神支柱也，你如不给我信，我就不给你写稿了……"（1983 年 11 月 14 日）[5]303

总的来说，美国新家没能提供给琦君需要的心理感受，反而书信空间替代性地成了她召唤个人历史与记忆、编织生活连接、展开主体性实践的"场所"，使得自己可以栖身其间，获得文学中的位置、精神的价值。在这种"舒适的蜷缩"中，个人能够最真挚地贴近、直面内心，沉潜进入书信空间内部，越能延伸获得自我的纵深感，即主体思考上的深刻，在巴什拉看来，这种"深刻"根本的有别于世间的"自私"或"以自我为中心"。琦君通过不断书写，连接、编织、建构着心灵得以栖居的"家"。

2. 文坛与家事

（1）儿童文学与家子

不仅是琦君自己，她与新家内部的人事关系也借由书信这方空间加以转化，通过与远方的文学活动相联系，予以行动和纾解。

琦君一直热心儿童文学，即使身居海外也持续保持着热忱和关注，给小读者回信格外认真，乐趣无穷。但单从读者的角度，并不能知晓这样的关怀所从何来。通过阅读《书信集》才得知，背后其实与其家庭内部的"隐忧"密切相关。在 1984 年的信中，她提到自己给台北《中华日报》儿童版写稿，不仅是因为"使我可以恢复童心"，更是由于"可以消愁"："我有很深的愁，是因为我唯一的儿子——一言难尽啊！所以我想写儿童文学是一种赎罪的心情。"（1984 年 1 月 11 日）[5]13 如果不是信札里的自白，读者很难了解琦君对于儿童文学复杂的个人寄怀，"我一直以写稿消愁，写的是'给小朋友的信'"[5]10。儿童文学不仅是个人志趣，更是"消愁"甚至是"赎罪"的行动："我写不出文章，只好翻译儿童小说。"（1991 年 7 月 8 日）[5]24 "我很想为国内孩子做点事，自己没把孩子教好，到老来仍伤心受气，只好以译儿童小说来赎罪了，言之伤心。"（1991 年 8 月 2 日）[5]182 在之前写给朴月的信中，琦君曾把儿子写给她的信一并附上，向友人解释自己"愁"的来源："P. S. 你看一下这封信，就知我为什么一直这么难过了。总之，一个无法可解的愁绪，除非他快乐起来，好好长大。"（1982 年 10 月 2 日）[5]413 又在 10 月 16 日的信中补充道："如果只是代沟问题，我当然还能处之坦然，可是他的情况不止是如此。在我未去前，我有着美好的想象；见了他，我好担忧；回来后，又好后悔……现在我只有念经，求慈悲的佛保佑他，也求他赐我一点平安，不然我真无法工作。"[5]414（1982 年 10 月 16 日）

儿子的问题作为家庭内部摆在琦君面前的首要事务，是她一直需要去面对、想办法照顾和处理的，也使得她在美国这个本就颇感陌生、没有亲友支撑、缺乏安全感的新家里更加孤独愁苦；同时，如信中所说，她对于扭转儿子的问题有心无力，事已至此只能念经、祈求；而针对"无法可解"的无奈，只能将其放回到自己熟悉的空间和领域内予以行动和补救——通过儿童文学来赎罪——书写、翻译儿童文学就是琦君"处理家务"的方式。

家庭内部的物件会因受到人的照拂而在整体的空间秩序中找到自己的定义和位置；反之，照顾家庭内部事物的人，也会在这一过程中整理和编织空间内部的关系，并把自己的意义与价值安置进整体的秩序中，得到自我的整理、苦闷的纾解与心灵的放松。琦君亦然，"家"和"内心"是空间同构的，而空间进一步召唤行动，通过书信连接，通过儿童文学行动，一方面是在处理"家务"，在"赎罪"；另一方面，回到自身，也是在处理自己的内心世界——为了"消愁"——重建对生活的把握。通过自己的努力让事情有效，通过建构去影响，最后在个人的秩序中找到幸福和安稳感。在给姜筑仁的信中她说："天真的童心，给'患得患失'的成人多少启示啊！"（1996 年 11 月 3 日）[5]95 1996 年给戴潮声的信中她也曾提到自己的感受："译儿童作品可以使自己返老还童，台湾的小朋友都颇喜欢我译的儿童小说，我好高兴。八岁与八十岁中间没有代沟，多开心呀！"（1996 年 5 月 31 日）[5]446 这种愉悦与满足，正如加斯东·巴什拉所说："我们能够感觉到人类如何更投入，经由让事物更加美丽，而使得事物成为人类存有的一部分。"[8]101

因为投入，得以让事物更加美丽——这种想法既寄托在了儿童文学之于小读者上，同时更根本地寄托在儿子身上，希望他更加快乐、更加美好。儿子既已无力改变，便将精力投诸文学世界里的儿童，试图用自己的行动去施加正面的影响，弥补没有教育好儿子的缺憾，努力"有所为"。1984 年琦君就曾写信给蔡文甫，问及儿童文学书的销量如何，同时也希望自己曾经写过的、已经绝版的儿童文学作品可以重印。1997 年她又给陈素芳去信，询问《卖牛记》与《老鞋匠和狗》两部儿童小说是否有再版的可能："《卖牛记》写的是我童年时农村儿童的真实故事，写一个小孩子对牛的感情，完全农村风味；另一本《老鞋匠和狗》则是我公寓住宅墙角边，一个老鞋匠收留一只流浪狗的故事。""此二书实在可惜，多年石沉大海，无人问津……我实在非常喜欢，绝版了实在可惜……不知儿童书房可以重印否？"（1997 年 4 月 17 日）[5]208 而这种对儿童的关怀也进一步扩展为对下一代年轻人和文坛未来发展的关怀。

（2）文坛与未来青年

琦君不仅在个人尺度上关怀儿童文学，同时也将思考置于更广大的青年群体中，整体关注文学对下一代的行动力和影响力。自己对于家庭内部事务和亲子关系的无力，使她十分担忧也格外希望文学之于青少年有积极的作用，因此她有责任感，也有使命感，去发挥自己的力量行动和改变，就像她想为儿子做的一样。1997 年她在给韩秀的信中感叹道："说句令人叹息的话……一般青少年都不太关切副刊的存废，主要是他们有忙不完的欲望追逐，而不是求知与文学的体认；家长与老师也各有他们自己的追寻，因此文学书愈来愈被冷落。有原则、有构想的出版社深为叹息，但他们不能不坚持原则，苦苦奋斗下去，也是够辛苦的。与我经常有联系的是尔雅出版社、九歌出版社和洪范出版社，他们有时转来读者给我的信，从其中看出青少年心情的彷徨。因此我格外要好好回他们的信，一来是让他们在彷徨中有点安慰与指引，二来也是我自己心灵的寄托，我宁可少写文章、多写信……"（1997 年 5 月 14

日）[5]475 第二点原因坦然道出了对青少年的关怀与自我寄怀之间的隐秘关系。

因而可以看到，她对于儿童文学的书写和出版、台湾文学的前途和发展，就像看自己儿子今后要走的道路一样，充满体己的忧虑，"我看不来杀夫杀妻这类的东西，深为台湾文学前途担忧……"（1988 年 11 月 30 日）[5]86 谈及台湾文坛今非昔比，十分凝重，对"今日文坛颓风""色情污染"[5]442 有自己的认识和使命感："青少年追逐声色犬马，不想读书，即使读也是读些如何致富、如何保持青春的常识书……所以孩子们都茫然，心中无主……我经常收到好多年轻读者的信，都是看了我的书，要和我做朋友，倾诉心事。我平均每月要回二十封左右这些孩子们的信，这是我的良知使命，如不回，他们就会很失望，觉得世上无人关怀他们，尤其是对文学整体的失望，对所有作者的失望，我觉得一懒惰就罪孽深重，不能不回信，这是一份使命感。"（1994 年 3 月 20 日）[5]233

巴什拉曾在《空间诗学》中提醒读者注意，"内"与"外"在指涉上常常隐含着不对称——人们趋向于将"内部"塑造得很具体，而将"外部"想象得很辽阔——"但是，在具体与辽阔之间，其实并不真的存在着对立……凡此种种，甚至是大小尺寸，莫不赋有人类的意涵……微型（miniature）能够汇聚大小于方寸之间，而自有其辽阔（vaste）之道。"[8]260 综上所述，书信就是这样一方通渠，外部家事与个人内心、远方文坛与近处生活，都能汇聚于尺牍，而在书写中逐渐向纵深延伸，自有其辽阔之道。而这"辽阔"，恰恰是书信与现实紧密相连这一特性赋予的——因为生活本身复杂辽阔。

3. "内"与"外"的辩证

（1）躬身入局与淡然释怀

《书信集》展示了琦君通过书信与大洋彼岸文学世界保持联系，通过书写、翻译、回信、推动出版等方式持续投身于文坛活动的努力；但与此同时，我们又能从信中时常感受到一种退世隐遁的淡然。在越来越多地将精力投入到书信"内"的同时，又能看到她在心态上不断趋向抽离于"外"。"内"与"外"不再是一个非此即彼的二元选择，而是同一螺旋线路上的问题。"人的存在，是怎么样的一条螺旋线啊……我们不再能当下明白，自己究竟是正在往轴心跑，还是正在逃。"[8]259 用"螺旋"这一意象来表述琦君这一阶段的书写恰如其分:在同一条行动道路上,一边趋向文学世界的中心、躬身入局,同时又心态淡然,远离纷争,宁静超脱。

当琦君得知蔡文甫要帮自己以《与我同车》去申请中山文艺奖时,连忙去信阻挠:"把我骇一大跳,急得直冒冷汗,我写此信,是求你千万千万千万不可为我申请任何奖……如是国家文艺奖,更千万千万不可,你如未申请,再好没有,如已送了,千万千万为我撤销……这样一大把年纪,我写作只是消遣……这种挤得头破血流的,是年轻人的事,我看太穿了……您太好了,为我如此争取,其实我已日薄西山,万事都视作过眼云烟……"(1979 年 5 月 31 日)[5]299—300

对于自己的书在各个出版社的"表现",她认真写作却无意再去计较是否畅销。"我的任何一本书,即使口碑再好,也上不了畅销书排行榜,怪哉!当然不一定上了榜就是好书,隐地说过:好书常寂寞,但寂寞的不一定是好书……我的书,至少是'好书',畅销与否,不必计较……时也、命也。"(1993 年 3 月 12 日)[5]188

1999 年当得知《橘子红了》未能拿到"辅导金"后,她写信安慰吴梦樵:"一件事的是否能如人愿,是由不得我们作主的,凡事退一步想,海阔天空。何况,台湾社会环境复杂,政治因素影响一切,真正醉心文学的人,对政治内部一窍不通,这就是文学创作者吃亏到底的原因。我曾在台湾许多年,一切都看得很淡。"(1999 年 5 月 17 日)[5]55

2000 年在给孙小英的信中她说:"地球在变、世界在变、政局也在变,我们只好听其自然……"(2000 年 12 月 8 日)[5]142 虽然淡然背后可以听出一丝无奈,但遗世独立的侨居空间何尝不是一间"隐士的茅屋(hutte de l'ermite)",从而使她得以远离嘈杂的俗事叨扰,在思想的退世隐遁之所、内在心灵的庇佑之所,全然做自己的主人。想要"宁静的生活"也是她最初来美国的原因之一。在没有过多干扰的环境中,个人的精神得以进一步收缩凝聚,所有意义全部回到自己身上,主体性得到前所未有的强化。书信则在这种与外部若即若离的关系中,一方面维持沟通,使心灵获得需要的精神养分,另一方面以有限的、不过载的信息,保护心灵的一方宁静。

也许存在本身即为恐惧、充满愁苦,人又能往何处逃?哪里才是纯然安稳的、可供躯体和心灵稍歇的"别处的生活"呢？"内"与"外"从刚一开始就在同一条螺旋路径上。生活的困苦与牢笼在书信外，亦在书信内；既在身体，同时也在心灵，所以最后其实退无可退，"只好听其自然"。

因此书信在这种"内""外"之间的"进"与"退"中，承担着转换的枢纽功能。或者说，书信本身即是"存在"的形式，个人内心与外部世界、家庭关系与公共事务、生活与文学、现实与精神追求等本身就是在不停地交互，书信是促成这些交互并发生转换的场所。正如巴什拉将存在运动比喻为"螺旋门的回旋"，"内"与"外"从未断然分野，一切都在以回旋的方式构成着主体的"此在"（Dasein）。

（2）"淡"中存"真"

这种回旋式的存在运动一方面不断向外延展，但同时也在以前所未有地紧密靠近中心，反向自身。因而正是在这种"出"与"入"、"进"与"退"、投身与淡然的交互中，反身显现了琦君自身的"真"。这也是她有意识的艺术追求与自我要求："'真'才是最重要的，'真'了就能'深'，最后才求文字之'精'，如先求'精'，就不能'真'也'深'不了……这可是我的写作三字诀。'"（1990 年 12 月 31 日）[5]180 因此，不论是文章还是做事，她都用"真"来要求自己。当校对文稿、发现插画中有一幅他人画作被当作自己的插入时，她立即写信和陈素芳沟通，逐一标出："非我所画，为诚实求真，最好取消。"（1996 年 6 月 25 日）[5]197—198 2000 年在给痖弦的信中也谈及自己时常想起恩师的诲谕："他说无论做人与写文章，总要记住三个字'真、深、新'，写的诗或文，要'写来顺手，念来顺口'，才见真性情。"（2000 年 8 月 19日）[5]279

这种对"真"的秉持也最终回到自身，不仅适用于文章做事，更要坦然真诚地面对自己，承认自己"真"的"情"。1999 年在写给韩秀的信中她说："台湾许多读友说我太幻想，有点不食人间烟火。人要有恨才能有爱，我自己也觉得才唱高调呢！我自幼受二姨太的压迫太多，反而要从另一面来看人生，原谅别人，其实是不可能的，真有点高调。"（1999 年 11 月 15 日）[5]489 这种不为高调，坦然于自己的"不可能"，反倒是一种通透与自然。

最后，对"外"和对"内"、对"人事"和对"自己"的"真"也是辩证统一的。她在多封书信中亦鼓励后辈先要诚实地面对自己，方能创作出动人的文章，二者一体两面地构筑着"真"的存在。

三、"信"史：空间与存在

正是通过书信，琦君得以将现实生活中孤独、困苦、身心俱疲的空间感，连接到熟悉、温暖、能够有所作为的文学世界，将外部"家屋"中未能建立、召唤的，寄托、投诸笔端书信空间加以营造和获得；同时，家内"无法可解"的亲子问题也借由书信转化为儿童文学的事务，通过书写、翻译、出版等行动加以整理和纾解，并进一步将思考扩及文学对更广大青年的影响力上。因而书信不仅是她交流的工具或媒介，更是代替"家屋"作为她旅居美国时期私密的精神空间，与外部世界、过去记忆网络连接的关键枢纽，一个现实的"诺亚方舟"——所有这些联通与互文建构起的书信空间，不仅是交互的媒介、转换的枢纽，更是行动与存在本身——逐渐向主体的内心世界延伸，在不断书写中沉潜，获得自我思考上的"深刻"，也最终浮现出一个"真"的琦君。庄宜文在书信集的"编后记"中提到，书信是通往琦君"秘密花园"的钥匙。"琦君晚年客居异乡的日子里，书信成为她与外在世界联系的窗口……透过信函，我们得以近距离观察生活面貌与情思感怀，及对不同亲疏关系对象的态度差异；书信流露她的直率童真与忧烦怨怒，也呈现爱憎分明的一面。"[5]

也正是通过文本细读得以发现，书信从不同尺度来讲都是重要的"增补"：是个人公开文艺创作的"内面"、是个人史的脚注、是日常生活的互文，也是特定时期文坛、社会风貌的微观镜像。作品里记忆中的故乡、现实的定居与工作的岛屿、后期侨居的异国他乡，不同文本侧重不同的生命板块，拼合在一起才是完整的琦君个人生命的文学地图。庄宜文也特别强调："一直以来琦君被过度简化了，研究者多将其定位为散文家，风格温柔敦厚……若悉心品读琦君作品，不难见出文类创作间的微妙差异，小说透显散文美好光明面后的阴影，两者犹如日月相映。"（"编后记"）[5] 书信则因其与个人生活的紧密关系，进一步揭示着小说与散文之外的现实思考。

最终，尺牍虽方寸，但却因其与个人内心世界的连接获得了内在的深广性，自有其文学的、诗意的宇宙；同时它不仅是一方"空间"，更是"存在"本身——"内"与"外"在此以回旋的方式不断辩证交互——构成、显现着主体的"真"。这也使得信史成为个人的"信"史，提供着真实生命的记录，后人可将书信集作为"心灵史"捧读，借此探察特定时空下书写者的生命体验与主观思考。

参考文献

[1] 周作人《日记与尺牍》[J].《语丝》1925.3.9. 第 17 期.

[2] 周作人《关于尺牍》[J].《宇宙风》1936.11.1. 第 28 期.

[3] 周作人《再谈尺牍》[J].《益世报·读书周刊》1937.4.8. 第 94 期.

[4] 朱光潜《谈尺时期牍》[A]. 吴泰昌编《艺文杂谈》[M]. 安徽：安徽人民出版社.1981.

[5] 琦君著，李瑞腾、庄宜文主编《琦君书信集》[M]. 台南：台湾文学馆.2007.8.

[6] 金宏宇《中国现代作家书信集及其研究》[J].《长沙理工大学学报：社会科学版》2017. 第 2 期.

[7] 古远清《"写作是兴趣，谈不上是志业"》[J].《常州工学院学报：社会科学版》2011. 第 29 卷，第 5 期.

[8] [法] 加斯东·巴什拉著，龚卓军、王静慧译《空间诗学》[M]. 世界图书出版公司.2017.1.

[9] Martin Heidegger, "Building Dwelling Thinking", In Poetry, Language, Thought, Albert Hofstadter, trans., New York：Harper & Row, 1975.

民国家庭佛教生活与现代作家文学观念的建构

——以温籍作家琦君的文学创作为例

金　星

（复旦大学中文系　阜阳师范大学文学院）

摘要：在新中国成立之初的社会主义改造运动中，佛教在社会化和专业化的改造中失去了它的民间土壤，转而成为僧院与组织的专属宗教。民国时期居士的家庭佛教生活开始式微，导致了佛教在社会文化建构方面失去了重要依托。民国初年温州居士佛教运动的短暂"兴盛"，为琦君借助佛教理念认识世界提供了背景条件。琦君自幼生活在由叶梦兰和潘鉴宗以及启蒙老师叶巨雄等人营造的家庭佛教氛围中，她对于世界的体认最初受通俗佛教中"善"的观念影响很大，因而从宗教而非哲学和社会科学起步建构起自己的文学观。

关键词：琦君；佛教；居士；善；文学观念

一、故乡的佛化背景

1917 年，琦君出生于浙江永嘉县瞿溪乡（今属温州市瓯海区），小名春英。然而不久后，她的父母因病相继离世。4 岁的琦君寄养在伯父潘宗鉴家，潘的大房太太叶梦兰成为琦君的养母。琦君出生的时代，正是江浙新旧文化初步交锋与转型的时代，然而文化的嬗变在瞿溪这样一个安宁的中国乡村似乎显得过于迟缓。晚清时期瓯江水运的兴起固然为温州带来了西方文化，然而这所城市的城墙之外依然维持着旧学的鼎盛理想，知识分子与宗教和民俗这些民间文化亦保持着密切的关系。在宗教和民间信仰发达的温州，基督教、佛教和道教信仰共同支撑着地方百姓的精神需求，这些混杂的民间信仰伴随着占卜等迷信手段一度染及知识分子。然而在 20 世纪初的温州，真正谈得上宗教"新"趋势的是佛教。这种佛教"新"趋势最初停留在由地方名居士周孟由和吴璧华等人皈依佛教的新闻中，后来在 1917 年黄庆澜主政温州后，居士佛教运动演化为一股新潮流。这样一股潮流从大的背景来看主要原因有二：一是有清一代的雍正和乾隆两位皇帝对净土宗的推崇；二是近代杨仁山对"唯识宗"的阐发及其知识分子佛学实践。在清代，雍正的"佛以治心，道以治身，儒以治世"是他融合儒佛道三教以作政治御用工具的意图体现，而他对净土宗莲池大师《云栖法汇》的阐发更促进了"禅净合一"思潮在清代的流行。但是实际上，注重利用佛教精神秩序来治朝理政的雍正帝多半希望用"讲规矩"的净土宗来对抗"讲自由"的禅宗，乾隆亦步其后尘，大力扶持净土宗。在朝廷的宗教观念影响之下，士大夫们亦浸染其中，以"三教合一"为旨趣。而杨文会则受唯识宗的影响，阐发了佛教的真理，因而颇受当时爱"理趣"的新学知识分子追随。所以梁启超说："晚清所谓新学家者，殆无一不与佛学有关系；而凡有真信仰者，率归依文会。"[1] 值得注意的是，杨仁山认为佛学的学习必须建立在有知识的基础之上，而其时他所收的信徒中知识分子占有绝对比重。他甚至要提倡佛学教育，以此提高一般信众的佛学认知。章太炎更是直接认为清代的佛学已与僧侣无关，却在居士群体那里得到"真传"，但是他同时也看到居士佛教"易盛易衰"的特点。他说："自清之季，佛法不在缁衣，而流入居士长者间。以居士说佛法，得人则视兹为盛；不得则无绳格，亦易入于奇衰。"[2] 由此可知，晚清居士佛学已经形成了一股重要的潮流，但是这股潮流亦曾在精英和大众呈两个分支。精英派强调唯识，信仰知识理性，大众派强调净土，专注往生旨趣。而温州地方的居士运动则是明显地崇尚净土宗的大众派。在净土宗借助政治力量广植善缘之时，亦积极地改革宗教修持仪式。因此，在一句"弥陀"可脱苦海并可往生极乐的号召下，净土宗因其修持仪式的便捷化而得以"普被三根"，为在家居士所接纳，进而促进了民国居士佛学的潮流。居士林成为民初佛教运动的一个新兴

---

①梁启超《清代学术概论》，东方出版社，1996 年，第 91 页。
②章太炎《支那内学院缘起》（1919），《章太炎佛学文集》，商务印书馆 2018 年版，第 253 页。

机构，1918 年中国第一个佛教居士林诞生于上海，1930 年第二个佛教居士林出现在北京。

　　如前文所述，温州在 20 世纪 10 年代的居士佛教兴起与周孟由和吴璧华等人的推广有关，也与黄庆澜主政温州时的政治策略相关。1922 年唐大圆应邀来温州演讲通俗佛学，后来他在《温州宏法记》中谈及温州佛教的历史与现状时说："此地向惟出家众颇出高僧，自周氏兄弟始，佛法渐及居士。民国十年冬，吴璧华居士自北京归，更扩张。"① 温州的佛教自唐代即出现过永嘉大师这位佛教高僧，近代以来谛闲和印光曾驻锡头陀寺，头陀寺所藏的一批经书还是印光亲自办理的。在吴璧华和周孟由开展居士佛学之前，另外一位军界人物皈依佛教的代表冯豹表现出更彻底的一面。他先是在民国初年被授"玉环军政府元帅"后改任缙云县知事，但是因为没有赴任而改任浙江省立第十一师范学校校长，因对袁氏政治失望而辞官。"辞官后，其知友张云雷，吴碧华，或贻赠佛经，或劝导学佛，此念乃日深，终于出家去温州头陀寺为僧而终，剃度师赐法号曰则愿。"② 由此可见当时温州佛教的浓厚氛围。1921 年冬，吴璧华回到温州之后与周孟由、周群铮昆仲一起推动了温州居士佛教运动。出生军政界的吴璧华、地方富绅周孟由、周群铮以及周氏在工商业界的兄弟们从不同的群体建构起温州"居士佛教共同体"。吴璧华在积极创办"莲池会"之类的居士社团之余，积极地在温州各个学校和知识人群体中宣扬佛教救国的思想。起先在乐清虹桥创办居士林，后有林赞华等人在乐清成立净业社。为了弘扬居士佛教，吴璧华不遗余力。除了邀请名家讲学之外，还首次将留声机运用到了佛教宏化工作中。据张棡日记 1922 年 3 月 1 日（农历二月初二）的记载："三句钟，吴璧华来校，在礼堂演说佛学《华严经》，又带留声机一具，盖鼓乐梵音均于机中传之，颇觉洋洋动听，而吴氏所说则无甚微妙义也。"③ 在 1922 年，吴璧华又拟联合各县成立佛教居士机构"净土堂"，温州区总的居士佛教机构——"大净土堂"基址曾选在大南门附近。

---

　　①大圆《温州宏法记》，《海潮音》，1923 年第 4 卷第 8 期，第 4—13 页。
　　②冯大任《先祖冯豹（地造）传略》，曹云霖编注《冯蓖集，冯豹集》，线装书局 2011 年版，第 241 页。
　　③张棡《张棡日记》，俞雄选编，上海社会科学院出版社 2003 年版，第 302 页。

"大净土堂地址已定在大南门外，由庆福寺飞霞洞及杨居士家三处合助，甚为广阔。已定于今冬垫平地基，明春兴工建筑。"① 除了在民间举办佛教通俗演讲和组织居士佛教机构之外，吴璧华等人亦积极推进温州寺庙建设，促进温州慈善事业。1919 年与潘鉴宗、黄溯初、杨雨农等人捐资创办"瓯海医院"，1925 年曾与瞿溪的潘宗鉴、叶健雄等人共同倡议修复会昌河罗汉山的景德寺②。温州的居士佛学得以在 1920 年代发展，除了居士领袖们的积极倡导之外，黄庆澜主政温州时对佛教的认同与化用亦起到了关键的作用。刘琼在《弘一大师与温州居士的佛缘（1921—1956）》一文中认为："温州军政界高官形成的佛教信仰共同体，为民初温州佛教提供了强有力的庇护，使得居士群体得以长足发展。"③ 黄庆澜在政界上的努力，为民国温州居士佛学提供了重要的政治合法性保障。1918 年，黄庆澜在自序中谈道："瓯海故温处二府属东迄玉乐南暨景庆都凡十六县，县各为俗，难可齐一括苍旧郡瘠陋尤甚。永嘉古多文献，今亦陵替矣。二府俗悍而淫嗜博好斗健讼。余下车首以整饬风俗、扩张教育实业、提倡善举为务，撰通俗文字十余种，印刷数万纸，分颁各县，于戒淫、戒赌、戒斗、戒讼尤谆谆言之。此外劝孝贞节、劝蚕桑、劝放生、劝种牛痘、劝植森林诸文亦多出自手制，不计工拙，务尽其意而止。"④可正如沈晴在研究中所发现的那样，黄庆澜作为一个非浙江籍官员，他带着政治理想来到温州，但是地方社会的复杂性远超他的预计，使得他不得重新面对温州当时的现实："地方绅权占据权力核心地位，而且随着国家政策实施，士绅阶层分化，下层士绅与地方官府联手对抗上层士绅进行权力角逐。之后大量士绅参与地方自治，经历清朝覆亡民国新建的社会动荡，却演化为地方分裂与割据独立。"⑤ 而黄庆澜之所以在温州推行佛化，一方面与其"乐善好施"的君子理想契合，另一方面也不排除他借助"佛化"重组地方权力和重整地方道德的意图。据《民国张夫人传》的记载，黄庆澜接纳佛学似乎

①颛蒙道人《壬戌上半年温州佛教发达概况》，《宏化特刊》1922 年秋季创刊号。
②释印光《募修永嘉罗汉山景德禅寺疏》，《印光法师文钞全集》（第 1 册），团结出版社 2013 年版，第 294 页。
③刘琼：《弘一大师与温州居士的佛缘（1921—1956）》，《温州弘一大师文化研究》，2021 年第 2 期。
④黄庆澜《自序》，《瓯海观政录》，台北文海出版社，1976 年影印本，第 7 页。
⑤沈晴．清末民初地方社会秩序中的权力制衡［D］．华东师范大学，2013：97 页。

有些"偶然"。黄庆澜本是一个"尚新学，醉心欧化，力崇实验，破除迷信"的人，他认为轮回之说纯属荒诞。可他的夫人素来信奉佛教，深信因果轮回之理，黄庆澜早年时对夫人的劝谏深不以为然，但是到了民国六年，在与幕僚顾显微和温州地方居士周孟由、吴璧华的交游中，才"始窥佛法涯略"①。黄庆澜本人是否从科学转向宗教很难说，但是与佛教结缘发生在主政温州期间，多少与他的政治策略有关。黄庆澜与周孟由、吴璧华等人的交游促进了军界、政界和绅界对居士佛学的接纳，佛教的戒律精神和慈悲意识亦为黄庆澜的政治实践提供了精神基础。在琦君五六岁时，正是温州居士佛教运动兴盛的时代。而地方名流如吕文起、刘景晨、杨雨农、潘鉴宗、夏承焘、吴鹭山、刘绍宽等人先后受这股佛学潮流影响而亲近了佛教。民国时期军政界的人在波诡云谲的政治变幻中容易对人生前途产生幻灭感，因此不少军政界的人士在辞官之后都希望借助佛教来重振社会道德与安顿自我心灵。军阀下野后皈依佛教几乎成为一种潮流，鲁迅后来在 1931 年曾写诗嘲讽这一群体："一阔脸就变，所砍头渐多。忽而又下野，南无阿弥陀。"最后一句，指当时上海不少军阀下野后皈依了佛教成为名居士。也许是受吴璧华弃戎皈佛的影响，原浙江第一师师长潘鉴宗在对军政前途失望之余，开始亲近佛教。琦君后来在《父亲》中写到 1924 年潘鉴宗回乡念佛的场景："哥哥曾经仰着头问：'爸爸，你为什么不再当军官、不再打仗、杀敌人了呢?'父亲慢慢儿拨着念佛珠说：'这种军官当得没有意思，打的是内仗，杀的不是敌人，而是自己的同胞，这是十分不对的，所以爸爸不再当军官了。'檀香木念佛珠的芬芳扑鼻而来，和母亲经堂里香炉中点的香一个味道，我就问：'那么爸爸以后也念经啰。'父亲点点头说：'哦，还有读书、写字。'"②

二、家庭的佛教生活

琦君说："我接受了整整十年的基督教学校教育，却一直信奉佛教，是因

①《张夫人传》，高雄净宗学会编《净土圣贤录》，高雄净宗学会内部印刷版，1993 年版，第 606 页。
②琦君《父亲》，《琦君散文精选》，长江文艺出版社，2015 年版，第 75 页。

为先父母与先师都是虔诚的佛教徒，家庭气氛与平时的耳濡目染，使我深深感到佛的圆通广大，佛的慈悲包容。无论智愚贤不肖，只要信佛，都能培养起一颗温柔的菩提心。睁开慧眼，在浊世中见净土。《维摩诘经》说：心净国土净，心浮国土浮。可见心外无净土，心外无佛。这一点浅近的体认，完全是由于母亲的身教。"（《母亲·佛心》）琦君生活的瞿溪小镇，和温州许多小镇一样，是一个多重民间信仰与宗教信仰并存的环境。但是由于她的母亲叶梦兰是一位虔诚的女居士，而她的父亲潘鉴宗则在辞官归乡后开始亲近佛教，所以琦君对于佛教的体认更深刻，这种体认也是从家庭的佛教生活开始的。她在《白姑娘》一文中说："我家乡的小镇上，有一座小小的耶稣堂，还有一座小小的天主堂。乡人自由地去做礼拜或望弥撒，母亲是虔诚的佛教徒，当然两处都不去。"对于宗教叶梦兰的看法更豁达，她说："不管是什么教，做慈善做好事总是对的。"琦君 12 岁进入弘道女中——一所基都教会的学校。尽管教会学校要求学生按照基督教的仪式来祈祷礼拜，但是琦君却坚定地相信佛教，因而常常躲到健身房里，被舍监抓到重重地处罚。"做礼拜时，同学们祷告，我就默默地念心经。"在宗教信仰产生矛盾时，叶梦兰开解她："圣母像和观世音菩萨不是很像吗？神佛在天堂上都是要好的邻居吧。但奇怪的是圣母生了耶稣，亲娘与儿子反倒分成两派。拜圣母的是天主教，拜耶稣的是基督教。"（《我的佛缘》）琦君儿童时期价值观念的形成受母亲的影响最大，琦君在多篇散文中写到叶梦兰居家的佛教生活。（1）念诵佛经。经书是叶梦兰最恭敬的。"她最最恭敬的当然是《佛经》。每天点了香烛，跪在蒲团上念经。一页一页地翻过去，有时一卷都念完了，也没看她翻，原来她早已会背了……最末两句是'四十八愿度众身，九品咸令登彼岸'。念完这两句，母亲宁静的脸上浮起微笑，仿佛已经度了终身，登了彼岸了。我望着烛光摇曳，炉烟缭绕，觉得母女二人在空空荡荡的经堂里，总有点冷冷清清。""经堂里的琉璃灯光摇曳，照着香烟袅袅地萦绕室内。母亲每天默默地忙完家务，就默默地返回幽静的经堂里念经拜佛。她没有夸耀，没有怨望，只把淡淡的芬芳散布在家庭之中。"（《梦兰》）"母亲没有读过诗书。她平生只会背诵四种经，就是《心经》《往生咒》《大悲咒》《白衣咒》。因此我也只会背这四种经。母亲每见牲畜有病痛或自己不慎误杀昆虫时，就合掌念《往生咒》，希望超度它们脱离苦难。遇亲友有病痛时，就念《大悲咒》《白衣咒》。她说广大灵感的观世音菩萨无所不在，它会解救一切众生的苦难。遇到她自己身体不适或心烦意乱时，就念《心经》。念到'色不异空，空不异色，色即是空，空即是色'时，她就显出一脸的安详平静，然后笑嘻嘻地开始一天的忙碌工作。"（《母亲·佛心》）"我和母亲并排儿跪在蒲团上，颈上套着佛珠，边拨边念，一圈阿弥陀佛、一圈释迦牟尼佛、一圈地藏王菩萨、一圈观世音菩萨。念得我空肚子咕咕直叫。只好敲着姑婆从普陀山带回给我的小木鱼。再看母亲仍眼观鼻、鼻观心地念心经、大悲咒、白衣咒，听得耳熟能详，也就饿着肚子跟她念。"（《我的佛缘》）"母亲只要一遇到困难，或心中烦忧难遣，就会轻声念起：南无南海慈航观世音，南无大慈大悲观世音，观音佛母来牵引，入离难来难离身……"（《南海慈航》）（2）抄写佛经。"母亲有时也练习小楷字，恭恭敬敬地在格子里抄金刚经。抄满一页，在纸的最下方边上，端端正正地写上'梦兰'两个字。嘴里还低声念着：'梦兰，梦兰……'仿佛是在跟谁说话的样子。"（《梦兰》）（3）供奉佛像。"尤其我是女孩子，蒸糕时，脚都不许搁住灶孔边，吃东西不许随便抓。因为许多都是要先供佛与祖先的。"（《春酒》）"母亲洗净双手，撮一撮桂花放在水晶盘中，送到佛堂供佛。父亲点上檀香，炉烟袅袅，两种香混合在一起，佛堂就像神仙世界。"（《桂花雨》）"所以在六月初六那天，她总要托城里的杨伯伯，千方百计地采购来一束满是花蕾的荷花，插在瓶中供佛。等待花瓣渐渐开放，散发出淡淡的清香，与香炉里的檀香味混合在一起，给人一份沉静安详的感觉。"（《想念荷花》）"用一根根长竹竿，连接起来，从最靠近屋子的山边，引来极细小的一缕清泉，从厨房窗外把竹竿伸入，滴在一只小缸中。这才是涓涓滴滴的源头活水，一天接不了多少。母亲只舀来做供佛的净水，然后泡茶给父亲喝。'喝这样清的山水，又是供过佛的，保佑你长生不老。'母亲总是这么说的。"（《水是故乡甜》）"母亲正端了松糕供佛，我也跟着拜了三拜，站在一旁望着她，一声不响。"（《梦兰》）"母亲包的粽子，种类很多。莲子红枣粽只包少许几个，是专为供佛的素粽。"（《粽子里的乡愁》）在故居，潘鉴宗手植了一株白玉兰，叶梦兰常常在树上摘玉兰花供佛。（4）读通俗佛学书籍。"还有一本母亲喜爱的书，也是我记忆中非常深刻的，那就是触目惊心的《十殿阎王》。粗糙的黄标纸上，印着简单的图画。是阴间十座阎王殿里，面目狰狞的阎王，牛头马面，以及形形色色的鬼魂。依着他们在世为人的善恶，接受不同的奖赏与惩罚。"这其实是一本阐发佛教因果轮回观的通俗画本。（5）吃素食。"念完经，拜了佛。才吃早餐，早餐一定是素的——咸菜炒蚕豆、腐乳卤蒸豆腐。"（《我的佛缘》）"宰猪的日子愈近，母亲的心情愈沉重，而这件大事，又非办不可，因为用自己家养的猪，祭天地、财神、祖先，是表示最大的敬意。于是在三天前。母亲就吃斋念佛，以减轻'罪孽'。"（《春节忆儿时》）（6）讲因果故事。琦君的外公是一位善于讲佛教因果故事的人。"外公说十殿阎王是人心里想出来的，所以天堂与地狱都在人心中。但因果报应是一定有的，佛经上说得明明白白的罗。"（《母亲的书》）在外公的故事里，小猫打呼噜是在念经赎罪，小鸡去世了会转世为人。"小时候，外公告诉我，九个小尼姑偷吃一条鱼，听到当家尼姑在喊，心一慌，鱼刺卡住了九个尼姑的喉咙，一下子全死了，九条命合起来变成一只猫。所以猫在晒太阳时，眯起眼睛咕噜咕噜念经赎罪。我听了心里很难过。"（《养猫沧桑》）有一次，老鹰来抓家中养的小鸡。叶梦兰在追赶老鹰的过程中，不小心踩伤了一只小鸡，后来这只小鸡在外公的抢救下还是死去了。"可怜的小鸡，叫声越来越微弱，终于停止了。母亲边抹眼泪边念往生咒，外公说：'这样也好，六道轮回，这只小鸡已经又转过一道，孽也早一点偿清，可以早点转世为人了。'"（《母亲的书》）据琦君的回忆，每年潘家长工杀猪，叶梦兰都要抱着琦君到佛堂里念往生咒超度他们（《我的佛缘》）。也许是受叶梦兰的影响，也许是为了寻找心灵的安顿，潘鉴宗在1924年左右开始亲近佛教，与吴璧华等名居士交游密切。1921年弘一大师来温州之后，多写经书结善缘。潘鉴宗获得一本弘一大师手书的《金刚经》，之后一直随身携带。后来琦君在散文《云居书屋》中写道："他最爱的是一部苏东坡写的诗，与弘一法师写的金刚经，无论在故乡或杭州，他都是随身带着的。"[1] 琦君在启蒙时代，就生活在这样一个具有浓厚佛教氛围的家庭中。

---

①琦君《云居书屋》，《琦君散文精选》，长江文艺出版社，2019年版，第244页。

三、塾师的佛学教育

琦君后来回忆说："恩师与先母曾对我说过，时时要有佛家怜悯情怀，不要着一份憎恨。"（《万水千山师友情》）在琦君文学观念建构的过程中，她童年的教育起到了重要作用。这些教育所得一直顽强地维持到她的大学时代，才开始和正统的儒家教育融合。琦君 5 岁时，潘鉴宗为她找了瞿溪下村的私塾先生叶巨雄作为家庭启蒙老师。叶巨雄，号见云，是一位信奉佛教的旧式知识分子。据说叶巨雄毕业于江西讲武堂，自清朝末期开始就在杭州教书，是较早弃武从文的晚清知识分子。叶巨雄为何放弃士官生活而改习教育，或许自有一段故事。在琦君及地方文献中，叶巨雄曾担任瞿溪小学第一任校长，后来出家为僧，与潘鉴宗交游极为密切。在琦君的记忆里，他是一位长期吃斋茹素的佛教信徒，身穿蓝色的大褂，脖子里掌上挂着佛珠，每个月有 6 天还要"过午不食"。"我幼年时随母亲住在乡间，父亲请了位吃素念佛的老老师教我认字读书，却带着长我三岁的大哥去北京定居。把我们兄妹硬生生分开得那么遥远。母亲是虔诚奉佛的。对父亲的安排都逆来顺受，只有命我每天一大早随她在经堂里上香拜佛，保佑父亲和大哥身体健康。"（《我的佛缘》）叶巨雄告诉琦君，读书前一定要拜佛，拜佛可以保佑记性好。每次拜完佛，"老师会给我一粒供过佛的麦芽糖，还要喝那杯面上飘满香灰的净水，他说净水会给我添智慧。幸亏麦芽糖很好吃，我就皱着眉头把飘满香灰的净水喝下去"。老师教琦君的第一个方块字是"佛"，并且解释说："人修行、得道，以后才成佛。所以'佛'字边上一定有个'人'字，意思是佛跟人是很接近的。"（《我的佛缘》）琦君回忆说，老师告诉她下巴尖，非载福之相，要修心以补相。拜佛是琦君童年启蒙老师的课堂仪式。有一次下课，琦君忘了"仪式"就要回家，被她的老师呵斥："拜佛，你忘啦！还有，向老师鞠躬。""我连忙跪在佛堂前的蒲团上拜了三拜，站起来又对老师鞠了个九十度的躬，说声：'老师，明天见。'"（《启蒙师》）很显然，这种严厉的要求让童年的琦君产生叛逆心理。她和四叔常常调侃老师。"我看老师剃着光头，长长的寿眉，倒是有点罗汉相。我把这话告诉四叔，四叔说：'糟老头子，快当和尚去吧！'其实老师并不老，他才四十光景，只是一年到头穿一件蓝布大褂。再热的天，他都不脱，书房里因此总冒着一股子汗酸气味。"然而在不断地学习中，琦君逐渐领悟到了知识的趣味，而老师对她也更加温和了。琦君12 岁那年，要去杭州读弘道女子中学。她的蒙学时代结束了，同样要告别的还有她的老师。许多年后，琦君不无伤感地记述了分别的情景。"可是爸爸从北平回来，带我去杭州考取了中学，老师就不再在我家了。临去那天，他脖子下面挂了串长长的念佛珠，身上仍旧是那件蓝布大褂。他合着双手，把我瘦弱的手放在他的手掌心里，无限慈爱也无限忧伤地对我说：'进了洋学堂，可也别忘了温习古文，习大字，还有，别忘了念佛。'"（《启蒙师》）原先希望挣脱古书去寻找新文学的琦君，在女子中学读完新文学后，才猛然想起蒙师文学教育的力量。"我到杭州考取中学以后，吃斋念佛的老师觉得心愿已了，就出家当和尚去了。我心头去了一层读古书的压迫感，反而对古书起了好感。"孙良好和李沛芳认为，叶巨雄教给琦君的"不仅是浓浓的爱和佛教教化，而且奠定了琦君日后扎实的文学功底"[1]。对此琦君也有记述，她在《南海慈航》写到叶巨雄对她的教诲："佛理固然艰深难以领会，你只牢记最简单的八个字，就够你一生受用不尽。那就是'大慈大悲　广大灵感'。从事写作逾三十年在此悠悠岁月中愈益领悟这简单八个字心传的意义。大慈大悲的佛心也就是诗心、灵心。"后来琦君在回忆叶巨雄的文章中写道："我的启蒙师，在我十四岁时，就辞馆而去，闲云野鹤似的，不知飘到哪儿去了。我懵懵懂懂的，只晓得他要出家当和尚，以后是另外世界里的人，不再认我做学生，心里很难过。我牵着他蓝布长褂的袖角，送他到火车站，依恋地望火车出了月台。回到家，看书房里他燃的檀香还没烧完，芬芳的烟雾弥漫了满屋。琉璃灯里如豆的火光在微微跳动。我忽然觉得寂寞起来，寂寞中还夹杂着一份忏悔。"（《不见是见，见亦无见——悼念我的启蒙师》）值得注意的是，叶巨雄可能做过景德寺的住持。1925 年吴璧华、潘鉴宗和叶巨雄倡议重建景

---

①孙良好，李沛芳. 追忆·怀乡·闺怨——关于琦君的《橘子红了》[J]. 文艺争鸣，2012，000（011）：133—135.

德寺，叶巨雄参与了景德寺的重建工作，这一段历史鲜为人知。在印光法师1925年所写的《募修永嘉罗汉山景德禅寺疏》中，"吴碧华"即是"吴璧华"，而"叶剑雄"当是"叶巨雄"的音误。在瞿溪有人曾将景德寺视为潘鉴宗的"家庙"，叶巨雄是否曾经就是景德寺的住持？如果确实如此，那么弘一大师1928年在景德寺发现清代孤本《醒世千家诗》则并不奇怪，因为叶本人即是笃信佛教的晚清知识分子。但是另一份材料显示，1940年时潘鉴宗的二房王雪茵的哥哥王雪祥在景德寺任住持。据黄静嘉的回忆，1940年他曾在温州避居上河乡景德寺，而景德寺的主持是"潘家二房的兄长"[1]。但是王是否在1928年即住持景德寺，目前尚无材料证明。

四、结语

夏志清曾言"琦君有好多篇散文，是应该传世的"，这个深受美国新批评派影响的学者，或许看中的正是琦君文学作品周围萦绕的那种难见"宗教的光晕"。这种文学因其唯心和唯情，而给幼稚者的心灵以希望，给成熟者的心灵以宽慰，给普遍有情者的心灵以共鸣。琦君自己也说："我有一个信念：文学的最高境界，应与宗教汇合，凡是真的、美的必须是善。"（《四十年来的写作》）借助对佛教的体认，琦君用文字描述出她所"看见"的宽广世界，描绘出一种"心凝形释，浑然与万化冥合的感受"（《神奇的景象》）。琦君笔下对善女人的书写，较为强烈地表现出佛教的隐忍意识，即在世俗社会中坦然接受苦难，以修行与修心来抵挡世俗的无常。琦君回忆起小时候和母亲并排念诵佛经的场景，突然感觉屋子里"空空洞洞，好冷清"，而心头则浮起一阵凄凄凉凉的感觉。我想这是琦君对母亲家庭遭际的同情与悲悯，而在人生不自主的体验中，佛教无常的思想在现实人生中找到了真切的回应，使得幼小的琦君加深了对佛教的体认，对人和一切生物产生了慈悲平等之爱。琦君第一篇发表的作品《过去了的朋友》，就带有了浓厚的佛教"护生"气息。

---

[1]黄静嘉《琦君家世及成长环境——师承、交游，以及早年的话剧演出》，《温州会刊》，2006年第22卷第4期。

反观琦君文学观念的建构过程，佛教中"善"的观念借助一系列家庭佛教生活和日常言语根植到了童年琦君的心中，家庭宗教化的生活是琦君文学观念的建构的重要基础。在琦君文学观念建构的过程中，母亲在家庭教化中承担起了重要的作用。佛教在兴盛的时代，一个叫"毗舍法母"的印度女子曾在舍卫国设"鹿子母讲堂"请佛说法，由此开启了女性（优婆夷）承担家庭佛教教化启蒙的先河。太虚法师曾经非常明确地希望在民国家庭中建构起"佛化家庭"，而尤其重视"学佛的妇女"在佛化家庭中的作用①。他从历史上清楚地看到，当年蒙古族分支莫卧儿征服印度时曾希望将印度的宗教消灭了，改信回教以便于统一。但是除了佛教被消灭外，婆罗门教与耆那教却顽强地生存下来。原因是"婆罗门教和耆那教，是建筑在家庭宗教的基础上，过去已把家庭宗族宗教化，祖父子孙历代相承；在一般社会中已根深蒂固，故不容易为异教所征灭，得以长久流行"②。太虚乐观地认为，只要家庭佛化开展之后，佛教自然就不得减灭，除非人类灭亡。消灭佛教自然是一件极困难的事情了。"故我在第一点中，即提说要家庭佛教化，而其责任则在优婆夷。要把佛化的家庭，造成比不信佛者的家庭更来得清洁、整齐、美丽、朴实，同时也就能感化了不信佛的人。"③ 也许太虚当时的建构出于"人间佛教"的宏大政治建构，但是他的观点却颇值得回味。文学家描述世界的方式，一种来自自然的心理感悟，一部分是后天的知识判断。而后天的知识判断或许在孩童意识逐渐稳定之后起到了更为重要的"镜子"作用。伟大的作家人格大部分都来源于自然和理念的互动。他们从自然观察人生，得出认识人生的知识。但是同时也善于借助理念来认识自然，重新赋予大自然意义。这种良性的互动与观照，离不开对自然之美贴切的感受，也离不开理念之美的教化与感召。由此观之，现代文学中能否获得"佛教的光晕"与家庭佛教生活密切相关，

①太虚《优婆夷教育与佛化家庭——二十四年十一月在香港东莲觉苑讲》，《海潮音》，1936 第 17 卷第 2 期。

②太虚《优婆夷教育与佛化家庭——二十四年十一月在香港东莲觉苑讲》，《海潮音》，1936 第 17 卷第 2 期。

③太虚《优婆夷教育与佛化家庭——二十四年十一月在香港东莲觉苑讲》，《海潮音》，1936 第 17 卷第 2 期。

正是在这种日常化的仪式中，佛教中慈悲之善才得以通过"情"的方式通达人心，进而通过"理"的方式抵达觉醒之真，最终在语言文字艺术的文学中发挥出佛教护卫心灵的作用。

琦君小说中的"愁情"书写

李　朦①

（湖州师范学院）

摘要：琦君的小说创作兼有古典与现代之美，是有节制表达之美学典范。其小说中最突出的 3 类人物形象有一种美学基调上的共性，即对"愁情"的书写与传达。儿童视角的"愁情"是因为年纪幼小无力导致的，女性形象的"愁情"是因为旧式文化里性别劣势导致的，离乡人形象的"愁情"是因为故乡难归导致的。3 种"愁情"一起构建了琦君小说中的道似无情却有情的"愁情"人间的书写。

关键词：琦君小说；愁情；儿童视角；女性书写；离乡人

琦君是大陆迁台的重要当代文学女作家之一，学界对其价值评价多源自细腻清新的笔触、温婉绵长的怀思、佛心爱语的真善，等等。笔者认为，琦君小说的创作之美，尤其值得研究者们关注的，是其小说中特有的"愁情"书写与表达。琦君深受流离之苦、身世之痛，落于笔端却处处留情，既有哀而不伤的古典与节制，也有向善向美的现代与洒脱。琦君能从不同对象的"愁情"视角出发，塑造出不同层次的"愁情"书写，可堪为当代小说创作中古典美学与现代美学相结合的范本。其小说中塑造了 3 类最为典型的人物群像，本文亦将从这 3 种人物类型引出的"愁情"书写来分层次具体探讨。

①李朦（1989 年 4 月~），黑龙江人，浙江大学中国现当代文学博士，现任职于湖州师范学院中国现当代文学专业。主持浙江省后期资助课题一项，市厅级课题一项，CSSCI 论文第一作者两篇，研究方向为中国现当代作家研究、地域文化作家研究。

一、儿童之"愁情"——爱憎分明总无力

琦君的儿童视角书写与萧红、林海音一道共同构建了一个女性作家笔下的想象儿童（实则是女童）园地。儿童视角观察的范围通常局限在家庭中，儿童作为家庭中的一员，对其他家庭成员自然有亲疏之分，但传统家庭或家族中男性和女性的家庭地位是泾渭分明的，理解和面对这种性别差异带来的权力话语差异并最终导致的命运差异时，儿童所心爱的女性家庭成员的结局会进一步影响甚至成为儿童去解读、判断、评价外部世界时的刻板印象——快乐无忧的生活只存在于男性大家长的不干涉或疼爱之中。在琦君小说中，一方面，儿童对家庭成员的"爱憎"是分明的，但是付诸现实及行动层面的时候，儿童自然没有足够的"力量"去依照自己的"爱憎"决定或哪怕去左右家庭成员的命运之一二。儿童的"愁情"也多来自这种鲜明的幼儿爱憎心态之下却只能服从家长之喜好结果的无力；另一方面，对家中发生的悲伤故事，儿童是讲述人与呈现者，并非悲惨命运的亲历者，加之儿童视角的局限带来的不思其解的"故作天真"，也并不会对发生这样悲伤故事的家庭和家族发起真正尖锐的质疑及批判，尤其是家中的男性大家长往往是让儿童最为依赖（经济和心理）眷慕的人。那么，谁才是要对悲剧负责的该去批判的人？在琦君的小说中儿童视角里通常隐含着责备厌恶的罪魁祸首是家里的妖艳小妾。这也成为琦君儿童视角的愁情书写中自然发生的留情与矛盾。

琦君小说中构建的家庭一般存在着一个固有的模型，人物也多承担着相对固定的角色功能，家庭经济情况一般，是不显贵但也不落魄的门户，男主人沉稳成熟，为官或经商，少在家且外有小妾；女主人慈眉善目，贤德经营老家，事事顺从丈夫；叙事者"我"多为 10 岁到 15 岁的女孩子，是受男女主人疼爱的生活无忧的"局外人"（针对悲剧故事来说）；悲剧故事的女主人公则多为身世凄惨的穷苦人家卖到"我"家的美丽无知、懂事忧愁、比"我"年龄略长、和"我"成为至交好友、情窦初开的女孩子；家里仍然在学没有经济实力的年轻叔叔或哥哥负责与女主人公相恋；给家庭平静生活捣乱并最终导致家庭和谐变故的是男主人的妖艳厉害的小妾。这样一来，可以

较为清楚地看到，琦君小说中萦绕不绝的儿童之愁情主要来自儿童在家庭中观察到的他者的精神生活困境之共情。

这种儿童愁情的无力感的书写，最表层的原因是叙事视角设定的局限导致的。《橘子红了》中的阿娟是家里男主人的侄女，虽然16岁了，但依然被大伯大妈养在家里，既没有自主经济能力，又是家庭关系中的"局外人"，自然缺乏家庭决定的话语权，因此即便有心回护"好姐妹"秀芬，也有心无力；《阿玉》中的阿玉是作为使唤丫头被卖到"我"家来的，也是因为年纪相仿（"我"9岁，阿玉12岁）而成为"我"的好友。但是"我"的家庭情况和处境是"家里有一个令人心惊肉跳的姨娘，妈又是那么忧郁，复杂的家庭环境，是我对快乐与悲伤，都有特别的敏感"①。可见阿玉不是做脾气温和的大太太的丫头，而是伺候动辄打骂人的不好惹的二太太的丫头，悲苦的命运就已经决定了。当这样悲苦却美丽的丫头遇到家里的三叔时，浪漫故事萌发了，"我"乐见其成，做中间传信人，但却眼见二人朦胧的感情最终被尖刻的二太太发现并发落阿玉回老家嫁了船夫草草一生。悲剧发生后，不仅"我"没有力量去对抗二太太，"我"认为和妈妈分离甚至都是因为二太太作祟却只能忍耐，寄希望于拯救者三叔，发现也不能改变悲剧结局。最终，"我"的总结只好是——"一样是女子，为什么姨娘竟有这样大的权威，操纵阿玉一生的幸福"②——这样无力的控诉。

再进一步去看，文本中儿童愁情的无力感书写，是由身份的差异带来的命运轨迹差异的隔膜导致的。在《橘子红了》中，儿童视角叙事者阿娟并非本家亲生，家里的男主人大伯和女主人大妈却十分宝贝"我"这个侄女，让"我"生活无忧且为"我"专门请了教书先生。文本中设定"我"的年纪其实已经16岁，但是心态却仍然懵懂，当大妈告知阿娟家里即将进人口，是给大伯娶三房，年纪只比她大两岁时，阿娟的想法是："那么年轻的姑娘，就给人做小，我想想自己，专门请个先生教我读书还不肯用功呢。代她想想，心里好难过。又想到自己没有姐妹，她虽是大伯的偏房，却就跟姐妹一般，今

①琦君《阿玉》，《橘子红了》，长江文艺出版社，2014年版，第226页。
②琦君《阿玉》，《橘子红了》，长江文艺出版社，2014年版，第229页。

后有了个伴，不由得高兴起来。"① 可见，"我"和秀芬虽然年纪相仿，但"我"是主家的小姐，秀芬是小妾，二者的身份有本质上的差异。秀芬对于老爷来说，虽然她年纪小到足以做女儿，却也只不过是繁衍家族的生育工具；对大太太来说，是对自己身为主母却多年无子的正房失德之弥补，也是与妖媚的二太太斗法的工具；对六叔来说，是一个可以寄托暧昧之思却绝不可能动婚恋之念的对象；对"我"来说，是年纪相仿性格相合的玩伴。因此，当秀芬失去腹中孩子时，对家庭的影响是直接的，而当她自身性命陨落时，这个悲剧却能显出无力和伤逝中的克制。这恰恰是因为，秀芬的悲剧仅仅是她自己的悲剧。"我"与秀芬情同姐妹，但毕竟不是姐妹，秀芬的悲剧永远不会，至少在这个家庭里永远不会复刻在"我"的身上，那么在秀芬逝去的事件中，"我"的愁情注定也就只能局限于是"代她想想"的难过和无力。尤其叙事人为家中的女性儿童时，女性的意识和女性的命运在女性儿童身上是（也应当是）还没有完全萌发与展开的，因此女性儿童的限知视角构建的家庭与家族虽有未解之疑惑但仍不失之为隔绝外界悲苦的乐园。在琦君的小说构建中，世界可以分为儿童世界和成人世界，但又只有成人世界才会区分为男性世界和女性世界。在儿童世界里其实性别带来的对待差异和命运差异被最大限度地抹平于文本中，呈现给读者的都是一番天真无邪的儿童心思。但恰恰是女性儿童还未来得及被区分和被承担性别差异带来命运差异时的无邪的观察报告，有了一种别样的缺失——即对自我命运"预言"层面的无力和警惕。

当情感真挚丰沛的儿童，用天真恳切的关注之眼看家族之复杂与世故，儿童尤其是女童看到她们心爱的女性家庭成员的悲惨命运，何尝不是长大成人后的女童自我命运的一种可能与写照？这何尝不是女性命运共同体的缩影之书写？如若儿童的愁情只是失去了一个重要的"玩伴"的愁情，绵延出的言外之意恐怕就是"尚不关己"甚至是"事不关己"的。女性的命运若由出身决定，小姐便可读书上学无忧无虑，穷人家的女孩子做丫头和小妾便是悲苦人生。这样的一种书写虽未必不是当时社会情状的复刻，但也形成了出身

---

① 琦君《橘子红了》，长江文艺出版社，2014 年版，第 10 页。

定罪论的女性命运书写模式，若借着儿童视角愁情言说的无力而将谴责和反思的对象消解，是值得引起研究者们注意的。

二、女性之"愁情"——求而不得变故多

琦君的创作高峰期是在 1949 年赴台之后。从创作内容上看，她笔下的乡土世界，是对 20 世纪 20 年代新文学运动中乡土文学的浙江农村书写的延续与呼应。20 世纪 20 年代对浙江农村集中加以呈现的乡土文学是在以鲁迅为核心的创作中崛起的。"哀其不幸，怒其不争"是五四时期乡土文学书写的底调。剖开一直处于批判中的落后乡村，则可看到创作者们的本意甚至与批判相反，乡土世界是创作者们所熟悉而依恋的，所试图回归、试图改进，持续注入了大量关注与深情的精神之乡，是对这片土地，是对生之于斯、养之于斯的浙江农村的深切关注与热爱。不过，处于旧中国时期中的浙江农村作为一个写作者的观察对象来说，依然相对城市文明是落后的参照物。同样，琦君笔下的浙江农村，从地域范围到人物塑造，从主题书写到情感基调，都可以看出与 20 世纪 20 年代的乡土文学书写有异曲同工之处，可以看作是对五四的人文精神觉醒时对思恋故乡的重新审视与重建主题的延续。发生这种时间上的断层并非一种落后于时代的书写，反而因为地理的隔绝与政治的原因被赋予多重价值。其中，琦君小说中驾驭最纯熟的用以表现故乡风貌的，就是旧式乡村中女性人物形象的塑造。

夏志清评价琦君的写作终其一生都在写一本"巨大的回忆录"。而在这回忆的过程中，琦君又自言："年轻时，我想写那些人和事是由我的厌恶与憎恨，现在已完全没有厌恨，只有同情与怜悯。"[①] 因此很多批评家们认为琦君的写作中自有"温柔敦厚"的文学传统。在塑造小说中的乡村女性群像时，琦君也毫不吝啬地赋予其笔下的女性们以古典之美意，"乐而不淫，哀而不伤"的愁情萦绕也由此成为琦君小说中女性身上的独特气质。不过，时代设定的局限和农村空间环境的局限导致琦君小说中绝大多数女性的愁情来源只

①琦君《读〈移植的樱花〉——给欧阳子的信》，《与我同车》，九歌出版社，1979 年版，第 180 页。

能是男性，要么是源自内在的对男性情感的求而不得，要么是源自外在的家庭结构中男尊女卑的森严等级带来的变故和伤害。

对情爱悲剧中的女性愁情书写琦君可谓信手拈来。"求之不得，寤寐思服。悠哉悠哉，辗转反侧。"在《诗经》朴素的现实主义传统中，就留下了男情女爱愁情悠长的审美基调。深谙古典文学的琦君在自己的小说创作中，尤其在对善良、温柔的传统女性形象塑造中，几乎无一例外地为其设定这种情感缺失带来的愁情之美。如果说男性是女性愁情之源的重要对象，琦君的小说中又进一步把男性分为书生式的青少年男性与家长式的成人男性。在对书生式的男性塑造上，琦君多把他们赋予活力、纯情、通情达理却生命力纤弱的形象。《橘子红了》中的六叔心恋学时的同学后来成为自己的小嫂子的秀芬，偷偷给秀芬小笔记本，画上了自己的像；《阿玉》中的三叔对家里的小丫头动了心，只想等上大学后独立了把阿玉接出这个家过幸福的生活，却因二太太撞破二人书信，阿玉最终被赶出主家嫁给贫苦的船夫；《菁姐》中的大哥对菁姐有望月之约，却随着在外读书而对老家的菁姐忘怀，日夜守着菁姐的弟弟忍不住对菁姐倾诉衷肠，却得到菁姐对爱情失望只愿终生以姊弟相待的回应。这部分男性还未真正踏入成人世界，他们对美丽的女主人公动心，却无力承担她们的人生，爱情要有所附丽，结果便也只能是"一种相思，两处闲愁"，惨淡收场。

在对成年男性的塑造上来说，琦君呈现出一种根本上的不信任，甚至可以说，只要在琦君小说中出现成年男性，这就是一个会给女性带来不幸的符号。在家庭结构中，何以所有的丈夫都不能一心一意深爱自己的妻子？都不能懂得真正的爱？在《菁姐》中，琦君借菁姐之口说出："可是你最好不要再长大了……因为成年人就渐渐不看重感情了。"[①] 正如本文第一部分谈及儿童的愁情中所言，琦君小说中儿童世界和成人世界是泾渭分明的。快乐无忧的儿童成长到情动懵懂的青少年，纯挚的感情受到挫折甚至是毁灭之后，终于抵达了冷漠麻木的成人世界。何以如此？究其原因的时候，琦君不愿过多责怪人心之变，只好给出制度之错的答案，即大多是把这些家庭放置在一夫多

---

①琦君《菁姐》，《橘子红了》，长江文艺出版社，2014年版，第99页。

妻的背景下，女性愁情的外现形式则多借用妻妾成群的悲剧家庭结构外壳来完成情节冲突。虽然一夫一妻制是现代世界普遍认可并通行的家庭构成和伴侣制度，但是不可否认人类历史上有着漫长的群婚制度。① 即便对于我们自己的国家来说，也是在新中国成立后才明确用法律的形式规定一夫一妻制、禁娼及对妓女进行劳动改造。因此，对于身处一夫多妻关系中的女性来说，与其说要和别的女性分享同一个丈夫这件事情是一种感情上的伤害，不如说更直接的利害关系是这件事的本质是一种对生存资源的"雌性竞争"。在男尊女卑的旧社会中，女性受教育程度低，大多不被允许抛头露面自己通过劳动去直接挣取生活资料，绝大多数需要通过依附于男性来获得生存的资源。从小女孩时期依附于父亲，到出嫁后依附于丈夫，再到丈夫去世后依附于儿子。这样一来，出于生存的本能需求，女性自然会形成顺服于依附的男性、与同一生存环境中的"对手"竞争资源、积极生育儿子以培养并巩固下一位依附对象的行为。在《橘子红了》中，慈眉善目的大妈之所以为丈夫物色三房，把秀芬迎娶到家中，原因有二："我拣的人，早点给他养个儿子，我也安下了心。再说，那个交际花也威风不起来了。"② 寥寥两句，意思却丰富而分明。"我拣的人"，说明秀芬进了这个家门"站队"是站在大妈这边的，在这场家庭内部的资源争夺战中大妈和秀芬是一队人。而"拣"字又表明了队伍内部的权力关系，秀芬是大妈像挑拣物件一样拣回来的负责完成大妈已经不能完成的生育任务的工具，这个人可以是秀芬，也可以是秀芳，也可以是秀芊等任一具备生育功能的人。所以为什么这个工具人生下了儿子，大妈可以安心？因为儿子是家庭中未来的主人，是家庭中的女性们未来要去依附的对象。而当这个儿子虽不是大妈亲生，却是由在大妈绝对权力统治下的队伍中被大妈拣选的工具所生下的孩子，这个孩子完成了大妈对大伯、对整个家族承继做出的交代，这位未来的新依附对象在功能上亦等同于大妈亲生。此消彼长间，自然"那个交际花也威风不起来了"，因为二房的交际花虽然漂亮，却进门两年多肚子一点动静没有。在大妈看来，眼下之争只是一时意气，谁能生下儿

---

① 摩罗：《性爱的起源——关于性爱观念与精神文化的人类学思考》，中华书局，2013 年版，第 19 页。

② 琦君《橘子红了》，长江文艺出版社，2014 年版，第 9 页。

子才是笑到最后的赢家。矛盾聚集于此，才会有后来秀芬得子又失子后哀恸殒命的悲剧。虽然最终付出生命代价的只有秀芬，在叙事人阿娟看来，秀芬悲剧直接迫害者是尖酸的二太太，但"也有点怪大妈，她一厢情愿地制造这么一件古里怪气的事，安排了一个年轻女孩的命运，究竟是怜惜她，还是害了她呢"①？而对大伯，则产生一种自觉的对始作俑者的怨怼，但这怨终究也是无力的。"我不知道他会怎样想法，至少在他以后给大妈三言两语的信中，末尾不用写'秀芬均此'四个字了。"② 虽然秀芬的死亡是大伯、大妈、二太太，甚至还有六叔联合绞杀的，但文本呈现出的激烈谴责却往往只能剑指二太太，这不得不说是个无奈的遗憾。在这个故事中，大妈求而不得，最终也未能为家族带来一个丈夫的亲生儿子；二太太也是求而不得，虽然阻止了对手一方生下儿子，但随着自己年华逝去也终究没有给大伯生下儿子；秀芬更是求而不得，感情的追求朦胧不清，有了生孩子这个具体所求后又一波三折而终于失去，秀芬对求而不得的反应最为激烈直至付出生命的代价。至此，文本已经完成了谁人不冤，谁人不怨，谁人不是求而不得、愁情艾艾的女性群像。

除了男性配偶导致的女性愁情之外，琦君也在小说中出现了非配偶、非血缘关系的男性对家庭女性群体所引发的愁情书写。在《七月的哀伤》中，小说的家庭结构交代为男主人去世、女主人去世。大太太育有一女，二太太外面领回来一个儿子云弟却不甚看管，只放在三房玉姨处照顾。云弟虽非家庭亲生儿子，却在男主人去世后成为家里唯一的男丁，也就成了三个女人唯一的指望。但是一场疾病带走了云弟的性命，即便没有血缘关系，三人却均因此愁云惨淡哀痛欲绝，玉姨更是从此以青灯古佛为伴。由此可见，在琦君小说中，男性的功能更多是一种符号的作用，除了寄托男欢女爱之情，也可寄托人生指望之用。琦君对女性的愁情书写虽然不是一种女性对自我生命价值的反思、追索、碰壁而不得，但同样指出了女性把愁情寄放于他人只能落寞寡欢的结局，琦君的小说文本中男性是不可以依、不可以靠的，这或许才是其小说中萦绕绵延不绝的女性愁情失落之真正所指。

---

①琦君《橘子红了》，长江文艺出版社，2014年版，第11页。
②琦君《橘子红了》，长江文艺出版社，2014年版，第54页。

三、离乡人之"愁情"——故乡只在旧梦里

女性作家的命运颠沛与人生流离如果显现在作品中，不加克制就会"对于生的坚强，对于死的挣扎，却往往已经力透纸背"[1]。但是相比于这种惯性的"用力"，琦君却做出了"不用力"的选择。这既是古典美学对克制的要求，又是现代文学对人作为个体的发现，对问题的解决尝试用人性向善来解决的温和存留。在具体的文本表现中，大陆迁台的经历成为琦君写家国隔绝之愁情的重要支点。乡愁表现在琦君的小说中，不仅是身体因为客观的政治原因无法归乡，更在现代性的层面上承继了鲁迅乡土小说中"离去—归来—再离去"的所有现代人面临的精神归乡的失落。

在现代中国文学中，因大陆迁台而在文本中呈现归乡之愁情，且极富古典之韵的，已有白先勇珠玉在前。《游园惊梦》中钱夫人目之所及、口之所食、音之所闻无一不与旧日南京盛时两两相较。"她总觉得台湾的衣料粗糙，光泽扎眼，尤其是丝绸，哪里及得上大陆货那么细致，那么柔熟?"[2] "可是台湾的花雕到底不及大陆的那么醇厚，饮下去终究有点割喉。"[3] 白先勇笔下的台北人不能在新环境中忘怀旧日荣光的原因在于，故土生之于斯，养之于斯，一食一饮、一丝一物均最能牵人心弦，它精致，它醇厚，它承载了离乡人的所有美好怀想和回望。琦君与白先勇的书写情同此心，但在文本的呈现上又有截然不同之处，琦君笔下的新台湾人没有显赫的让人念念不忘的过往身份和荣耀，大多是挣口饭吃过平凡生活的普通人。也恰恰是这些，琦君书写的普通人的怀乡愁情代表了最普遍的大陆迁台的现代人的生存困境与渴望。

在《缮校室八小时》中就出色地勾勒出一幅台湾办公室里职员日常工作的众生相。在这样寻常的场景之下，隐藏的实是每一个大陆迁台的平凡人的离情琐绪。老工友王清发已经 69 岁了，吃住都在缮校室里，身子骨硬朗，勤快肯干。他负责照顾办公室的茶水和日常卫生，打点阳台"栏杆上一字儿排

---

[1]系鲁迅对萧红《生死场》的评价。
[2]白先勇《游园惊梦》，《台北人》，广西师范大学出版社，2015 年版，第 166 页。
[3]白先勇《游园惊梦》，《台北人》，广西师范大学出版社，2015 年版，第 179 页。

着的三盆花木——仙人掌、针叶松和杜鹃花，都碧绿绿的欣欣向荣。这都是他一手栽培的花木，他每天都要把办公室里的剩茶卤子浇在盆里。偏着头摸着下颌欣赏，仿佛眼前是他山东老家那个大花园，黧黑多皱的脸上浮起欣慰的微笑"①。生活虽然还在继续，以前勤勤恳恳的人脾性没有改变，依然用心维护生活保持生机，但令他脸上浮起欣慰笑容的并不是栏杆外区区三盆绿植，透过它们，朴实的劳工王清发们所怀望的是老家山东的大花园。在办公室通宵工作的麻金顺 35 岁了，对他的事业前途有很美的愿景。工作兢兢业业不辞辛苦，常常在办公室独自通宵加班加点。然而事实却是麻金顺 8 年前考进这个单位的时候就是雇员，8 年后纹丝未动仍是雇员。虽然在大陆时也做过小官员，却在来台时证件遗失，也没有台湾的亲戚朋友，只能靠自己本事。和他相比，办事马虎上班吊儿郎当的张贯雄却因"朝中有人"而升任为办事员。虽现代人在办公室文化中不得不规训自己去适应，因多年的失落麻金顺也曾转向迷信买奖券，但领导稍有关注，他便仍能坚信自己前途光明。文如山是缮校室的老人儿，专业能力深厚，有功底，但上了年纪拖家带口，太太身体又不好，他菜场上班两头顾，人累得连说话的力气都没有。当他在办公室坐下，工友王清发给他倒茶时，"纯熟的手势把水苗射得远远的，使文如山看了不禁想起在家乡坐茶馆，幺司（堂倌）冲茶的姿势。他是最爱做茶馆摆龙门阵的四川佬"②。如今文如山再看到王清发倒茶的姿势，勾连起对故乡的怀想也只能是一种无言的愁情，生活的重担在肩。从前在大陆时，文如山的家乡在天府之国最富庶的县里，家学渊源，在地方上很受尊崇，"莫说是人，狗都比别家的有风度"③。旧日的爱好和家乡的民俗也只能在回望之中隐现，文如山"心中只有一个希望，就是能熬到一天回老家去"④。此处思乡的愁情已经难得的直接呼出了。彭笑风年纪比文如山大，精神却好很多，在大陆的时候当过县长、行政督察专员、省政府秘书，但他从来不挂在嘴上吹嘘。他担着办公室股长的闲差，喜欢给人批八字，应对分派工作这样的事情也是游刃有

①琦君《缮校室八小时》，《橘子红了》，长江文艺出版社，2014 年版，第 231 页。
②琦君《缮校室八小时》，《橘子红了》，长江文艺出版社，2014 年版，第 235 页。
③琦君《缮校室八小时》，《橘子红了》，长江文艺出版社，2014 年版，第 236 页。
④同上。

余。彭笑风人如其名，笑口常开，除了和人开玩笑，对过去绝口不提。但花了大价钱置办新绸衫裤时，但也终于忍不住和同事们说起："我从前在大陆上就穿这样子，多舒服！"① 旧日隐隐的痕迹，无一处不是留恋和怅惘。

在中国现代文学的五四传统中，冰心爱的哲学、许地山无所不包容的民间哲学以降，自有一条追求真善美的文脉。琦君同在此列，借佛心将怨气种种化为爱语，离乡锥心之痛，离情无法断绝，但表现在文本上，却能四两拨千斤。言辞点滴之间，故乡难回，愁情似海。人心并非不痛，而是能把自我作为一个痛与怨的转化载体，对挣扎的过程只做点染，最终呈现出泛爱的文学画卷。

整体来说，琦君小说的"愁情"书写有其鲜明而独有的创作特色，有其一以贯之的温润执着，有层次丰富的视角变化，通过儿童视角和成人视角的对抗、女性世界和男性世界的矛盾、心在故乡和身处他乡的分裂完成了道似无情却有情的"愁情"人间的书写。琦君小说的"愁情"书写不仅为台湾当代文学增加了古典蕴意厚重的现代写作主题，也为两岸儿女渴望团聚的真实心声留下了鲜活的文字。琦君的"愁情"书写代表了台湾文学对大陆五四传统的呼应，也是两地文人为共建一个中国的文学图景携手开垦的证明。

①琦君《缮校室八小时》，《橘子红了》，长江文艺出版社，2014年版，第237页。

写在"温柔敦厚"之前

——以琦君 1954 年版《琴心》为例

徐叔琳

（大阪市立大学都市文化研究所）

一、前言

琦君（1917~2006），幼名春英（小春①），本名潘希珍，求学时大学老师因觉珍字俗气，遂将其珍字更改为真，是为潘希真。籍贯浙江省永嘉县瞿溪镇（今浙江省温州市瓯海区），为国共内战时期随国民政府迁台之外省女性作家。

琦君的双亲早逝，4 岁时便为伯父潘鉴宗与伯母叶梦兰所收养。来台后成为作家的琦君，以童年时期与伯父母（养父母）之间的相处为题材，创作了许多的怀旧散文，并且出版成集。其中最为知名的便是散文集《烟愁》了，许多广为大众所知晓的名篇，如《杨梅》《酒杯》《毛衣》《烟愁》等，皆是出于此。可以说，琦君乃是借着《烟愁》里那些温馨感人的怀旧散文，而真正走进大众读者视野中的。

自《烟愁》以后，琦君大部分的散文作品，均维持着我们现在所熟知的"温柔敦厚"风格，她尽量将"不堪的""残酷的"内容刻意忽略抹去，只将那些"美好的""善良的"部分留下。而正是从《烟愁》开始，琦君才真正确立了其独有的"温柔敦厚"式写作策略，并且将之贯彻至日后的散文书写

---

① "小春"乃散文中家人朋友们对她的称呼，在接下来与散文有关的引文里，"小春"这个名字将反复出现。而笔者在进行相关论述时，亦加以沿用，为的是使"散文中的小女孩小春"与"作家琦君"有所区别，以免产生混淆。

当中。意即在借着《烟愁》真正成名以前，琦君的写作风格并非如现在的读者与研究者所认识的那般，全是温馨感人的描写，其中亦有一些未经掩饰的不堪与残酷内容存在。

而琦君的第一本散文小说合集《琴心》（国风杂志社，1954年），便是她在确立"温柔敦厚"式写作策略前，作为甫出道作家的风格摸索时期，相当重要的一部集子。其中《海天遥寄》《伤逝》以及《髫龄琐忆》3篇散文，正是琦君在此一风格摸索时期的"习作"。到了1980年由尔雅出版社再版《琴心》时，琦君选择将这3篇"习作"散文从书中删去，且此后再未被收录进其他集子里。如此作法体现了琦君在确立"温柔敦厚"式写作策略后，对自己早期那些不符合此书写风格的作品所采取的策略——消除其存在。

本文尝借如今已很难再看到的这3篇散文，探析琦君在确立"温柔敦厚"式写作策略之前一些较鲜为人知的风格尝试。

二、《琴心》简介

《琴心》共有两个版本，一个是1954年由国风杂志社所出版的，另一个则是1980年由尔雅出版社重新再版的。①

1954年国风杂志社出版的《琴心》，是琦君写作生涯中的第一本书，出版契机为当时她在新生报主笔《稚老闲话》作者张伯文的延揽下，至其友人筹划创办的《国风》月刊担任助理编辑，因稿源缺乏，琦君只好自己写东西来填补空缺，在累积相当数量的作品后，张伯文遂询问琦君，是否有意愿借《国风》杂志的名义，将两年多来累积的散文和小说合在一起自费出版；而琦君的丈夫亦鼓励她出一本试试，就当是给自己留个纪念，于是就有了这"仅印行五千本""初版即绝版"的1954年版《琴心》。②

两年不到的时间，1954年版《琴心》便宣告售罄，多年来琦君倒是一直

---

①本论文主要的讨论对象为1954年版，为使文章读起来清晰易辨，但凡引自1954年版的内容，均直接在正文内标明页码；而引自1980年版的内容，则统一在注解中标明出版社与出版年份。

②琦君《我的第一本书》，《琴心》，台北：尔雅出版社，1980年，页204—205参照。

没想到要将之付印再行。① 直到 1980 年，才总算在尔雅出版社重印出版。然而此版的《琴心》相较于 1954 年版，在篇章上却略有调整。而彼时的琦君早已是享誉文坛的知名作家了。

《琴心》分为两部分，前半部分为散文，收录有《序言》《吾师（代序）》《金盒子》《海天遥寄》《圣诞夜》《油鼻子与父亲的旱烟筒》《我们的水晶宫》《一生一代一双人》《湖天归梦》《一生儿爱好是天然》《家庭教师》《忆苏州》《伤逝》《祝君无恙我将归》《乡思》《小玩意》《迁居》《髫龄琐忆》；后半部分则为小说，收录有《姊夫》《遗失的梦》《水仙花》《永恒的爱》《琴心》《长相忆》《梅花的踪迹》，以及一篇《后记》。

1980 年版相较于前者，在书末多增加了 3 篇后记，分别为《未有花时已是春（后记）》《我的第一本书》《校后记》；两个版本在小说的收录上一致，仅将《遗失的梦》更名为《失落的梦》，小说的文本内容并未有所变动；而在散文的收录上，却少了《海天遥寄》《伤逝》《髫龄琐忆》3 篇。

曾收录于 1954 年国风杂志社版，但到了 1980 年尔雅版却被删除掉的《海天遥寄》《伤逝》《髫龄琐忆》这 3 篇散文，便是本文所要讨论的对象。

三、《海天遥寄》——消失的 1942 年与不存在的"上海汇中女中"

《海天遥寄》初刊载于《中央日报·妇女与家庭版》[2]，是一篇以书信口吻写成的散文，根据琦君所言，她自己是将《海天遥寄》归类为"小说体散文"[3] 的，然整篇文章则是以"书信体格式"而成，因此我们亦可将之看作是一篇"书信体散文"，是叙述者（我）写给学生敏之的一封真切的告白信。

在这篇小说（书信）体散文里，叙述者（我）在信中写道，敏之是自己从小学一路教至高中的学生，而自己与敏之父亲的相识，远在抗战之前，叙

---

①琦君《我的第一本书》，《琴心》，台北：尔雅出版社，1980 年，页 207 参照。

②刊载日期因现阶段资料缺失而尚不可考。

③琦君《我的第一本书》，《琴心》，台北：尔雅出版社，1980 年，页 203 参照，原文为："卅八年（中略）我试投一篇《金盒子》到中副，不久竟被刊出。（中略）我马上又试投一篇小说体散文《飘零一身》（后改名《海天遥寄》）到妇女与家庭版。"

述者一直被敏之的父亲聘在其一手创办的中学，担任国文教师。叙述者之所以写此信的肇因在于，敏之的母亲怀疑叙述者与其丈夫有外遇，敏之为了守护父母的婚姻，不惜与昔日的恩师撕破脸，并对叙述者下达逐客令。而叙述者在心灰意冷之下，连夜整好行装，第二天一清早就悄悄走了。叙述者向敏之解释："因为你父亲是个已婚的男子，我不会自私任性，把自己的幸福建筑在人家的牺牲上。我们都懂得如何把这种感情引到正常的路上，而不至造成不可挽救的错误。"而敏之的母亲亦与其有过多年的相处，叙述者坦言自己虽然并不怪敏之，却无法不怪罪敏之的母亲，认为其"纵使不信任我，也该信任她自己的丈夫"。尽管叙述者伤透了心，但想到"如果我这样的走对于你双亲有利的话，我就是多受点委届（按：屈，误字）也无妨"。叙述者又说，自己"身为女子，当然懂得女子的痛苦，我决不会钟情于一个不该钟情的男子"，并于文章的最后再次强调："敏之，我再一次告诉你，你父亲的人格是真正伟大真正崇高的，他是我的朋友，我们的友情是永远存在的。"

根据前文所述，在 1980 年版《琴心》的后序《我的第一本书》中，琦君自己是将《海天遥寄》定义为"小说体散文"的；而在最初的 1954 年版中，在"小说"与"散文"两个类别里，琦君却将其归置在了后者。恐怕在初入文坛之时，琦君其实并未深思熟虑到要替《海天遥寄》来"定义"所谓"小说体文"体裁。换言之，琦君虽曾于 1980 年版《琴心》的后序中提及此文，为其"小说体散文"的体裁正名，但最终却依旧将其从书中删去。如此举措，仿佛是在特意向读者先强调了《海天遥寄》的"虚构性"以后，再随即将此文的存在抹除。

尽管时隔 31 年[1]后，琦君特意强调了《海天遥寄》的虚构性，然而我们依旧可以藉着剖析琦君的生平经历，以探寻《海天遥寄》的灵感、取材来源，并对琦君最终何以选择将此文删除之原因提出猜想。

许秦蓁在其论文《蜜蜂、蝴蝶、名牌——琦君散文中的上海书写》中，通过琦君的散文，对民国初年的上海进行了种种细致的考察，然而在这之中，许氏竟发现了一件相当奇妙的事：

---

[1]根据 204 页注③引文，可推断《海天遥寄》一文应是作于 1949 年。

笔者撰写本文过程中最困扰的即是琦君在上海教书这一年，许多有关琦君的资料，包含文建会所收录的琦君写作年表，以及琦君许多散文集后所附录的年表，均注明琦君1941年大学毕业后，因战争阻隔回乡交通，导致她暂留在"上海汇中女中"任教，且知名影星卢燕（1927—）是她的学生，但"上海汇中女中"目前查无资料可循。在记者张梦瑞的专访报道《琦君与卢燕的师生情缘》一文中，则表示："民国三十年，琦君刚自上海之江大学中文系毕业，当时正值中日战争打得最激烈的时候。本来她准备返乡探望老母的，不巧回家的轮船停航，只得留在上海。学校就分派她到徐家汇的一所教会学校——惠明女中去教国文，而卢燕正是那里的学生。"见2005年7月14日《中华副刊》，然"上海惠明女中"亦查无资料。[1]

根据《台湾现当代作家研究资料汇编 v.12 琦君》中的琦君文学年表（以下简称《文学年表》）记载，琦君于1941年大学毕业，毕业后任教于上海汇中女中为期一年，后因母亲病重须返乡而辞职[2]；而在夏承焘的《天风阁学词日记》[3] 中，亦记录了1941年琦君的二姨娘赴沪[4]参加其毕业典礼一事："……上午与内子往大光明观六大学毕业礼。之江中文系仅徐家珍、潘希真二人。午邀希真母女[5]宴，乃反宾为主。"（6月5日，第6册，页308）可知琦君的确切毕业日期为1941年6月5日。

到了1943年3月16日，夏承焘的日记则写道："接希真函。下期欲随予

①许秦蓁《蜜蜂、蝴蝶、名牌——琦君散文中的上海书写》，李瑞腾 主编《永恒的温柔 琦君及其同辈女作家学术研讨会论文集》，桃园：国立中央大学中文系琦君研究中心，2006年，页273—298。
②周芬伶编选、封德屏总策划《台湾现当代作家研究资料汇编 v.12 琦君》，页063。
③《夏承焘集》共有8册，其中第5~7册为夏承焘日记，是为《天风阁学词日记》，本文凡引自《天风阁学词日记》之文字段落，皆仅标注日记日期、册别与页数。
④中日战争爆发后，位于浙江杭州的之江大学曾一度中断开课，琦君与夏承焘亦返回瞿溪躲避战乱（夏承焘日记中亦有关于这段日子的记录）。直至1939年，当时的4所基督教大学沪江、之江、东吴、圣约翰，联合于上海南区公共租界慈淑大楼上课，因此琦君虽为之江大学学生，却是在上海参加的毕业典礼，此处参照《台湾现当代作家研究资料汇编 v.12 琦君》，页063。
⑤琦君在散文《烟愁》与《髻》中，均有提及二姨娘在沪之事，然而两篇散文在细节描写上却略有出入，前者写道："在上海念大学时，母亲没有在身边，只有姨娘和我同住。"（《烟愁》，台北：尔雅出版社，2019年，新54印，页094）；而后者却写道："姨娘因事来上海，带来母亲的照片。"（《红纱灯》，台北：三民出版社，1969年，页035）不过无论如何，1941年时的琦君母亲已然病重，夏承焘日记中提到的"希真母女"，应为琦君的二姨娘。

来浙大或之江。"（第 6 册，页 472）接下来，夏承焘有好几篇日记都记录了关于琦君的感情之事，如下所示：

> 接希真七日长函，嘱问之江事，欲随予入闽，以在乡家庭烦恼太多。谓与黄君订婚，似出于一时之诗情酒意，玩弄人生，致为人生所玩弄。已去书乞璇庆解铃（5 月 13 日，第 6 册，页 490）。
>
> 接翁璇庆上海函，言希真婚事，谓希真坚持解约，而黄君尚不肯，二人情趣学问皆不合，早分手亦好。然当时草率，终不为人谅。不知希真何以对其伯母，极可念念也（5 月 26 日，第 6 册，页 493）。
>
> 夕，梦鱼以一文二诗来，谈希真事，谓彼受黄庐隐小说影响，前书谓玩弄人生，乃被人生所玩弄。此黄女士小说中语也（5 月 28 日，第 6 册，页 493）。
>
> 闻希真在城中卧病（8 月 1 日，第 6 册，页 505）。
>
> 晚，希真扶病来，娓娓谈婚变及家庭厄境，九时余去。希真偏于阴柔，虑不得永年（8 月 2 日，第 6 册，页 505）。

由此可知，1943 年时琦君因酒兴的一时草率，轻易与人订了婚，之后反悔遂托人替自己商谈退婚。这一年，她主要陷在情感的困境之中，而促使她如此草率与人订婚的原因，或许可以从《海天遥寄》中得到猜想。

我们接着以夏承焘 1943 年的日记为线索，将时间往前推一两年，并结合许氏在撰写论文时，最令其苦恼的"琦君在上海教书"的这段时光，即琦君"自 1941 至 1942 年这两年间的行迹"来看。

前文曾提及，《文学年表》里写道 1941 年琦君曾在"上海汇中女中"任教，后因母亲病重须返乡而辞职。《文学年表》与章方松《琦君的文学世界》（台北：三民出版社，2004 年）中均记载，琦君的母亲是在 1941 年 11 月 27 日病逝的（页 063／页 041），然而根据夏承焘日记，我们可以发现琦君至少在 1941 年 10 月 31 日为止，人都还是留在上海的："与潘希真出购派克自来水笔一枝，价九十七元四角。"（第 6 册，页 344）同年的 9 月 14 日琦君还举办了一场生日会："十一时赴希真招饮生日会，诸生皆在，谈笑匆匆至六时方散。"（第 6 册，页 334）按学制来算，此时大抵是琦君刚入"上海汇中女中"任教之时。

此外琦君曾在散文《毛衣》中提及，她是在母亲死后才回到的故乡：

我不能不怨姨妈和叔叔，为什么不把母亲病危的消息告诉我。他们说那是母亲的意思，她不让我在毕业考试的时候分心，况且那时交通阻隔，单身女孩子绕路回家太危险。她不愿她唯一的女儿为她冒这样大的险。可是她心里是多么想我回家见最后的一面，她望着女儿的毕业照片，含着眼泪说："若不是打仗，她考完就好回来了。"①

然而根据夏承焘日记所载，琦君是在 1941 年 6 月 5 日毕业的，而琦君母亲逝世时，琦君早已从之江大学毕业近 6 个月，因此，尽管受战争影响使得交通联络艰难，但导致她无法见母亲最后一面的真正原因，并非如其散文中所说，为大学毕业考试，而更可能是因为其早已就业之故。

证据显示，琦君在其散文中有关"因毕业考试见不到母亲最后一面"的这点说法上，是与事实不符的。那么《文学年表》中"琦君任教'为期一年'，后因母亲重病而须辞职返乡"的说法，又是否会更贴合现实呢？首先按照学制，琦君于 1941 年 6 月大学毕业，同年 9 月入职任教，若要一年期满离职，至少也得等到 1942 年 6 月才是。其次根据夏承焘日记，自 1942 年 2 月 3 日至 10 月 31 日止，琦君人依旧是留在上海的："国周送来希真上海书，仍多忧患语，谓已从予教，清晨读论孟。"（10 月 31，第 6 册，页 426）同年的 2 月 25 日与 4 月 29 日，琦君分别参加了夏承焘的 43 岁生日宴，以及青年会杨毓英的婚礼（第 6 册，页 372、390）。由此可见，即便琦君因母亲病逝而须短期返乡奔丧，也远比"因母亲重病须返乡"辞职来得合情理一些。至于在《文学年表》里，1942 年的整整一年，琦君的行迹都是一片空白的。

总结上述资料，琦君 1941 年 6 月自之江大学毕业，按照学制，同年 9 月她进入"上海汇中女中"执教一学年度，至 1942 年 6 月期满离职（彼时其母已病逝半年有余），然而这所"上海汇中女中"却查无此校。到了 1943 年 3

---

①琦君《毛衣》，《烟愁》，页 080。

月 16 日，琦君却写信给夏承焘，希望能与之一同进之江或是浙大教书，哪怕之江有可能迁至福建也无妨，原因是家庭中烦恼太多。与此同时发生的，便是琦君因酒后一时兴起，草率与人订婚之事。这 3 年间，琦君大多数的时间仍位于上海。

倘若《海天遥寄》的故事内容是取材自琦君的亲身经历，那么最有可能的情况，便是 1941 年 9 月至 1943 年 3 月 16 日这段时间内，发生在查无此校的"上海汇中女中"里。至于琦君为何在后来选择将《海天遥寄》从 1980 年版《琴心》中删除，个中缘由不言而喻。

四、《伤逝》——隐饰在半虚构故事下的"报雠念头"

散文《伤逝》（页 047～053）的大意是讲，叙述者（我）与妹妹、继母在国共内战时，一同从杭州出逃，再由广州辗转来到台湾。叙述者的表弟阿元也跟着来到台湾，并在嘉义的空军基地执勤。故事的开头，叙述者的妹妹因为邻居家的小孩折断了阿元送她的飞机模型翅膀，而心疼地流下眼泪。叙述者安慰妹妹，待阿元两天后公假上台北找他们时，再让他修理便是。然而10 多天过去了，阿元却依旧没有出现。彼时叙述者的继母病了，诊断结果是无法医治的肝瘤，妹妹坐在医院里陪着自己的母亲，但叙述者不知如何开口告诉妹妹，她的母亲患的是绝症，只期盼着阿元能早点回来，因为他总是能带给人活力与希望。然而某天叙述者在办公室接了一通电话，被转告阿元的飞机坠落，已经殉职了。妹妹自幼与阿元两小无猜，面对妹妹的再三询问，叙述者始终不敢将这个消息告诉她。不久后，叙述者的继母病逝，在火葬场上，妹妹大哭，叙述者吓一跳，问了才知道，原来妹妹早就知道阿元已经殉职了。

可以看出《伤逝》是一篇充满悲剧色彩的爱情故事，其情节跌宕起伏，相较于《海天遥寄》而言，或许更加适合被归类成"小说体散文"也说不定。更甚者，直接将之归类为"短篇小说"也是毫不为过的。然而问题便在于，像《伤逝》这样一篇情节跌宕且结构完整精练的作品，完全可以如她后来那些改写自童年经历的小说，如《七月的哀伤》（《七月的哀伤》，惊声文物供应公司，1971 年）、《橘子红了》（《橘子红了》，洪范，1991 年）、《阿玉》（《菁姐》，今日妇女半月刊社，1956 年）；或是取材自其他真人真事的小说，如《梨儿》① （《钱塘江畔》，尔雅出版社，1980 年）、《荼蘼花》② （《琦君小品》，三民出版社，1966 年）、《灵鱼与小砚台》③ （《尔雅极短篇》，尔雅出版社，1991 年）一样归为"短篇小说"体裁的，但她却没有这样做，而是将其放在了散文文类里。这不禁使人倍感疑惑：为何非得是散文不可？既然是散文，那么琦君又为何要对故事中的人物作如此"背景设置"？

我们将《伤逝》与琦君的身世背景相结合来看，很容易便能发现，这篇故事多有取材自其原生家庭之处，例如叙述者妹妹的出身。故事中叙述者的妹妹是由叙述者的继母所生，国共内战后，她们 3 人便离乡背井一同到了台湾，而琦君一家的实际情况亦是如此。只是《伤逝》中叙事者的妹妹，其生母是与她们一同来台的继母；而在现实中，琦君妹妹的生母则留在了大陆，并未来台。

关于这一点，比较鲜为人知的是，琦君的父亲（伯父）除了任劳任怨的正妻与美丽刻薄的二房之外，其实另外还有两名姜室④，而琦君的妹妹潘树珍便是由三姨娘所出，她也是潘国纲唯一的亲生孩子。1949 年国共内战后，琦君决定随国民政府撤退台湾，与之同行的有二姨娘与妹妹潘树珍，至于潘树珍的生母（即三姨娘）与四姨娘则决定留守大陆故乡。⑤

此外，在《伤逝》中亦有这样一段描述："想起我们一家三口（中略）历尽艰苦，由广州辗转来台。"这又不禁让人联想起，夏承焘在其日记中的记载："傍晚接潘希真与萧冀勉订婚柬，此出意外，以时局日亟，深夜回校不便，与心叔皆不果往贺。七时希真妹素真偕杜梦鱼冒雨来邀，仍坚辞之，约明早往晤。希真全家明早往上海矣。萧君近任广东军职，杜时夏为执柯。"

---

①琦君《细说从头（代序）》，《钱塘江畔》，台北：尔雅出版社，1980 年，页 004—005。原文为："故事的蓝本，是台北市一间有名食品店老板娘的真实故事，由外子同事告诉他，他再转述给我听的。"

②同前注，页 005。原文为："'荼蘼花'也是隐隐有所本的。这位笑语琅琅的女主人翁，如今已含饴弄孙了，当年爱情的浪花可曾在她心湖中留下什么痕迹？"

③李瑞腾、庄宜文 主编《琦君书信集》，页 159。原文为："你喜欢我那篇《灵鱼与小砚台》，我真是好高兴。这篇小小说，我是偶然的灵感，'灵鱼'是在海音的女儿家看到的，她叫我试着用手指头点在缸上，鱼儿真的就跟着我手指尖转。'小砚台'是我自己的亲身经验，我每次从中坜中大下课回台北，在重庆南路下车时，就看见地摊上有各种小玩意，有一次看见其中有一个小砚台，好喜欢，就买下来了，来美后送给一位画家了（1987 年 致陈素芳）。"

④有关琦君几位姨娘与其他亲人的简历，可参阅章氏《琦君的文学世界》，页 072—073，书中有详尽的介绍，此处不再赘述。

⑤宇文正《永远的童话——琦君传》，台北：三民出版社，2006 年，页 048。

（1949 年 4 月 24 日，第 7 册，页 060）琦君与妹妹潘树珍、二姨娘当年，应是借着琦君当时的未婚夫萧冀勉在广东任军职之故，辗转从上海、广州到的台湾，由此可见《伤逝》中的内容确实并非全然虚构。

《伤逝》与琦君日后的诸多怀旧散文作品一样，皆有真假杂糅之处；然而不同的地方在于，后者是把一些实际上较为不堪且残酷的内容刻意淡化、美化，甚至是直接改写或干脆不写，《伤逝》则不然。回到前文的两个疑问："为何琦君要将《伤逝》写成或归为散文？""为何要将故事中的妹妹与继母设定为亲母女？"若要解答这两个问题，我们不妨从另一个角度来试问："琦君为何而作小说？借由'小说'这个体裁，究竟能带给琦君什么？"

庄宜文曾在其论文《从个人伤痕到集体记忆——〈橘子红了〉小说改写与影剧改编的衍义历程》中说道："作者固着于复杂家庭背景带来的创伤经验，却难以在散文中吐实，仅能依靠小说虚构的帷幕，衍生为题材相近的文本，以较安全的形式探勘不可言说的真实经验，在反复书写的过程中进行自我治疗与救赎，并为无法回返的过去和自己寻求出路。"[1] 比起自《烟愁》以后的散文那种"温柔敦厚"式的美化书写，琦君正好可以借着小说的虚构性，将那些比较不堪的、难以言表的东西，从其精心构建的"散文乌托邦"中给驱逐，并流放至以虚构作为掩饰的"小说灰色地带"；在保全"散文乌托邦"纯净的同时，又可以借由将伤痛经验转化为小说题材，从而达到自我疗愈与救赎。

此外，郑洲在其论文《娘が描く父の妾——琦君の散文を中心に——》指出，针对有关琦君在其散文中，并未将造成自己童年创伤的二姨娘写得过于不堪的原因，提出了这样一种解释："对于以母性赞美和'温柔敦厚'而为人所知的琦君作品来说，二姨娘此人无非是举足轻重的存在。对琦君而言，重复书写往昔故乡的风貌，不单单只是怀旧那样简单，它更是直面自我创伤、超越不幸的童年经验，并重新构筑过去的一种必要手段。"[2] 之后郑氏又说：

---

① 庄宜文《从个人伤痕到集体记忆——〈橘子红了〉小说改写与影剧改编的衍义历程》，《永恒的温柔——琦君及其同辈女作家学术研讨会论文集》，页 409—439。

② 郑洲《娘が描く父の妾——琦君の散文を中心に——》，《野草》第 103 号，日本：中国文艺研究会，2019 年，页 059—060。原文为："母性賛美や'温柔敦厚'で知られている琦君の創作にとって、二姨太は非常に重要な人物だったに違いない。琦君にとって、過ぎ去った故郷の原風景を繰り返して描くのは単なるノスタルジーによるものではなく、自らのトラウマに迫り、不幸な幼少期を乗り越えて、過去を新たに構筑するために必要な手段でもあった。"

"琦君是有意识地将那些与'温柔敦厚'评价相违背的部分，从自己的作品（按：根据前后文，郑氏此处所指'作品'主要为'散文'）中排除的。"[1]而所谓"温柔敦厚"，正是琦君自《烟愁》以后，针对其散文作品基本依循的写作策略。

我们不妨将郑氏的话借来，反过来这样解读《伤逝》一文，即在琦君尚未确立其"温柔敦厚"式写作策略的甫出道阶段，她或许是"有意识"地在《伤逝》故事中，给了叙事者妹妹及继母"亲生母女"的设定，并将之归类为散文的也说不定。

有关琦君与妹妹潘树珍的关系，以及与妹妹生母（三姨娘）之间的心结，我们可以从诸多资料中得到佐证。夏承焘曾在日记中写道："昨得瞿溪潘镜宇函，知潘希真仍在港，姊妹不睦，其伯母已病死多年。"（1961 年 12 月 2 日，第 7 册，页 918）除此之外，琦君在给友人的书信中也曾提道："……妹妹乃三姨太太所生，给我母亲吃了不尽的苦，伯父去世后，我不得不负起照顾妹妹的责任，直到抗战胜利，她读中、大学都是我照顾，成家以后，各处一方，我也转过一口气了。我文中（按：指散文《再笑一点点》）所写的妹妹就是她，她嫁的是我们世交，但已娶过两个太太，妹妹是第三个，幸一切都还可以，我也不愿意多说她。她命好，有两子都很不错。"[2] "这是我第一篇较长的小说（按：指《橘子红了》），写了以后，至今总觉意犹未尽，想再写下去，却有太多心意无法表达，生怕伤到我一位异母妹妹，因为使我母亲受苦受难，使我童年吃尽苦头的就是她的生母。如今她也已八十余高龄了，妹妹与她母女之情，我何忍再提旧事。"[3] 无论是从夏承焘日记中，抑或琦君与友人书信中均可看出，她与妹妹的关系（至少在二人年轻时）其实并不算好。

而在琦君的记忆里，妹妹生母（三姨娘）的某些"恶"又确实是与二姨娘联系在一起的。陈文芬在《童心与温暖的活泉——琦君〈永是有情人〉透露身世》中披露道："琦君说（中略）旧时代女性，确实是想压制母亲，父

---

[1] 郑洲《娘が描く父の妾——琦君の散文を中心に——》，《野草》第 103 号，日本：中国文艺研究会，2019 年，页 060。原文为："琦君はいわゆる'温柔敦厚'と評される要素とは異なる部分を意識的に自らの作品から排除したのだろう。"

[2] 李瑞腾、庄宜文 主编《琦君书信集》，页 209—210，1997 年 11 月 10 日 致陈素芳。

[3] 同前注，页 469—470，1994 年 4 月 19 日 致韩秀。

亲病重，二姨、三姨娘嫌老爷回家与正妻犯冲，要母亲去庙里住。父亲临终前，琦君坚持把大妈接回，裹过小脚的大妈，脚一高一低越溪返家，父亲握住她的手才断气，心里是有那么一丝亏欠。"① 然而这样一段沉重的往事，在琦君的散文《杨梅》中却被她轻轻带过："父亲卧病之初，庶母就请了瞎子算命，排起八字来说母亲的流年与父亲有冲克，两年中必须避不见面。庶母信了瞎子的话，示意母亲不要去看父亲。"② 文中仅用"庶母"二字便将二姨娘与三姨娘概括，甚至对她们联手将母亲赶到庙里一事只字未提。或许是碍于妹妹同样也在台湾，为顾及她的感受，琦君才几乎不曾在散文中提及她（即便提起，也已经是晚年时聊些含饴弄孙的话题了），而对于妹妹的生母，更是绝口不谈。

若说小说《橘子红了》是琦君将三姨娘、四姨娘合在一起写，③ 并剔除了琦君记忆中三姨娘"恶"的部分，以创造出一个遭受买卖婚姻迫害的妾的纯粹受害者角色；那么散文《伤逝》或许便是通过将妹妹的生母与二姨娘合并起来，创造出一个新的角色，从而营造出一个情感的宣泄口，将那些从小被母亲的谆谆教诲所强行压抑下来的"报仇念头"④，借着散文这一体裁形式而非转化为小说题材的方式，达到一种委婉的"报仇"也说不定。

五、《髫龄琐忆》——"小春"的身世之谜

琦君素来以描写童年时温馨亲子之情的怀旧散文而为读者所熟知。尤其是她写与母亲二人在面对父亲的冷落与二姨娘的欺凌时，彼此相互依傍的情节，常令人读而动容。此时的我们早已知晓，琦君笔下的双亲，实则并非其亲生父母。然而有关琦君的身世，多年以来一直只有其部分友人与编辑知道

①陈文芬《童心与温暖的活泉——琦君〈永是有情人〉透露身世》《永是有情人》，台北：九歌出版社，2005 年，重排增订 2 版，页 206—207。

②琦君《杨梅》，《烟愁》，页 039。

③宇文正《永远的童话——琦君传》，页 048。原文为："'（宇文正问）所以《橘子红了》是把三姨娘、四姨娘的角色合起来写？'‘（琦君答）是，我把这两个角色浓缩了。父亲讨那么多太太就是为了传宗接代，结果还是没能生出一个男孩！'"

④李瑞腾、庄宜文 主编《琦君书信集》，页 205。原文为："我们母女受尽了苦，我当年切齿说要做个强人报雠，伯母（也即母亲）说，不要做强人，要做弱者，弱者才能坚忍到底，我要你报恩，不是报雠（1997 年 2 月 24 日 致陈素芳）。"

而已，例如 1997 年 11 月 10 日给陈素芳的信中，便写道："关于《再笑一点点》一文，我将'堂妹'改为'妹妹'，'伯父'改为'父亲'，实在是由于我的身世，说来话长，也令我十二分悲痛，我在所有书中所写的父母，其实就是天高地厚之恩的伯父母。我一岁丧父、四岁丧母，是由伯母抚育长大的。"①

琦君是直到写作生涯的晚年，才终于决定在《永是有情人》（九歌出版社，1998 年）的代序里，将自己的身世公之于众的："写至此，我忍不住要向亲爱的读者朋友吐露一件心事：数十年来，我笔下的母亲，其实是对我有天高地厚之爱的伯母。我一岁丧父，四岁丧母，生母于奄奄一息中把哥哥和我这两个苦命的孤儿托付给伯母，是伯母含辛茹苦抚育我们兄妹长大的。"②并且通过陈文芬的文章《童心与温暖的活泉——琦君〈永是有情人〉透露身世》所言："我担心让人以为是哗众取宠，也怕读者以为过去我骗了他们。③"可以看出在当时，琦君对于选择向大众坦承自己的身世，其实是有些担心的。尽管 10 多年来琦君始终对于究竟是否该向大众公开自己的身世抱有疑虑，但实际上，早在琦君出道之初的第一本集子《琴心》中，一切便已有迹可循。

通过散文《髫龄琐忆》（页 068—071）我们可以一窥，在琦君确立"温柔敦厚"的写作策略之前，她所忘记或尚未意识到要将之掩饰的伤痛身世。

首先文章的开头便是这样一段描写："父亲正在病中，我哇哇堕（按：坠，误字）地了。一头乌黑的长发，顿时引起了双亲的厌恶。怕我命根子硬尅父母，就将我送给离家廿里的一个穷苦人家寄乳。"母亲每隔一至两个月才去看一次，直到小春两岁也从没有将之抱回家去的意思。转折点是伯母某次去看小春，见其"黑炭团，斗鸡眼，扁鼻梁，大嘴巴"，遂问母亲道："这是小春吗！"伯母虽将她抱回了家，却始终怀疑其是否被错换。由于母亲体弱，因此小春在四岁以前，几乎全由伯母扶养。某次只因小春学牛叫，母亲便"一个耳光打过来"，小春委屈地大哭了起来。自懂事起，小春便觉得"母亲是一个忧郁的女人"，母亲甚至还曾对伯母说："如果小春兄妹俩长大些，我真宁可去投河了。"这让小春幼小的心灵从此"蒙上一层阴影"。

文章至此暂告一段落，作者紧接着在这里插了一段说教语——或者说，是她经历了许多不足为外人道的伤痛后，所得来的人生体悟：

---

①李瑞腾、庄宜文 主编《琦君书信集》，页 209。
②琦君《敬祝 大妈妈您在天堂里生日快乐（代序）》，《永是有情人》，页 005—006。
③陈文芬《童心与温暖的活泉——琦君〈永是有情人〉透露身世》，《永是有情人》，页 205—206。

复杂的家庭环境，最能造成儿童的悲观心里（按：理，误字），我自幼就感到做人苦多乐少，原因即在于此。许多琐碎的事情，至今尚永刻心版，我现在要把它记下来，希望天下做父母的，千万要注重儿童天性的发展，不要以成人的喜怒哀乐支配儿童，更不可以儿童作为钩心斗角的工具。造成儿童的忧郁感，自卑感，我的童年生活，可以说就在此种痛苦的情况下被牺牲了。

到了最后一段的开头，小春已 7 岁，文章中开始出现邻居家喜欢穿手动遥控红绿小电珠泡衣服的阿菊①、父亲替小春请了家庭教师教其读"笑莫露齿，利莫摇裙"的女论语②、小春偷看姨娘书柜中的小说被抓③等情节，这些都是琦君在后来的怀旧散文中经常写到的。然而开始段落中提到的那位疼爱小春的"伯母"，其身影却不复存在，取而代之的是"母亲"对小春的举止态度，竟与前面大相径庭：

我听到母亲喊我的声音，那样焦急，那样凄怆，我慢慢的从谷仓后钻出来，脸上满是泪痕，母亲张开手一把抱住我，紧紧的，她的眼泪滴在我的头发上，我才深深的感到母亲是爱我的。

这显然与开头段落那个不愿将小春接回家来、无缘无故打她耳光的那个"四岁以前的母亲"形象截然不同。文章的最末处，琦君笔下的母亲俨然已经回到了我们最熟悉的那位慈爱隐忍的妈妈了。

我们将文章第一段的内容，与琦君在 2001 年接受廖玉蕙采访之时所说的内容相互参照，便能发现两者细节大致吻合：

我出生时，爸爸出外经商，一直没回来，我妈妈认为我不祥，就把我丢在地上，是大伯母把我抱起来，从那时起，她就成为我的妈妈，把我养大。

---

①参见《衣不如故》与《故乡的婚礼》，《三更有梦书当枕》，台北：尔雅出版社，2017 年，新 27 印，页 019—029／页 059—063。

②参见《启蒙师》，《烟愁》，页 001—010。

③参见《三更有梦书当枕》，《三更有梦书当枕》，页 201。

所以，我散文中的父亲指的就是大伯，我的亲生父母在我一岁时去世。[①]

亦即《髫龄琐忆》确实是以琦君"较为不堪、且鲜为人知的那部分身世"为题材而成的。

文中琦君虽以插入说教、人生体悟的段落作为分界线的方式，将4岁以前的"亲生父母"与7岁以后的"伯父伯母"给划分开来。然而实际上，她却是通过暧昧的笔法，将伯母（养母）与亲生母亲混同合一，以营造出一种"我的'母亲'自然当是爱我的"的错觉，琦君未尝不是借着伯母无私奉献的爱，以完满儿时亲生母亲对自己漠视的情感缺失，从而达到自我疗愈的目的。

六、结论

《琴心》乃琦君出道后的第一本作品集，分为1954年版（国风杂志社）与1980年版（尔雅出版社），其中前者为自费发行，仅印行了5000本，初版即绝版；而后者则是琦君在成名后，由尔雅出版社重新发行的版本。通过对比两个版本，我们可以发现，琦君于1980年再版时，选择将《海天遥寄》《伤逝》以及《髫龄琐忆》这三篇散文从书中删去。

而她之所以选择将这三篇散文删除，推测的可能原因在于：（1）《海天遥寄》里所描写的内容，容易使读者直接将之与琦君过去的情感经历产生联想，而这样的经历是早已来台且成家多年的琦君不愿再次回首提及的。（2）《伤逝》中有关于妹妹身世的改写，而这样的改写并非往"好的方向"进行，而是多少隐含了"报仇的念头"在其中，念于妹妹亦同样在台湾，琦君在经过仔细考量之后，遂决定将此文删除。（3）《髫龄琐忆》中第一段描写的"母亲"与第三段性情截然不同，在琦君尚未决定要将身世公之于众的1980年，这样的文章是很容易让人发现其"身世破绽"的。

《琴心》再版之时，琦君早已是家喻户晓的作家，彼时的她已经有了身为

---

①廖玉蕙《在彩色和黑白的网点之后 到纽泽西，访琦君》，《台湾现当代作家研究资料汇编 v.12琦君》，页167—176。其中，琦君在采访里说道，自己的亲生父母在其一岁时去世，这与上文写给陈素芳的信、《台湾现当代作家研究资料汇编 v.12琦君》文学年表，以及章方松《琦君的文学世界》书中的描述有出入。此处疑为琦君口误（琦君晚年神智时而不清楚）或是廖氏笔误，结合前后文，或许琦君是想说："我的亲生'父亲'在我一岁时去世。"

作家的自己，其"作品"乃至"个人经历"皆被万众瞩目窥视的自觉，而这3篇散文中的内容，极有可能会带给自己不必要的纷扰与猜疑；加之它们亦与《烟愁》以后确立的"温柔敦厚"式写作策略相违背，因此琦君最终决定将它们从书中给删去。

通过检视 1954 年版的《琴心》可以发现，此书相较于《烟愁》以后的散文作品，最大的差异便在于，对于那些较为不堪或残酷的内容上的"未经掩饰"。琦君的怀旧散文并非从出道伊始便秉持着"温柔敦厚"式的写作策略，而最终促使她坚定此种写作策略的原因，除其伯母（养母）幼时对她的教诲外，另一个重要的原因，便是彼时的琦君已然有了身为作家，被万众瞩目、窥视的自觉。

参考书目（按出版年份）

琦君《琴心》，台北：国风杂志社，1954 年。

琦君《烟愁》，台北：光启出版社，1963 年。

琦君《三更有梦书当枕》，台北：尔雅出版社，1975 年，初版/2017 年，新 27 印。

琦君《琴心》，台北：尔雅出版社，1980 年。

琦君《钱塘江畔》，台北：尔雅出版社，1980 年。

琦君《永是有情人》，台北：九歌出版社，1998 年，初版/2005 年，重排增订 2 版。

夏承焘《夏承焘集·第 6 册·天风阁学词日记》，浙江：浙江古籍出版社 浙江教育出版社，1997 年。

夏承焘《夏承焘集·第 7 册·天风阁学词日记》，浙江：浙江古籍出版社 浙江教育出版社，1997 年。

章方松《琦君的文学世界》，台北：三民出版社，2004 年。

宇文正《永远的童话——琦君传》，台北：三民出版社，2006 年。

李瑞腾 主编《永恒的温柔 琦君及其同辈女作家学术研讨会论文集》，桃园：台湾中央大学中文系琦君研究中心，2006 年。

李瑞腾、庄宜文 主编《琦君书信集》，台南：台湾文学馆，2007 年。

周芬伶 编选，封德屏 总策划《台湾现当代作家研究资料汇编 v.12 琦君》，台南：台湾文学馆，2011 年。

郑州《娘が描く父の妾——琦君の散文を中心に——》，《野草》第 103 号，日本：中国文艺研究会，2019 年。

从新见琦君集外诗文 5 篇
谈琦君研究的"文献学"模式

郭佳乐

（上海交通大学人文学院）

摘要：本文立足新发现的 5 篇琦君集外诗文，引入中国现代文学文献学的相关理论，结合琦君研究的现状和既有文献史料，考察其早期文学创作及活动的发展脉络，梳理赴台前后文学思想的承继关系，探索琦君研究以及同期大陆赴台重要作家研究的"文献学"模式。

关键词：琦君；集外诗文；中国现代文学文献；《琦君全集》

1980 年以来，琦君作为中国当代文学尤其是台湾当代文学的代表人物，逐渐进入大陆研究者的视野。目前公认的第一篇大陆琦君研究专论，为 1984 年潘梦园在《暨南学报》刊发的《魂牵梦萦忆故乡——试论琦君怀乡思亲散文》。经过 40 余年的发展，大陆琦君研究取得了一定的成果，但仍有进一步深入和系统化研究的空间。

孙良好、孙白云在《海峡两岸琦君研究回顾与展望》中为琦君研究未来的发展方向指明道路："首先是加强对琦君作品的搜集和整理。作为研究的基础，有必要继续加强两岸的文化交流，实现资源共享。台湾的学者可来琦君故里走走，同时大陆的学者也能够有机会翻阅更多的琦君第一手资料，只有两地学者共同开展琦君生平交游和散佚作品的搜集和整理的基础上，才可为琦君整体研究打下坚实的基础。"①

---

①孙良好、孙白云《海峡两岸琦君研究回顾与展望》，《温州大学学报（社会科学版）》2019 年第 4 期。

笔者同样认同文献，尤其是一手文献对于作家作品研究的重要价值。本文将以中国现代文学文献学为理论指导，提出琦君研究现存的 3 个问题，依托新发现的 5 篇琦君集外诗文和若干文献史料，展开"文献学"视角下的个案分析，探究琦君早期散文创作与文学活动的发展脉络及诗词创作的认识与评价问题。

一、中国现代文学文献学与琦君研究

近年来，中国现代文学文献学①的学科建设、理论探索和个案研究是学界关注的热点话题。在《中国现代文学文献学十讲·引言》部分，陈子善指出："中国现代文学文献学是中国现代文学学科的重要分支，以搜集、整理、考证、校勘、阐释中国现代文学文献为宗旨。"② 中国现代文学研究界日益关注和重视文献的发掘和研究。"作品版本研究、集外文和辑佚、手稿的意义、笔名的考定、书信的文献价值、日记中的史料、文学刊物和文学广告、文学社团史实探究、作家文学活动考略、新文学文献中的音乐和美术"③，这 10 个研究路径的引入，将为琦君研究打开新的讨论空间，奠定坚实的文献基础。就此，笔者结合阅读和研究过程中遇到的问题，提出 3 种解决方案以供探讨。

（一）《琦君全集》编纂的必要性和可行性

1. 编纂《琦君全集》具有必要性

根据《琦君作品序录》④ 统计，截至 2017 年 7 月，琦君作品计论述 2 部、散文 39 部、小说 6 部、合集 7 部、儿童作品 7 部、翻译作品 8 部，合计 69 部（含存目）。《琦君书信集》⑤ 并未列入。门类众多、体例不一、版本不同的各种琦君作品出版物，给研究者开展研究带来巨大困难。不仅难以收集齐全，不同出版物收录的同一篇作品内容可能也有抵牾。而且存在常见篇目被多次

---

①另称"中国现代文学史料学"，关于两个概念的命名、指涉及争议等，参见刘妍《评陈子善〈中国现代文学文献学十讲〉》，《中国现代文学研究丛刊》，2021 年第 7 期。

②陈子善《中国现代文学文献学十讲》，复旦大学出版社，2020 年版，第 1 页。

③黄海飞《现代文学文献学的概念、起点与分类》，《读书》，2021 年第 8 期。

④《琦君作品序录》，周吉敏主编《一生爱好是天然——琦君百年纪念集》，中国文联出版社，2018 年版，第 35—71 页。

⑤李瑞腾、庄宜文主编《琦君书信集》，"国立台湾文学馆"，2007 年版。

收录出版，稀见篇目因关注较少，少有出版的情况，不利于用全面、系统的眼光进行整体性研究。琦君作为中国当代文学尤其是台湾当代文学的代表人物之一，目前的研究现状与其文学史地位并不匹配。因而在不断发掘、整理和核校琦君作品的基础上，组织专家团队按照作品体裁和发表时间先后分卷编目，编纂一部比较完备的《琦君全集》具有必要性。

2. 编纂《琦君全集》具有可行性

（1）地方政府、专门纪念和研究机构为编纂工作提供物质基础。大陆方面：温州市瓯海区政府积极打造琦君文化金名片，促进经济文化发展，推行了一系列举措助力琦君文化发展。2001 年 10 月，"琦君文学馆"在温州市瓯海区三溪中学开馆。2013 年，"琦君纪念馆"在瓯海区泽雅庙后开馆。2017年 7 月，"瓯海区琦君文化研究会"成立。台湾方面：2005 年，台湾"中央大学"成立了"琦君研究中心"。众多机构的设立代表着地方政府对琦君文化发展的重视。地方政府和研究机构可以通过加强合作，整合资源，共同出资，为《琦君全集》的编纂和出版提供物质保障。这一文化工程的开展，以琦君为纽带，还可促进两岸学术和民间的文化交流，密切两岸关系，一举多得。

（2）琦君研究界数十年的发展，培养了一批成熟的学者，为编纂工作提供了技术支撑。大陆的方忠、孙良好、章方松等，台湾地区的夏志清、郑明娳、李瑞腾、庄宜文等，他们在琦君研究领域深耕多年，取得了可观的学术成果，有能力组成团队完成繁杂的编纂工作。

（3）琦君一生著译丰富，从事文学创作的时间较长，文献资料相对易于收集。虽说"全集不全"已是常态，但是尽可能将出版的著作和发表的诗文汇集齐全仍然是编者最大的追求。琦君各生命阶段的作品、书信、手稿、采访、档案、影音资料等各类史料仍有相当部分散佚于世。鉴于她离世时间不久，研究者还有机会进行充分的收集和整理，编纂出版。

琦君生前曾考虑过全集的出版问题，但因现实原因只能搁置。1989 年 12月 15 日，琦君致信叶步荣①，谈到了这个问题："有人劝我出全集，分亲人、

----

①洪范书店创始人，支持纯文学的创作，以出版现代文学创作为主。他与琦君通信始于为洪范书店洽约书稿。琦君在洪范书店出版著作计有《我爱动物》《母亲的书》《留予他年说梦痕》《灯景旧情怀》《橘子红了》5 本。

童年、故乡、旅居生活、书评等等，此事更难，因我的童年与故乡、与父母不可分，无从分类，书评已单独出了，连中学生活都未写完，旅居生活仍想再写，这是目前的生活实况，未停笔前无法出全集，你说对吗？"① 一方面丈夫对书目编选有心无力，儿子对母亲的文事既不重视也无兴趣；另一方面琦君此时还未完成"小说选"和"中学生活回忆"的写作，创作还在继续。出版同样存在问题，之前的作品集分别由不同出版社出版，版权分散，汇总出全集选择出版社仍需仔细思量。种种原因之下，琦君无法完成全集出版，直到现在这一工作仍未完成。

（二）报刊、书信和档案等文献的挖掘和利用

查《琦君年表》可知，琦君步入文坛始于 1935 年，此年她在《浙江青年》上发表了第一篇作品。直到 1949 年 5 月，琦君离开大陆赴台，未有其他作品发表的相关记载。14 年间，难道坚持创作的琦君一直未曾发表吗？带着这样的疑惑，笔者爬梳史料，以琦君的本名"潘希珍"和又名"潘希真"为线索，在民国报刊中找到了 5 篇集外诗文。事实证明，即便是作者本人，在时间的冲刷下，也会忘记自己青年时期曾在大陆刊发过哪些作品。发掘现当代作家集外诗文，民国期刊仍是需要重点关注的领域。

书信方面，2016 年 9 月，"琦君家书展"在瓯海区档案馆展出，共展出琦君 1987~2003 年的 86 封家书和 41 件相片资料。② 这一部分家书对于了解晚年琦君的生活情况和思想动态有着重要价值。可惜的是，这批书信并未如《琦君书信集》一般汇集出版。家书陈列于档案馆显然不利于研究者翻看和查阅，出单行本又存在体量不够的问题。因此，如果能够将家书和《琦君书信集》所收录的书信合编于《琦君全集·书信卷》，就可以解决以上问题。

关于档案，南京大学沈卫威带领的研究团队聚焦中国第二历史档案馆中的相关档案，近年来发现了一批珍贵文献，取得了丰硕的学术成果。琦君先后就读于杭州弘道教会女中和之江大学，任教于上海汇中女中、永嘉县中

①琦君《致叶步荣》，李瑞腾、庄宜文主编《琦君书信集》，"国立台湾文学馆"，2007 年版，第 271 页。

②《琦君文化纪事》，周吉敏主编《一生爱好是天然——琦君百年纪念集》，中国文联出版社，2018 年版，第 146 页。

（今温州第二中学）、之江大学，供职于浙江高等法院、苏州法院、台湾高等法院、"司法行政部"（1980年7月1日后改名为"法务部"）。以上单位尤其是政府机关往往记录有职员档案，挖掘琦君的档案文献可以更加清晰地了解琦君的求学经历、从教生涯和社会活动。《永远的童话——琦君传》里辟专节《书记官生涯》讲述琦君从事兴趣之外的司法工作。这种动力来源于多位法官的教诲，她专门撰文回忆，如《另一种启示》《佛心与诗心》，谈及司法经历对自己立身处世之道的影响。秦推事①曾对跟随学习的琦君说："你不要抱怨学非所用，你应该庆幸自己用非所学。你才能在文学天地之外，拓展更广阔的视野，培养更丰富的同情心，写出感人的篇章来。"② 正是因为如此，琦君曾以法官与受刑人的题材，写过几篇短篇小说，梳理司法界的工作经历对于理解琦君创作尤其是小说创作有着补充作用。

（三）两岸一手文献的获取困境和解决办法

笔者作为大陆研究者，在进行琦君作品和相关文献梳理的过程中，遇到的最大困难，就是大量发表于台湾期刊的一手文献无法查阅。琦君虽然在1935年开始发表作品，但是作品数量极少。她的创作高峰诞生于赴台之后。通过《琦君年表》可知，她的作品主要发表于台湾的《文坛》《国风》《自由中国》《中华日报副刊》《世界日报副刊》《中国时报副刊》及《联合报副刊》等多种刊物。大陆琦君研究者除亲赴台湾外，比较难获得以上文献史料，无法看到部分未收入作品集的篇目，无法比对作家初刊本和出版本之间的差异，无法开展年谱和著作年表的核查工作。台湾研究者对琦君早期生活经历、文学活动了解较少，缺乏一手文献证实，依赖人的主观回忆，这部分论述往往语焉不详。所谓"不观全貌无以言"，加深两岸之间的学术交流和文献资源共享势在必行。

相比较来说，大陆研究者的文献缺口更大，如何解决这一困境呢？私以为可以从以下两个方面入手：

---

①推事是指清末大理院、北洋政府和国民党政府各级法院的审判人员，旧时通称"法官"或"审判官"。由司法官考试及格的，大学或专门学校毕业有专门著作或讲授主要法律科目两年以上的，或执行律师三年以上或曾任推事、检察官一年以上的人充任。

②琦君《妈妈银行》，九州出版社，2014年版，第142页。

1. 将相关报刊影印成册。如效仿大陆将民国时期的重要报刊《新青年》《小说月报》《文学周报》《语丝》影印出版，选择台湾重要的文学期刊影印成册，以便查阅。另外，还可选择剪报的形式，只将期刊的琦君刊文部分以剪报的形式汇集成册，按照时间先后顺序排序，再行出版，如此操作更有针对性。

2. 推进文献数字化，建设"台湾现当代报刊数据库"，"数字人文"是近年学界关注的热点话题。"数字人文的诞生，使我们得以使用科学技术的手段更新传统的人文学术研究，使得人文学者从烦琐的资料搜集和检索工作中解放出来，并能沉下心来在理论阐释和建构创新方面多进行思考。"[1] 民国时期报刊资料卷帙浩繁，研究者手动翻阅文献耗时长且效率低下。随着科学技术的发展，文献资料数字化，建设"专题数据库"可以解决这一问题。"'专题数据库'既可使全世界的读者都能随时随地访问、检索、利用，能够沟通学院内外，有利于学术生产与知识的民主化。"[2] "台湾现当代报刊数据库"的建立，不光有益于琦君研究，对于其他台湾文学研究同样助益不少，极大地推动了台湾文学文献保障体系的完善。

台湾如今在报刊文献数字化方向上已经取得了一定的成果。"中国近代报刊"数据库由台湾得泓公司开发，资源囊括海峡两岸同期近代报纸史料，如《申报》《中央日报》《台湾日日新报》《台湾民报》《台湾时报》等。[3] 但这还不够，资源囊括范围较小，无法覆盖现当代台湾文学研究的文献需要。纸质报刊文献随着时间的推移逐渐破损，应趁保存相对完整时尽快数字化，以求长久地保存报刊文献。

二、第一篇发表作品之疑与琦君的早期散文创作

目前学界公认，琦君的第一篇正式发表作品《我的一个好朋友——小黄

---

[1]彭青龙《反思全球化、数字人文与国际传播——访谈欧洲科学院院士王宁》，《上海交通大学学报（哲学社会科学版）》，2022年第2期。

[2]廖久明《建设可以作为标准的民国专题数据库之我见——以建设民国时期鲁迅研究数据库为例》，《鲁迅研究月刊》，2020年第6期。

[3]王国强《网洋撷英：数字资源与汉学研究》，江西高校出版社，2020年版，第77页。

狗》，刊于 1935 年的《浙江青年》①，收录于各类研究综述和年表。可奇怪的是，作为琦君迈入文坛的第一篇作品，这篇文章却并未见于琦君的各类作品集中，仅在研究资料中存目。那么史实到底是怎样的呢？翻阅 1935 年出版的《浙江青年》发现，这篇文章标题实为《过去了的朋友》，落款为"弘道女子中学""潘希珍"，刊发于 1935 年 9 月《浙江青年》第 1 卷第 11 期。琦君本名为"潘希珍"，中学就读于杭州的弘道女子中学。就此可以确定，《过去了的朋友》才是琦君第一篇正式发表的作品，为失收的集外文。原文照录如下：

过去了的朋友

弘道女子中学 潘希珍

花花是我最亲爱的朋友！

前年我回故乡去，船才到埠头，不知怎的。她已知道了，急急忙忙的赶到埠头，一双水晶似的眼，含着无限深情迎迓阔别归来的我，她快乐得与小孩子似的跳着叫着，奔过那绿油油的稻田，回家报信去了。

我望着疾驰的花花，她真太可爱了，她一点不曾忘记我。我走到家门口时，看家的胖子老妈妈已迎了出来。

"姑娘，你怎么信都不给一个就悄悄的回来了？太太没回来吗？"胖子哭眯了眼。

"没有回来，我住几星期也就得走的！"我笑着回答。

花花正立在旁边，听了这话，似有点不高兴了。我拉着她，吻了她的颊，她又乐了。

我慢慢地走进房子，胖子已为我预备好靠椅，我坐着休息。花花就蹲到我身旁，灵活的眼，望着我不作声。我用手轻轻地抚着她说："花花，你胖多了。"她快乐极了，将头靠入我的怀里，亲密得像婴儿投入慈母怀中。

---

①1934 年 1 月 15 日创刊于杭州（浙江），月刊，属于青年刊物，由浙江省教育厅浙江青年月刊编辑部编辑，由社址在杭州水陆寺巷 7 号的浙江省教育厅第四科发行。《浙江青年（杭州）》分插图、杂文、青年园地、漫画选辑、青年情报几个不同栏目。青年园地栏目刊载的是青年人的投稿，其刊载的文章既有文学作品，又有议论文作品，论及青年职业问题、改进乡村问题、解决国难问题等。

一会儿胖子端了面水与茶来了，我一面洗，一面问她些别后的事。她详详的答复。最后题目又转到花花，我捧着花花的面儿说："胖子你给她吃些什么？现在胖得与你差不多了。"

"她吗？吃得才好呢！坏一点的不上嘴。"胖子说。

"呀！倒会享福！"

我回头看看她，她张着嘴似笑非笑地望望我。

在乡间住了几日，因妈没有回来，家里又没别人，所以也没甚趣味，有时高兴，拿了钓竿到溪边去钓鱼，一会儿花花又来找了。她蹲在那儿望着微波下的影子发痴。

无论什么时候，她总离不开我，同样的，我也不能一刻没有她！但是时间不允许我久留故乡，于是我不得不在两星期以后，整装告别了。

清晨的阳光，普照着一片碧绿的稻田，微风送来了溪水的潺湲，我迎着阳光，走在弯曲的小径上，胖子替我提了小提箱，在前走，花花慢慢地随着我，我此时的心境起了难言的依恋，我不愿离开花花。可是不能，我终于跨上了轻浮的小舟，花花也一脚跳进来，我又抱住她，亲热地吻了她的颊。

"好好地跟胖子妈妈回去罢！过几时再回来看你们。"我说着又用手抚着她。胖子放好了东西，抱了她回到岸上，口里念着顺风顺风。

我回进船里，回头向船篷的窗隙中望去，她们的影子都渐渐地消失在蓬船里。

自那次回乡后，到现在又有三年了，我没有一刻忘记我的好友花花，而且时时写信告诉胖子，好好爱护花花，多给她吃牛肉。

谁知在一星期前，收到胖子的信说花花忽染疫死了。这霹雳似的消息，几使我忘了一切的请假回乡，作一次最后探望，可是妈不许我回去，最后只得写信去叫胖子好好料理把她安葬，并嘱她在葬处提上"爱犬花花之墓"，聊表一点爱她的心。

花花已成为我过去了的朋友，可是我永忘不了她！

就原文来看，并没有信息指向"花花"是一只"小黄狗"。"花花"的身份一直到文末"爱犬花花之墓"才明确。所谓"琦君的第一篇发表文章为《我的好朋友——小黄狗》"这一说法到底从何而来呢？目前可查最早的文献记录为陈芳明①的《琦君》：

　　琦君在高中时代便尝试投稿，她的第一篇文章是在高一时投《浙江青年》的一篇：《我的好朋友——小黄狗》，以第一篇的地位刊出，得到稿费银圆二元六角，并且得到该刊的主编来函鼓励，当时对她有很大的鼓舞作用，她决心以后要做个"文学家"。②

　　这篇文章被收入李瑞腾主编、周芬伶编选的《台湾现当代作家研究资料汇编（12）·琦君》，相关陈述为编者所采信，被列入《文学年表》。"写作《我的好朋友——小黄狗》，刊于《浙江青年》，此为第一篇正式发表之作品。"③ 后大陆学者均采用这一说法，如庄若江、杨大中的《台湾女作家散文论稿》，张立程、汪林茂的《之江大学史》，周吉敏主编的《一生爱好是天然——琦君百年纪念集》等。

　　琦君本人提到"小黄狗"在《梦中的饼干屋》："母亲只许我一天吃两片（饼干），我却偷偷再吃一片，用手指掰开来，一粒粒放在嘴里品尝慢慢地品尝，也分一点点给我的好朋友小黄狗和咯咯鸡吃。"④ 这篇散文借回忆儿时母亲做的"香脆麦饼"，悼念早夭的亲生哥哥。此处提到的"小黄狗"，可能就是当年的"花花"。只因《梦中的饼干屋》收入《万水千山师友情》出版时，已到了1995年，年深日久，琦君对于儿时的记忆不再清晰，曾经的爱犬只余"小黄狗"的形象，其余信息无从考证。

　　此外，查《浙江青年》可知，《过去了的朋友》刊载位置为"青年园地"第5篇，并非陈芳明所说的第一篇。稿费数目亦有出入。据琦君回忆："进了高中以后，老师鼓励我把一篇小狗的故事再寄去投稿，'包你会登'，他跷起大拇指说。果然，那篇文章登出来了，还寄了两元四角的稿费。"⑤ 其他材料

---

①发表文章时为台湾大学历史学系硕士，现为政治大学讲座教授兼台湾文学研究所所长。
②陈芳明《琦君》，《书评书目》1974年第12期。标点遵照原文不再修改。
③周芬伶《文学年表》，李瑞腾主编《台湾现当代作家研究资料汇编（12）·琦君》，"国立台湾文学馆"，2011年版，第63页。
④琦君《万水千山师友情》，台湾九歌出版社，1995年版，第82—83页。
⑤琦君《烟愁》，台湾尔雅出版社，1981年版，第259页。

也采用"两元四角的稿费"的说法，故陈芳明稿费表述错误。关于"第一篇发表作品"的文章题名，还有一种错误表述，为"我的朋友阿黄"。这一说法最早记载于《烟愁》①中的《琦君写作年表》，后被宇文正的《永远的童话——琦君传》采用，记入《琦君年表》②。由于缺乏一手文献，相关史实的表述只能依靠作家本人的回忆，回忆又会随着时间的流逝变形。所以，加强对琦君早期文献史料的挖掘，是扎实开展琦君研究的前提和基础。

林海音在《谈谈琦君》中提到"小猫、小狗、小花、小草……她都喜欢"③。琦君对于万事万物都常怀关爱之心。关于"狗"，她就写了多篇文章来谈对狗的喜爱和珍视，如《寂寞的家狗》《我心里有一条可爱的狗》《狗逢知己》《失犬记》等。"字里行间透露着作为'万物之灵长'的人类，对动物的善待、友好与怜惜。"④许子东对此有不同看法。他认为琦君动物类散文的写作在台湾散文写作中具有代表性，借怜爱小动物来"自怜自爱"。"比起男性作家这种直接对象化的自我怜爱来，台湾女作家则每每先教导孩子们（及读者）去怜爱猫狗鱼虫，再为自己能有这份圣洁的爱心而自我感动。"⑤

根据上文辑佚的线索，1935 年 11 月，琦君在《浙江青年》第 2 卷 1 期发表短文《忆》，落款为"弘道女学""潘希珍"。此篇未见于各类作品集和琦君年表，可以确认为集外文。原文照录如下：

忆

弘道女学　潘希珍

她远远的站着，对我微笑。我的心狂跳了，她渐渐地走来，哦！不是她。只是一个幻影。

---

① 琦君《烟愁》，台湾尔雅出版社，1981 年版，第 277 页。
② 宇文正《永远的童话——琦君传》，三民书局，2006 年版，第 236 页。
③ 林海音《谈谈琦君》，琦君《魔笔》，人民文学出版社，2021 年版，第 1 页。
④ 方爱武等《浙江现代散文发展史——浙籍文人与中国散文的现代化》，杭州出版社，2011 年版，第 244 页。
⑤《两岸三地散文中的动物意象》，许子东《许子东讲稿：第 2 卷》，人民文学出版社，2011 年版，第 295 页。

在朦胧的月色下，我独自走在柳堤上，我的心漠然的觉得空虚。恍惚她又站在我身旁，还是那末一个微笑。

我默然合上了眼，丝丝细流，幽静月儿与微波中的泛影都消失了，她的微笑依然存在，这是怎的一回事，她竟含笑不言？哦！仍只是一个幻影！"影儿啊！我将永只有这一个相同的微笑吗？"

她仍含笑而不言！

这篇文章很短，属于琦君早期练笔之作。《忆》中的"她"既可以是实指琦君现实生活中的女性，如母亲、友人；也可以是虚指琦君想象中的女性，某种幻想的集合。

可以注意到，上述两篇集外文均发表于"青年园地"。"青年园地"为《浙江青年》特色栏目，该专栏主要要求如下：

（一）本园地欢迎学生投稿：论文必须短小精悍，文艺作品不妨隽永诙谐，但宗旨务须纯正。

（二）每篇字数请勿超过一千，文言白话，听便。

（三）揭载以后，一律致酬现金。

（四）抄袭之稿，请勿惠寄。①

之所以琦君选择投稿《浙江青年》，主要来源于老师的鼓励。据她回忆："当时教育厅创办了一份《浙江青年》月刊，内有一栏'学生园地'，老师鼓励我们投稿，我的稿子曾被刊出，领到丰厚的稿费。"② 只是多年后琦君回忆模糊，将"青年园地"错记为"学生园地"。

由于白话文写作经验较少，篇幅所限，琦君这两篇作品均未充分展开，但已经开始探索散文创作的个性化道路。由于琦君研究最早开始于台湾，台湾研究者对于大陆琦君文献史料获取困难，故出道作往往认定为《金盒子》。

①《编辑按语》，《浙江青年》，1935年第1卷第11期。
②琦君《母心似天空》，山东文艺出版社，2018年版，第117页。

周芬伶称之为"出道晚，成名也晚"，"大家对她早年的生活与内心世界较无从理解"①。

两篇集外文的发现，将琦君的出道作向前推了 14 年（从 1949 年的《金盒子》到 1935 年的《过去了的朋友》）。这期间是否还有其他的创作尚未发现呢？琦君回忆创作道路的文章提供了线索，《留予他年说梦痕》中提道："我又写了一篇回忆童年时家乡涨大水的情景，寄去投稿，又被登出来了，稿费是三块，涨价啦。"据《夏承焘年谱》记载："1943 年 10 月 16 日，听潘希真读其最近写的小说《鬼趣》。10 月 31 日，勉励希真以十年工夫写作一部小说，并劝其修养人格第一。"②③ 这两篇作品目前还未找到，琦君的大陆文献收集大有可为，根据上述记载，琦君的小说创作实践开始于赴台之前。

三、集外旧体诗词的发现与琦君的诗词创作

琦君作品的出版物众多，但收录诗词创作的仅有两部，《琦君小品》（1966 年）和《琦君自选集》（1975 年）。《琦君小品》第三辑共收录词作 22 篇。《琦君自选集》第三辑（词）共收录词作 10 篇。两本合集收录词作篇目有交叉。还有部分诗词创作散见于琦君的散文和书信当中，并未抽出单独出版。

集外诗词的发现主要依赖于一份刊物——《之江中国文学会集刊》④。琦君本名"潘希珍"，为避俗字又名"潘希真"，1936 年考入之江大学国文系。翻阅《之江中国文学会集刊》，笔者发现以"潘希真"为名发表的诗词共有 4 首。1940 年 4 月，"潘希真"发表《思归》和《高阳台》于《之江中国文学会集刊》第 5 期。1941 年 4 月，"潘希真"发表《述怀三首》和《水调歌头

①周芬伶《打开记忆的金盒子——琦君研究的典律化迷思》，李瑞腾主编《台湾现当代作家研究资料汇编（12）·琦君》，"国立台湾文学馆"，2011 年版，第 90 页。

②李剑亮编《夏承焘年谱》，光明日报出版社，2012 年版，第 98 页。

③琦君《散文精读：琦君》，浙江人民出版社，2019 年版，第 125 页。

④该刊由之江文理学院中国文学会编辑，杭州之江文理学院中国文学会出版委员会出版的文学刊物，出版地位于杭州。该刊创刊于 1940 年 4 月，年刊，是《中国文学会集刊》的继刊。该刊分为两个部分，前半部分发表研究中国古代诗词、戏剧、文学等古典文学研究论文，后半部分刊载文、诗、词、曲等原创文学作品。

（何处寄忧愤）》于《之江中国文学会集刊》第 6 期。经查，除《水调歌头（何处寄忧愤）》曾被收入《琦君小品》出版外，另外 3 首未被收入琦君作品集和年表，可认定为集外诗词。原文照录如下：

思 归

潘希真

年年梦堕六桥舟，怕见秋来月满楼。鼙鼓声中长作客，湖山虽好莫回头。长悲故里经年别，人事悠悠心事违。惆怅南楼空望远，可能望远赞当归。

高阳台

潘希真

长道人生，悠悠如梦，何如梦也凄凉。往事般般，未言先断人肠。愁多唯恐秋归早，奈回头，又是花黄。纵樽前，痛饮高歌，总是佯狂。

东篱杖履归何处，采寒香重到，涕泪千行。记得拈花，曾叹两鬓苍苍。几番风雨飘零近，未飘零，已自神伤。更何堪，料峭空庭，一片清霜。

述怀三首

潘希真

肝胆平生照几人，回头禹域半沉沦。青衫湿徧灯前泪，谁与同吹宝剑尘。

湖海年年寄此身，小楼诗酒日相亲。莫抛客里缠绵泪，长作尊前谈荡（疑为"坦荡"）人。

残照江山一雁飞，中州禾黍梦依稀。龙文醉里挑灯看，夜夜荒鸡泪满衣。

琦君不仅投稿诗词作品，还参与刊物编纂和校对工作。《之江中国文学会集刊》第 5 期末尾注有："本刊承潘希真、翁璇庆、杨毓英三君录稿校对所助良多，特此敬谢。——郁文附志廿九年四月。"[①] 第 6 期末尾注有"本期职

---

①陈郁文《编者附志》，《之江中国文学会集刊》，1940 年第 5 期。

员"：杨炳蔚、陈郁文、徐家珍、潘希真、翁璇庆、杨毓英。①

要搞清琦君的校园生活，尤其是文学活动，需要进一步补充文献史料。琦君就读之江大学的入学与毕业时间，年表和传记的表述都相对含糊，《申报》上刊载的新闻可以提供更加具体的信息。1936 年 8 月 15 日，《申报》刊载了"之江文理学院暨附中京沪杭应考录取新生揭晓（以报名先后为序）"，其中"文学院一年级"中录有"潘希真"②。琦君的实际入学时间应在当年 8 月 15 日之后。1941 年 6 月 6 日，《申报》刊载了"基督教华东六大学，昨行联合毕业典礼"的消息。"基督教华东六大学"即金陵女子文理学院、上海女子医学院、之江文理学院、东吴大学、沪江大学和圣约翰大学。之江文理学院毕业生名单中，录有"文学士（国文英文）四名"，含"徐家珍、潘希真、徐凤云、汪仪汉"③。据此，可明确琦君大学求学时的入学和毕业时间范围。

校刊中还有一个刊物不可忽略，那就是《之江校刊》④。1936 年 10 月 31 日，第 88、89、90 期合刊的《之江校刊》刊载了"中国文学会讯"，其中"职员"栏记有"出版股：潘希真"。之后还介绍了之江诗社：

之江诗社向附属于本会，惟前数届社员不甚多。本届于十月十六日晚举行第一次诗会，到新旧社员二十余人，改选社长夏瞿禅先生，副社长任铭善先生，干事沈茂彰君熊化莲女士；议决凡中国文学系同学皆为本社社员。别系教授同学参加者，亦所欢迎；并定于十月二十五日集第二次诗会于西溪，届时芦花飞雪，定能引起不少诗情云。⑤

①《编者附志》，《之江中国文学会集刊》，1941 年第 6 期。
②《之江文理学院暨附中京沪杭应考录取新生揭晓》，《申报》1936 年 8 月 15 日。
③《基督教华东六大学，昨行联合毕业典礼》，《申报》1941 年 6 月 6 日。
④该刊 1929 年 10 月创刊于浙江杭州，是杭州市私立之江文理学院校刊处编印的校园刊物。该刊创刊之初刊期不定，1932 年起改出月刊，至 1937 年 3 月因抵抗日本侵略发行至第 93、94 期停刊。此后又于 1946 年 6 月复刊，期号另起，为胜利后刊物。《之江校刊》围绕学校事务展开。刊物每期固定 8 页，刊名由不同人物题写。创刊初期以学校的文牍和事务报告为主。创办中期，添加了规程、附中消息、学生课外活动、同学会消息、军训体育、图书馆消息、统计报告等校园周边事物，反映这一时期学生校园生活的丰富性。
⑤《中国文学会讯》，《之江校刊》1936 年第 88、89、90 期合刊。

1937 年 3 月 31 日，第 93、94 期合刊的《之江校刊》刊载"中国文学会讯"：

三月八日晚七时，本校国文系所组织之中国文学会，假座经济学馆开全
体大会。出席师生会员凡三十余人。决议本会所出版中国文学会集刊，本学
期继续集稿，筹备出版。①

琦君就读之江大学时参加中国文学会并担任出版股股员，同时加入之江
诗社进行诗词创作。据《中国文学会志略》记载："中国文学会成立于二十年
秋，为王守伟、朱生豪诸君所发起。"② 中国文学会每年集稿出版，定名为
《中国文学会集刊》，分别于 1933 年、1934 年和 1936 年出版了 1~3 期。后改
名为《之江中国文学会集刊》继续出版，现存第 5 和第 6 期。这印证了琦君
的诗词为什么会出现在《之江中国文学会集刊》上，琦君此时兼具作者和编
者的双重身份。

在对琦君的文学创作和校园生活进行细致的考辨后，聚焦琦君的诗词创
作。相比较数量庞大的散文、小说作品，琦君的诗词创作显得单薄很多，数
量少且作者本人并未十分重视，更多当作抒情遣怀的产物。琦君更加重视对
于诗词的阅读、赏析、评价及对散文、小说等文体的化用。在林海音的督促
下，初版于 1981 年的词学专论《词学之舟》面世了。它以散文的笔调、趣味
化的表达帮助青年旧诗词读者欣赏和思考词作之美。黄万华认为："琦君写有
《词人之舟》一书，对中国词史、词人个性、词作风格均有敦厚、独特、深刻
的见解。"③ 台湾后辈作家三毛表达了对《词人之舟》的喜爱："每读《人间
词话》《词人之舟》，反复品赏之余，默记在心之外。"④

琦君虽然称"诗、词、散文、小说，我都一样的着迷"⑤，几十年来着墨
最多的还是散文。就其诗词创作情况来看，词作最多，旧体诗其次，新诗最

①《中国文学会讯》，《之江校刊》，1937 年第 93、94 期合刊。
②《中国文学会志略》，《之江年刊》，1932 年。
③黄万华《跨越 1949：战后中国大陆、台湾、香港文学转型研究（下）》，百花洲文艺出版社，
2019 年版，第 579 页。
④三毛《三毛作品集（合订本）》，宁夏人民出版社，1996 年版，第 400 页。
⑤琦君《一点心愿，从散文到小说四十年》，台湾《中华日报》副刊，1986 年 2 月 21 日。

少。究其原因，琦君认为："我要强调，词既然如此曲折婉转，能道出深埋心底的情意，以女性的灵心善感，温柔细腻，实在最相宜于吟诵词。"① 具体词牌选择上，琦君使用《金缕曲》《水调歌头》《虞美人》《临江仙》等较多。

琦君一生得遇多位恩师，为其悉心指引前进的方向，而对其影响最大的是"一代词宗"夏承焘。他评琦君的词作："文字固清空，但仍须从沉着一路做去。"②《夏承焘年谱》中多次记载，他为琦君讲授诗词，修改作品。"1938年10月9日，潘希真来访，请夏修改其创作的词作；1939年5月6日，潘希真来访，问治诗。"③ 除夏承焘之外，二堂叔对琦君的诗词创作也有很大影响。中学时，他就给琦君寄过纳兰性德的《饮水词》、吴萍香的《香南雪北庐词》和李清照的《漱玉词》，还要她多读唐诗宋词，因为"诗词是图画的、音乐的、哲学的，多读、细读，对一切自能融会贯通"④。在二堂叔多年的影响下，琦君将李清照和吴萍香的词作当作范例予以赏析品读，词论收入《词人之舟》。

在《琦君小品》和《琦君自选集》之外，琦君的散文和书信中内含不少诗词作品。旧体诗方面：她为告慰恩师夏承焘作短诗《祝告恩师》⑤；写信给夏祖丽⑥，内含以"夏林海音"为字尾的短诗为林海音祝贺生辰。词作方面：《读书记趣》中记录了琦君为刘静娟的《心底有根弦》填的《临江仙》；琦君致信朴月⑦并填词《金缕曲》"以博朴月一粲"。除旧体诗词外，琦君新诗亦有创作。为了送别中学的恩师沈浩滨，琦君曾创作《敬爱的"号兵"》⑧；感怀母爱伟大，琦君为妈妈写了《过新年》⑨。

琦君早期的诗词创作具备鲜明的时代特征。由于抗日战争期间中国山河破碎，民族危亡空前严重，惨烈的社会现实带给作者强烈的刺激。这种苦痛

---

①琦君《读书与生活》，人民文学出版社，2021年版，第63页。

②琦君《散文精读：琦君》，浙江人民出版社，2019年版，第82页。

③李剑亮编《夏承焘年谱》，光明日报出版社，2012年版，第65页、第69页。

④宇文正《永远的童话——琦君传》，三民书局，2006年版，第185页。

⑤琦君《粽子里的乡愁：琦君散文》，浙江文艺出版社，2015年版，第138页。

⑥著名作家林海音、《文星》主编何凡（夏承楹）之女，文学家，作家，代表作品《从城南走来——林海音传》。

⑦本名刘明仪，台湾作家，曾出版散文集、历史小说、儿童戏剧故事、传记小说、诗词名句赏析等，小说《西风独自凉》获台湾"文艺协会小说创作奖"，现任台湾历史文学学会秘书长。

⑧琦君《水是故乡甜》，九州出版社，2014年版，第203—204页。原诗无题，诗题为笔者所拟。

⑨琦君《魔笔》，人民文学出版社，2021年版，第63页。原诗无题，诗题为笔者所拟。

与迷茫集中体现于《述怀三首》。"禹域半沉沦"指代的就是华夏陆沉，被日本侵略者欺凌的社会现实。琦君因兵灾避乱回乡，又逢养父潘鉴宗病逝，国仇家恨郁结于心。"青衫湿"典出白居易《琵琶行》，借以感叹她漂泊落拓的生活，抒发感伤的情怀。"醉里挑灯看"典出辛弃疾的《破阵子》，国势倾颓之际，即便是琦君一介女子也愿效仿先贤披甲从戎，上阵杀敌，只可惜怀才不遇报国无门，只能空空流泪以至"泪满衣"，"旧体诗词是文人排解苦闷、刻录心迹的主要依托。"①

琦君后期的诗词创作，主要功能在于感性述怀和酬答唱和。前者为诗词爱好者创作的常见心理，借景抒怀或观景忆旧，如《虞美人·早春》和《踏莎行·秋感》等作品。后者出于共同的爱好、地理环境，相同或相近的社会遭遇，相似的生活经历或情感体验，琦君选择用诗词的形式来抒发心中的情感和思考，上承中国传统文人诗词酬答唱和的传统，如《金缕曲·送别孟瑶》和《金缕曲·寄赠秀亚》等作品。

研究者较少关注琦君的诗词创作，学术论述罕见。可喜的是，其词作《虞美人·题彭歌小说〈危城书简〉》先后被选入叶元章、徐通翰编的《当代中国诗词精选》②和刘梦芙编的《二十世纪中华词选》③，一定程度上说明词学研究者开始关注到琦君的诗词创作。

如何评价琦君的旧体诗词创作，如何确定其在台湾当代文学史中的地位，乃至于广而化之，如何在文学史中定位当代作家的旧体诗词，这都是摆在研究者面前亟待解决的问题。一方面，琦君的诗词创作本身提供了丰富的文献史料信息，对于重返历史现场具有重要的史学价值；另一方面，就诗词本身的艺术价值该如何衡量，目前学界还没有一套清晰的评价标准。当代旧体诗词评价体系的建立任重道远。"当代诗词史作为文学史中的断代文体史，突出的是当代阶段诗词的发展全貌，并在文化场域的变迁中梳理、评述整体性演

---

①杜运威《抗战时期旧体诗词复兴因素论析》，《淮阴师范学院学报（哲学社会科学版）》，2020年第3期。

②琦君《虞美人（题彭歌小说〈危城书简〉）》，叶元章、徐通翰编《当代中国诗词精选》，浙江古籍出版社，1990年版，第604页。

③琦君《虞美人（题彭歌小说〈危城书简〉）》，刘梦芙编《二十世纪中华词选（下）》，黄山书社，2008年版，第1790页。

进路径和个体化审美风格。所以，诗词史的写作应该在挖掘新的研究对象、确立诗词史观和建构编撰体例的基础上展开。"①

四、结语

谢泳谈"中国现代文学史料学"的构想时，提到要注意"校史"资料——"校刊"的挖掘："我们这里提到的校刊，更偏重于不常见的、学生出于爱好在社团活动中办过的那些期刊，这些校刊重于文学创作和文学活动的记述，在研究相关作家生平和文学活动时，注意这个类型的材料，容易扩展史料方向。"② 前文所发现的 5 篇集外诗文均来源校刊，印证了谢泳的观点。不仅仅是校刊，研究界对于琦君早期史料文献的关注普遍较少，主要把精力集中于赴台之后的文学活动，民国期刊、书信和档案等文献资料少有开掘，这不利于全面把握琦君的文学发展道路。

其实不仅以上 5 篇诗文，琦君的代表作《金盒子》其实"抗战期间即已写好"，修改后不久就在中央副刊刊出。琦君回忆儿时写作曾提到写过一篇"哭大哥"的文章，老师给予了很高的评价，批道："手足亲情，感人肺腑。盼多读、多写，必定乐趣无穷。"③ 同类题材的《金盒子》《梦中的饼干屋》未尝没有受到《哭大哥》的影响。要梳理琦君赴台前后的文学实践之间的关系，"首先是加强对琦君作品的搜集和整理"。

综上所述，琦君研究引入中国现代文学文献学的理论指导是十分有必要的。倡议编纂《琦君全集》，开拓琦君文献史料的获取途径，促成两岸现有文献史料的共享，为琦君研究的深化发展奠定坚实的基础。重视赴台前文献史料的挖掘，也为研究同类大陆赴台作家打开新的空间，进而打通作家主体发展和文学创作前后脉络。

---

①王巨川《诗体·语言与当代诗词史写作》，《湖南社会科学》，2018 年第 4 期。
②谢泳《建立中国现代文学史料学的构想》，《文艺争鸣》，2008 年第 7 期。
③琦君《谈写作念恩师》，台湾《中华日报》副刊，1996 年 4 月 27 日。

乡愁文学视野中的琦君散文书写

孙白云

（合肥市第四中学）

在各种文学形式中，散文是最接近作者生活的一种形式，尤其是白话散文，甚至可以是一种形式近似语言、直叙内涵情感的陈述。和小说与诗歌相比较，散文这种体裁更贴近作者的生活，虽然在某种程度上而言，任何一种文学创作多少都有些作者的自传色彩。

郑明娳说过："在琦君的散文集中，写得最出色的是怀旧散文……怀旧文都是回忆作者早年的生活，不论写人、写物、写事，都把读者牵引到文中的时代，与她共享快乐的回忆。"她在《谈琦君散文》中谈道："琦君自己所独有的生活经验，都是一宗'金不换'的丰富财产。"[1] 琦君的这段"金不换"的童年经验，是她对故乡的眷恋、对亲友的想念和对美好童年的回忆。

纵观琦君的人生经历及创作轨迹，"大人者，不失其赤子之心"的确成了她毕生为人为文的不懈追求，童年的回归对琦君及其创作也有很大的意义。对琦君来说，过往成长的经历是她永远难以忘怀的美好回忆，因此，在她去台后，将对故土、亲友的思念，借着彩笔化成一篇篇动人的篇章。自从1949年发表第一篇怀乡散文《金盒子》开始，到1998年出版的最后一本散文集《永是有情人》为止，琦君创作了大量追忆往事的散文，这类题材的散文也是她散文中最出色的部分。她情感真挚丰富，文笔如行云流水。在朴实厚重中有款款深情，在平易近人里有深深智慧。

一、人物小品

琦君笔下跃然纸上的人物无一不是栩栩如生、活灵活现的，这些人物中大都是与琦君朝夕相处极为亲近的人，因此，借由生活中发生的不同事件，点点滴滴刻画出令读者印象鲜明的人物形象，采取多角度、多方位的描写。琦君一般一篇文章中写一个人物，她借鉴《史记》的写法，对人物的描写不是在一篇中完成的，而是通过很多篇章，一篇一两个重点，再将许多重点串联起来，人物的形象便鲜活地跃然纸上。最具有代表性的是她的母亲、父亲、姨娘、启蒙老师及夏老师。

（一）母亲

母亲是琦君散文中出现次数最多的人物，描写得也最为细致，可见她在琦君心中的分量。这不仅是她们母女俩长期在乡下相依为命，最重要的是母亲亲切而严厉的教诲，美好的品德感染着她。琦君在很多篇章中都描写了她的母亲，专门论述的文章有：《毛衣》写母亲的节俭，《妈妈，我跌跤了》写母亲对琦君的生活教育，《母亲的金手表》写出了母亲对丈夫及家人的爱……除了专门论述母亲的文章，琦君也在其他主题的作品中侧面描写了母亲：《我的朋友猪宝宝》写母亲的辛劳与忧愁，《杨梅》写母亲的坚强镇定，《白姑娘》写母亲对不同宗教信仰者的友善，《葡萄干面包》写母亲对子女无尽的爱。

靡文开说琦君是"不着重于人物的刻画描写，不着重于情节的离奇幻变，不着重于辞藻的雕琢修饰，而匠心独运，在她神妙笔锋所制造的特有氛围中，直接呼吸到人心的跳动"[2]。这段文字，便是关于琦君描写母亲的篇章的最好注脚。在琦君的笔下，"母亲"是个写也写不完的题材，母亲所遭遇的一切，母亲所给予的言传身教，让琦君"学会了一种平和的善意"，包容生活中的灾难。

（二）父亲

在琦君眼里，父亲既是一位刚毅严厉的军人，《父亲》："那时候，我和哥哥还小，每回一听大门口吆喝'师长回来啦'，就躲在房门角落里，偷看父亲一身威武的军装，踏着高筒靴咯咯嚓嚓地进来……哥哥总是羡慕地说，'好神气啊，爸爸。我长大了也要当师长。'我却噘着嘴说：'我才不要当师长呢，连话都不能和别人说。'"[3] 又是一位慈爱的疼爱孩子并对孩子有深切期望的父亲。特别是在琦君的哥哥去世后，父亲便将全部的希望放在琦君身上，为了使她接受更好的教育，将她接到杭州。自此，琦君才有一段和父亲相处的幸福时光，她在《想念荷花》《酒杯》《问行》《油鼻子与父亲的旱烟筒》等文章中怀念着父亲。而父亲对琦君的那份爱，无论是童年时的严肃、青年时的关爱，还是病重时的期望，这份深厚的爱是不曾改变过的。对此，琦君也深深地体会到，她曾说过："旧时代的父亲，都是外表严肃，把慈爱埋藏很深，这种情形，在我这样年龄的人，回想起童年时父亲的神情，都可体味到。"

（三）老师

启蒙老师的教育对一个人的成长发挥着重要的作用。琦君深厚的文学功底离不开启蒙老师的严厉教导。琦君自5岁起就随着启蒙的叶老师认字、习文、作诗，直到14岁。她对于这个永远一袭蓝布大褂、目光炯炯、吃素念佛的老师的教导曾回忆道："每天不是打手心，就是罚跪，整得我形容枯槁，生气全无，好几次都想逃到后山庵堂里当尼姑去。"在《读书琐忆》中作者描绘到老师的严厉管教："读书必正襟危坐，面前焚一炷香，眼观鼻、鼻观心，苦读苦背。桌面上放十粒生胡豆，读一遍，挪一粒豆子到另一边。读完十遍就捧着书到老师面前背。"[4] 正是因为老师的严厉管教，她在《家庭教师》中自言："今天我执笔涂鸦，饮水思源，仍不得不归功于老师的启蒙呢。"因此，琦君对这位启蒙老师有亦师亦父的情感。她说："老师教我的，我都一一记住了，不管是不是太古板，因为爸爸不在家，他就像爸爸似的管教我，我虽怕他，也爱他。"

在琦君的中学时代，亦有很多师长，开启了人生不同知识的视角，如利用夜课教授琦君英文发音、习字、造句的韦老师；严格要求学生以文言写作、增进学生浅近文言能力的冯老师；还有疼爱她的地理老师，等等。这些博学多才的老师授予了琦君丰富的知识，也给了她心灵的温暖，老师们的点滴故事都成为琦君的写作素材。

琦君的回忆性散文中，很多是关于她亲人朋友的篇章。正如《烟愁》后记中所写的："每回我写到我的父母家与师友，我都禁不住热泪盈眶。我忘不了他们对我的关爱，我也珍惜自己对他们的这一份情。像树木花草似的，谁能没有根呢？我常常想，我若能忘掉亲人师友，忘掉童年，忘掉故乡，我若能不再哭，我宁愿搁下笔，此生永不再写，然而，这怎么可能呢？"

二、风土人情

在琦君的眼里，故乡是一首温馨的诗，一坛醉人的酒，一幅美丽的画。作为满怀乡愁的游子，她"盼望海天连成一片，山水连成一线能回到故乡"，"享受壮阔的山水田园之美，呼吸芳香静谧的空气"。斗转星移，岁月流逝，往事日渐模糊，但她的一片乡情，一腔愁绪，却像陈年老酒，越来越醇，愈来愈烈。因此，在追寻中寻求慰藉的琦君笔下，我们看到了她对乡景、乡土、乡情的动人描绘。

（一）花木植物

1. 梅花

想起当日杭州沦陷时，老师曾有云："湖山信美，莫告诉梅花，人间何世。"后来湖山光复，又能回来赏梅，心中自是安慰。作者认为梅花诗是中华民族坚贞不移的精神象征，民心爱梅花，并不在乎到处都能赏梅。尽管是在"春柳池塘明媚处"，也能体认"梅花霜雪更精神"的意义。在雪后初晴、春寒料峭的日子，作者又神驰于杭州旧宅中的绿梅。

2. 桂花

家乡的桂花有金桂、银桂，银桂是一年到头月月都开的，所以也叫月月桂。花是淡黄色的，开得稀稀落落的几撮深藏绿叶之中，散发淡淡的清香，似有若无。很受父亲的喜爱。与银桂完全不同的是金桂，开的季节却是中秋前后。金黄色的花，成串成球，非常茂密，与深绿色的叶子交相辉映，显得很壮观，但是开得快，谢得也快。父亲认为它是爱赶热闹的小人，早盛早衰。但是母亲不这么认为，她说："银桂是给你闻的，金桂是给你吃的，都一样好。"她将盛开的桂花成熟时纷纷摇下，做成桂花卤，供平时喝茶、做点心用。[5]

作者又写到第二故乡杭州的桂花,农历八九月间,桂花盛开,也正是栗子成熟的季节。栗树就在桂树林中,所以栗子也就带有了桂花香。而西湖的白莲藕粉煮的桂花栗子羹,那栗嫩到嘴边便化,直到今天都感到齿颊留芳。

3. 荷花

荷花在作者眼中是一种高尚的花,而调冰雪藕更是文人暑天的韵事。新剥莲蓬,清香可口,莲心可以泡茶,清心养目,莲梗可以入药,荷衣可谓隐者之服了。词人认为"新着荷衣人未识,年年湖海客"。而作者认为只要能泛小舟徜徉于荷花丛中,也就是远离烦嚣的隐士了。农历六月十八是荷花的生日,湖山放起荷花灯,杭州人谓之"落夜湖"。十八日夜的月亮虽然不太圆,却显得分外的明亮。湖面上朵朵粉红色的荷花灯,随着摇荡的碧波漂浮在摇荡的风荷之间,红绿相间,此刻,你分不清是在天上还是在人间。

4. 杨梅

故乡茶山的杨梅可以媲美于绍兴的萧山梅,色泽之美,更有过之。一颗颗又大又圆、红紫晶莹,像闪光的变色宝石。作者更是通过杨梅侧面写出了父亲对母亲的愧疚之情:"有一次,父亲的朋友从远方来,送了他一对玲珑剔透的水晶小碟子,父亲自是心爱万分。母亲把两个紫透的杨梅放在一只水晶碟子里,另一只摆上几朵茉莉花与芝兰……父亲把杨梅拿在手指尖上,端详半晌说:'你母亲爱花,爱水果,可是他从来不带花,也不吃水果,默默地培养花儿开了,果子结了。她一生都是那么宁静淡泊!'他眼睛望着壁上母亲与我的合照,好像还有许多话要说。"[6]纵使父亲曾深深伤过母亲的心,但在他心里,一直都很敬重母亲的,在他心里某个角落永远有着母亲。

5. 瓯柑

橘子是故乡的特产,与黄岩的蜜橘齐名。永嘉有瓯江水所冲积的泥层,适合橘子的生长,而这种橘子就叫瓯柑。瓯柑比橘子形状稍尖,皮亦较厚,但皮上的那股清香味却有胜于橘子,瓣子水分充足,只是吃的时候味稍有点苦。

(二)节日习俗

1. 婚礼

家乡风俗淳朴,生活俭朴,只有在结婚典礼上,仪式的隆重、排场的讲究真是和过新年一般无二。无论家庭富裕与否,平时省吃俭用,遇到嫁女儿、婆媳妇儿，一个个都尽全力去办。"请辞嫁"是嫁女儿当晚的酒席，是做女儿的最后一顿在娘家吃饭，所以酒菜十分丰富。"坐筵"是婆儿媳妇时的喜宴，它的酒席也非常的丰富，被请"坐筵"客的一半是长辈，一半是年轻的姑娘。"我"作为妈妈的独生女，也有幸能坐在这个位置上，总是体面的。"拜堂"这是必不可少的，新娘新郎拜完天地、祖先、公婆以后，就要拜见长亲、宾客，平辈的就鞠躬。整个礼堂上是雪亮如白昼的煤气灯，乐队不断地吹打各种喜乐，到处洋溢着幸福。

2. 农历新年

故乡的新年从农历十二月二十三送灶神开始，一直要热闹到正月十五，滚过灯笼，吃过汤圆才算结束。这对一个整日背"子曰诗云"的顽皮童子来说，过新年是大典中的大典。十二月二十七八的"解冬"即送冬祭祖。大年夜的"点灯"，专属于"我"的工作，这有趣的节目之后，便是浓重的除夕之夜，称为"分岁酒"，亦称"团圆饭"。全家共聚一堂，由长辈先带领着祭祀祖先，从祖先含笑的肖像前，接来新的一年，接来压岁钱，再分给子孙们。孩子们最兴奋的是打开沉甸甸的红包那一刻，因为那是过年的本钱，买糖果、爆竹、掷骰子。5天新年当然是快乐地玩耍，初七初八的迎灯庙戏是最盛大的，文章中琦君重点描写了这一盛况。而这些之后的喝"春酒"，更是瞿溪特有的节目。在孩子的眼里，它热闹的气氛甚至超过了新年，这时候大人们不担心小孩子会闯祸，佛堂和神位前的供品换下来的堆得满满的一大缸，分给他们撒开地吃了。

3. 元宵节

小时候春节农历正月初五一过，就眼巴巴望着元宵节的到来，因为有提灯会和吃汤圆。在十五的晚上，院子里摆好祭桌，几丈长的百子炮高高挑起，锣鼓声响起，鞭炮齐鸣，主祭者念完词，大锣又响起时，舞龙的人开始滚舞了，每个舞龙的人手举一段龙身，穿花似的美妙滚舞。看得孩子们恋恋不舍，大龙终于摇头摆尾从大门出去，人潮也就散去了。而母亲这时候已在厨房搓汤圆了。她一双灵巧的手，先把雪白的糯米搓成长条，再摘成一粒粒，大小非常均匀，边搓口中边念叨："搓得圆圆的，跟天上的月亮一样圆，团团圆圆。"

4. 端午节

端午节在瞿溪又叫作"端阳"，也是母亲大忙特忙、大显身手的好日子。她包的粽子种类很多，莲子红枣粽只包少许几个，专为供佛的素粽。荤的豆沙粽、猪肉粽、火腿粽可以供祖先，供过之后称为"子孙粽"，吃了会保佑后代儿子绵延。包的最多的是红豆粽、白米粽和灰汤粽，还有专门给乞丐的一批"富贵粽"。

5. 中秋节

故乡的中秋节，吃的是一种特别的月饼"月光饼"。在这天，家家户户及各个商店都用红丝带穿一个比脸盆还大的月光饼，挂在屋檐下。廊前摆上糖果，点起香炉，和天空的一轮明月相映成趣。月光饼很薄，当中夹一层稀少的红糖，面上撒着密密麻麻的芝麻。供过月亮之后才拿下来，在锅里烤着吃。虽然在台湾这个盛产糖的地方，各种可见的月饼做得比大陆更可口，但作者想起家乡的月光饼，那又香又甜的味儿好像还在嘴边。

琦君的这些叙述童年故乡的节日风俗的文章，她不是以一个全知全能的叙事者讲述童年的故事，而是将她自己放到故事中，作为其中的一个参与者，目睹了记忆中人们的爱恨悲欢。通过她一个孩子的眼光，写出了这些重大节日的美好。

三、民间歌谣

民俗民风是母体文化的一个重要组成部分，自然而然地受到乡愁文学创作者的关注，琦君当然也不例外，她在追踪传统的道德精义的同时，也追忆着带有浓郁地方特色的民俗文化。

（一）水神经

乡间多是靠天吃饭的庄稼人，最为期盼的就是风调雨顺，这样他们平时就多积德积福，对天地万物常保持一份感恩的心。"水神经"则是对水神的感谢：

早起一卷经，水神听我吟。不论荤素口，心诚自然灵。天天用水多，刻刻感恩深。手做活儿口念经，一天念得三四卷，胜似家中积金银。黄金白银带不走，只带心中一卷经。西方路上有金桥，无福之下桥下过，有福之人桥上行。虔心但念阿陀佛，万多莲花遍地生。

（二）孩儿经

琦君小时候很爱哭，母亲在晚上就经常在床边给她唱"孩儿经"，安宁的旋律慢慢将她哄入睡梦中。孩儿经：

孩儿孩儿经，亲生孩儿有套经，抱在怀中亲又亲。轻轻手儿放床上，轻轻脚儿下踏登，轻轻手儿带房门。门外何人高声喊，摇摇手请莫高声，只怕孩儿受惊哭，只愁孩儿睡不沉……

（三）月光经

在月光明亮美好的夜晚，母亲则会放下手头的针线活，双手合掌，一脸肃穆的神情唱着《月光经》：

太阴菩萨上东来，天堂地狱九层开。十万八千诸菩萨，诸位菩萨两边排。脚踏芙蓉地，莲花遍地开。头顶七层宝塔，月光婆娑世界。一来报答天地，二来报答父母恩，三来报答阎罗天子地狱门。弟子诚心念一遍，永世不入地狱门。临终之时生净土，七祖九族进超生。

（四）十八岁姑娘

在冬日的晚上，母女俩躺在温暖的被窝里，母亲讲"宝卷"上的"落难公子中状元，私订终身后花园"的故事，讲到男女相悦的爱情场面时，母亲双颊泛起红晕，仿佛在讲自己的恋爱故事，讲着讲着，她便会低声吟唱起来《十八岁姑娘》，像吟诵一首古诗，声音十分悦耳。

十八岁的姑娘学抽烟，银打的烟盒儿金镶边。不好的烟丝她不要抽，抽的桔梗兰花烟。姑娘河边洗丝帕，丝帕漂水水生花。撑船的哥儿帮我挑一把，今晚到小妹家里喝香茶，我怎知姑娘住哪？朱红的门儿矮墙里，上有琉璃瓦，下有碧纱窗，小院角落里有株牡丹花。姑娘啊，我粗糠那配粱米，粗布那配细绸绫。阿哥阿哥休这样讲，十个手指头伸出来有长短，山林树木有高低。

琦君的怀乡愁绪是一种恋人、恋地、恋物的情节，因此她便把她生长的这片土地抒情化、情感化，所以母亲忧愁风雨与哄儿入睡的经文也成为她怀乡的一大依恋，使得民俗歌谣也成为她散文的一大主题。

从琦君的这些思乡散文中，我们可以看出她的思故怀人，从不超出她的潘家大院；她的思乡，永远是永嘉、杭州；而她的散文主题，永远张扬着爱心、温馨、惆怅的情愫。她从细微处落笔，或刻画故人的生活状态，或描摹故乡的一草一木，或记录故土的民俗民风，淡淡地勾勒了一幅童年生活的美好画卷，更加映衬了作者成年后漂泊在外寄物托情、思忆过往的情绪。琦君作品中的怀旧不是故地重游，而是对心灵中"陈迹"的缅怀。这使得她的作品中呈现出一种"伊甸园"式的怀乡情节，虽以童年的回忆为灵感源泉，但在作品中，童年并非一般意义上的家园亲情，而是一种纯洁、亮丽、不复存在的心灵的伊甸园。

参考文献

[1] 郑明娳. 谈琦君的散文 [C]. 见隐地《琦君的世界》，台北：尔雅出版社，1980. 175.

[2] 糜文开. 读《琴心》——一部描写怎样去爱的书 [C]. 见隐地《琦君的世界》，台北：尔雅出版社，1980、95.

[3] 琦君. 母心似天空 [M]. 台北：尔雅出版社，1982.

[4] 琦君. 三更有梦书当枕 [M]. 台北：尔雅出版社，1975.

[5] 琦君. 灯景旧情怀 [M]. 台北：洪范出版社，1983.

[6] 琦君. 灯景旧情怀 [M]. 台北：洪范出版社，1983.

琦君散文儿童视角探微

胡新婧

（温州市瓯海区三溪中学）

　　叙事视角首先应当是一种处世策略，是作家观察和感知世界的角度。其次才是作为一种叙事策略，指的是作家描绘世界的方式。其背后包含着作者的个人审美倾向、作者对读者的阅读期待、作者和读者双方的关系等影响因素，是一个综合指向。所以叙事视角始终是叙事学研究的热点，并被广泛地应用于文学研究与鉴赏。视角按照传统分类法，可分为全知视角和限知视角、内视角和外视角，也可以根据年龄划分为儿童视角、中年视角和老年视角，还可以根据性别划分为男性视角和女性视角，同样也可以根据叙述者的身份和职业进行划分。对于视角的选择，不仅受作者的个人审美倾向、创作意图影响，也受社会思潮和大环境中的审美主流影响。比如琦君选择儿童视角进行写作，不仅是因为她自身热爱儿童，怀念童年和故土，也受 20 世纪 50 年代从大陆迁台的作家群体在台湾地区掀起的怀乡潮的影响。而她在台湾怀乡作家中的独特性在于，本着一颗童心，以儿童视角重历童年、怀念故乡、观察世界。

　　那么，什么是儿童视角？王宜青认为是："成人作家以儿童的眼光处事、筛选后，再以儿童的方式描绘出来，用孩童的眼光、态度、思维方式和价值取向，作为创作主体挑选素材、组织情节的过滤器、摄像机甚或监视孔，并表现与儿童感知发生联系的那部分现实生活景观。"① 简单地说，儿童视角的

----

①王宜青. 儿童视角的叙事策略及心理文化内涵［J］. 浙江师大学报，2000（04）：19.

前提是成人作家怀持童心，以儿童的眼光和思维观察生活，再以儿童的身份进行叙述，即在言语习惯上靠近儿童。琦君曾说："我在写的时候，自己当年那个傻傻的样子就在眼前，所以并不觉得是在写回忆，只觉得自己又变成孩子了。"① 在这里值得提出的是，琦君是将儿童视角运用于童年回忆的写作中，借此揭露成人与儿童的差异。正是儿童视角这种表现儿童、展现童心的功能，决定了它可以被纳入"童心写作"之下，成为"童心写作"的手段和特征，又因为儿童视角是童年回忆的主观表现，所以我们也可以以此倒推出琦君的内在精神。她的内在精神有一个显著的特点，即眼中有邪，而心中无邪，能发现恶的存在，却通过儿童视角委婉揭露，或者直接过滤、悬置，使自己的内心温暖祥和，永远以最大的善意看待世间的一切。本文要讨论的便是琦君儿童视角下的成人世界，视域的选择在叙事视角层面产生的审美作用以及形成的语言特征。

一、处处疑问的成人世界

从表面上看，儿童视角描绘的是与儿童感知发生联系的部分事实，如小春的眼光观察到的是身边的人、事、物，并从中感受到喜怒哀乐。实际上，成人作家真正想表现的是超出儿童感知的那部分，也就是儿童无法理解的部分。这时，儿童也就变成了成人作家的代言人，提出对成人的种种疑问，以此来挖掘和揭露复杂的成人世界。因为成人世界光明的一面是被琦君反复书写、展露无遗的，所以在此不多加赘述，本节着重要挖掘的是被小春痛恨又不解的那部分成人世界。而最让小春痛恨和不解的成人要数她的二妈，她的整个童年最大的缺憾莫过于父母亲的离心、二妈的刻薄和兄弟的离世，恰恰二妈就是这些噩梦的"始作俑者"。她不理解父亲为何有了母亲这样好的妻子还要娶二妈？为什么二妈进了家门，母亲就一直郁郁寡欢、愁眉不展？为什么父亲和二妈在一起的时候总是眼里含笑，面对母亲却直皱眉头？

二妈刚进门的时候，"我"看到的是一个娇滴滴的跟花旦似的年轻女子，

①琦君.母亲的菩提树 [M].北京：人民文学出版社，2015.122.

正当"我"想问妈妈这样漂亮的女客是谁时，发现母亲正坐在厢房里流泪。"我"问妈妈："妈妈，您哭什么，爸爸回来了，还有一个花旦儿似的女客呢！"① 妈妈不喜欢二妈送的玩具，"我"也觉得妈妈太小气了，家里多一个姨娘不是更热闹吗？况且二妈送了"我"和哥哥这么多玩具，为什么还要生气呢？慢慢地，和二妈相处了一段日子之后，"我"发现二妈的行为总是让"我"无法理解。比如，从北京回来的二妈带了很多零食给"我们"，但"我"更喜欢的是被扔在垃圾桶里的五彩花纸盒，正当"我"想伸手拿的时候，二妈突然大声地呵斥"我"，不许"我"拿纸盒。看到"我"把阿荣伯给"我"做的纸花轿放在饭桌上，她也要生气，"我"战战兢兢地把花轿拿到厨房，二妈甚至追出来，把花轿抢去，远远地扔到天井的雨地里。"我"大哭着质问妈妈："妈妈，你为什么不说话，为什么不拦着她扔我的花轿？"② "我"不明白为什么在二妈的眼里，装食品的纸盒是脏东西？母亲面对"我"的无助和痛苦为什么不帮"我"？实际上，成年叙述者想揭示的是二妈这样的行为，是对孩子们游戏天性的压抑，摧毁的不仅是他们的玩具，更是他们对成人的好感与信任。而"我"的痛苦与无助何尝不是母亲的痛苦与无助。

春节是孩子们最喜欢的节日，因为最热闹也最隆重，更重要的是能收压岁钱。有一回，"我"正拿着外公给的压岁钱给小表弟买烂脚糖吃，二妈看见了问也不问就把"我"的压岁钱全没收了，"我"大哭起来。外公宽慰"我"说是因为二妈自己没有女儿，没有压岁钱好给，所以心里不快乐。"我"就很纳闷：她没有压岁钱好给，为什么不给"我"呢？这样的疑问一直伴随了"我"十几年。当"我"不再盼望压岁钱的时候，二妈却每年都笑盈盈地给"我"压岁钱，可是"我"已经没有开心的感觉了。所以"我"想，如果她当年没有没收"我"的钱包，或者掏钱给小表弟买两块烂脚糖，"我"将会多么快乐，多么喜欢她。有的时候，成人一些无心的举动，往往会给孩子的心灵留下难以磨灭的伤痕，如果能多多体谅孩子幼小的心灵，那么孩子回报给大人的会是他全部的爱。

①琦君．琦君散文［M］．杭州：浙江文艺出版社，1994．187．
②琦君．母亲的菩提树［M］．北京：人民文学出版社，2015．12．

二妈的出现甚至还间接拆散了"我"和哥哥，不仅使"我们"兄妹两人忍受生离之苦，还要惨遭死别之痛。爸爸说因为哥哥是男孩子更得重视，所以要把哥哥放在有学问的二妈身边养，哥哥就被父亲和二妈带去了遥远的北平。"我"就不懂，为什么父亲要把儿子派给一个不是生他的娘亲去管教，她哪里会疼他呢？而且以哥哥的性格能服二妈的管教吗？果不其然，哥哥来信说，姨娘天天出去打牌，连他的三餐也不管，他只能一天到晚吃饼干。哥哥病了想回乡，二妈却不肯回来，结果在二妈的拖延下，哥哥竟然孤独地病逝在北平。在叙述的过程中，叙述者没有直接评价父亲和二妈的行为，而是把评判的权利交给了读者。但是从字里行间流露出的浓重的情绪色彩来看，叙述者对父亲因望子成龙而惘视儿童心理的行为，以及二妈不仅没有对哥哥起到照顾和教育的义务，而且丝毫不体谅病重哥哥的思乡之情的行为表示强烈的否定。

琦君的父亲本就非常重视"蒙以养正"的教育，哥哥去世后，更是把希望全部寄托在她的身上。但是古文深奥难懂，老师又正言厉色，母亲也盼望她能中个"女状元"，在家长和学业的双重高压下，小春一度产生严重的厌学心理和叛逆意识，频繁地产生落发做尼姑的想法。父亲崇拜中国传统的正统文学，所以只许琦君读古文，二妈连带着也不许她看像小说那样的"闲书"。有一回，"我"站在二妈旁边听她念《天雨花》和《燕山外史》，她的杭州口音读起书来抑扬顿挫，十分好听，但是当她发现"我"在听后，立即瞪着"我"大声呵斥道："小孩子不能看这些书。"从此，"我"既怕她又恨她，于是开始带着报复性的心理读了不少"闲书"。琦君的传统文化修养深厚，确实得益于"蒙以养正"的古文教育，但琦君显然并不主张这样压榨式的教育方式。在2001年的一次采访中，记者曾问琦君如何看待当今孩子学习国学的热潮，琦君就表示传统文化中必然有值得孩子消化吸收的精华，但一切要建立在孩子的兴趣之上，切忌强迫他们学习。

成人世界的复杂程度远不止如此，小春不能理解的也不止父母亲和二妈之间的纠葛。她目睹了巴西三叔婆临走前留给三叔公的水晶盘被三叔公的新太太砸得粉碎，而三叔公却无动于衷，连水晶盘的碎片都不愿保留。为什么成年人对待爱情会如此懦弱、自私，连保存碎片的勇气都没有？还有"我"

那天赋异禀的小叔和家缠万贯的萧琴公拥有别人艳羡的智慧和财富，却不懂珍惜，一步步将自己消耗成一具行尸走肉；为什么中国人一定要会讲英语、吃西餐方能显得身份高贵？为什么台上的正派和反派一眼就能分辨，台下的人却忠奸难辨呢？

可见儿童不只对自然科学有十万个为什么，对自己身处其间的成人世界也有十万个为什么。在怀乡忆往散文中，琦君通过小春的疑问来揭露成人与儿童的矛盾以及他们自身的冷漠自私、虚伪贪婪，这些也是作者希望指涉的社会问题和成人的弊病，并渴望读者能对之做出道德判断，使成人认识自我、审视自我。

二、今昔对话的复调诗学

复调是起源于欧洲的一种多声部音乐，其中所包含的两条以上的独立旋律可以互相应和，形成良好的和谐关系，是对单声部音乐的一种突破。巴赫金在研究陀思妥耶夫斯基的小说时，为了打破单旋律叙事模式给小说批评带来的限制，将复调这一音乐体裁引入文学叙事学理论，拓宽了叙事学研究的道路。

吴晓东认为，在回溯性文本中最鲜明的特征便是成年叙事者或隐或显的介入，即使他没有出现在文本中，读者依然能感受到他的存在。显然，再贴近儿童的儿童视角也永远不可能摆脱成人视角的控制，儿童对世事的判断也不可能不受成年叙述者的世界观的影响。所以，从文本的浅层看，儿童视角是独立于成人视角的，实际上两者是相互交织应和的关系。钱理群则提出，儿童视角本质上是童年世界与成年世界的"出"与"入"。"'入'指的是成年人重新进入童年的生存方式，激活童年的思维、心理、情感以至语言，'出'即是在童年生活的再现中暗示现实成年人的身份"①。那么，童年和现实的时空转换、儿童视角和成人视角相互交织、儿童叙述者与成人叙述者在这个过程进行的今昔对话形成了复调的诗学意味。只是在这场对话中，儿童叙述者是主要发言人，成人叙述者或隐或显地围绕在其周围，做出回应。

---

①钱理群. 文体与风格的多种实验——四十年代小说研读札记 [J]. 文学评论，1997（03）：54.

1. 隐性的成年叙述者

以《妈妈的小脚》为例，文章开头叙述的是母亲因为要帮双亲在田间工作，脚缠得晚，所以疑心父亲迟迟不迎娶她就是因为她没有一双漂亮的三寸金莲。没想到父母亲结婚后，父亲第一件事就是劝母亲放小脚，但母亲放开小脚后走路依旧摇摇晃晃、弱不禁风。在这一段的叙述中，母亲放小脚后的情态虽然来自小春的童眼观察，但对母亲缠脚和放脚的叙述却使用了全知视角，而幼年的小春是绝不会看到母亲的童年和少女时代的，所以我们可以将开头的叙述视为成年琦君的叙述。真正的儿童视角的介入，是"我"这个童年叙述者的出现。"我"跟在母亲的后面，学着她摇摇晃晃的姿态，去猪栏边喂猪；看母亲忙完一天的家务，在硬邦邦的长凳上坐下来，揉着脚后跟说："好疼啊！""我"也在高门槛上坐下来，学着她揉脚后跟说："好疼啊！"此处透过儿童叙述者的眼睛，以儿童无知天真的视角，重现母亲每日迈着小脚忙碌的艰辛。文章结尾处，也是由小春的眼光来看，"我"看到父亲带回一位"如花美眷"，一进门，母亲就用吃惊的眼光将她从头看到脚，然后一声不响地回到自己房间，对着镜子照了半天，叹息了一声对"我"说："原来你爸爸是喜欢大脚的。我当初不缠脚就好了。"① 文章到此处戛然而止，没有出现成年叙述者的声音。但是，我们可以明显地感知到，小春对母亲的模仿看似轻松充满童趣，实则流露出成年叙述者对母亲深切的疼惜。最后母亲的那一声叹息，在显性的童年叙述者小春听来，是无法理解的，只能凭借母亲的情态和语气感知她的情绪。虽然成年叙述者也未对这句话做出评价，但我们不可否认，琦君将文章结束在母亲的这一句叹息后的安排，不仅是出于女儿对母亲的怜惜，更是一个女性对另一个女性命运的唏嘘。这一块留白也成了成年叙述者有意给读者准备的想象空间。

2. 显性的成年叙述者

不同于《妈妈的小脚》中成人叙述者隐藏在儿童叙述者背后，《灯景旧情怀》中的成人叙述者大方地亮相于文中，并且自由地在童年世界和现实世界中往返，呈现出成人视角和儿童视角交替出现、互相应和的现象。文章以现实世界中的年景开头后，马上出现成人视角："我望着长桌上一对红蜡烛。那是'分

---

① 琦君. 母亲的菩提树 [M]. 北京：人民文学出版社，2015.40.

岁烛'，也是风水烛。"紧接着儿童视角出现，描绘母亲在正月初五点风水烛时小心翼翼的情态、动作和语言。在下一段中，成人视角又顶替了儿童视角，写故乡新年的年景，成人叙述者在此处含情脉脉地观照着童年时期，因为过年而"爽"得爆裂开的自己，也就自然而然地以儿童视角为读者展现一幅幅温州春节的传统习俗画。最后，童年世界便在一家人吃汤团的温馨画面中逐渐淡出了，取而代之的是现实世界中猛然响起的鞭炮声，成年叙述者的重新出现，颇有如梦初醒、恍若隔世之感。在成年叙述者的视角下，"我"看到的只是默然无声地看报的丈夫，于是披上大衣，出去看街景，在街角看到好多可爱的花灯，便一口气买了好多盏。在此刻，原本分裂的童年世界和现实世界又有了联结点。"我"因为现实的冷清而在回忆中找到童年的"我"，童年的"我"带现实中的"我"重温年节的热闹与温暖，最后成了现实中的"我"的治愈者，这就是视角的复调诗意。

虽然儿童视角描写的都是日常生活中的琐碎小事，但它的丰富性和独特性却能呈现出被成人忽略的角落，比如小春能看到母亲终日迈着小脚忙碌的辛劳，这样的有情视角相比于冷漠的成人视角无疑是富有诗意的。成年人以亲历者的姿态重新进入儿童的诗性世界的过程也是诗意的，因为他们必须得褪去做成人时的烦恼与执念，就像原本感伤年景寂寞无味的琦君在重历了童年春节后，收起感伤，转而寻找现实里的快乐。在两个不同的时空里，同一个人以不同的身份与自我进行对话，或是为了怀念过往，或是为了立足当下，又或者是为了以一个全新的视角思考社会人生。总而言之，这场今昔的对话是作者给自己的安慰与排遣，让自己能更好地与现实和解，这也正是复调的诗性所在。

三、远近分明的视域选择

当作家选择以儿童视角进行写作时，他的主观选择或潜在意识便会有意无意地影响儿童视角的视域。所以我们可以通过解读文本中哪些内容是进入儿童视角并被肯定、理解、喜爱的，哪些内容是虽然进入儿童视角却被远离排斥或者含糊其词的，从而"揣摩作者心灵深处的光斑、情结和疤痕"①。而

---

①杨义.中国叙述学［M］.北京：人民出版社，2009.197.

琦君在使用儿童视角时，对视域的选择尤其分明，很大的原因在于她个人的好恶也十分分明。琦君曾说："一个从事写作的人，更应当本着文学良知，多多写发扬人性善良面、人生光明面的文章，期待能力挽狂澜，化社会的戾气为祥和。"① 可见，琦君倾向于描写人性、人生中光明的一面，同时远离有碍社会和谐的阴暗话题。她对前者的偏爱鲜明地表现在大量的散文作品中，无须笔者赘言，这里着重要探讨的是不被她所喜爱、接纳的那部分世界。

1. 接纳与肯定

琦君不止一次地在采访和文章中强调，自己写文章的目的不在于渲染悲情来吸引读者的注意，而在于化解社会的戾气与烦恼。所以，在以儿童视角进行创作的回溯性散文中，琦君营造出来的是一个"经过艺术抽象的主体热烈地拥抱经过艺术抽象的对象，在无意间的交融中创造出的诗意的世界"②。这也就意味着，要想创造诗意的世界，被儿童的眼光所接纳、肯定和喜爱的那部分世界必须是诗意的。首先，进入小春眼中的世界，是一个田园牧歌式的乡村，虽然没有大都市热闹繁华，但是这个小村庄物厚民丰，村民们都安居乐业。尤其是最受小春敬佩的以阿荣伯和阿标叔为代表的底层劳动者，他们热爱生活并且不卑不亢。在写人的文章中，琦君着墨最多的还是她的母亲。在小春的眼里，母亲敬爱父亲、心灵手巧、吃苦耐劳、温和敦厚、孝顺长辈、疼惜孩子，可以说是全村妇女的典范。实际上，小春肯定的是母亲女性身份的价值。还有，小春最喜欢过热闹温馨的春节、充满人情味的端午节和中秋节，因为村民们对这些传统节日的重视和庆祝，背后体现出的不仅是人文的关怀，更是中华传统精神的展现。这些被琦君津津乐道的内容显而易见是她喜爱、肯定、接纳的部分，接下来我们将要挖掘的是被琦君有意远离、排斥或者含糊其词的那部分世界。

2. 远离与排斥

（1）远离主流文化

琦君出生于 1917 年，恰好是启蒙运动的开端和高潮。但是，她的私人化

①琦君. 母亲的菩提树［M］. 北京：人民文学出版社，2015. 115.
②吴其南. 时间如何诗化回忆［J］. 温州师范学院学报（哲学社会科学版），1995（01）：35.

写作似乎有意拉开自己与主潮的距离，首先，这种距离表现为地理位置上的距离。小春是在永嘉（现温州）瞿溪这个小镇长大的，在她的认知中，连杭州都是千里之外的外路，从杭州来的二妈作为外路人就与自己的家乡格格不入，更别提北平了。小春觉得，去北平就像出国一样不可思议，虽然孩子的天性让她觉得做外路人很神气，但是当她知道父亲要把哥哥带去北平的时候，她的想法并非父亲为什么不带我一起去北平，而是去北平哪有留在母亲身边、留在家乡好？为什么要带哥哥去北平？其次，是文化上的距离。新文化与旧文化经过激烈的角斗后，以胜利者的姿态掀起了民众学习新文化、新思想的浪潮。然而这股浪潮的势头在偏远的瞿溪似乎大大减弱了。小春仍然在家庭教师的教导下，日复一日地被迫学习旧文化。不过，琦君并非对新文化带来的影响完全避而不谈。比如，父亲和二妈坚决反对小春阅读新小说的态度，反而促使她偷偷阅读了不少大人眼中的"闲书"，还有在上海念大学的堂叔暑假回乡给她带回的横着排印的杂志和新书，以及《爱的教育》和《安徒生童话集》。但是，小春看待这些新式书籍的态度是看不习惯，也看不懂。堂叔让她尝试从小就用白话写文章，但是她觉得家庭老师说的先打好文言文的基础更有道理。如果说小春对新文化运动和启蒙运动的远离和忽视是受到地域和家庭教养的影响，那么，长大后去杭州教会中学读书，接受西方教育的小春却依旧回避这些话题，关注的还是身边可亲可敬的老师和调皮可爱的同窗。这就足以证明小春是有意将自己的文化生活与主流文化拉开距离的。

（2）排斥战争

被小春远离和排斥的还有政治和战争。琦君生在战争年代，她的一生经历了军阀混战、抗日战争和国共战争，而且她的父亲也是政治和战争的参与者，但是她的散文很少体现宏大的家国情怀或者探讨战争环境下人的生命价值。这一点和琦君的性格不无关系。小时候，哥哥非常崇拜作为军官的父亲，觉得能像父亲一样骑着战马、上阵杀敌是很威风的事情，但小春极其反感战争。有一回，父亲要出发打仗，问小春和哥哥想要什么礼物，哥哥拍着手说要大兵，要丘八老爷。小春却很不高兴地摇摇头说："我才不要，他们是要杀人的呢！"虽然，琦君也有少数以战争为背景写的散文，比如《永恒的怀念》，其中有一段记叙的是父亲的马弁胡云皋，在父亲正在前线与孙传芳部队作战时，冒险穿越火线带"我们"一家人撤离，以免"我们"被作为俘虏来要挟父亲。但是小春的眼光还是聚焦在忠心耿耿、有勇有谋的胡云皋身上，将战争的危险残酷与惊心动魄弱化。可见，琦君善良柔软的内心，和宣扬和平与美好的写作信念，是使得小春的视角排斥战争最大的主观因素。

3. 含糊与不满

小春虽然刚开始是被迫接受旧文化的规训，但是在发现古文的魅力后，是由衷地热爱中国的古典文化的。所以琦君也肯定传统文化对女性的规约，甚至对解放女性的运动持怀疑态度。值得注意的是，琦君虽然让自己远离这场启蒙运动，但是她却隐藏起自己的声音，以小春的眼光，将男性地位和女性地位不平等的现象隐晦地揭示出来。比如写春节祭祖这样的风俗，"我"作为女孩子是没有资格在那样的大典中拜祖宗的；迎神拜佛的时候，"我"这个女孩子在蒸糕时，连脚都不许搁在灶孔边；就连父亲也说男孩子比女孩子更重要，所以将哥哥带去北平，而"我"回乡下读书。这些对性别歧视的描写往往作为故事的背景一笔带过便被含糊地搁置在一旁，作者从不对此鲜明地表露自己的态度，只是寄希望于读者的解读。在《岩亲爷》里，小春则对性别歧视有更进一步的叙述。当时，瞿溪村里有一尊被称为"岩亲爷"的佛像，据传是吕洞宾的化身，他只收男孩作干儿子保佑他们考取功名，"我"听说后心里很是生气，觉得吕洞宾伯伯只收男生当亲儿，不收女生当亲女是不公平的。而且"我"知道，这种不公平其实是村里人自己搞出来的。于是，"我"下定决心一定要比男孩子争气，干一番大事业，长大后回乡让岩亲爷收全村的女孩子做亲女。在这篇文章里，小春直言"岩亲爷"对男孩和女孩不公平，并且直接表达了对乡人歧视女孩的不满，和与男孩一争高下以证明女孩并不比男孩差的决心。

综上，我们既可以通过了解作家的个人经验、性格特点来剖析作家作品的题材与风格，也可以用逆向思维挖掘作者视角的视域选择，分析作者的成长环境、性格特点与审美取向。古朴的农村和闪光的人性是被小春纳入视野并且肯定的，而时代的主潮、性别的歧视和家国大事虽进入小春的视野，但是经常被排斥远离或含糊地表达出来。可见，琦君的写作习惯是远离时代的主潮和宏大叙事，利用个体经验写作，从而营造一个充满爱与和平的原始世界。

四、"童言童语"的言说方式

文学是语言的艺术，语言在经过作者的编码后，不仅能传递信息，也能体现创作者的感情色彩和创作个性，反过来，作家个人的志趣才情和人格个性都是影响语言形象的重要因素。琦君童心未泯的气质和对童年的向往与留恋，以及与儿童读者的频繁交往，无不是影响她散文语言童稚化的因素。而在言语习惯与方式上是否靠近儿童，是儿童视角运用成功与否的重要决定因素。"童言童语"的语言特征在很大程度上表现为符合儿童的思维特征和言语习惯，即表现出浅白易懂，富有趣味的风格。在儿童化语言的运用方面，琦君无疑是成功的，这一点从她的作品多次被编选入海峡两岸的语文教材就能证明。

1. 直来直去

陈晓明认为，20 世纪中国文学的叙述方式可分为现实性叙述、观念性叙述、反思性叙述和修辞性叙述。其中，修辞性叙述要求语言能"最清晰、最浅显和直接地还原现实世界，叙述语言要获得透明性"①。琦君散文中的儿童视角赋予她笔下的儿童小春直来直去地诉说的权利，所以，她的语言特征首先就表现出修辞性叙述所要求的口语化和直接化。比如在表达自己的情绪时，琦君选择的是毫不遮掩、最直接的言说方式。当"我"表示对二妈的反抗和愤怒时，"我"会说："她要我望东，我就偏偏翘起鼻子望西，气死她。"② 当父亲要求"我"吃饭把脖子伸直，喝汤要把汤匙高高举起将汤送进嘴里时，"我"觉得"好累啊"。又说到吃饭时把头伸进盘子边去喝汤的样子，简直像猪狗吃东西，"我真气死了"③。母亲不忍杀生，总是请阿荣伯代她杀鸡杀鸭，

①张志忠，贺立华. 莫言：全球视野与本土经验 ［M］. 济南：山东大学出版社，2014. 107.
②琦君. 琦君散文 ［M］. 杭州：浙江文艺出版社，1994. 134.
③琦君. 琦君散文 ［M］. 杭州：浙江文艺出版社，1994. 209.

肚肝叔叔说母亲是在借刀杀人，"听得我一拳想打过去"①。还有在和最好的朋友分别的时候，对朋友的爱和不舍毫无保留地倾泻而出："不知怎么的，我忽然鼻子一酸，眼泪扑簌簌地掉落下来。我实在太感动、太快乐了。因为王玉把她最最喜欢的东西给了我，我是多么地爱她啊！可是，没多久，我们就要别离了，我怎么能不伤心呢？"② 除此之外，像"我好气""我好急""我好伤心""我好痛快""我好开心"这样的直接的情绪表达俯拾皆是。另外，儿童说话往往没有成年人的诸多顾虑，而是直来直往的。如"我"见到许久未见的阿月，竟说阿月的辫子像泥鳅；胡伯伯将自己宝贝的竹烟筒送给父亲时，"我"快嘴快舌地说："颜色不顶好看。"三叔公的新太太摔碎了巴西叔婆留给三叔公的信物时，"我"跳起来喊道："你太凶了，你好坏！你好坏！"③ 紧接着对母亲说："三叔公太不应该了，自私，懦弱。"④

2. 生动有趣

在儿童的世界里，他们自有一套话语系统。与成人正经庄严的言说方式不同，他们的话语有时会表现出充满想象力的趣味。比如琦君在使用比喻手法时，思维就无限接近儿童，表现出儿童独有的生动和直观。她把家庭教师因脚气病而肿起来的腿比作"大黄瓜"，还称巴不得他走路不方便摔个大筋斗掉在水田里。将平日庄严肃穆、仙风道骨并极具权威的老师和"大黄瓜"联系在一起，又叫人对他掉下水田的狼狈画面浮想联翩，这样调皮淘气的话语中透露出的孩子的顽劣令人又气又笑，忍俊不禁。琦君还喜欢把吃得鼓鼓的肚子比作蜜蜂的肚子，在《春酒》里，"我"就像个勤劳的小蜜蜂一样，"忙碌又勤恳"地流连于各家的春酒酒席上，总是把肚子吃得鼓起来还不罢休。贪吃的孩子和圆滚滚的肚皮像极了儿童画上招人喜爱的胖娃娃。

除此之外，她还像个孩子似的给事物取外号、贴标签。比如小时候父亲带她去西餐厅吃饭，因为讨厌西餐厅的诸多规矩，就偏偏把外人看来高端上档次的西餐厅取名为土里土气的"菜根香"，把在"菜根香"吃饭称作是

---

①琦君. 琦君散文 [M]. 杭州：浙江文艺出版社，1994. 224.
②琦君. 母亲的金手表 [M]. 北京：人民文学出版社，2012. 149.
③琦君. 母亲的金手表 [M]. 北京：人民文学出版社，2012. 144.
④琦君. 母亲的金手表 [M]. 北京：人民文学出版社，2012. 144.

"吃大菜"，因为在她的学校里也称老师对学生的训诫为"吃大菜"。她还把戴近视眼镜的人称为"四眼田鸡"，这样的外号往往在小学生当中流行，充满孩子的顽劣与诙谐，在琦君这样的成年人口中说出反而趣味横生。每天早晨，她要快速地为赶着上班的丈夫和赶着上学的儿子做好两种不一样的早餐，在这样的忙碌与紧张中她还不忘戏称自己的手变成了"飞毛手"。她还经常调侃有心学习英语却总是无力的丈夫，甚至专门写了一首小诗送他："彬彬君子，守口如瓶（不开口说英语）。家书半纸，惜墨如金（最懒写家信）。乡音不改，吾土吾民（他四川口音重，是君子不忘本）。"① 只怕她的丈夫听了会哭笑不得。可见，从小春到琦君，童稚的淘气和直接是没有改变的。

　　童心是真实无所蔽的，既不受世俗成规的影响，也无须迎合他人的意愿。童心的言说是没有目的，遵从内心的言说，表现出的是孩子般纯真的内心，这也正是童心的价值所在。或许，有些读者会认为，琦君的散文语言过于童稚化，失去了成人语言的魅力。但是值得提出的是，琦君散文具有成人和儿童这样的双重读者，"由于接受对象的特殊性，作者须用'浅语'写作，但同时又要用'浅语'酿出文章的'味儿'。这'味儿'不是语言的枝枝节节，而是诸种语言因素合成的整体，它取决于作家有无自己独特的'悟'。"② 所以，琦君并非仅仅是为了迎合儿童视角，才将儿童的话语体系引入自己的作品，而是为了通过"童言童语"的言说方式，挖掘现实人生中的童趣。

　　"童心写作"不是简单地展现天真无知的儿童和童心，它的价值在于作者和读者都体会过现实的残忍和不堪，却默契地向往纯真的世界，守住自己的心灵家园，做到眼中有邪而心中无邪。就如琦君是一位温和的作家，即使能看到恶的存在，也不愿直接犀利地去批判，而是用天真的儿童视角表达对成人的疑惑不解，以此委婉揭露成人世界的弊病，或者选择用排斥、搁置、含糊的方式处理她不愿面对的社会的黑暗面，使自己远离这些恶，保持写作的初衷。

---

①琦君. 琦君散文［M］. 杭州：浙江文艺出版社，1994. 269.
②方卫平. 中国儿童文学大系理论三［M］. 太原：希望出版社，2009. 591.

琦君笔下的"丈夫"形象

张 晨

（温州市场桥中学）

摘要：琦君笔下的"丈夫"形象含有丰富的意蕴。在塑造人物时，琦君杂糅了极多复杂的情感，在对人物角色的褒贬倾向上摇摆不定。她试图从女儿的身份中抽离，客观理性地构建"丈夫"形象。但她始终受限于对母怜悯、对父崇拜的情感以及特定时代的婚姻制度。本文结合琦君成长经历，解读与审视琦君不同文学作品中所塑造的"丈夫"形象，并探究其形成的原因。

关键词：琦君；"丈夫"形象；婚姻制度

一、引言

琦君在散文写作上极富造诣，在儿童文学、小说和诗歌创作上也颇有建树。她被誉为"台湾文坛上闪亮的恒星"。20 世纪 50 年代，琦君在台湾文坛初露头角，就有同行紧随其创作步履进行即时评说，日后逐渐形成系统和规范的学院派研究体系。大陆的琦君研究则从 20 世纪 80 年代的零星研讨开始，经过 20 世纪 90 年代对文本内容的具体阐释，发展到 21 世纪以来的多视角探索。虽然起步较晚，却已呈现出多层次、多角度的面貌。① 2002 年，根据小说《橘子红了》改编的同名电视剧热播，琦君开始受到较多关注。2006 年琦

---

① 孙良好，孙白云．海峡两岸琦君研究回顾与展望［C］．见周吉敏编《一生爱好是天然——琦君百年纪念集》，中国文联出版社，2018 年版，295—304．

君逝世和2017年琦君百年诞辰则两次引发研究高潮。

学界现有对琦君作品的男性角色研究不多，而且这些研究也基本围绕"父亲"一角，对"丈夫"形象的研究则不太能见到。本文结合琦君成长经历，解读与审视琦君不同文学作品中所塑造的"丈夫"形象，并探究其形成的原因。

二、小说中的"丈夫"形象

琦君笔下的"丈夫"形象含有丰富的意蕴。在塑造人物时，琦君杂糅了许多复杂情感。她试图从女儿的身份中抽离，客观理性地构建"丈夫"形象，但囿于成长经历，始终受限于对母怜悯、对父崇拜的情感以及特定时代的婚姻制度，在人物形象的塑造上摇摆不定。

（一）与"父亲"角色重叠的"丈夫"

琦君的小说作品之所以独特，在于她将"女儿"和"少女"的视角融入创作之中。这种"带有成人叙述因子的少年叙述"①，使"少女的父亲"和"母亲的丈夫"这两个身份融合，不再泾渭分明。琦君的小说中，"丈夫"的身份总是带有含糊不清的意味，隐藏着琦君对父的复杂。

譬如在《橘子红了》里，"丈夫"和"父亲"的形象就重合了。《橘子红了》以"我"为叙事视角，讲述了"大妈"为了给"大伯"延续子嗣而主动纳妾，将年龄几乎可以做丈夫女儿的秀芬拉入斗争旋涡的故事。就此，3个女人的情爱绑在一个"丈夫"身上。书中描述的封建社会常态，对于"我"——"少女秀娟"而言，并不是一件黑白分明的事情。"我"怜惜大妈独自守在清冷的橘园，厌恶二姨太抢走了本属于"大妈"的生活和关注，更同情一个被毁去自由和幸福的无辜少女。但与此同时，"我"也崇拜大伯，敬仰大伯，明白两代人的婚姻观念差异巨大。"大伯"怜爱子侄，抚养弟弟，尊重"大妈"，称得上有情有义。但也是他，将"大妈"留在乡下操持家事孤

---

① 姚敏娇. 少年叙述与"弃妇"形象的重塑——以琦君作品为研究个案［J］. 华文文学，2012. 6.

独多年，让她清冷地过完一生；宠爱年轻貌美的"二姨太"，任她嚣张跋扈不加管制；纳了秀芬却不真心相待，哪怕她流产病亡也仅是信中相问。"大伯"作为旧社会下的"丈夫"，是封建家庭的权力中心。对"大伯"来说，法律允许纳妾，所以他没有犯错。他给了"大妈"权力和钱财、应有的地位和脸面。秀芬难产去世时，他也确实无暇归家，并非有意冷落。但囿于少女视角、被"大妈"抚养长大的成长经历、受到的"自由婚姻"的教育，"我"难以客观地去评价生命中这样的一位长辈。由此，琦君笔下的男性角色虽看似分离出"丈夫""父亲"两种形象，其实真实隐藏着对其成长经历的深刻审视。

琦君在创作时融入了她对自己父辈婚姻生活的观察。"大伯"这一"丈夫"形象呈现出琦君对于自己父亲矛盾和复杂的观感。这种情感不是单一的喜或恶，而是对父的孺慕和对母的怜惜的交织。琦君是女儿，对"大伯"（折射"父亲"的形象）尊重、崇拜和孺慕。她更是女性，对"大妈"的处境有天然的同情心。"大伯"作为"父亲"，热情耐心；作为"丈夫"，却冷情淡漠。琦君不解于这样天差地别的态度因何产生，也挣扎于"父亲"和"母亲的丈夫"这二者身份上的矛盾。在作品中，琦君弱化了"大妈"与"二姨太"的恩怨，由此避开对"大伯"的评述和指责。但她终究相信爱存在于父辈之间，否则大妈多年的执着和等待，就是一场空谈。由此《橘子红了》，虽骨子里沉重乃至悲怆，文字却温馨淡然，只在"温馨中透着幽幽的怆痛"①。

《七月的哀伤》也是如此，书中"丈夫"形象与"父亲"形象直接叠合。这篇短篇小说与《橘子红了》的区别在于它几乎用没有多少笔墨描述"丈夫"形象，琦君完完全全从一个少女、一个晚辈的视角来讲述故事。故事开场时"父亲"和"母亲"都已经去世。"丈夫"或"父亲"形象的塑造和理解完全来自"我"和玉姨的对话。

作为《七月的哀伤》里3个女人的"丈夫"，"父亲"多情且无情。封建制度给了男性极大的话语权。"父亲"既是丈夫，又是一家之主。"母亲"忍了一辈子，委屈了一辈子。她的丈夫纳了两个妾，但爱却不能均分。他让

①白先勇. 弃妇吟——读琦君《橘子红了》有感 [A]. 琦君. 橘子红了 [M]. 北京：人民文学出版社，2001.

"母亲"忍，却纵容"二姨太"。家贫的玉姨，由"二姨太"做主成了"父亲"的妾，而玉姨只比"我"大了 5 岁。已然老了的"丈夫"对年轻貌美的妾侍玉姨十分宠爱。玉姨的年轻一方面让他重新拥有年轻的感觉，另一方面也让他感受到自己的衰老。他不允许玉姨和别的男人说话，用"又打又拧"的方式表达自己的在意，证明自己的权威。他站在天然强权的那一方，将温柔留在了强硬之下，也丧失了为女性思考的能力。

但琦君也赋予这个角色的一定两面性。对"我"而言，他永远会是"戴一顶白缨军帽，挂着指挥刀"①，为国为家尽职尽责的父亲。因为"母亲"临终之际的嘱咐，"我"不会反抗"父亲"。但把他放到"丈夫"的角色时，他又确确实实辜负着"母亲"的情谊和玉姨的青春。他是家庭的精神支柱，也是女人间维持奇妙而稳定的三角关系关键点：他不在了，争抢就没了目的和意义。男权社会中婚姻制度的优势使他作为"丈夫"就拥有天然的权力地位。

在塑造小说人物的时候，琦君不自觉地将这种"父亲"和"丈夫"的形象融合呈现给读者。作品里独特的少女视角，道明了长辈婚姻里的荒谬和无奈、辛酸与隐忍，也增添了些道不明的理所当然感。这是因为少女敏感细腻，但对情爱懵懂且不谙世事。

（二）挣扎于情爱两端的"丈夫"

旧时社会顾不上儿女情爱，琦君的笔下还有很多挣扎于情爱两端的"丈夫"。

《长沟流月去无声》中的孙心逸回避了女学生望向他的那双盛满炽热情感的眼睛。清淡如水、诗意绵绵的交谈，便是师生之间的悸动。作为拥有妻女的"丈夫"，他将好感压在"自持"的巨石之下。孙心逸摇摆过吗？一方是赡养老人养育孩子的妻子，一方是年轻貌美又钟情于他的女学生，他是摇摆的，否则哪来精心雕刻打磨的印章和告别的夜晚？哪来隐藏在"你真好"之下的千言万语？哪来"风露终宵"②的明了？那句诗句下的深意彼此再明了又有什么干系呢？宛若最终没有将告白宣之于口，正是因为清楚地知道心中

---

① 琦君．菁姐（短篇小说集）［M］．台北：尔雅出版社，1981. 12.
② 琦君．菁姐（短篇小说集）［M］．台北：尔雅出版社，1981. 12.

人会做的选择。爱是隐忍、是成全，也是不完整的心和完整的责任。孙心逸从开始便将妻女的位置摆在了前端。他克制自己，既不让自己沦陷于女孩说着情愫的双眼中，也不任自己迷惘在青春和热情中。但他终究动了心绪，他"似询问又似是答应"①的神情，就是他摇摆在妻女和宛若之间内心挣扎犹豫的体现。

琦君笔下还有很多徘徊在情爱中难以抉择的"丈夫"。《探病记》里的余子安因战乱和谈婚论嫁的恋人失联。而后他又迫于家庭压力，听从父亲的安排娶妻生子。多年后，以前的恋人再度相遇，已是物是人非。一方是患病的妻子、丈夫的责任；另一方是久别重逢的恋人、爱情的自由。他取舍万难。《失落的梦》里的仲明同样已结婚生子，但他依旧深深被朱丽吸引。琦君的笔下仲明是个眼里只有艺术的人，朱丽是个天真的姑娘。在爱上仲明之前，朱丽并不知道对方已经婚配。两个对艺术赤诚的人自然而然地被彼此吸引。仲明在两个无辜的女子之间徘徊不定，在责任和爱情里苦苦挣扎。

琦君让他们摇摆在责任和爱情之间，摇摆在两个女人、两种婚姻观念之间。这样的角色恰恰是当时社会的缩影。自由婚恋的思想才刚刚蔓延，封建主义依旧把握着大局面，所以像这样摇摆在"新旧"之间的人并不少见。他们刚接触新潮思想，高声呐喊冲破封建专制、反对包办婚姻，却没有与之匹配的责任感和承担责任的魄力，只得感叹似是有情却无情。不论是仲明还是孙心逸，抑或是余子安，他们挣扎在情爱的两端，或是自由与责任，或是情爱与恩义，又或是生死与纲常。他们摇摆、徘徊、犹豫不决，充满时代性的唏嘘。

三、散文中的"丈夫"形象

琦君以散文见长，将生活见闻和人生琐碎之事都写到了极致。她的散文以叙事为主，呈现了小说化的特点。而她笔下的"丈夫"形象更具有多重的层次和意味。

---

①琦君.菁姐（短篇小说集）[M].台北：尔雅出版社，1981.12.

（一）具有绝对权力的"丈夫"

长辈的人生，让琦君窥见了封建家庭和男权社会的"一斑"，她虽是父辈婚姻的旁观者，却亲眼见证了根深蒂固的男权思想下的"丈夫"。

《旱烟管忆往》的堂房大叔，当着"我"便打姨娘，用了狠劲地打。他完全不顾晚辈在场，不给姨娘留一点脸面。仅仅因为"我"和姨娘唱山歌的时候，恰巧有个长工在旁跟着我们唱了几句，姨娘就遭受了这样的打骂。他以"大婶"不会生育为由纳了姨娘，却未将姨娘当成"另一半"，反而更像是属于自己的一个物件，打骂随心。这类"丈夫"形象在《香菇蒂》里有更加深刻和隐晦的表现。小花爸爸爱赌、打人、毫无能力，输光了钱可以将妻子当作货件一样卖了抵债。哪怕如此，他的妻子依旧想着为他还债，要女儿陪伴照顾他。连女儿拿到的四朵香菇，小花妈妈也要将一半给前夫，一半带回去给现任的丈夫补身子。作为男权社会中的"丈夫"，他们享受社会制度赋予的权力，从不用反思男尊女卑的社会地位对女性的迫害。

呈现具有绝对权力的"丈夫"形象的还有琦君的父亲。琦君很少直接从正面写父母的婚姻。父亲作为男权社会里的丈夫，总是被隐晦又匆匆地带过，仅存于和母亲少有的互动或是母亲的思念里。在《髻》《一朵小梅花》《母亲新婚时》《第一次坐火车》《绣花》《妈妈的小脚》《衣不如故》等多篇散文中，琦君以女儿的身份和少女的视角，将一夫多妻制度下的"丈夫"权力地位，夫妻间没有爱情甚至没有正常性生活的生存现实，"以蜻蜓点水式的曲笔出之"[1]。

《绣花》里"母亲"忍着心痛也要绣两双鞋，她朝"我"解释："若只绣一双，你爸爸就会把它给了她穿，自己反而不穿。倒不如索性一口气绣两双，让他们去成双作对吧。"[2] 作为母亲的"丈夫"，"父亲"明了妻子和姨娘之间微妙的关系，也并非不懂妻子的隐痛和隐忍。但"丈夫"作为男权社会的得利者和封建家庭一家之主，他并不在意，也并不需要顾及她们的悲和痛。他被二姨太年轻的容貌和曼丽的身体吸引，也享受妻子悉心的照顾和全身心的

---

[1]刘思谦．女人生命的刻度——90年代女性散文中的代际现象［J］．哈尔滨：文艺评论，2000（2）．
[2]琦君．琦君散文精选［M］．武汉：长江文艺出版社，2015．

托付。作为丈夫，他是施予的一方，他可以随心所欲地纵容姨娘的嚣张，忽略妻子的忍耐和退让。他也是掌权者，在充斥"以夫为纲"思想的社会里，从未将自己放在和妻子、姨娘平等的位置上。这不是他本性上的坏，而是一种由社会风气促成的理所当然。

在当时的社会背景下，"丈夫"在家庭中具有绝对的权力，都是婚姻里的既得利益者。

（二）作为牺牲者的"丈夫"

相比于同期男权社会里的得利者，《破了的水晶盘》里的三叔公、《三十头》里的刘秘书、《莫愁湖》的姑父、《梨儿》里的丈夫、《阿玉》里的三叔、《完整的爱》里的幼之叔等，是典型封建礼教下的牺牲者。仅仅一句"父母之命媒妁之言"，便将他们囚禁在包办婚姻的牢笼之下。在这里，牺牲了爱情的"丈夫"形象不单单指被婚姻约束的"丈夫"，也包括那些拥有令人唏嘘的爱情的有情人。

刘秘书是典型的牺牲者。他虽只在《三十头》的人物对话里匆匆出场过，但琦君寥寥数语便勾勒了他爱而不可得、哀而不可怨的无可奈何。婚姻结两姓之好，姻缘是媒妁之言。哪怕他遇到了情投意合的心仪女子，也只能抱憾终身。礼教从未给他追求自由恋爱的机会，所以即便情难自禁，他也无法违抗父母之令。而在当时，又有多少能跳出吃人的礼教，获得真正的婚姻幸福呢。只叹"人生长恨水长东……"

曾对生活反抗挣扎的三叔公也难逃命运，成为牺牲者中的一员。三叔公挣扎过，他为争取自由，远赴重洋打拼事业，多年以后生活美满有妻有子。饶是如此，他依旧因为"母亲"的不断逼迫和伦理纲常的束缚，放不下内心的愧疚而回国。许是为了这些年补偿背母远行的罪过，又许是愧疚于"表姐"替他照顾"母亲"守着婚约蹉跎多年，他沉默地对这段包办婚姻妥协。作为丈夫，他辜负了两段婚姻，付出了失去自由和爱情的代价。当他踏上国土的一瞬间，长者为尊的大山就已死死地压在他的背上。如今在三叔公身上，再也看不到当年那个敢于反抗锐气逼人的少年了。与其说他无法违抗母命，不如说是封建礼教使他麻木。

还有《莫愁湖》的姑父，他遵从父母之命结婚，同时也踏入牺牲者的行列。大学毕业、才华横溢的英俊青年和相貌不佳、学习上不太开窍的普通少女怎样也凑不成良配。当"我"问他是否爱"姑母"时，他只眼神压抑地笑笑，和"我"说旧式婚姻哪里谈得上爱不爱呢。他牺牲自己一生的幸福，也不愿令父母为难。当姑父遇到真正的意中人时，他早已被封建教条和婚姻紧紧捆绑，至死也没能和心爱的人再见一面。

又譬如《阿玉》里的三叔，他和阿玉在纯真朦胧的年纪互生好感，却因为二太太的几次阻挠分隔两地，多年不得相见。三叔的婚姻由不得自己做主，家中更不会同意他与丫鬟自由恋爱。三叔没有办法反抗二太太的决定，直至最后等来了阿玉被迫嫁给贫苦船夫的消息。他永远失去了阿玉，失去了自己的爱情。

这些"丈夫"被剥离了人性中的情爱本能，在旧式婚姻里蹉跎一生，似乎变成了延续后代的器具。在严格的三纲五常的礼教之下，还有多少"丈夫"是封建制度的受害者和牺牲者呢？

（三）新"三从四德"的丈夫

李唐基是琦君笔下形象最真实最厚重的丈夫——爱的伴侣。在琦君赋予文字"生活"气息这件事上，上天赋予了她细腻的情感，让温柔成为她写作的本能。当温柔和李唐基相遇时，就像鱼儿终于遇见水，拥有了归宿。《我的另一半》《与我同车》《我的另一半补述》《梨膏酱油》《三如堂主人》等散文都记录下了琦君和其丈夫的点滴日常。

读《我的另一半》时，感觉琦君正坐在对面慢慢絮语，回忆与李唐基生活的琐碎日常。平平淡淡的文字，却有波澜壮阔的深情。琦君让文字展示生命的温度，绵密从容又柔肠百转。李唐基，作为一个"新时代"的丈夫，让平等和自由的爱在他们之间热烈地绽放。他曾笑谈丈夫的"三从四德"，毫不掩饰自己对琦君的理解、尊重和欣赏。"今天我有一件大事要做，就是帮你拖地。"① 对李唐基而言，分担与妻子的家务，也是人生一大重要事。对这四德里的"太太吩咐要记得"算是身行力践。

《我的另一半补述》里，口称"太太的构思要顺从，太太写的文章要盲

---

①琦君. 爱与孤独［M］. 南京：江苏凤凰文艺出版社，2015.

从"的李唐基倒是担当了核稿的重任，每每将琦君的文章翻来覆去地审核仔细，圈点勾画出一些小毛病让她修正。琦君和李唐基恩爱多年，不是靠一方的容忍和付出。他们两个都自知不是完美无缺的人，相互接受对方的"毛病"，何尝不是一种乐趣呢？爱和尊重是相互给予的。

琦君在《与我同车》里写和李唐基的婚姻。"数十年来，与他甘苦与同，安危相依。他既然'惠而好我，与我同车。'我焉得不'驾言出游，以写我忧呢？'"① 如涓涓溪流一般平缓流淌的文字因为爱意而隽永灵动。诗意构成了这对神仙眷侣的生活。他们以文字相识，因文学相知，而爱情以初生的姿态毫无保留地呈现在这对男女面前。他们好似将两块残缺的玉拼成一个完整的家庭，数十年相依相伴，打磨抛光，终成美玉。

李唐基虽不是这几篇散文里的主人公，却是琦君风雨共济的旅人，是她因爱而和的伴侣。这里提到李唐基，是因为他对琦君散文创作有不言而喻的重要性。他和琦君的爱情，是平等和自由的结合。说是新"三从四德"下的丈夫，其实是新时代爱而平等的"丈夫"形象。

四、"丈夫"形象的形成原因

我将琦君作品中"丈夫"形象形成的原因分成两类。一是婚姻观念的碰撞和改变，时代的变化对思想跨越的影响不可谓不巨大；二是琦君复杂的家庭环境给她带来的影响。

（一）新旧时代的婚姻制度

无论是琦君的小说还是散文作品，大多数"丈夫"形象的形成和男权思想、封建礼教等有关。婚姻制度就是这些影响因素的具象化，因为它跟随时代不断被修整和重塑。封建制度三纲五常、男尊女卑的思想已经深深地根植于每一个生活在这片土地上的人的意识里。固然男女平等、一夫一妻制的思潮来势汹汹，但长期被封建礼教和男权至上所驯化的思想，一时之间无法彻底解放。这种束缚不仅体现在民国时期人们的日常生活中，也表露于民国的

①琦君. 爱与孤独［M］. 南京：江苏凤凰文艺出版社，2015.

婚姻制度和家庭关系之上。

我将从不同时期的婚姻和妾制度来分析"丈夫"形象为何形成。

北洋政府时期，封建帝制的政权已因历史的推进而被掀翻，但它遗留下的沉疴旧疾却需要漫长的诊疗。北洋政府所颁布的婚姻法，很大程度上继承了晚清的聘娶婚制。它延续了旧式包办婚姻的特点，需要父母的同意才可缔结婚约。但如果说它没有任何的进步又是错误的，因为"被婚姻"者们终于有权利撤销"被欺诈被强迫"的婚姻。与此同时，夫权至上、男尊女卑的封建家族模式依旧是北洋政府时期家庭关系的主流。这是自由的号角刚刚吹响的年代，"反帝反封建"的声浪愈演愈烈，而新旧时代的矛盾才初露端倪。

进入南京国民政府时期，传统婚姻制度终于迎来它第二次的松动。"自由、平等"在这个时代的声势不可当，传统婚姻制度不得不因社会进步有所妥协。自由婚姻初露端倪，"夫妻平等"和"一夫一妻"终于在法律中得到了肯定。成年男女有权自主婚配被正式编入了婚姻法例，且夫妻"离婚"的权利也得到认可，步入了它应有的历史进程。但封建社会的聘娶婚制依旧是当时社会的主流。官方的婚姻法堂而皇之地为"买卖婚姻"提供辩护。家庭关系依旧充斥着"夫为妻纲"的男权思想，而这种思想保障并维护着封建家族中大家长的统治权力。

值得注意的是，民国法律虽规定了一夫一妻制，正式取缔了"妾"在法律中的地位。但"妾"并未就此退出历史舞台，只是以另一种身份出现在法律之中。不再受清晰的尊卑界限约束，妾的地位反而隐性中得到了提高。若是有形同夫妻的生活经历，不需要任何形式的证明，"妾"就可以被视作"夫"的家属。妾完全脱离了和"妻"之间的主从关系，通过和"夫"缔结契约的形式就可加入家庭。由此可见，民国时期"妾"行事的自由度和一夫一妻制的形同虚设。

琦君作品中的"丈夫"受时代婚姻制度的影响而形成相应的婚姻观念，他们的形象塑造就源于此。父辈生活在封建礼教之中，是婚姻制度的得利者，所以"男权父纲"对他们而言天经地义。那个时代的"丈夫"就是处于男权社会的权力中心。妾制度的改头换面，使妻与妾、妾与妾之间的斗争愈加不加掩饰，丈夫的权力地位在无形中被巩固。

而稍年轻一辈的"丈夫"处在新旧观念的冲突的洪流中，虽渴望冲破枷锁，却受限于传统包办婚姻的观念和旧式家庭大家长统治的封建模式，他们摇摆犹豫又心生惧意。此时，"丈夫"的形象是自私而怯懦的，但即便如此，他们依旧在新旧更替的时代里扮演牺牲者的角色。

琦君和李唐基在 1950 年结为夫妻。此时，男女平等不再是空泛的口号，新时期的婚姻制度实现了真正意义上的一夫一妻。李唐基是琦君一生爱的伴侣，也是这个全新时代的"丈夫"。"新三从四德"只是笑谈，从意义上来说，"新三从四德的丈夫"宣告了封建时代的终结。

（二）生活经历和文学倾向

琦君从小就生活在封建家庭中。这个典型的封建家庭有站在权力中心的父亲，有以夫为天的母亲，也有旧式婚姻制度下的常见的角色——姨太太。封建主义以具象的形态直接呈现在琦君青少年的生活里。跟随母亲住在故乡的日子里，琦君见到了更多困于封建纲常之下的人。这使她的创作看似像记录自己的生活，细细品读又似是而非。对于"丈夫"是男权社会的权力中心、封建礼教下的牺牲者等的形象理解，并不是空口而来，而是琦君对生活的感叹。琦君将她的叹息散在令人唏嘘的故事中。

琦君由母亲抚养长大，与母亲情感深厚。一夫一妻多妾的婚姻，让琦君深感父亲辜负了母亲的爱情。父亲被委任到北平、杭州，只带了摩登的二姨太去上任，而将作为妻子的母亲留在故乡。他宠爱姨太太，从不顾及母亲是否受了欺辱。而母亲却始终如一地忍耐、奉献。生父生母的离世对琦君虽是挥之不去的隐痛，但养父母婚姻的不幸才是她创伤的根源。而生命中珍视的兄长、族弟的相继离世，使情感细腻的琦君更加悲痛不已。

琦君常年目睹父亲对母亲的冷落，对母亲的遭遇深感不平，但母亲却无怨无悔。同时囿于女儿的身份，琦君不能摒弃对父亲的崇拜和尊敬。双管齐下，使得琦君不能纯粹评判作为"丈夫"的父亲好与坏，只得将父母的婚姻作为原型融入作品。琦君不断直面地审视过去的创痕，试图在一次又一次的创作过程里治愈自我。

她大部分的文章都写在自己迁台之后，此时与琦君前半生相关的人已少有依旧在世的了。在那时，就连她对二姨太的怨也慢慢消散了。《一朵小梅花》里，她问父亲：还记得那朵小梅花吗？那朵梅花是新婚之时他送给母亲的发簪。母亲曾按梅花的样子绣了手帕给父亲，父亲却毫不在意地连同红纸都转送给了琦君。但当父亲两鬓苍然的时候，却什么都记起来了。可能是梅花簪，可能是忽略了半生的爱意。"他望着母亲，眼神中满含着歉意，也满含着柔情。"① 历经半生，琦君终于相信母亲的忍耐和等待并不是无望的付出，父亲同样深爱着母亲。她终于从当年父辈的爱情中走出，和当初令她痛苦的东西和解。

在台湾的数十年，自由平等之风已是不可撼动的主流，琦君拥有了和父辈完全不同的婚姻。李唐基懂得她的创伤和美好，会因她的文字而感触落泪。出版第一部作品《琴心》时琦君还未出名，李唐基推着自行车挨家挨户地推销。他们因文学而彼此珍视，在婚姻里求同存异。一直被善待的琦君，字里行间也变得柔软和温情，琦君的创伤被爱逐渐治愈。她写给李唐基的文字虽不热烈，却隽永深厚。《伞之恋》里，琦君曾写到游意大利时和李唐基走散，那天她就撑着一把水蓝色的伞，在原地等着，直到等到急匆匆来寻她的丈夫。那把伞一直被琦君珍藏，我想，真正被珍藏的应当是她和李唐基的爱情吧。

五、小结

本文将琦君小说和散文作品中呈现的"丈夫"角色进行了分析，结合文本内容，及琦君的写作手法和创作风格，对"丈夫"形象的特点进行分析总结，进而从琦君历经的婚姻制度和其家庭背景探究"丈夫"形象的形成原因。

"丈夫"这一角色固然具有多种形象，但无论从任何角度解读，都无法忽略其鲜明的时代特征。动荡的时代和思想的数次革命深刻影响身处其中的人。琦君以她生活的时代为蓝本，创作了具有时代性特征的人物形象。对琦君来说，这些"丈夫"并不指代一个身份，因此这一形象不能割裂其包含的其他身份来单一解读，比如对父亲的崇拜和敬畏就直接影响着琦君创作"丈夫"一角时摇摆不定的情绪。

---

① 琦君 . 琦君散文精选［M］. 武汉：长江文艺出版社，2015.

综上，研究"丈夫"形象时需要全面完整地分析琦君的人生经历和文学倾向。琦君在创作中不断自我治疗，试图从不断更替的制度、观念来理解和体谅曾经令她懵懂而挣扎的往事。也正因为如此，琦君笔下的"丈夫"形象才具有丰富的意味。

参考文献

［1］姚敏娇．少年叙述与"弃妇"形象的重塑——以琦君作品为研究个案［J］．华文文学，2012.6.

［2］白先勇．弃妇吟——读琦君《橘子红了》有感［A］．琦君．橘子红了［M］．北京：人民文学出版社，2001.

［3］琦君．橘子红了［M］．南京：凤凰出版传媒集团江苏文艺出版社，2009.

［4］琦君．菁姐［M］．台北：尔雅出版社，1981.12.

［5］邓倩．梳不透　青丝云髻几多愁——品读琦君散文《髻》［J］．当代文学，2010.1.

［6］隐地．琦君的世界［M］．台北：尔雅出版社，1980.

［7］胡冬智．论琦君笔下女性的爱情婚姻［J］．铜仁学院学报，2012.9.

［8］刘思谦．女人生命的刻度——90年代女性散文中的代际现象［J］．哈尔滨：文艺评论，2000（2）.

［9］张默芸．琦君论［J］．江苏社会科学，1994.3.

［10］吴迎斌．民国婚姻法中的封建伦理思想及其历史局限性［J］．兰台世界，2013.12.

［11］林丹娅，周海琳．1950年代台湾女性文学生成之探究［J］．中国文化研究，2012（2）.

［12］琦君．爱与孤独［M］．南京：江苏凤凰文艺出版社，2015.

［13］李伟．幽暗中的女性声音［J］．文教资料，2007.12.

［14］陈鹏．中国婚姻史稿网［M］．北京：中华书局．1990.

［15］李超然．男女权利平等的追求——以南京国民政府时期婚姻制度的变化为考察对象［D］．系硕士学位论文，并未出版，2018.4.

[16] 朱颖.民国时期妾的法律地位研究 [D].系硕士学位论文,并未出版,2014.5.

[17] 孙良好,李沛芳.追忆·怀乡·闺怨——关于琦君的《橘子红了》 [J].文艺争鸣.2012.11.

[18] 周吉敏主编《一生爱好是天然——琦君百年纪念集》[C].北京:中国文联出版社,2018 年版,295—304.

琦君小说中的女性悲剧成因探析

古丽拜合热姆·卡得尔

（新疆大学）

摘要：琦君小说中的女性悲剧是多重因素造成的，父权制度的权威赋予男性全部统治权力，使得女性地位日益卑贱低下；传统婚姻规范庇护男性肆意纳妾进门，使得女性集体失语甚至相互排挤残害；女性主体意识的缺失令自身走进偏狭，使得父权话语下的女性物化现象变得理所当然。

关键词：琦君；小说；女性命运；悲剧成因

生活在动荡年代的琦君是一位女性意识较为鲜明的作家，她的小说常常以婚恋爱情、家庭伦理、社会问题等为切入点，刻画新旧社会转型时期形形色色的男女形象，展现父权文化视域下女性的生存状态、爱情悲剧乃至凄恻命运，温和式批判父权中心统治及封建伦理思想对女性人格的压抑。琦君生前为中国文学界奉献出了一大笔宝贵的精神财富，她的文学作品中重现当时大到社会层面、小到家庭范围中所存在的深刻问题，为当代女性主义研究提供可据可循的文献资源。本文拟通过细读琦君的诸多小说作品，从父权制社会、传统婚姻伦理与女性主体意识3个方面来探究女性悲剧的成因。

一、父权制社会中男性权威的围困

两性本是自然界中生理的区分，在历史发展演变之中却被等级化、社会化，当人类社会由母系制转变到父权制时，两性之间的伙伴关系就过渡成不平等关系。从严格意义上来讲，父权即指家长权，且唯有男性才能获得此权。"父或家长为一家之主，他的意思即命令，全家人口皆在其绝对的统治之下。"①《居家杂仪》中所载的"凡诸卑幼事无大小，必咨禀于家长"②，以及《荀子》中所载的"父者，家之隆也"③，即呈现这种男性家长一人持最高主权的情形，"父权等级制以来女人的从属性、他者化和'第二性'的地位，就是这种性别文化和强塑驯化的结果。"④ 换言之，超越本身的生理属性而具有社会属性的女人，是被父权制的封建统治以及意识形态强制塑造的结果。因此，父权制本质上就是人类社会不对等关系的源头，父权文化中男性被认为是"主体""绝对"，也是整个世界的中心，相较而言，女性却被认为是"他者""第二性"，因此女性的话语权逐渐被无情剥夺，沦为某种沉默的、附庸的、男性的个人财产，社会由此产生人对人的统治与占有的压抑现象。

在中国漫长的封建社会历史中，父权制度主宰着一切。早在西周初期，父权制就已经开始确立起来，而父权制的确立实际上就是性别制度、等级制度的确立，也是一切有压迫、有奴役的阶级社会的开端。庞大的父权运作机制将基于天地万物认知的"阴阳观念"转移到男女性别的二元对立当中，此现象在《周易·系辞上》中已然彰显："日月运行，一寒一暑，乾道成男，坤道成女。"⑤ 再如："天尊地卑，乾坤定矣。卑高以陈，贵贱位矣。动静有常，刚柔断矣。"⑥ 又有《周易·文言·坤》载："地道也，妻道也，臣道也，地道无成而代有终也。"⑦ 由此可见，"阳"与"阴"从"日""月"二字中产生，本无上下之别，后来逐渐同"乾"与"坤"、"天"与"地"、"尊"与"贱"等概念相对应，继而将此品质嵌套于"男""女"两性。"前者的正面性、积极性和权威性，背面正隐含着后者的负面性、次要性和消极性的价值

①瞿同祖《中国法律与中国社会》，北京：商务印书馆，2010 年，第 20 页。
②司马光《司马氏书仪》，北京：商务印书馆，民国二十五年，第 41 页。
③荀况撰，杨倞注，耿芸标校《荀子》，上海：上海古籍出版社，1996 年，第 140 页。
④刘思谦《性别：女性文学研究关键词》，《洛阳师范学院学报》，2005 年第 6 期，第 1 页。
⑤来知德集注，胡真校点《周易》，上海：上海古籍出版社，2013 年，第 297 页。
⑥同上，第 296 页。
⑦同上，第 25 页。

思想。"① 社会文化使男女两性的角色及德性定型，男性的地位无限提升，女性的地位日渐低下，强调"男尊女卑""男强女弱""男主女从"的权利形式，同时形成"男主外，女主内"的家庭分工原则。由于几千年来强大父权集体无意识的渗透，"男尊女卑"的道德观念潜移默化地影响着一代又一代的人，在父权中心统治的围困下，被压制在最底层的无疑是比男性更弱的女性群体，被迫失语的女性只能对封建强权绝对服从，她们逐渐失去掌控自身命运的自由权利，更不存在为争取幸福生活而进行反抗的主体意识。

琦君小说中所塑造的男性形象很大一部分就是父权制社会中的家庭权威典型，而其中的女性形象在不同程度上遭受着父权统治力的压迫。《阿玉》中的小莺爸爸是"一家之主"，强势掌控着其他人的命运，大家根本不敢反对他的意见，"爸爸说什么就是什么，妈都拗不过"②。在小莺爸爸的权威之下，受宠的二太太更是心狠泼辣，被卖给二太太做丫头的阿玉开启了苦不堪言的悲惨人生，先是时常被揍得浑身青紫，又因与三叔通信被遣回婶婶家，最终被迫嫁给贫苦的船夫。阿玉坎坷的命运仿佛早已注定："……婶婶说，到这儿来，除了猫和狗，谁都比我大。因为我是丫头。"③ 被贱卖做丫头后的阿玉毫无人权可言。在《七月的哀伤》中，即使作者未对已逝的美惠爸爸多作细节描写，也能从家人的对话、回忆中得知他的性格特点、家庭地位等信息，美惠爸爸的三房玉姨如此形容他："就好像他是云云和我两个人的爸爸。"④ 专制的丈夫已然不是丈夫，更像是比自己辈分更高的父亲。《橘子红了》中的秀娟的大伯是一个神情严肃、在外做官的读书人，同时也是"一向自作主张的权威男人"⑤，他在外讨了貌美如花的二房，秀娟的大妈却因愧于自己的天职，心甘情愿独自生活在乡间。由于二房也未能生子，大伯捎口信托妻子帮他纳一个三房回家延续香火，18 岁的三房秀芬进门过后死心塌地侍候"慈爱"的丈夫，可大伯只待了半个多月就又回到二房身边。秀芬小产病死，大伯也只

---

① 林幸谦《女性主体的祭奠Ⅱ：张爱玲女性主义批评》，桂林：广西师范大学出版社，2003 年，第 15 页。

② 琦君《橘子红了》，北京：现代出版社，2019 年，第 246 页。

③ 同上，第 227 页。

④ 同上，第 214 页。

⑤ 同上，第 29 页。

有一封短短的回信："……待我归来后善为安葬。"① 可见大伯是家庭核心，话语权归属于他一人，众人对他的所言所行都无法加以点评，更是无法左右他的一举一动。除大伯之外，《橘子红了》中还有一个享有话语权的男性，即教秀娟读书的先生。先生是一个睿智又严肃的学者，他总是拨着念佛珠有条有理地表达自己对世间万象的看法。大伯不在家时，最有威严的男性就是先生，家里人也十分相信先生的判断力，不会轻易反驳其言辞评论。例如，听说大伯的二房准备回乡下见秀芬时，大妈突然不知所措，第一反应就是连声询问先生："你看该怎么样呢?"② 后来，二房以坐船头晕为由，请大妈带秀芬进城与其见面，持"尊卑有序"观念的长工阿川叔对此愤懑不平，认为身为大太太的大妈不应放低身段去见做小的二房，而先生的想法与之相反，他说："当着叶伯伯，把事情说个明白也好，这种时候，也就不要论什么大小了。"③ 最后，大妈还是选择听取先生之言。可见先生的言语具有较强的说服力和威慑力。

除了上述小说，琦君的其他小说虽未具体描绘父权制社会化的男性形象，但总是能够或多或少地捕捉到类似的人物缩影。例如《钱塘江畔》中的小乔父亲，小乔父亲年轻时对小乔母亲一见钟情，可在与其结婚生子之后，便狠心抛弃了母女俩。小乔父亲的恶劣行径不仅令小乔母亲痛苦一生，而且给小乔带去严重心理创伤。小乔心底坚信"爱情就是海枯石烂，生死不渝的"④，渴望拥有最纯粹的、最真挚的爱情，可父母的婚姻悲剧使她无法轻易相信男孩的关心与爱慕。又如《菁姐》中骄傲任性的大哥，大哥原本与菁姐甜蜜相爱，然而出国留学后，渐渐与菁姐产生距离感，给家人的来信更是缺少关切，更多的是近乎伪装的严肃。家中父亲偶然的奉命出国证实了大哥的移情别恋，父亲寄信告知菁姐："……另一个女孩子使他无法把握自己的感情。"⑤ 大哥不仅毫无道德地背叛菁姐，而且自私自利地逃避坦白，徒留菁姐抱着一份残

---

①琦君《橘子红了》，北京：现代出版社，2019 年，第 61 页。
②同上，第 40 页。
③同上，第 41 页。
④同上，第 74 页。
⑤同上，第 109 页。

缺的爱。再如《绣香袋》中的商人春生，春生对父亲助手的女儿玉芬总是一副"君临天下的神态"①，玉芬替他缝衣补袜、制衣做饭、定亲结婚，一切仿佛皆是顺理成章的事情。此外，春生的封建思想观念也深嵌于心："庄稼人，女孩子都是听话的，在我们传统家庭，女人不听话时就揍她。"② 可见封建父权思想对社会环境的影响非同一般，在男性眼中，女性招之即来、挥之即去，就像可有可无的附属物品，在家庭的地位犹如百般顺从的女奴。

更耐人寻味的细节是，琦君小说中受封建父权影响的男女形象大多无具体的真实姓名，用"爸爸""大伯""大妈"和"先生"等以辈分命名的称呼来指代。这并非琦君的疏忽之为，而是她塑造人物形象的精妙之处，无名的男女形象各自以不同的身份角色揭示了父权制社会中大众的生存状态。无名的男性形象在特定时代、特定语境下被打上符号化烙印，他们不再是代表自己的独立个体，而是社会群体中同一类封建男性的精神聚合，无意识跟从并拥护封建父权思想及其衍生的社会制度。此类封建男性不但不平等看待女性的家庭及社会身份，而且还扭曲本应美好的爱情理念与婚姻关系，导致女性不得不承受世俗悲惨命运造成的痛苦。无名的女性形象则代表被权威男性围困的时代悲剧，她们被贴上"某人的大妈""某人的姨娘""某人的妻子"等附庸类标签。此外，小说中少有的"阿玉""秀芬""玉芬"等有名的女性形象，同样使用了代表女性闺中之物或刻板印象的名字。无论是无名还是有名，二者都意味着女性被无情剥夺应有的人格主体，继而被强行塑造成"他者"及"第二性"，沦为封建时期普遍且可悲的社会现实。

二、婚姻伦理困境下男女的异化

在中国古代社会，人们都以家庭与家族为单位进行生产与社会活动，形成中国式的家族主义，因此人们始终将家族的香火延绵、兴旺发达视为终生追求的目标。《孟子·离娄上》第二十六章中记载："不孝有三，无后为

---

① 琦君《橘子红了》，北京：现代出版社，2019 年，第 82 页。
② 同上，第 87 页。

大。"① 东汉末年赵岐阐述了其内涵："于礼有不孝者三事，谓阿意曲从，陷亲不义，一不孝也；家贫亲老，不为禄仕，二不孝也；不娶无子，绝先祖祀，三不孝也。三者之中，无后为大。"② 可见在儒文化盛行的传统社会中，家族观念极强，婚姻在中国古代社会是一种家庭的行为，《礼记·昏义》中即指出："昏礼者，将合二姓之好，上以事宗庙，而下以继后世也，故君子重之。"③ 彼时婚姻伦理中更是有"六礼"与"七出"的说法。"六礼"即中国古代社会聘娶婚的礼仪过程，同时也是人人遵守的婚姻制度，包括纳采、问名、纳吉、纳征、请期和亲迎这6道婚前必经的程序。值得注意的是，"六礼"明显凸显出"男性居高临下、女性以下乘上"④ 的地位，所有的婚前程序都由男方主动发起，并且可以根据自己的意愿喜好随时中止。其中"纳采""问名"等流程类似于买卖物品的手续，在男性霸权的凝视下，女性异化为特殊的商品任其挑选。而"七出"则赋予男性"无子出妻"的单向离婚专权，《大戴礼记·本命》中即记载："妇有七去：不顺父母去，无子去，淫去，妒去，有恶疾去，多言去，窃盗去。"⑤ 倘若女性无法生养子嗣延续丈夫家族的血脉，就会面临被休弃的危险。

自先秦时期以来，"一夫一妻制"被法律设定为正统的婚姻制度，因此古代中国大部分地区都实行"一夫一妻制"。然而，由于人丁兴旺成为使家族延续与壮大的必要条件，现实生活中该律法都流于形式，在儒学孝道观的影响之下，社会婚姻制度早已与封建礼教合二为一，呈现"礼法合一"的形态。男性因无子嗣而纳妾尽孝符合当时的礼制观念，在"一夫一妻制"基础上纳妾成为当时的社会主流。当然，这种伦理观念流行于具有较高社会地位或者家产富裕的阶层中，贫穷农民、小商小贩平日愁于温饱问题，其经济状况根本不足供养多名妻妾。虽说男性纳妾是传统礼制允许的行为，但是它具有赤裸裸的买卖女性性质，不仅要走程序，而且要签契约，这一纸契约表明女性

①杨伯峻《孟子译注》，北京：中华书局，2008年，第199页。
②赵岐注，孙奭疏《孟子注疏（十三经注疏）》，北京：北京大学出版社，2000年，第248页。
③王锦文译解《礼记译解》，北京：中华书局，2001年，第913页。
④陈江《百年好合：中国古代婚姻文化》，扬州：广陵书社，2004年，第165页。
⑤方向东译注《大戴礼记》，南京：江苏人民出版社，2019年，第432页。

"妾"的身份及其身价钱的多少，本质上与物质商品无任何区别。此外，尽管男性纳妾是被家族所支持、鼓励的，但是女性被纳妾会成为家门耻辱，为"女"的性质本已让女性遭遇诸多不公待遇，为"妾"的身份更使女性沦为不受待见的贱者。百足之虫，死而不僵。中国几番历经改朝换代，但封建礼教的根深蒂固使得权势富贵从未停止对纳妾的追求，中国旧社会仍然存在"一夫一妻多妾制"的残留，可以看到不论是古代文学作品，还是现当代文学作品，都或多或少地叙述着男性妻妾成群的行径。归根结底，这是中国长久的封建历史文化积累的结果，也是人类社会道德伦理观念强制塑造的现象。

琦君即在小说中刻画了一些纳妾的封建氏族家长，例如《阿玉》中的小莺爸爸、《七月的哀伤》中的美惠爸爸与《橘子红了》中的秀娟大伯，他们具备以下几个共同特征：尊崇封建伦理，家族观念较强，享有社会权势，经济实力雄厚，掌控家庭主权，然而皆无子嗣延续香火。当"无子"成为此类男性人生价值的空缺时，社会制度与封建礼教是其强力支持与保障，纳妾便成为男性天经地义的行为。而"未嫁从父""既嫁从夫"的观念深入女性的精神世界，她们就算成为伦理受害者都还是不自觉默许男性的专制观念。在《阿玉》中，小莺哥哥死了，重男轻女的小莺爸爸认为女儿家不中用，于是讨二房来生儿子，小莺妈妈只能背着人默默淌眼泪，无计可施的小莺也只是跟着哭。实际上，小莺妈妈是传统妇女美德的典范，可她无论是以一名"妻子"的身份，还是以一位"母亲"的身份，都未能拥有幸福美满的家庭生活。即使叙述者小莺并未详细道明母女俩的种种苦楚，但从小莺妈妈卑微的家庭地位也能够推断她们不为人知的辛酸往事。在《七月的哀伤》中，美惠已逝的爸爸有一妻二妾，美惠妈妈（即大太太）对丈夫一辈子恭顺忍化，甚至在临死前嘱咐女儿："为了爸爸什么都得忍着点儿。"① 因此美惠为了不让爸爸生气，就算被二太太打得凶狠，都未曾向她反抗。可是二太太的日子也并不像表面那般威风，美惠爸爸领入三房玉姨是她的意思，领养小男孩云弟也是她的意思，细究其因，就是为避免美惠家无子续香火。云弟害病逝世后，美惠

①琦君《橘子红了》，北京：现代出版社，2019年，第207页。

哀叹："这也许是天意，天意要使我家门庭衰落，连一个男孩子都留不住吧。"① 封建藩篱不仅像毒蛇一样深入盘踞着男性的思想，而且犹如枷锁牢牢束缚着女性的自由。在《橘子红了》中，秀娟大妈未能帮助丈夫完成传宗接代的使命，大伯作为一家之主不愿家族绝后，纳妾自然成为最合适不过的解决办法。秀娟大妈对丈夫再讨偏房一事的态度则是"一脸的喜乐"②，"好像自己在收个干女儿，或是讨个儿媳妇"③，她慷慨地将丈夫让给他人，自己细心打点一切琐事。秀娟大妈忍辱负重、毫无怨言地维护丈夫的地位与声誉，殊不知自己由伦理规范的受害者变成了依附父权的加害者。

上述 3 篇小说的社会背景与故事情节大同小异，皆描写传统婚姻规范所酿就的女性悲剧，呈现婚姻伦理困境之下男性与女性的异化现象。这 3 篇小说的人物群像特点大体一致，男性都是学识、财富、能力、权势并存的头面人物，"宗族绝后"会是人生中倍感耻辱的一大败笔。而女性中的大太太是恪守妇德的贤妻良母，集勤劳、持家、质朴、谦卑、忠贞于一身；二太太则是带点负面色彩的美人形象，虽说她们面容姣好、身材婀娜，可对人却趾高气扬、心狠专横；三房多是没有受过教育的文盲青年，她们生活穷苦、卑微老实，落得被亲戚卖作小妾的下场也无怨无尤。当小说中的男性面对婚姻伦理困境时，自然而然地选择了顺遂主流思想，异化成封建孝道观的执行者。于男性而言，再纳小妾只是人生的例行任务，只要能够生子完成孝道使命，就不算违背道德的行为。反观女性面对婚姻伦理困境时的举动，能够发现无论是哪一类女性，都固执认为自己的人生价值仅在依附丈夫权威时才得以实现。大太太自愧于未能践行强加的封建天职，异化为传统礼教的卫道士，无意识地与其同流合污；二太太倚仗氏族家长的权力作威作福，也会时常担心沦作弃妇从而耍尽手段，已然异化为失去自我的附属品；三房自身毫无归属感可言，由于成长经历与现实处境的凄惨更是自轻自贱，即使异化为封建伦理的牺牲品，也执迷不悟地认为添丁是实现女性价值的途径。以"孝"为"仁"的儒家孝道观给男性纳妾提供了道德借口，而封建伦理规范注定男女之间的

---

① 琦君《橘子红了》，北京：现代出版社，2019 年，第 221 页。
② 同上，第 10 页。
③ 同上，第 10 页。

平等成为空谈。在"一夫一妻多妾制"的庇护之下，男性放肆占有并奴役着女性，与此同时，俯首于男性的女性群体不约而同维护起妻妾秩序，彼此之间被迫形成了毫无人性的等级档次。

三、女性主体意识的淡薄与缺失

所谓女性主体意识，本质上是指"女性作为主体对自己在客观世界中的地位、作用和价值的自觉意识"①，主体意识促使女性能够真切认知自我身份和需求，并以独立的存在方式参与社会生活。然而，父权制社会的男女主从秩序，促使男性家长享有主体的绝对操控与统摄地位，物化家庭中其余女性成员的人格尊严。如此一来，在男性家长话语权的导引下，女性被迫脱离自身的独特性质，导致个人主体意识的蒙蔽甚至缺失，从而无意识跟从、拥护封建传统笼罩下的不平等伦理规范。纵观琦君小说，女性主体意识的淡薄缺失与自我物化的愚昧行径即是造成女性不幸悲剧的根本原因之一，以下主要以《阿玉》《七月的哀伤》及《橘子红了》这3部小说的女性形象为例一一作阐释说明。

《阿玉》《七月的哀伤》及《橘子红了》中的"大太太"具备双重女性身份——妻子与母亲。一方面，作为妻子她们必须履行服从、服侍丈夫的既定义务；另一方面，作为母亲她们可以享受管控子女的家长权利。然而，亘古不变的封建伦理法则要求女性只有在男性授权准许的前提之下，才能够行使干涉家庭事务的权利，这意味着"大太太"一类女性即便享有话语权，也仅是代"夫"之言，无力提出身为独立个体的生命诉求。《阿玉》与《七月的哀伤》中的大太太（即小莺妈妈和美惠妈妈）虽说是明媒正娶的妻子，但是她们的婚姻生活都在忍让与忧郁中度过。《阿玉》中有段隐含意义深刻的对话，当丫头阿玉询问小莺的妈妈是谁时，小莺得意地回答："我妈是大太太……姨娘是偏房，人家说大太太可以管偏房的。"② 转眼又说："可是我妈

---

①王路路《浅析〈格拉米格纳的情人〉中的女性主体意识》，《西部学刊》，2018年第4期，第43页。
②琦君《橘子红了》，北京：现代出版社，2019年，第229页。

不爱管，姨娘就一天比一天威风了，一家子就只爸爸一个人喜欢她。"① "不爱管"只是表面之义，背后隐藏着更为深刻的道德内涵——"不能管""不敢管""不便管"。小莺妈妈是一位恪守妇道、严守礼教的贤淑女子，不可能做出忤逆丈夫之举，更是难免因丈夫的宠爱对偏房主动地退让一二。《橘子红了》中的大太太（即秀娟大妈）虽是家中的女性长辈，但因长时间的"依夫"心理，失去为人该有的主体意识，遇事根本不会自主判断是非。由于丈夫的缺席，秀娟大妈对其意见的顺从便投射到家中其余男性身上，她要么寻找长工阿川叔帮助，要么就请求教书先生指路。此外，秀娟大妈在父权文化的蛊惑和驯化下无意识地与之共谋，自觉充当起封建礼教和宗法制度的维护者，亲自帮助丈夫物色年轻健康的女性以纳妾入门、传宗接代。秀娟大妈奉父母之命、媒妁之言嫁入夫家，恪守"夫为妻纲"的道德教诲，遵循"三从四德"的行为规范，甚至时常教育下一代女性："女人一定要做贤妻，成全丈夫。"② 她不自觉将自我意识融合进丈夫的主体意识中，一心一意从丈夫身上寻找心理认同，并以丈夫切身利益的实现与否来衡量自己的主体价值。本质上，用男性语言说话就是女性主动将自己边缘化、他者化的体现。琦君小说中的"大太太"角色及其行径表现出她们对个人身份属性的迷惑，殊不知女性的悲剧正是主体意识缺失、完全依附父权引起的自我物化结果。

琦君小说中的"二太太"角色皆在男性主宰的大世界中，构建自身安逸无忧的小天地。无论是哪一部小说，都曾用"威风"一词来形容二太太，可见她们习惯男性家长的庇护，经常借助男性的权力达到自身目的。依附男性家长权威的举动正是女性潜意识中的"男强女弱"思想作祟，根深蒂固的社会偏见导致女性主体意识的蒙蔽，认为生活的必需物唯有依赖男性才可获得，不知真正的幸福是靠个人不断努力创造而来的。与此同时，她们作为身处社会底层的女性却无法与同类共情，痴迷享受着寄生父权所得的高人一等的地位，使用金钱与权力买断其余女性的人生以满足奢华生活的需求。例如《阿玉》中，心狠手辣的二太太即丫头阿玉悲剧命运的始作俑者，二太太有时拧

---

① 琦君《橘子红了》，北京：现代出版社，2019年，第229页。
② 同上，第5页。

阿玉的手膀子，有时"拉起她辫子就向墙上撞"①，可怜的阿玉时常带着青紫的伤印。二太太的言行不仅对阿玉的身心造成强烈伤害，而且将她推向无边无尽的痛苦境地。由于"二太太"角色在经济和地位上都依附男性家长而存在，因此她们也并不总是放心大胆地利用附庸的权威，反之不自觉地加重患得患失的不安心理，对可能影响自身利益的女性针锋相对甚至波及无辜。《橘子红了》中威风凛凛的二太太即间接造成三房秀芬的不幸死亡，若不是她一定要接回秀芬，秀芬就不会带着身孕走在漆黑的田埂路，也不会跌跤小产、发烧昏迷，更不会在病榻上绝望闭眼。《七月的哀伤》中脾气生硬的二太太也在无意中导致领养的小男孩云弟病逝，在她为此忏悔痛哭时，美惠不禁感慨："她一生铸下了多少大错，造成了多少人的痛苦……"② 本质上，"二太太"一类女性并未摆脱封建父权的压迫，"母凭子贵"的价值观念使她们不择手段为自己谋求后路，归根结底还是没有建构女性主体意识，从而不得不导演一场苍凉又现实的人生悲剧。

琦君小说中落得最惨下场的莫过于"三房"及"丫头"角色。首先，从家庭背景来看，这类女性或父母双亡、无亲无故，或寄人篱下、身微言轻，代表着处于旧社会最底层的可怜人。她们没有从事社会活动的权利，更没有决定婚姻命运的权利，个体价值完全由长辈随意支配，被物化成彻头彻尾的特殊商品。其次，从意识观念来看，这类女性自小被长辈灌输女奴思想，对社会地位上的尊卑之分极其敏感，如《七月的哀伤》中的三房玉姨称大太太的女儿为"大小姐"，又如《阿玉》中的丫头阿玉自我贬低身份："我是侍候人的丫头，有什么自由呢？"③ 此外，她们相信并履行同为女性的母亲之嘱托："女人家的命就捏在男人手里，嫁个有良心的男人，命就好，嫁个坏良心的，命就苦。"④ 抛弃自己的主动人格，将命运走向完全交托男性手中。最后，从社会主流影响来看，在父权制度与封建礼教盛行的年代，大众默认男女之间主仆关系的存在，并将男性视为女性家庭生活的靠山及保护伞，刻板思想不

---

①琦君《橘子红了》，北京：现代出版社，2019 年，第 238 页。
②同上，第 222 页。
③同上，第 239 页。
④同上，第 53 页。

断侵蚀女性群体的内心，导致女性主体意识渐渐走向毁灭。

　　以《橘子红了》中的秀芬为例，她的一生就是中国旧社会底层女性的真实写照。秀芬"望门寡"的身份使得她做填房都没人要，只能勉强给人做个偏房，最终被500银圆卖断沦为用之即弃的生育工具。世俗的价值观念蒙蔽秀芬的人性认知："我想你们大户人家的男人总是好的，做小有什么要紧?"①于是，以偏房身份进入秀娟家后，她开始小心翼翼维护被迫构建的不平等关系，奉行强加于身的封建家庭使命，企图以生子的方式赢得男性家长的关心，殊不知自己被父权完完全全利己化，等待她的只是无穷尽的黑暗深渊。实际上，秀芬面临的几次精神危机早已暗示最终的悲剧结局。自打秀娟大伯回城，秀芬便陷入生不出孩子的恐惧当中："我好担心。"②每一天都寝不安席、食不甘味。后来，秀娟大妈注意到秀芬神色极差，便带她去寺庙拜佛求梦。秀芬梦见自己在一间空屋里到处转，找不到任何能从屋里出去的门，好不容易看见一扇边门，却又发现门被一枚巨大的钉子钉住，怎么拉都拉不开门闩。庙中法师对此梦的解读是："门上有枚钉子是好兆头……家门里要添丁了。"③而秀芬对此独自惴惴不安："你想这个梦怎么会是好兆头?"④从精神分析学角度来看，秀芬的梦是本人深层意念的流露，也是现实意识想象的衔接，弗洛伊德即指出："我们处理梦与清醒状态的关系和梦的材料的来历时，获悉最古老与最近的梦研究者的观点都是，人梦见他们日间所从事之事与醒着时让他们感兴趣之事。"⑤秀芬对命运未知性的恐惧感延续到了睡梦之中。此外，秀芬找不到门、打不开门实际暗含其走投无路的意蕴。秀芬怀孕后，也并未能放心等待子嗣降临，二太太不知从何处得知她怀胎的消息，秀芬极其害怕自己被二太太赶出家门，于是连忙收拾包袱躲避，不料途中摔碎从庙中求来的瓷娃娃。瓷娃娃破碎一事雪上加霜，给秀芬蒙上一层厚重的心理阴影，她感应到自己正在走向无法挽回的悲惨结局。这一切都是因为秀芬有意图地按照男性的需求塑造自己，稍有偏差就只能落得被人抛弃的下场。

---

①琦君《橘子红了》，北京：现代出版社，2019年，第53页。
②同上，第33页。
③同上，第35页。
④同上，第35页。
⑤西格蒙德·弗洛伊德《梦的解析》，朱更生译，杭州：浙江工商大学出版社，2019年，第37页。

琦君笔下的几个传统女性几乎都无法摆脱悲剧命运，这既与当时推崇"父权至上"的社会环境有关，也与中国历史上遵循的传统伦理规范相连，更与女性自身主体意识的淡薄缺失直接挂钩。胡克斯认为："在妇女有能力反抗男性统治之前，必须打破自己对性别歧视的依附，必须努力改变女性的意识。"① 若女性不愿再度被推向社会的边缘，那么就必须走出自我的褊狭，做到真正意义上的思想觉醒。

参考文献

[1] 陈江《百年好合：中国古代婚姻文化》，扬州：广陵书社，2004 年。

[2] 程郁《纳妾：死而不僵的陋习》，上海：上海古籍出版社，2007 年。

[3] 方向东译注《大戴礼记》，南京：江苏人民出版社，2019 年。

[4] 来知德集注，胡真校点《周易》，上海：上海古籍出版社，2013 年。

[5] 李玲《中国现代文学的性别意识》，北京：人民文学出版社，2002 年。

[6] 林幸谦《女性主体的祭奠Ⅱ：张爱玲女性主义批评》，桂林：广西师范大学出版社，2003 年。

[7] 刘思谦，屈雅君等《性别研究：理论背景与文学文化阐释》，天津：南开大学出版社，2010 年。

[8] 刘思谦《性别：女性文学研究关键词》，《洛阳师范学院学报》，2005 年第 6 期，第 1—8 页。

[9] 琦君《橘子红了》，北京：现代出版社，2019 年。

[10] 瞿同祖《中国法律与中国社会》，北京：商务印书馆，2010 年。

[11] 司马光《司马氏书仪》，北京：商务印书馆，民国二十五年。

[12] 汪民安《文化研究关键词》，南京：江苏人民出版社，2007 年。

[13] 王锦文译解《礼记译解》，北京：中华书局，2001 年。

[14] 王路路《浅析〈格拉米格纳的情人〉中的女性主体意识》，《西部学刊》，2018 年第 4 期，第 43—45 页。

[15] 西格蒙德·弗洛伊德《梦的解析》，朱更生译，杭州：浙江工商大

---

① 汪民安《文化研究关键词》，南京：江苏人民出版社，2007 年，第 138 页。

学出版社，2019 年。

［16］西蒙娜·德·波伏瓦《第二性（合卷本）》，郑克鲁译，上海：上海译文出版社，2014 年。

［17］荀况撰，杨倞注，耿芸标校《荀子》，上海：上海古籍出版社，1996 年。

［18］杨伯峻《孟子译注》，北京：中华书局，2008 年。

［19］章方松《琦君的文学世界》，台北：三民书局，2004 年。

［20］赵岐注，孙奭疏《孟子注疏（十三经注疏）》，北京：北京大学出版社，2000 年。

琦君散文中的"凡人"思想

柴舒莹

（温州大学）

摘要：在琦君的散文书写中，体现出很深的"凡人"思想。所谓"凡人"思想，即与"成仙"思想相反，甘于平凡、淡泊名利、不贪慕虚荣、热爱人间烟火的思想。本文从琦君散文中"凡人"思想的体现入手，深入探究其形成原因。

关键词：琦君；散文；"凡人"思想

一、引言

琦君被誉为"台湾的冰心"，她的作品以散文为主，散文风格自成一体，具有显著的个人特征，淡雅的文笔中含蓄着深厚的感情，明亮的主色调中蕴藉着哀愁的情绪，以回忆为纽带勾勒出一幅幅往事的图景。

琦君的散文具有一种"凡人"的立场，在人物的选取方面，琦君散文中的人物身份和自我定位都很平凡，人物丰满真实的形象也符合日常现实生活的平凡人；在散文故事素材上，琦君选取了平常的故事和故事平常的一面，她并不追求故事情节的跌宕，而力求细节的真实丰富；在写作手法上，她采取了平实的写作手法。这些都展现出琦君散文中的"凡人"思想，这种思想的形成与她本人的人生经历、个人天性不无相关。研究琦君散文中的"凡人"思想可以更好地了解她的内心、解读她笔下的文章。

"爱"是琦君写作的永恒主题，"真、善、美"是琦君写作的不懈追求，将平凡人世的泥沙俱下提炼成美好，再以这种美好的眼光，宽容地对待这个平凡人世，是琦君留给世人的宝贵精神财富之一。

二、"凡人"思想的体现

（一）平凡的人物

琦君散文中的人物都是她记忆中、生活中最平凡的人。散文集《母亲的金手表》中，主要人物是她的母亲[①]；散文集《金盒子》《青灯有味似儿时》中的人物有家乡的平常人物和父亲[②]、外祖父、哥哥等；散文集《千山万水师友情》主要写了她的老师和学生。

这些人物的平凡，不仅表现在身份的平凡：母亲是家庭妇女，外祖父是乡村郎中，还表现在人物对自我的定位与对生活的期待上。母亲是琦君散文中篇幅最多的人物，她常常用直接或间接的话语倾诉自己对母亲的爱和想念。在琦君的笔下，母亲总有做不完的家务，"从我有记忆开始，母亲的一双手就是粗糙多骨的。她整日地忙碌，从厨房忙到稻田，从父亲的一日三餐照顾到长工的'接力'。"[③] 明明是大军官的太太，却不喜荣华、甘于平淡，"我再抬头望母亲，她一直用手帕擦着脸，很不安也很疲倦的样子。我问'妈妈，你怎么啦？'她忽然站起身来说：'你们看吧，我还有菜没烧好，家里客人多。'她就悄悄地走了。四姑鼻子一抽一抽的，像是什么感觉都没有，这时看母亲走远了，忽然说了一句：'大嫂呀，她真不是人间富贵花。'"[④]

她的父亲虽然官位很高、声名显赫，但琦君并没有大肆宣扬父亲官位的倾向，也没有用大篇幅描绘父亲尊贵的官员生活，在提到时只是用儿童视角和童稚的语气描写对父亲的崇拜，显然更多的是将父亲当作亲人和心里的英雄对待。"我幼年时，有一段短短的时日，和哥哥随母亲离开故乡，作客似的，住在父亲杭州的任所，在我们的小脑筋中，父亲是一位好大好大的官，

---

①养母，因琦君散文中用的都是"母亲"，故本文都使用"母亲"一词。
②养父，同上。
③琦君《琦君散文精选》，武汉：长江文艺出版社，2015年9月版，第4页。
④琦君《桂花雨》，台北：尔雅出版社有限公司，1976年版，225页。

比外祖父说的'状元'还要大的官。"①

除了亲人以外，琦君散文中描写的大多是身份低微、生活贫苦的底层人民。《一对金手镯》中记述了我的童年玩伴阿月，感叹了两人幼时喝同样的乳汁，长大却因身份不同不能享受同等受教育的权利。"她背上背一个孩子，怀中一个孩子，一袭花布衫裤，像泥鳅似的辫子已经翘翘地盘在后脑。原来十八岁的女孩已经是两个孩子的母亲了。"② 再见到阿月时，她叫文中的"我"大小姐，令人不禁想起鲁迅《故乡》中"我"与闰土重逢的场景，小小的一句称呼的改变，就体现出巨大的身份区别，其中的隔膜与遗憾不言自明。《压岁钱》中描写的二干娘是个生活艰苦的人物，为了侍候生病的父亲以及帮助贫困的家庭，宁愿终身不嫁，日子过得很拮据，后来连给小孩子的压岁钱也拿不出来，在父亲走后领养了一个孩子，又事事为孩子操心。"这样冷的天，她连大衣都不穿，在寒风中挣扎。她侍奉完了长辈，再抚育小辈，一生都不曾为自己打算。她好像就没有少女时代，一开始就被喊作三十头。"③

除了人物身份和自我定位的平凡之外，琦君散文中人物的平凡还体现在人物丰满真实的形象上。琦君散文中没有绝对的坏人，但绝对的好人却又存在着种种缺点。琦君对此也吐露过心声："小说必须着意安排，强调，虚构，穿插，而我记忆中的人物实在太鲜活，太真实，我不忍心着意描绘，生怕他（她）愠怒而远离了我。还有些我想起来就不愉快的、曾给我极大痛苦的人物，我又没有一支凶狠的笔，一颗报复的心去写他（她）们。"但是，前者表露得十分明显，后者却较委婉，前者是琦君刻意为之，但后者却是无意的表露。因为没有凶狠的笔和报复的心，所以才没有绝对的坏人，但又因为强调真实，无意之中便使得好人也存在种种缺点了。琦君笔下的父亲是一个威严与慈爱并济，在外是大英雄，在内是好父亲的形象。"他说：'不是凶，是威严。当军官第一要有威严，但他不是乱发脾气的，部下做错了事他才骂，而且再怎么生气，从来不骂粗话，顶多说'你给我滚蛋'。过一会儿也就没事了。这是因为他本来是个有学问的读书人，当初老太爷一定教导得很好，又

---

①琦君《桂花雨》，台北：尔雅出版社有限公司，1976 年版，第 1 页。
②琦君《桂花雨》，台北：尔雅出版社有限公司，1976 年版，第 69 页。
③琦君《琦君自选集》，台北：黎明文化事业股份有限公司，1978 年版，第 53 页。

是陆军大学第一期毕业，又是日本留学生，所以他跟其他的军长、师长，都不一样。"① "住院一周，父亲每天不离我床边，讲历史故事给我听，买会哭、会吃奶、会撒尿的洋娃娃给我，我享尽了福，也撒尽了娇。"② 然而这样一个英武又慈爱的父亲，却又是贤惠的母亲一生悲剧的缔造者之一，又是哥哥早逝的原因之一。"过了几年，父亲从北平下任归来，带回一位'如花美眷'，她是旗人，有一双长长的天足。一进门，母亲用吃惊的眼神，把她从头看到脚。一声不响地回到自己房间里，对着镜子照了半天，叹息了一声，怅惘地对我说：'原来你爸爸是喜欢大脚的，我当初不缠脚就好了。'"③ "哥哥的病一直没好起来，在病中，他用包药的粉红小纸，描了空心体的'松柏常青'四个字，又写了短短一封信给我说：'妹妹，我好想念妈妈和你，可是路太远了，爸爸不带我回家乡，因为二妈不肯回来，我只好在梦里飞回来和你们相聚了。'"④ 对于这些缺点，琦君并没有像优点那样用大量笔墨去描述，只是平实地将它记录下来，相比于优点的抒情式写法，缺点更类似于纪实性写法。正因为形象丰满，才更接近于现实生活中的人，也即"凡人"。

（二）平常的故事

琦君笔下的许多散文都具有小说化的倾向，在散文中添加了人物对话以及故事情节，但这些故事却没有追求曲折离奇的情节，无论是传奇的父亲还是抑郁的母亲，无论是欢欣的往事还是痛苦的回忆，在琦君的笔下都呈现出平常的一面。在《妈妈银行》一文中，作者讲述了母女俩被亲戚骗钱的故事，对于这个故事，作者并没有过分强调它的跌宕起伏，在母女俩被骗了以后，母亲只是选择忍耐并且教育琦君一定要读书识字防止被骗，并没有为了吸引读者的眼光而增加更多的桥段。这也正如她自己所言，不着意安排虚构，只是用更流畅通顺的语言平实地记录故事。

比起情节的跌宕起伏，琦君显然更注重散文中故事的细节描写。《一袭青衫》中，作者在开头描写了初见梁先生时他的穿着："他穿一件淡青褪色湖绉

①琦君《桂花雨》，台北：尔雅出版社有限公司，1976 年版，第 3 页。
②琦君《桂花雨》，台北：尔雅出版社有限公司，1976 年版，第 9 页。
③琦君《泪珠与珍珠》，台北：九歌出版社有限公司，2006 版，第 44 页。
④琦君《梦中的饼干屋》，台北：九歌出版社有限公司，2002 版，第 61 页。

绸长衫，本来是应当飘飘然的，却是太肥太短，就像高高地挂在竹竿上。袖子本来就不够长，还要卷上一截，露出并不太白的衬褂，坐在我后排的沈琪大声地说：'一定是借旁人的长衫，第一天上课来出出风头。'"① 然后在接下来的文章中没有再提过梁先生的淡青色长衫，直到文章的末尾才又描绘了梁先生穿湖绿色长衫的情景："他没有新衣服，临终时只要求把那件褪色淡青湖绉绸长衫给他穿上，因为那是他父亲的遗物。听到这里，我们全堂同学都已哽咽不能成声。训导主任又沉痛地说："在殡仪馆里，看他被穿上那件绸衫时，我才发现两只袖口已磨破，因没人为他补，所以他每次穿时都把袖口折上来，他并不是要学时髦。"② 初见和别离用"一袭青衫"串联起来，一个孝顺、低调、善良、孤苦的形象油然于纸上，在文章的末尾才点破"青衫"的"秘密"，又加强了动人的力度，使人释卷以后仍然久久难以忘怀。故事情节虽然平常，但细节的描写和巧妙的布局使情感的力度深刻。

这些平常的故事和动人的细节十分贴近现实生活，体现出琦君写作的情感倾向和深蕴的"凡人"思想，即写平常人的平常生活，而这凡世中每个平凡的人都有非凡的感情，这非凡的感情正是这凡世中超越一切的、弥足珍贵的存在。

（三）平实的写法

琦君曾多次在散文里提到对写作技巧的理解。"我最最服膺膺毛姆的一句话：'写小说是七分人生，三分技巧。'写小说如此，写散文也如此，所谓'世事洞明皆学问，人情练达即文章'。对人生体会愈深，心情必将愈淳厚愈包容，也愈能写出荡气回肠的文章。不要担忧技巧不够，技巧是为了表达丰富的内涵而逐渐历练出来的，更不必为五花八门的文体而困扰分心。"③ "遇有句中声音太接近的字或重复的字，总要尽量修改，尽量做到'文从字顺'。我不喜欢玩文字游戏，或故作惊人之笔。认为'平易'并不是'平淡''平庸'，要写到平易，才是工夫。"④ 这些议论体现了琦君认为写作技巧是为内

---

①琦君《一袭青衫万缕情：我的中学生活回忆》，台北：尔雅出版社有限公司，1991 年版，第 31 页。
②琦君《一袭青衫万缕情：我的中学生活回忆》，台北：尔雅出版社有限公司，1991 年版，第 48 页。
③琦君《母亲的菩提树》，北京：人民文学出版社，2012 年版，第 133 页。
④琦君《梦中的饼干屋》，台北：九歌出版社有限公司，2002 版，第 265 页。

容服务的观点以及对写作技巧之"平易"的看重。

纵观琦君的散文会发现，琦君如是说也如此做。短篇散文自不必说，如《最后的旅程》《念蟋蟀》《十步芳草》《第一》等，皆是平铺直叙，即便是需要谋篇布局的长篇散文，她也是服膺于技巧为内容服务的准则，采用平实的写法。长篇散文《好鸟归来》讲述了一只鸟儿来窗外的树上筑巢的故事，因鸟儿的筑巢、育儿联想到人类世界的育儿、亲情，警示了读者勿忘亲恩。文章词句优美，感情真挚，但在写法上依旧延续了平实的风格，只简单地使用了插叙的手法，然后便是按时间顺序梳理事件。上文所提到的《一袭青衫》在琦君的散文中属于使用技巧比较多的，但所用技巧也都是为了表现人物特点、表达文章思想服务，而非单纯炫耀技巧。

三、"凡人思想"的形成原因

（一）家庭教育

父母是孩子的第一任老师，家庭教育在孩子的性格形成上具有巨大作用。琦君童年接触最多的人是她的母亲和外祖父。琦君笔下的外祖父是一个豁达开朗、知足常乐的人。"家庭教师说：'两位老人相对下棋，边上摆一个瓦罐熬药，真像是一对神仙。神仙下一盘棋，凡界就是几百年、几千年哩。'外公摸摸胡子说：'凡界与神仙有什么两样？活得健旺、快乐，心肠好，就是神仙。活得八病九痛的，心里愁这愁那，就是凡界了。'"① 外祖父不仅这样说，做法也时时体现了他的这种甘于"凡人"的思想："另一面的走廊最好的位置，总是杨乡长家搭的彩台，杨乡长的大女儿和她全家人高高地坐在台上。杨大姑娘比竹桥头阿菊还打扮得耀眼，电珠纽扣一闪一闪的，看得我好嫉妒，我仰脸问外公：'我们为什么不也搭个彩台？'外公说：'总共才那么点地方，都被彩台占了，叫别人坐哪里看？你看天井里还有那么多人站着呢！'"② "我又问：'是不是比杨乡长的女儿还高？'阿荣伯说：'可不是。'外公说：

---

① 琦君《琦君散文精选》，武汉：长江文艺出版社，2015年9月版，第71页。
② 琦君《桂花雨》，台北：尔雅出版社有限公司，1976年版，第221页。

'我看你就别跟人比高低，还是和外公坐在台下平地上，要什么时候走就走，自在多了，高高地供在上面，有什么好的。'"① 外祖父不愿坐上象征身份的彩台，认为被供在上面不如坐在平地舒服自在。这些话语和行动都潜移默化地影响着琦君，"供"字的使用，也正体现了琦君深知且有意识地认为外祖父是有"凡人"思想的，这种"凡人"思想在琦君小小的心灵深处埋下了种子，在琦君日后的生活和写作中开出了美丽的花朵。

除了外祖父之外，琦君的母亲也身体力行地影响着琦君"凡人"思想的形成。在《别针风波》中，"我"在学校周会上戴上了精致的蝴蝶别针，于是升起一股自傲的情绪，"心中觉得自己好神气，比同学们高了一尺，因为我有一枚美丽的别针。"② 母亲虽然宽容地同意了我的做法，但当我由于别针惹出了一系列风波向母亲哭诉时，母亲表达了她的看法："母亲笑嘻嘻地问：'怎么啦？是老师不许你戴吗？本来嘛，穿制服怎么能戴珠光宝气的别针呢?'"③ 除此之外，在琦君笔下，只要是写到她母亲的散文，几乎都会写到她母亲节俭、甘于平凡、无意高瞻的品格。

（二）学校教育

琦君的散文中有不少描写师生情谊的篇目，其中记载较多的是她在弘道中学和杭州之江大学的求学经历，这些经历对琦君的"凡人思想"影响很大。

中学时期，学校对学生们管束很严格，要求全体学生穿整齐划一的制服、梳简洁一致的发型，但爱美是女孩子的天性，在学校严格的规定下，女孩们都想方设法私底下偷偷尝试另类的装扮，在老师的管制下却又不得不停止装扮，于是对老师和学校都生出了怨怼之情。此时，和平中正的教导主任沈先生对学生们解释了学校规定的合理性以及平凡之美的可贵，"沈先生笑嘻嘻地听着，把一颗金牙完全露出来，慈爱地对我们说：'学校规定你们头发的长度，也不许戴饰物，第一是为了表现团体精神。整齐划一就是一种美。第二是让你们专心学业，不为头发留什么式样而分心烦恼。第三是节省你们梳洗

①琦君《桂花雨》，台北：尔雅出版社有限公司，1976年版，第224页。
②琦君《梦中的饼干屋》，台北：九歌出版社有限公司，2002版，第106页。
③琦君《梦中的饼干屋》，台北：九歌出版社有限公司，2002版，第109页。

的时间，都是为你们好呀！"① 经过了沈先生的教导，琦君慢慢认同这种"凡人思想"——"配合着沈先生的温和开导与启发，使我们对群体生活规范有了深深的体认，也养成了整齐、节俭、勤劳的好习惯。"②

一代词宗夏承焘是琦君的恩师，出现在琦君的多篇散文中，是琦君描写篇目最多的一位老师，由此可见夏老师对琦君影响之深。在琦君的笔下，夏老师不仅学识渊博还淡泊洒脱——"至于'若能杯水如名淡，应信村茶比酒香'二句，那一派淡泊清新的境界，真有如古刹中木鱼清磬之音，使人名利之心顿息，因此这句词也是我心香一脉，终生默诵的格言。"③ 另一句琦君十分喜欢的诗句是"短发无多休落帽，长风不断任吹衣"，朱熹的这句诗显示出从容不迫、潇洒自如的气度。琦君曾向夏老师提问如何才能达到如此洒脱的境界，夏老师勉励她：能体会这份与世无争的淡泊就好。这句诗不仅多次出现在怀念夏老师的散文中，琦君更是以前半句为散文题目单独写了一篇《长风不断任吹衣》，由此可见，琦君对夏老师气质的概括即是"长风不断任吹衣"式的淡泊从容。更值得一提的是，在这篇散文中，琦君不仅概括了恩师的气质，更是直截了当地写出了受恩师影响下自己的人格理想："我不求成仙，只要做个快快乐乐的凡人，与人分享快乐，分担忧患，则天堂自在心中，此心比神仙还快乐了。"④

（三）温厚天性

不少学者和读者认为琦君的散文太过浅易、没有深度，所描写的也都只是生活中的光明和温暖，不能体现真实的人生。其实，琦君的眼中并非只有光明的一面，琦君的人生也并非只有温暖，她只是将所见所闻过滤过再写入文中。在琦君的散文中，温暖明媚的故事背后总有淡淡的忧愁，明媚和忧愁一明一暗、相辅相成，构成了琦君心中最真实的世界。

琦君的童年虽然也如她所写的那样，充满爱意、活泼烂漫，但也并不是无忧无虑的。从一出生便失去了亲生父母，或许在幼小的孩子心中概念不是

①琦君《一袭青衫万缕情：我的中学生活回忆》，台北：尔雅出版社有限公司，1991年版，第152页。
②琦君《一袭青衫万缕情：我的中学生活回忆》，台北：尔雅出版社有限公司，1991年版，第156页。
③琦君《青灯有味似儿时》，台北：九歌出版社有限公司，2004版，第50页。
④琦君《琦君散文精选》，武汉：长江文艺出版社，2015年9月版，第177页。

那样的明显，然而这种命运的无情势必会随着年龄的长大让琦君深深怅惘；养父母视如己出的爱抚慰着琦君敏感的心，但这由人组成的人间从来不是毫无流言和纷争的天堂，邻里长辈之间的议论闲话琦君虽然从没有写过，但这是否存在，书本外的我们也可以想见；慈爱的母亲、威严的父亲、豁达的外祖父、有趣的阿荣伯，这些人物看似组成了一个和谐无忧的环境，但母亲和父亲之间存在着各个姨娘，存在着早逝的哥哥，其中有无数的哀怨与泪水、无奈与妥协……除此之外，琦君也曾担任过司法职务，面对过无数大大小小的纠纷和人间悲剧。她的一生经历遍了人生八苦，一双眼睛看遍了人间五毒，但这些苦难没有使她堕落，反而使她超脱，"世界以痛吻我，我要报之以歌"正是琦君的一生和她的散文主旨的最佳写照。她的散文中永远看不见绝对的愤怒和怨恨，这些负面的事情和情绪都被琦君的温厚天性给冲淡了。

人物的优瑕兼有和事情的福祸相依在琦君眼中只是一样物体的正反两面而已，正是因为优瑕兼有和福祸相依才构成了最真实的平凡人间。琦君以温厚天性给予自己以洒脱、以积极给予这世间以大爱、以包容。正如宇文正在《永远的童话——琦君传》里形容的那样，琦君有"一副复杂的头脑，一颗单纯的心"①，无论是年幼还是年老。

---

①宇文正《永远的童话：琦君传》，台北：三民书局股份有限公司，2006版，第85页。

恰似一杯春酒

——《春酒》的文本细读

陈　媛

（温州大学）

刘勰在《文心雕龙·知音》中提道："夫缀文者情动而辞发，观文者披文以入情。"文本的创作来源于作家由内而外的情感体验，是作者所见所感的凝练，而正因如此，读者才能在阅读文本中有所体悟，在文本细读中看到更广阔的世界，感受更深厚的力量。

一、还原视角下的家醅

（一）家醅之醇，乡情之深

编写者将《春酒》写入教材，为让更契合教学的需要，对之进行必要的改动，是可以理解的，但前提必须要建立在能够真实地表达作者本真情感的基础之上。《春酒》所处地位是人教版八年级语文下册第四单元的一篇课文，这单元介绍的都是民间风俗和民间艺人逸事，描绘街头小贩吆喝的，描绘了一幅幅有声有色的民俗风情画卷。从教材所处地位来看，与之相似的还有汪曾祺先生写的《端午的鸭蛋》——同样都是离开家乡的作者，都写的是记忆中过节的风俗。汪曾祺先生是 70 岁回忆家乡端午的鸭蛋，对于家乡的记忆也依旧是那么印象深刻。相比之下，琦君先生的《春酒》则更是记忆深处的回忆，开篇便回忆起新年里的一些具体的风俗禁忌。作者琦君先生在 12 岁后便随父母迁居杭州，离开瓯越大地，经历时代的变迁，1949 年来到台湾，心底的记忆通过故乡的人事物展现，深深寄托着对故乡独特的风俗民情的追思。

古往今来，故土不仅仅是一个简单具体的地理符号，更是作家精神家园里永恒的记忆锚点。

琦君笔下的瓯海民俗画卷，再现了20世纪初瞿溪丰富多彩的民间生活，让读者能随文一同感受故乡的风俗。琦君先生很早便离开故乡，现在所写的家乡都是脑海中关于年幼时故乡的记忆，如"在我的感觉里，其气氛之热闹，有时还超过初一至初五那五天的新年呢"。由于阔别家乡已久，跨时空的书写在很大程度上带有一些想象的隔膜与回忆，这才与最后结尾部分因儿子引发的一句话首尾呼应，更加重了心底的思念。尽管如此，文本《春酒》仍蕴含着民国时期温州地区的历史文化记忆，先生笔下仍生动地再现了瞿溪的风俗民情，加上"时代"更能消除学生的陌生感，首句便可以成为文章的重要切口，不仅仅让学生消除的是时代的鸿沟，同时也更加感同身受琦君对于故乡的思念之感。

（二）家醅之韵，绵延今昔

文章开篇便大篇幅写了新年风俗，如为了迎神拜佛多讨吉利，很多都有禁忌。开篇连用三个"不许"体现了农村地区对于新年的重视，具有区域性的风俗习惯。刚开篇似乎与浓郁温馨的乡愁情调相背离，但其实不然，正是因为春节规矩的烦琐和许许多多的约束才与喝"春酒"的欢乐情景形成鲜明的对比。文章伊始，让读者在那一条条看似苛责的规矩中感受到琦君想要回到过去的情感以及对于家乡的眷恋。这种情感承载着的不仅仅是乡愁，也承载家乡村民融于生活融于血脉的最朴素的信仰——对神灵的敬畏、对祖先的恭敬。不同于鲁迅笔下的祥林嫂想通过"捐门槛"去赎罪，这也是一种"迷信"。不同于鲁迅先生的《祝福》，琦君先生笔下近乎"迷信"的做法却更蕴含着醇厚的风土人情，这是家乡人民对于生活的最淳朴的信仰，而看似冷冰冰的语言却隐藏着作者对故土的一片深情。

"喝会酒"安排在春节期间作为一项特别的节目，"凡是村子里有人需钱急用，要起个会，凑齐十二个人""席散时，会首给每个人分一条印花手帕。母亲和我也各有一条，我就等于得了两条，开心得要命"，这两处看似平实，但富有人情。从刚开始凑齐12人的仪式感，到席散时每人所分的"印花手帕"，都将这浓浓的宗族血缘和乡土民情联系在一起，那手帕正是连接情感的纽带，系着"我"，系着母亲，也系着瞿溪的每一个人。"十二碟"在温州的民俗中是他们对待客人表示感谢的一种礼节、一种风俗，而"印花手帕"更像是象征着一个庄重的承诺，正因如此的仪式感才让美好风俗得以延续，从中也可以看出琦君对生命最初的信仰是来自故乡这些传统的规矩，这也是她写作精神情感的寄托。

我们从这"最最讲究的酒席"连用两个"最"字可以看出这个风俗在她心中的分量，"最"的重复并非琦君忘记删去，而是她的有意为之，这"最最讲究"的背后是对神灵的感恩、对祖先的缅怀以及对美好生活的祝愿。同时，我们也可以从琦君先生许多文章的描写中感受到这些讲究的背后都是她的不忘本，一直遵循着老祖宗的传统和淳朴的民俗。如《粽子里的乡愁》给乞丐准备的"富贵粽"，给子孙准备的"子孙粽"，都透露着想要讨个好彩头以及希望能够积善修福的观念。乡间的诸多讲究，充满了浓郁的地方色彩，散发着淡淡的风俗之气息，闪烁着温暖的人性光芒。

（三）解读矛盾

开篇的"农村时代的新年，是非常长的"和人教版教材中文本"农村的新年，是非常长的"，原文本中的"时代"其实并不矛盾，"农村"和"时代"看似矛盾的一组词却真实地隐藏着作者的心理。前文也提到过琦君写的"农村时代"恰巧便是与当下时代回忆的一种隔膜和回忆，一份情感的寄托。我们也能感受到那份"萍水相逢，尽是他乡之客"的情感，正如在外求学的我每当身边好友回家时，也总会想起远方的亲人，即使现在信息时代下通信工具已经如此发达，但当下的疫情也不允许我们随意出门说走就走，更何况在那个年代。可想当时身处异国的琦君想念瞿溪的内心的情感在无数个日夜中涌现，这浓浓的乡愁无法逾越，更何况隔着时空。因此去掉"时代"一词更加合乎语法之理，还原文本则更合乎乡愁之情。

又如，母亲给我在小酒杯底里只倒一点点，我端着、闻着，走来走去，有一次一不小心，跨门槛时跌了一跤，杯子捏在手里，酒却全洒在衣襟上了（原文《春酒》）。

母亲给我在小酒杯底里只倒一点点，我端着，闻着，走来走去，有一次一不小心，跨门槛时跌了一跤，杯子捏在手里，酒却全洒在衣襟上了（人教版《春酒》)。

符号的使用，让我们更能体会到童年时代为了喝到母亲亲手酿的"八宝酒"的小心翼翼以及品尝母亲的"八宝"时的满心欢喜。教材改编后的符号使用看似并不矛盾，但却缺少了一丝孩童得到一点点酒的韵味。"端着、闻着"用了顿号，则可以看出这是一个小并列，是同步进行的，能感受到是因为对母亲酿制的酒的珍惜，也让我们读者如临其境体会到作者是将鼻子伸进酒杯里，边闻边走，乃至于后面因为太过于小心，所以才有了小花猫舔了衣襟上的酒也是一个贪吃的小酒仙的插曲，而原文的顿号含蓄地表达出琦君孩童时的童真以及对于母亲八宝酒的喜爱。在被东西绊倒时，人们下意识的应该是保护住自己，但是小琦君却是将杯子捏在手上，如果写被绊倒时杯子丢了出去，虽然最合逻辑，但是缺少了审美价值，从这个看似滑稽又不失可爱的"捏"的动作中，可见对于那杯家醅的珍视。

二、审美语境下的童趣

(一) 冷暖色调结合

琦君的《春酒》在结构上采用了冷暖结合的色调，整篇文章多数都是在回忆家乡春节期间的风俗，前详后略的布局抒发了琦君那深深的思乡之情。在倒数第二段前，大篇幅的讲述都洋溢着浓厚的人情之美，也让读者沉浸在这祥和热闹的氛围中，但结尾两段作者笔锋一转，将这暖心的回忆拉回到残酷的现实中，即使我学着母亲的做法如法炮制了八宝酒，但是儿子却挑剔地指出，"我"用的是美国货葡萄酒，而不是"我"小时候家乡酿的酒。文化的乡愁才是作者那情感深处最柔软的地方，那里也如沈从文先生"湘西世界"一样，春酒中寄寓着琦君先生的社会理想与精神家园。这样的写作手法，更能引起读者的深思。真正的家醅在作者深深的记忆里，家乡是每个游子心中温柔乡，也是情感的寄托处。也正如李健歌词《异乡人》中所表达的情感一般，"不知不觉把他乡当成了故乡，只是偶尔难过时，不经意遥望远方"。

(二) 语言平实自然

人教版的教学参考书是这样评价琦君的言语风格的："语言也讲究文白交

融，艺术境界上则追求自然天成……绝少采取直抒胸臆的粗糙手法，她笔致细腻柔婉……"文中语言的鲜活和有趣，让我们更好地走进了瓯越大地，走进了瞿溪，走进了琦君的童年记忆。

方言是琦君散文的个性化的特色，文中的字里行间都可以体现出浓浓的乡土气息，正如《春酒》一文中第 6 段"花匠阿标叔也巴结地把煤气灯玻璃罩擦得亮晶晶的"，这里的"巴结"的本意是贬义，但这里用的是方言，指人做事勤快。仔细揣摩还可以想象阿标叔为了大家能够更好地团聚，营造出更好地氛围，主动请缨奉献出当时宝贵的煤油灯，可以想象擦玻璃罩时勤快的动作以及憨厚的脸，人物形象跃然纸上。"撒开吃""开心得要命"都能生动地体现出节日带给小孩的快乐以及活灵活现地将小琦君的可爱表现出来，从侧面则能看出乡里关系的和谐和民风的淳朴。文字也是有温度的，平实的语言往往最打动人心。

《春酒》文本中有非常多的细节描写，这些细节无一不是琦君的真情流露。比如，母亲说的这酒补气健脾，小孩子虚不受补，母亲不准"我"多喝，"其实我没等她说完，早已偷偷把手指头伸在杯子里好几回，已经不知舔了多少个指甲缝的八宝酒了"。再比如，"我呢，就在每个人怀里靠一下，用筷子点一下酒，舔一舔，才过瘾"。我们知道贪吃和好奇几乎是每个孩童的天性，回想我们的孩童时期其实也是一样，每次妈妈烧好色泽红润、弥漫在空气中喷香的红烧肉总是迫不及待地想尝一尝，但又因为家规约束必须人齐了才肯上桌吃饭，小时候的我便会想着用手碰一碰肉汤尝尝味道。

文本中多处细节描写都生动写出小琦君的讨人喜爱。正如邀请大家品尝喝会酒的场面描写，可以看出邻里对于"我"的喜爱和邻里关系的和睦。母亲将自己亲手炮制的八宝酒拿出来给大家助兴，这看似随意的细节描写无不体现出我与母亲、我与邻里、我与家乡的情感。又如，"我喝完春酒回来，母亲总要闻闻我的嘴巴，问我喝了几杯酒，我总是说：'只喝一杯，因为里面没有八宝，不甜呀。'母亲听了很高兴"，从"母亲总要"到"我"总是，都能够读出这种现象已经不是第一次了。母女俩总是心照不宣，从侧面可以表现出母亲对"我"非常疼爱，怕小孩子吃得太补容易流鼻血，另一方面也体现出母亲对于"我"非常爱喝她酿制的春酒感到非常有满足感和幸福感，世界上母亲最幸福的事情莫过于自己做的食物能够得到自己宝贝孩子的夸奖和喜爱吧。这些细节都被细腻的琦君捕捉到并写进散文展现给读者，给了读者不一样的审美体验。

（三）儿童的叙述视角

琦君以童年时期的"我"作为一个主线，从文章刚开始新春风俗对于小朋友的种种约束到过完元宵我们没闯什么祸便可以分到很多供品，可以看出大人们对孩子们的喜爱以及邻里关系融洽。下文中讲到的春节家家户户会轮流"喝春酒"而"我"总是一马当先，不请自到，可以感受到乡里春酒的宏大场面以及热闹，同时引出母亲亲手酿制的"八宝酒"的美味。我们可以通过作者的讲述，知道在当时的年代，"我"对北平寄来金丝蜜枣、巧克力糖都不稀罕，却独爱母亲的"八宝酒"，从中可见母亲酿制技艺的高超和我独爱母亲的酒。为了喝上"八宝酒"，在每个人的怀里"靠"一下，则体现出作者的机灵和惹人喜爱。再如，每年喝完春酒，就眼巴巴地盼着 12 碟大酒席。"眼巴巴地盼着"道出孩子的真挚心声。会酒结束，"我"因得到手帕，"开心得要命"。这里，作者使用夸张手法，充分表现小孩子的喜悦。而我们站在第一人称的视角，更感受到风俗活动中的人情味和节日感。其实作为一个读者来看，琦君先生以儿童视角刻画出活泼天真的叙述者，也可以看出她对于这段回忆无法排遣的乡愁。

三、追寻精神中的故乡

（一）个人精神世界的投射

远游在外的异乡人总是会有魂牵梦萦的精神寄托，那心底的温柔乡便是他们的理想国。时代大背景下琦君面对着种种无奈，在经历了背井离乡、杭州求学、异国他乡这 3 段人生经历后，也让她的乡情愈发强烈。在 4 岁，她的母亲去世后，伯母便成了她的母亲。琦君先生大多文本都有写到的母亲实际上是她的伯母，伯母含辛茹苦地抚养她长大，文本的字里行间都能看出这位母亲对于女儿的喜爱，也使琦君在内心深处无比眷恋童年的那段温馨祥和的时光。

犹记瞿溪乡的孩子们围着大厅、厨房撞来撞去嬉戏打闹，母亲忙里忙外请乡邻喝春酒并拿出精心酿制的八宝酒，阿标叔将煤油灯擦得锃亮，邻里吃酒时发拳吆喝的热闹场面，一帧帧的画面都浮现在"我"的眼前，牢牢存留在"我"的心间，故乡瞿溪便是琦君诗意的栖息地。

对于母亲，我们从细枝末节中可以发现，这位母亲正像传统的中国女性形象一样做事有分寸，勤快细心，乐于分享。不仅是酒，只要每次有人问她，虽然她也没有一个刻度标准，但都会仔细告诉他人制作材料，做任何事她都心中有分寸。同样身为母亲的"我"如法炮制母亲教的八宝酒，试图期待儿子能和"我"一样品尝出家醅的醇香，可是儿子童言无忌，他"挑剔"指出，这不是家乡的味道，道地的家醅实际包含着那深厚的乡情，但再也不会重现大家坐在一起喝会酒的场景，再也不会有阿标叔擦煤油灯的画面，再也没有母亲忙里忙外招呼乡亲邻里的身影，也再也没有那个小小的人儿为了喝一口"春酒"而这里蹭蹭那里沾沾的鬼灵精怪。琦君将精神中的情感寄托在饱含着故乡气息的具体意象"春酒"之中，使对于故乡的思念变得具体可感，随着时间的推移而历久弥香。而真正的家醅一直存留在琦君的记忆中，在故乡人最朴素的信仰里，在故乡人最质朴的约定里，在一直追寻的真善美的理想国中。

（二）对他人精神世界的关注

琦君的《春酒》中不仅表现了对于个人的精神情感的追寻，也表现了对于他人精神世界的关注，文本中运用多种描写方式，刻画出勤劳有分寸的母亲、心细勤快的阿标叔、贪吃可爱的小酒仙、淳朴善良的村民。不可否认，对他人精神世界的关注是一种美德和社会感的接纳，在乡愁的这一条主线展开的同时，也在展现琦君对于人们精神世界的关注。文本最开始只是对于农村习俗的喜爱和怀念，直到最后儿子的一句话点醒了她，才让琦君有更加深刻的感悟。文中字里行间展现的不仅仅是家乡"春酒"的醇厚，同时也展现出琦君对家乡人民淳朴的情感流露，更是琦君灵魂深处精神的乡愁，表达出对于母性乡土的依恋。在现实与传统的冲撞中，在自我和他人的矛盾中，表达出她对于故土文化的反思，以现代的理性意识抨击传统观念，在历史文化的故土中追寻着人性的美，追寻着她心中的理想国。

参考文献

[1] 潘庆玉. 在文本细读中发展学生的探究与推理能力——《春酒》阅读教学案例 [J]. 课程教学研究, 2015 (04): 24—29.

[2] 张斗和. 《春酒》: 在成年和儿童的双重视角中穿梭 [J]. 读写月报. 2018 (18).

[3] 张兴沙. 品罢"春酒"不是"酒"——浅析琦君散文《春酒》中的母爱深情 [J]. 语文教学通讯·D 刊 (学术刊), 2016 (08): 38—39. DOI: 10. 13525/j. cnki. bclt. 201608016.

[4] 黄明丽. 细读文本 读"厚"教"薄"——以《春酒》教学为例 [J]. 教育科学论坛, 2012 (03): 41—42.

[5] 朱才华. 春风化雨润心田——论琦君散文中的母亲形象 [J]. 哈尔滨学院学报, 2006 (08): 88—92.

[6] 向琴. 文学性散文的特征及教学价值探究——以《春酒》为例 [J]. 语文月刊, 2018 (11): 42—45.

[7] 肖培东, 周丽蓉. 春酒一杯家万里——《春酒》课堂教学实录及点评 [J]. 中学语文教学参考, 2017 (Z2): 82—89.

[8] 宋芳. 醉翁之意不在酒 点点滴滴是乡愁——《春酒》教学设计 [J]. 黑龙江教育 (中学), 2012 (Z2): 20—21.

[9] 王丽君, 肖文娟. 品春酒 忆温情——细赏琦君《春酒》之美 [J]. 语文教学通讯·D 刊 (学术刊), 2021 (05): 74—76. DOI: 10. 13525/j. cnki. bclt. 202105026.

[10] 王江涛. 问君那得"情"如许 一片"乡思"在玉壶——《春酒》教后反思 [J]. 语文天地, 2019 (17): 7—8.

[11] 洪晓琴. 读《春酒》, 悟"地道家乡味" [J]. 语文教学与研究, 2021 (08).

[12] 张明. 一杯春酒 千千遍《阳关》——品咂《春酒》里的两处闲笔 [J]. 中学语文, 2019 (33): 54—55.

[13] 郭莉莉, 董林. 春酒一杯滋味长——从《春酒》的结尾探究文章的意蕴 [J]. 中华活页文选 (教师版), 2010 (01): 12—14.

［14］邹淑琴．琦君笔下的温州形象及文化记忆［J］．温州大学学报（社会科学版），2019，32（04）：67—73．

［15］章国华．行走在遗忘与铭记之间——细读琦君《春酒》［J］．语文教学通讯，2008（14）：37—38．

［16］李光耀，房萍．论琦君乡土叙事的两个维度——以《春酒》为例［J］．名作欣赏，2016（26）：92—93．

［17］江婉婷．醉在乡情中——赏析琦君《春酒》中的故乡情结［J］．小学生作文辅导（语文园地），2018（11）：58．

论琦君笔下的美国形象

李丽颖

（温州大学）

摘要： 琦君的笔下有着丰富的美国形象，可将其分为落寞的异乡、自由冷漠的都市和热情纯朴的乡村 3 种类型。结合琦君自身经历及写作时的社会历史文化因素，思考她构建出这样立体多样的美国形象的根源，以及琦君在"自我"与"他者"的碰撞下产生的复杂心境。当本国这个"自我"遇到西方这个"他者"时，琦君积极地以"他者"烛照"自我"，以中立的态度审视着两国的差异，以期达到"天下大同"的境地。

关键词： 琦君；美国形象；文化；自我与他者；冲突与融合

琦君 1972 年访美，1977 年随夫工作迁调，客居纽约至 1980 年，返台 3 年后又随夫去美，客居新泽西，2004 年返台定居，在美居住的时间有 20 年余年。她于花甲之年赴美旅居，笔耕不辍，延续着她温情的笔触，关注异域世事、人间真情，思考社会现象、人生问题。根据比较文学形象学理论，异国形象的塑造就是对一个文化现实的描述。作为他者的异国形象在文学作品中常以异国情调、异域风土人情、故事情节、人物、主观情感、思想等形式出现，[1] 这些在琦君的笔下都有所呈现。

一、落寞的异乡

琦君初至美国时，年岁已长，面临着气候、文化、生活、饮食上突如其来的差异和变化，不免产生异乡异客的心情。

首先，她到美国后的居住环境并不优越，这一点我们可以在其作品《石室蜗居》《遥寄话家常》中略知一二，琦君一家住在纽约市皇后区的一个偏僻地段，和别人分租，住在底层。房子的缺点还很多：空气不流通，光线昏暗，每天像坐在轮船里，约等于半个地下室，还存在着"四漏"——水龙头漏、马桶漏、天花板漏、煤气管漏的问题。在这样的居住环境中，对比过往，自然会形成心理上的落差。

其次，琦君赴美时已经退休，年岁不轻，身体步入衰退期，出现了种种问题，常有病痛缠身。写到自己腿抽筋时，琦君会想起苦命的李后主，觉得自己的人生绝望到极点。谈到自己因病手术时，她表示自己身处异乡异域吃苦不少，在病榻上脑中浮现的都是相去万里的亲朋好友。

在饮食上，琦君也有着诸多不适。与中国热汤热菜的饮食习惯有所不同，西方偏爱吃冷食，琦君在《异国故人情》中提道：美国食物红红绿绿、冷冷冰冰、酸酸甜甜，难以下咽。在美旅行途中下馆子时，她认为："在台北出去吃才谈得上享受，这些洋东西实在难以下咽。"[2](P135) 她还常在家里对照菜谱制作家乡美食，怀念国内的粽子、年糕等食物。

气候、生活习俗上的差异使得琦君更思念中国，美国和中国台湾气候不同，美国纽约 4 月残雪都还未消，而中国台湾已经是入夏前最好的季节了。在生活方面，邮政服务、修理工人甚至连台北寓所巷口叫卖的菜贩，都令琦君魂牵梦萦，"总之，自己家乡没一样不值得怀念。"[3](P38) 在散文《岁暮心》中，琦君将曼哈顿的圣诞前夕与台北的进行对比，认为国内人山人海的挤，闹哄哄的气氛反而热闹有趣，思念家乡那种温暖踏实的感觉。在美国度过除夕时，感觉冷冷清清，美国没有除夕祭祖的习俗，所以琦君终归不习惯，觉得在自己国家过年才会开心。

根据统计，琦君赴美后的作品中一半以上都是描写中国的，包括思乡、思物、思人的散文、小说。这些富于吴越文化底蕴的作品，都展现了她对于祖国深深的眷恋。琦君在美可谓是异乡异客，身体和心境都不同以往，孩子又已长大成家，相隔甚远。况且作为一位思想和价值观已经成型，有着一套自己独特处世原则的长者，在异国他乡会有落寞与不适应，也就可想而知了。

二、自由却冷漠的大都市

琦君一直关注着社会人生问题，美国的种族歧视、婚姻家庭、司法制度、妇女运动、大小社会事件，琦君都有所提及。琦君对大都市的冰冷和漠然非常敏感，她认为美国尽管民主自由，但是作风散漫；尽管经济富裕，但浪费严重，贫富差距大。

从琦君对美国大城市，例如华府、纽约以及柏克莱等的描写中，我们可以看出她对于美国发达大城市的看法："来到了纽约、华府，无论在大街上、地下车库里、电梯里，看见每一个人都急匆匆的，没有一丝笑容。纽约人口一千万，市中心人行道上，人与人摩肩接踵，而心与心的距离很远，愈使我怀念纯朴乡村的温厚人情味。"[4](P69) 琦君认为，纽约虽是世界文化大都市，但也是罪恶的渊薮，每天在电视报道中，就不知有多少人死于暴力或横祸，除非有自己亲人在内，就都漠不关心。

琦君认为，美国大都市经济富裕却浪费严重，比如常常可以在垃圾堆里发现还很新的家具，她还反复提及美国的厨房用纸，美国人大量浪费这种纸，最初她还反复使用直至破损才扔，后来习惯了也就变得浪费起来。但她骨子里还是勤俭持家的，称自己生平就是喜欢用旧东西，甚至还调侃自己是"今之古人"。[3](P82)

美国是多种族移民汇集的国家，但美国白人仍居社会主导地位，排外观念和种族歧视无处不在。在琦君的散文《黑人之歌》中，琦君旅行到惠斯康辛的拉辛，当地的强生基金会安排欢迎节目，黑人歌唱家兰浮特先生的家庭合唱团为大家表演唱歌。琦君被黑人先生所唱歌曲中渴望黑白平等的呼唤而感动，却发现在场的白人对此不以为然，对黑人的成见依旧。在其散文《我心中的美国黑人》中，琦君认为种族歧视问题依旧很难解决："美国的黑白问题，永远无法解决。白人的优越感，一般黑人的自暴自弃，贫穷脏乱，造成彼此间更深的鸿沟。尽管他们宪法上黑白平等，而心理上永远不会平等。"[3](P135)

对于美国一些大明星闪电结婚闪电离婚的现象，她认为是绝对的自我中心、个人主义，是缺乏人与人之间虚心探讨、相互体谅的表现。她还在散文里提到了纽约 7 月中旬的大停电，44 口径的狂杀手"山姆之子"，以及报纸上的黑人抢劫、打店铺、搬汽车、运家具等事件，认为纽约市被搅成了黑暗的地狱。杀人恶魔"山姆之子"被捕后，还收到无数少女示爱的情书，琦君表示，对美国都市社会很失望。

三、热情纯朴的乡村世界

在琦君的笔下，还有一种和冷漠大都市截然不同的美国形象，也就是对诸如爱荷华、水牛城布法罗、北卡罗来纳等美国乡村的描写。在她笔下，这些地方宁静祥和，保持着人类基本美德，人情亲切，民风古朴。

环境上的幽静闲适，是琦君对美国乡村的第一感受。早在 1961 年，琦君去爱荷华大学访学时，就感受到了美国乡村的美好，她认为这里是一个世外桃源般的文化小镇，在此居住的人可以夜不闭户，门虽设而常开，这与纽约、华府这样的大城市可谓形成了极大的对比。在美国友人毕德逊家做客时，琦君再次感受到美国乡村的宁静：小巧玲珑的房屋、在草原上漫步喝水的小牛、广袤无垠的土地，即使是乡村家庭也家家有暖气，赞叹美国国民生活水准之高。在杜克大学访友时，琦君感受到了校园风景的幽美、气候的宜人，这里地广人稀，房屋不得超过三层楼，大树绿荫如盖，每家门前繁花如锦，向过往行人笑脸相迎。

其次就是人与人之间的亲切，民风的淳朴。琦君在爱荷华时，人们亲切友好，商店店员们态度和气，遇到的女学生帮她提东西、友善聊天，Lowa house 公寓价格便宜服务态度好，她在这里访学的半个月，享尽悠闲的清福。在水牛城时，琦君感叹："美国小城市人情之亲切，令人感动。但愿他们能长久保持这份古朴的民风，勿为大都市独善其身的浪潮所冲击。"[4](P53) 去韦格纳太太家做客时，发现有一幅和自己台北家里一模一样的画，且两人英文名相同，更有天涯比邻之感，在异国家庭中合唱，更让她感受到异乡的温暖。琦君认为，在小城中，美国人和东方人一样保有温厚的人情味，这些美国小乡村，依旧保持着守望扶持的美德。美国南部黑人虽较少，但都彬彬有礼，与大城市如纽约的大部分黑人大不相同。

在《异国故人情》中，琦君写到自己在机场结识的美国友人——凯蒂，因而感慨美国人对陌生人的友善开放，值得比较保守的东方人学习。美国的农村妇女，在帮忙丈夫儿子田间工作之余，还编织各种毛线工艺品，相互观摩。她们勤劳朴实，待人平实诚恳。琦君与她们原是萍水相逢，却依旧能浸润于那一份温馨中。美国人很忙碌，不爱写信，但是她和友人凯蒂却书信往来不断。琦君去参观凯蒂家的土地时，看到他们的辛勤劳作，想起了童年时代的阿荣伯，所以她认为即使是富裕的美国，也是靠这些庄稼人辛苦累积起来的，都市人不懂食物来之不易，这些农村人才会节省物力。参加葬礼时，琦君再次提及纽约和这种小城镇的区别：在小镇里婴儿的出生、老者的去世都是全镇息息相关的大事，而大城市的人则对此麻木不仁，将美国大城市的冷漠与美国乡村的古朴进行对比，形成更大的冲击，展现出美国乡村还保有这样人世间的美好有多么不易。

四、"自我"与"他者"的碰撞

巴柔教授在他的书中提道："一切形象都源于对自我与他者、本土与异域关系的自觉意识之中，即使这种意识是十分微弱的。因此形象即为对两种文化类型现实间的差距所作的文学的或非文学的，且能说明关系的表述"[1](P4)，异国形象并不是对异国现实的复制式描写，而是作者根据自己的理解和欲求创造出来的，不仅与作者观看异国的视角有关，还应具有社会基础的支撑。琦君的作品恰恰体现了这个定义的主旨，表现了"自我"与"他者"、"本土"与"异域"互动性的关注。

琦君的创作与其人生历程具有同步性，琦君自小就浸润于中国传统文化的教育中，尽管她同时也接触了西方的语言、文学、宗教，但在骨子里还是热爱着中华文化、信仰佛教。琦君于花甲之年旅美20余载，虽然有不适应，但不至于到孤苦无助的境地。琦君懂英语，心态乐观，又能通过电视、报纸杂志等媒介了解外部世界，还热衷于和中美友人通信，自己写作读书，常常外出旅行，加之有丈夫的陪伴，不至于孤独。经济方面虽不算充裕，但也称得上比下有余。她以开放的气度表现了对自我文化的认同，以及对异质文化的尊重和理解。

琦君认为，应当理解美国这个国家的年轻、活泼、开放、坦率，学习美国人对陌生人的互助精神以及排队精神。在教育方面，琦君认为应当学习美国父母训练子女独立精神的方法。琦君还提到中美两国看待"人情味"三个字的区别：中国的人情只保守地及于亲友，美国则开放地及于陌生人。从这些他者与自我的对比性书写中，我们可以看出琦君对西方文化中的一些正面因素给予了充分的赞赏，体现了巴柔教授所指出的自我对他者的那种亲善态度。

当然，琦君对美国并不是一味持亲善态度。首先，她认为美国是一个崇尚物质生活、金钱价值重于一切的地方，这样的观念显然与崇尚天然、朴实的琦君相异。其次，美国人虽有外在的生动活泼，但不够谦让含蓄，缺乏礼让的美德。美国青年虽独立，但不能吃苦耐劳，不肯用功读书，没有干劲和作为，并且正是由于标榜了这种民主自由，所以学生可以罢课、老师可以罢工，课堂上会出现无组织无纪律的情况，也失去了"尊师重道"的美好品质。中国父母对孩子的管教很难，升学压力大，但美国的教育问题更加严重，甚至只能靠宗教来约束。同时，美国种族歧视问题很难解决，白人有着天然的优越感，黑人则自暴自弃，黑白肤色的鸿沟越来越深，尽管宪法平等，但心理却永不平等，并且借此反观中国，认为中国并无严重的种族歧视问题。琦君在司法界从事多年工作，面对美国司法制度上废除死刑的行为，她持反对意见："美国自己标榜重视人权自由，但有时反而歪曲它的真正意义。"[3] (P154)

纵观同时期其他有着跨国生活经验的中国台湾作家，如欧阳子、白先勇、聂华苓、陈若曦等，他们都遇到了种族隔膜、文化冲突的问题，我们看到他们笔下的人物大多存在企图融入西方文化却受阻、期望被"主流"社会认同却被拒之门外的尴尬情况。琦君却依旧以平实内敛的语言，坚守着民族文化之根，抵制同化，抵抗失语，赞美小城镇的淳朴，想念童年生活的简单美好。琦君对大都市、机械、自动化产品的抵触，正显示着她心中的中国传统哲学思想与文化不愿向异质文化低头的冲突与对抗。

琦君关注中西文化的冲突，但没有出现仰视西方文化，忧虑祖国传统文化的情况，而是把中西文化冲突在异质语境下置身于整个人类的共性上，将不同的民族文化放在公平的基础上加以比较，理解且尊重。她在支持并贯彻中国传统的文化道德观念的同时，又能够理解包容西方现代文化中的不同。她以自身特有的文化视角，在自己生命体验的基础上，描绘了旅居国外华人的生存状态，客观地体察中美两国的文化差异，忠实地描写自己的遭遇和感受，构建出一个多样立体的美国形象。探讨琦君笔下的美国形象，有助于我们了解海外华人的生存状态，揭示出特定时期华人作家对于美国及其文化的态度。

参考文献

［1］孟华．比较文学形象学［M］．北京：北京大学出版社，2001．

［2］琦君．留予他年说梦痕［M］．台北：洪范书店，1980．

［3］琦君．与我同车［M］．台北：九歌出版社，2006．

［4］琦君．千里怀人月在峰［M］．台北：尔雅出版社，1978．

刍论琦君散文的诗意美

——以《故乡的桂花雨》为例

徐　敏

（温州大学）

摘要：琦君的散文韵味、情思与中国古典诗词、传统伦理道德之间有所关联。本文的第一部分结合中国传统伦理道德之爱阐释琦君散文的诗意缘起；第二部分以琦君的散文《故乡的桂花雨》为例，从"摇"一字之解读和"桂花"一词之解读分别阐释琦君散文的语言美、意境美，合而体现琦君散文的诗意美；第三部分简述琦君散文的诗意美教学价值。

关键词：琦君；散文；诗意美教学；《故乡的桂花雨》

一、引言

由于琦君在文学上的影响与成就，她在中国文坛享有很高的地位。叶圣陶先生说："写作的根源在于自己的生活。"琦君在大陆长大，在台湾生活，她生长于海峡两岸，都经历了外来的西方文化对本土传统文化的冲击之际，此冲击之猛烈，致使新生代对中国传统文化的认识越来越淡薄。虽然琦君生长于中国传统文化认同急遽淡薄的年代，但通过探析琦君成长的家庭背景与教育背景，可见其散文韵味与中国古典诗词之间的关联，其散文情思与中国传统伦理之间的紧密关联。她在《春水船如天上坐》中写道："记得先父曾对我说：'能读书的，不但人受书的益处，书也受人的益处。'"① 古语云，书

---

① 琦君《桂花雨》，北京：群众出版社，1996，第151页。

中自有黄金屋，在浓厚的中国传统文化熏陶中成长的琦君，她的散文能长盛于文坛，正是因她能够巧妙地运用艺术手法，将中国的传统文化要素和精神融入其散文之中。而她用她独特的清雅隽永的文墨守护着日渐淡出的文化，使其散发出历久弥新的生命光彩来，可谓用心之良苦，而赠人玫瑰，手有余香。通过学习琦君的散文，可以让中国新生代认识到传统文化之韵味。现今的散文教学大多浮于浅表，教师通过机械地肢解文本，让学生进行颇为功利性的阅读与写作，使学生读之无味，写而无情。为使新生代突破对散文的表层认识，深入品味到散文的精神内涵，琦君散文的教学便应该体现出作者文化守护之心。其名篇《故乡的桂花雨》选编进入多版教材，比如鲁教版四年级《语文》、苏教版四年级《语文》、人教版五年级《语文》、鄂教版七年级《语文》，以及台湾国文教材，可见此篇在中小学语文教育中的重要性。选用琦君的原文《故乡的桂花雨》进行研读后，笔者认为教师可以抓住关键词，挖掘琦君散文的古典韵味，探析其中的伦理道德观念，让学生进行审美性的阅读与写作，从而感受到中国传统文化之美。

二、琦君散文的诗意缘起

琦君，原名潘希珍，1917 年出生于浙江省永嘉县（现浙江温州市瓯海区），1 岁丧父，4 岁丧母，幼失双亲的她是由伯父潘鉴宗和伯母叶梦兰抚养长大。由于二老没有子嗣，故而一直将琦君视若己出，用心教养，而琦君也视二老犹如亲生父母，在散文中一直称其为父亲母亲。此外，琦君是在旧式家庭中长大的，长辈在乡里颇有声誉，故而幼时生活优渥，亲邻和睦，所以每当她提笔回忆往事时，总能在字里行间读出父母双亲之爱护、故乡亲邻之情谊。

自古以来，中国就是格外注重血缘家庭，也早早形成家庭伦理道德体系，琦君童年成长的环境就是典型的具有浓厚中国传统伦理道德文化积淀的大家族。童年的成长经历会奠定人一生的品性基调，和美温暖的家庭文化蕴养出琦君清明温厚的心灵。此后，琦君又成为浙东词学宗师夏承焘的得意门生，先生不仅在学业上而且在生活上都对琦君多加关照，琦君同门之间也多有往来，使得她得以滋养在浩瀚的学海之中，以书明目润心。正是成长在这样的环境中，拥有这样的父母双亲、亲朋师友，即使琦君后来求学时遭遇双亲离世、战乱时背井离乡等磨难，都没有让她变得愤世嫉俗或怨天尤人。文见其人，她的心便如她《泪珠与珍珠》的文中所写："眼因流多泪水而愈益清明，心因饱经忧患而愈益温厚。"琦君的散文里处处可见中国传统伦理道德之中的爱，如父爱、母爱、夫妻之爱、手足之爱、师生之爱、朋友之爱等，琦君对这些人发自内心地感恩，便以文报恩。

1949 年，琦君离开生活了 30 多年的故乡，远迁到举目无亲的台湾，在《一点心愿——由散文到小说 40 年》中她写道："1949 年到台湾，生活初定以后，精神上反渐渐感空虚无依。"① 背井离乡的琦君对故园亲人的深深思念激发了她的创作欲望。但琦君并非高产的作家，她是以质取胜，她在《琦君的有情世界》中自陈："我的初稿总是改得面目全非，有时连一个声音太接近的字也得改掉（正如您用一个'的'字，都要再三考虑）。"如此炼字修辞的琦君正如"僧敲月下门"的贾岛，她是生活在现代的古代诗人，她写的散文似诗一般。

如琦君在《云居书屋》一文中所记，她自小生长于书香世家，父亲潘鉴宗虽然是一名武将，但是好读书、爱藏书，在温州与杭州都建了藏书阁，藏书丰富。在《父亲的两个知己》一文中，琦君父亲的两位好友杨雨农和刘景晨会相约雪日，在廊下煮酒、画梅、赏雪，吟诗作对，小琦君便在一旁玩耍，也学着作诗作对。此外，琦君从小还有旧式塾师教导，5 岁识字、6 岁描红、7 岁读诗、8 岁读孟、9 岁做古文。在这样读书氛围浓厚的家庭中，小琦君从各个方面接受着中国古典文学的熏陶。长大后的琦君师从词学大师夏承焘，专攻中国古典诗词，在师生二人的往来书信中，夏先生常常鼓励琦君写作，故而琦君不仅在古典文学的造诣上日渐加深，还创作出了一篇篇的精品美文。曾有评论家从散文的艺术特色来评价琦君散文，称其承接五四遗风，但就中国古典文学对琦君一生影响之深刻，论琦君散文的内在精神特质，必定是中国传统文化，其中又最见中国古典诗词之美。

---

①琦君《母心·佛心》，武汉：湖北人民出版社，2006，第 215—216 页。

三、桂花雨中的诗意美

中国古典诗词的艺术特征千姿百态，若说文学是语言的艺术，那么诗歌便是文学中最精粹的语言，故论古典诗词之艺术美，必先论美在语言。然而诗词整体美学价值在于意境，即意境美是诗词美的最高美。《故乡的桂花雨》一文被反复选入中小学教材，必有其经典之处。笔者认为，经典之处便在于该文具有诗意美，美在语言、美在意境。琦君便如贾岛，通过她对语言文字的不断推敲，使散文语言如诗般具有凝练美，用词意简言赅、凝练厚重，以一字绘景，用一词传情，如诗般具有形象美，透过语言所描述的生动具体的景物，唤起人们诸多联想；通过她对意象的把握，使散文意境似画，意境含蓄委婉、情高韵远、动态传神，得以激发读者内在的思想情感，与作者感同身受。故而笔者也得以从语言文字之中反推，捕捉到琦君蕴含在这一场故乡的桂花雨中的真情实感。综上，桂花雨中的诗意美便可以分为语言如诗、意境似画两个方面进行探析。

（一）语言如诗——"摇"之解读

之所以说琦君的散文具有诗意美，可以从她的语言中的诗意进行探析。在《故乡的桂花雨》一文中，"摇"字共出现了11次，在文章的第3段的"桂花成熟时，就应当'摇'"中第一次出现。"我"作为孩子，斩钉截铁地强调"就应当"。因为年龄受限，儿童的认知必然是非常有限的，但"我"如此肯定桂花一定要用来"摇"，是因为在"我"所有的印象记忆中，桂花只有摇下来才能保存样态和香气，而不被风雨泥泞所损毁。但"我"虽只是个孩子，却也通过细心的观察对摇下来的桂花和自然掉落的桂花进行了评断，并非只喜欢摇落的完整桂花或厌恶自然掉落的破碎桂花，而是因二者的实用价值做取舍。故而，此句话虽然是童稚的语气，但也从侧面可知"我"的儿童岁月简单而纯粹，"我"的细心与善意，而抚养出如此品性的"我"的家庭也应当是温良敦厚的。

"摇"一字也出现在散文中母亲和父亲的话语中。文中，母亲说："还早呢，没开足，摇不下来的。"中国传统的家庭中，长辈总是威严训诫的形象，大多不会与晚辈进行平等对话，二者不平等对话的体现之一就是长辈不愿对晚辈进行"解释"，因为成见根深蒂固，他们认为孩子始终是孩子，孩子的所行所言所思都是幼稚的，为此晚辈便该自然地服从长辈，晚辈对长辈不得加以追问。但是此文中的母亲就愿意与孩子的"我"解释为什么不能立刻摇桂花，可见母亲尊重孩子，不居高临下，而是平等对话。这或也与母亲虔诚信佛有关，文中写道摇完桂花后，母亲会洗净双手，撮一撮桂花放在水晶盘中，送到佛堂供佛，"洗净""撮一撮""水晶盘""送"几个词的使用可见其对供奉之事的用心，便可知其对佛的崇敬，而佛教是强调"众生平等"的。后文写"可是母亲一看天空阴云密布，云脚长毛，就知道要来台风了，赶紧吩咐长工提前'摇桂花'"，母亲不仅具有"众生平等"的意识，而且也有灵活智慧。

文中，父亲在檀香与桂花香的混合香中诗兴大发，口占一绝："细细香风淡淡烟，竞收桂子庆丰年。儿童解得摇花乐，花雨缤纷入梦甜。"琦君的父亲虽是武将，但爱书爱诗，不仅从中可知他自小便为琦君营造了浓厚的古典诗学习氛围，还可从他的这首诗中看出"摇花"令儿童十分欢乐，这便可以回溯到"我"摇花的过程。当长工要去摇桂花时，"我"可乐了，去树下铺篾簟，抱住桂花树使劲地摇。通过关键词替换法，如果想要收集到桂花，通过晃动树体，还可以"踢""打""撞"等，也可以直接爬到树上去"摘"，那么为何全文都只使用"摇"这一词呢？

"摇"是动词，其义是使事物来回地晃动。白居易的"风荷摇破扇，波月动连珠"写出了风吹荷叶，叶如扇子般来回摇动的灵动画面，可见事物如何动作才能体现为"摇"。又有李世民"清风摇玉树"，杜审言"碧水摇空阁"，写出了清风、碧水以一种包裹的姿态，环绕环抱着玉树、空阁，可见外物对事物如何施力才能体现为"摇"。故而，可从桂花的状态和施力者"我"的行为来看如何才是"摇桂花"。桂花如雨一般落下，可见树之晃动，"我"抱住桂花树使劲地摇，可见"我"环抱着树并使其晃动。并且，通过"抱"一词的使用，可见"我"与桂花树的亲近，而"使劲"一词可以看出摇动桂花树对于年幼儿童来说还是比较困难的。但如此困难之事却还是如此吸引着"我"，更好地突出"我"对摇桂花此事的深深喜爱而乐此不疲，呼应了前文

"'摇桂花'对于我是件大事"的拳拳决心，以及后文即使已经长大成人，在杭州的满觉陇也会边走边摇桂花一事，说明摇桂花已经成为琦君心目中一种甜美的习惯。而我摇桂花这种欢乐的事，能被父亲口占为诗，"我"俏皮地说诗虽不见得高明，但父亲在"我"心目中，确实才高八斗、出口成诗呢，可见父亲对琦君童心的爱护，琦君对父亲的亲昵、崇拜。在父母双亲这般的温柔爱护之中度过自己的童年，也难免漂泊他乡的琦君回忆起故乡的童年时代，便是深深地思恋。

正如文末所写，虽然"我"回家时，总捧一大袋桂花回来给母亲，但是身在他乡思念故乡的琦君和琦君母亲一样认为此"桂花"非彼"桂花"，"这里的桂花再香，也比不上家乡院子里的桂花"。琦君母亲是在杭州思念故乡温州，而琦君不仅是在杭州，而是后来远去台湾才写下此文，便更是思念故乡温州，同时也思念自己逝去的疼爱自己的父母双亲。

（二）意境似画——"桂花"之解读

之所以说琦君的散文具有诗意美，还可以从她的意象使用、意境建构中进行探析。自古以来，雨含愁绪，如"山雨欲来风满楼""身世浮沉雨打萍""夜雨闻铃断肠声"，读之便生愁。然而琦君笔下的故乡的桂花雨则带给她、母亲、父亲以及乡邻无数的欢声笑语。纵观全文，桂花雨是因摇桂花树，使得桂花树上的桂花似雨一般渐渐沥沥地落下，落得人满头满身，却又不会被打湿，反而沾染上浓浓的花香，不仅是摇桂花的"摇"让孩童喜爱，如此可爱的"桂花"更是惹人爱怜。"桂花"便是此文的核心意象，而由无数桂花构建的便是绝美的桂花雨纷纷落下的意境。

琦君喜爱的桂花有两种，一是月月开的木樨，二是秋天才开的金桂。琦君对木樨如此写道："一闻到就会引起乡愁。"之所以木樨与乡愁紧密有关，而并非金桂，首先是因为它月月开，开放的时间久，渐渐地便成为故园的象征。其次是因为"惟有正屋大厅前的庭院中，种着两株木樨"。在琦君的另一篇著名散文《春酒》中写道，正屋大厅是家族乡邻聚会之地，可见正屋大厅之特殊地位，故而大厅前的庭院也格外引人注目，在此庭院种植的花卉树木也自有匠心巧思，月月相见的木樨便也是家园的象征。此外，在"父亲书房的廊檐下"也有木樨，父亲也常常会领着我指点各种花卉，常可看见的木樨自然地成为我与父亲的相处记忆中的关键物，也便成为亲人的象征。就是与亲人、家园、故园紧密结合在一起，木樨才令"我"一闻到就引起乡愁。

而正如刘禹锡的《爱莲说》，琦君的这篇散文也有托物言志、以花喻人之感，这也说明琦君的散文颇有文言之风，有诗意之美。就如《爱莲说》中刘禹锡从"中通外直，不蔓不枝，香远益清，亭亭净植，可远观而不可亵玩焉"表明他对莲之喜爱。《故乡的桂花雨》中，琦君从"桂花树不像梅树那么有姿态，笨拙的，不开花时，只是满树茂密的叶子，开花季节也得仔细地从绿叶丛里找细花，它不与繁花斗艳。可是桂花的香气味，真是迷人"写出桂花姿态朴拙、不争奇斗艳，但却香气迷人，写出了桂花的内在品质，写出了桂花脱俗之处。紧接着，琦君解释道"迷人的原因，是它不但可以闻，还可以吃"，并且直率地表态"'吃花'在诗人看来是多么俗气？但我宁可俗，就是爱桂花"，颇有东坡旷达豪迈之风。而后文中写"地上不见泥土，铺满桂花，踩在花上软绵绵的，心中有些不忍"，又似有黛玉葬花之心。此二处可见琦君自小受中国古典文化的影响之深，已经内化到生活习惯之中。

苏轼爱吃又爱诗，两者并不相悖，琦君爱花又吃花，也并不是真"俗"，更何况有说法道爱与胃是相通的，爱到极致便是要将其吞吃入腹，因为这样便可与所爱之物融为一体。无论是温州的桂花糕饼，还是杭州的桂花栗子羹，其实都不单纯只是果腹之物，而是带上了审美寄托的充满了爱的美食。正是从爱桂花之脱俗、到吃桂花之俗这种叙事的张力之中，意象的实用之中，便体现了琦君的真感情真品性，体现了散文的意境美之情高韵远，耐人寻味。至于桂花雨，在文中一是落在了故乡温州，二是落在了杭州，两处的桂花都如雨落下，格外的动态传神，甚至连桂花的香气都足以让"至少前后左右十几家邻居，没有不浸在桂花香里的"，用"浸"一次写出了桂花之香气盛大，而桂花栗子羹则是"撒上几朵桂花，那股子雅淡清香是无论如何没有字眼形容的，即使不撒桂花也一样清香，因为栗子长在桂花丛中，本身就带有桂花香"，写出了桂花之香气浓郁，而对桂花香气的描摹，何尝不是牵连着琦君的思乡之情，便如这记忆中的桂花香气，即使时隔多年、远居他乡，也依旧"盛大浓郁"，令她魂牵梦萦。

散文开篇的一句"中秋节前后，就是故乡的桂花季节"，便奠定了全文的思乡基调。《望月怀远》写道："海上生明月，天涯共此时"，虽然天涯海角看到的月亮都是同一个月亮，但也因此格外地思念此时本该相伴赏月却远在天边的亲朋好友，正如散文结尾一句"于是我又想起了在故乡童年时代的'摇花乐'，和那阵阵的桂花雨"。散文中虽写了诸多欢乐之事，但开篇结尾的设计让整篇散文给人读来由悲入喜，再由喜入悲，形成一种情感跌宕。但琦君的散文具有诗意美便在于，她的散文哀而不伤、含而不露，有着中国古典诗词意境美中的含蓄委婉之意。虽然《故乡的桂花雨》开篇结尾都是对遥不可闻的桂花的思念，实际上是对逝去之童年时光、远去之故土家园的思恋，但是将散文主要为"摇桂花""吃桂花"之乐、"桂花"之香，使得欢乐之景、欢乐之情占据了大篇幅，故而全篇虽有情感的跌宕，但是没有大起大落，无论是喜悦，还是哀思，都是含蓄委婉的。

四、结语

《故乡的桂花雨》作为教育教学名篇，笔者从"摇"一字之解读、"桂花"一词之解读两个角度进行文本剖析，抓住重复出现的且有关联的两个关键词串联全文，整理出清晰的教学脉络，从语言的雕琢到意象的使用、意境的建构，形成递进的教学层次，便于教学活动的开展，利于学生的理解感知。该教学方式通过知人论世，可知用读诗的方式读琦君的散文，能够更好地把握其文章的情感基调和精神内涵，通过与诗意美教学进行勾连，避免将经典美文肢解而导致理解浮于浅表。琦君生长于中国传统伦理道德和古典文化之中，语言清雅细腻，写文言以载道，题材虽然细小，但是于细微处见真情。故而，经过选编，《桂花雨》进入小学五年级统编教材，符合该年段学生的认知，适合反复阅读与模仿写作，还可以让孩子自小就体会到中国传统文化之美、中国传统伦理之爱。

参考文献

［1］孙琪. 王崧舟"诗意语文"理论体系的生命精神 ［J］. 教学与管理，2015（2）.

［2］俞歆航. 从《故乡的桂花雨》解读琦君的乡愁抒写 ［J］. 名作欣赏，2021（5）.

［3］琦君. 桂花雨 ［M］. 北京：群众出版社，1996.

［4］琦君. 母心·佛心 ［M］. 武汉：湖北人民出版社，2006.

［5］张珊. "诗意语文"理念下的初中散文教学研究 ［D］. 河南科技大学，2020.

［6］陈春梅. 历久弥新的旧梦——论中国传统文化对琦君散文创作的影响 ［D］. 苏州大学，2008.

论《橘子红了》小说与瓯剧的互文性改编

杨舒惠

（温州大学）

摘要： 通过分析琦君原作小说与改编后的瓯剧《橘子红了》的差异，从视角、人物、情节3个方面阐释瓯剧对小说《橘子红了》的创造性互文改编，加深对琦君作品的理解。

关键词： 橘子红了；瓯剧；琦君；秀芬

琦君的中篇小说《橘子红了》于1987年发表于台湾的《联合文学》，2002年改编为周迅、黄磊主演的同名电视剧在北京电视台首映，一时风靡海内外。2018年初，温州市瓯剧艺术研究院改编后的瓯剧在北京上演，掀起一阵观剧热潮。瓯剧是温州地区最有影响力的戏曲剧种，是国家级非物质文化遗产。瓯剧以"书面温话"为舞台语言，文武兼备、唱做并重，具有朴素、明快的特点。瓯剧艺术研究院对《橘子红了》进行二次创造，搬上舞台演出可谓匠心独运。以下，笔者将比较小说与瓯剧，从3个角度阐释瓯剧的互文性改编。

一、视角呈现差异

小说《橘子红了》以第一人称"我"展开叙述。"我"因为爹娘过世，跟在大伯大妈身边生活。"我"是一个16岁的少女，跟着家里的先生念书，家人都很疼爱我，因此我的观念受环境影响比较单纯。秀芬未进家门时，我便暗自同情；秀芬进门后，我与她情同姐妹；秀芬离世后，我深感命运无常。读者跟随"我"——一个未谙世事的少女的视角，看待与我岁数相仿的秀芬，看待这个家里发生的一系列事件，有诸多好处："第一……这样既提供了一种现场感，同时又避免了回忆的残缺性和作者自我暴露的嫌疑，既真切又令人信服；第二，以一个十几岁的小姑娘来叙述故事，用单纯的眼睛来看，用单纯的心来感受，可与秀芬的悲惨命运形成鲜明的对比，使得秀芬的命运更具悲剧性；第三，单纯的少女很少受到世俗文化和社会意识形态的影响，她们更容易用人性化的眼光来看待周围的世界，能够公正地不带思想偏见地叙述所看到的事实，这样就使得小说的客观性得到保障。"[1] 读者借"我"之眼，去看一个乡下女孩悲惨真实又无可奈何的命运。

瓯剧作为浙江地方戏曲之一，以现场表演为主，无叙述者，呈现方式上为现在时的直接呈现，因而观众与舞台上戏剧故事审美距离几近于无。同时戏剧侧重以人物台词为手段，集中反映矛盾冲突。改编后的瓯剧《橘子红了》受戏剧体裁所限，取消了第一人称"我"的讲述，改为由人物唱词念白交代内心世界，以动作表情表现人物。对台下观众来说，角色的唱词念白、动作表情及环境布置等都成为直接感知人物的途径。如在第三场橘园相会中，秀芬与周平的初次相遇，两人都身着一身素白：周平是朝气蓬勃的新式学生装，秀芬身着白衣绣着蓝花。在周平的一再追问之下，秀芬将自己的身世娓娓道出，观众在婉转动人的唱词里同情、感叹秀芬的命运。而当秀芬认真聆听周平讲精神、人格、自由时，观众沉浸其中，自然对秀芬将来的命运产生期待。瓯剧相比小说的第一人称视角，拉近了与观众的距离，更能够以剧情牵动观众的心，从而同情秀芬、思考秀芬的命运。

二、人物关系阐释

改编后的瓯剧《橘子红了》由于"我"的视角的取消，于是"我"这一人物——秀娟以及教我念书的先生也随之取消。因此观众难以看到小说中围

---

①孙良好，李沛芳《追忆·怀乡·闺怨——关于琦君的〈橘子红了〉》，《文艺争鸣》，2012，11.

绕着"我"的人物的另一面，而仅能看到他们对秀芬的唯一一面。

六叔周平的形象在瓯剧中发生了微妙的改变。小说中橘园的小屋是六叔、秀芬、"我"三人一起聊天玩耍的安全港，"我"的存在让这二人碍于"我"而无法直接表达情感，表达始终带着分寸感。小说中当六叔要看秀芬额角上的疤时，秀芬向后躲，而六叔也在"我"的一声喊叫中停止靠近。而在瓯剧中，"我"这一形象的删减却增加了周平与秀芬独处的时间，初相逢时两人不受礼节的约束，自在地牵手拥抱旋转，洋溢着青春回忆的喜悦。周平向秀芬昂扬地宣传新时代女性的思想，还提出去上海说服大哥、拯救秀芬，带有不切实际而又浪漫的理想色彩。而小说中六叔常说"世上有很多事是叫人感到无可奈何的"，他为了避嫌很少回乡下，只是默默关注秀芬的情况。瓯剧中的周平与小说中一样英俊神气，但更勇敢天真、富于行动力，敢于向传统礼教抗衡。

在瓯剧《橘子红了》中，小说中的大伯（以下与戏剧一致称为老爷）不再是一个"失语者"的形象。老爷主要在第四场"橘子红了"中出场。老爷一开始的出场便饶有趣味。在周宅的主卧房中，一派现代都市陈设，有沙发、自鸣钟、留声机，老爷身着高档西式睡袍，正在聚精会神地看着报纸。大娘与老爷交代秀芬的情况，老爷仿佛不甚在意，只是"嗯"一声仍默默看着报纸。过了一会后，老爷放响了留声机，对秀芬说出的第一句话是："秀芬，跳个舞吧？"一面说着"新时代的女性，怎么能不学会跳舞"，一面亲手为她换上高跟鞋。在这里，老爷说出的第一句话就暗含了对于秀芬的规训。老爷希望按照自己眼中的城里女人形象来塑造秀芬。同时，结合下一场可知，这时六叔周平已经向老爷争取秀芬的精神独立、人格平等，且老爷知道秀芬读过几年书，故而用"新时代的女性"这一词汇来诱惑、刺激秀芬以达到与自己跳舞等目的。后又让她品尝巴西咖啡，接触所谓"新时代女性"接触的事物，试图用城里的新鲜玩意吸引秀芬。接下来，老爷从各方面向秀芬深情地表白——是他眼中的女儿、妹妹、知己、学生，并且在秀芬诉说心事时给予及时的回应与反馈。在这种攻势下，一般女人很难不心动，何况秀芬常年居于乡下，这样单纯、懵懂，在城里做官的老爷有手腕对付这样的女人。同是在这一场中，老爷还在秀芬面前装作无事、面色温和地向秀芬主动谈起周平，以此刺探两人之间的关系。当秀芬问道周平是否去找过他时，老爷不但说不知晓此事，还说周平是一个易冲动、不稳重、说话转眼就忘的人。可见其老谋深算，提前便策划好这一事的对策。这也与小说中暗示的大伯形象比较吻合。

"琦君塑造成的母亲意象是一位旧社会相当典型的贤妻良母。充满了母心、佛心——但这并不是琦君文章的着力之处，而是琦君写她母亲因父亲纳妾，夫妻恩情中断，而遭受到的种种不幸与委屈，这才是琦君写的刻骨铭心、令人难以忘怀的片段。"① 小说中的大妈在侄女儿"我"的眼中是"讲话斯斯文文，心地厚道，待人和气"，对于一些家庭夫妻的事，16 岁少女的"我"还不能完全理解大妈。而瓯剧中的大妈笼罩在自己无子及与二姨太争夺丈夫的焦虑下，虽然也亲口道出了自己的不幸，但最终把不幸施加在更弱的秀芬身上。甚至在秀芬走后，仍然东奔西跑为老爷挑小娘、求瓷娃娃。这恰恰是大娘受到不幸与委屈后的创伤表现，使得小说塑造的形象进一步延伸。

瓯剧中的老爷哄骗秀芬，大娘借其他女人生子夺夫而精神变态，小说中大伯大妈对失去父母侄女儿"我"的用心管教及关心爱护难以体现。这样的处理剪除了多余的支线，观众可以聚焦秀芬的内心状态和情感世界，去理解秀芬做出的选择及思考悲剧的成因。

三、情节改编深化

小说情节并不复杂，主要分为 13 节："乡下的家""疑团""新娘""盼待""六叔""橘子红了""别""情思""求梦""心惊""磁娃娃碎了""永诀""伤逝"。出于舞台表演的需要及戏剧冲突的强调，改编后的瓯剧共有 7 场：第一场"廊桥接亲"，第二场"拜堂成亲"，第三场"橘园相会"，第四场"橘子红了"，第五场"橘园重逢"，第六场"风雨行路"，尾声"再别廊

---

①白先勇《弃妇吟——读琦君〈橘子红了〉有感》，《白先勇文集·第六只手指》，花城出版社，2009 年版，第 161 页。

桥"。若勉强粗略归类，可将小说中第 1~4 节与瓯剧第一场、第二场对应，第 5 节与第三场对应，第 6~8 节与第四场对应，小说第 9~13 节与第六场，第五场与尾声小说对应。

瓯剧《橘子红了》在情节上有几处改编颇有意味，可见编剧用心。在第二场中，秀芬被接亲的第二天要求跟老爷拜堂，可是由于老爷城中政务繁忙，只能跟老爷的长衫马褂和礼帽拜堂。舞台上，3 个佣人举着与一个真人的高度相仿的老爷衣冠。红色的喜庆灯光下，仆人阿川喊着拜堂的程序，衣冠随喊声移动，秀芬这样完成了拜堂。与书中秀芬的拜堂不同，这处改编在视觉上给人强大的冲击力，喜庆的红色衣冠无形营造了一种恐怖诡异的氛围，秀芬的悲惨命运更加突出，令观众的印象更加深刻。

对于六叔和秀芬情感的处理，小说与瓯剧也有较大差别。小说中六叔和秀芬淡淡的情愫才刚萌芽就被大妈和阿川叔巧妙地中止，六叔自此很少来到乡下。而在瓯剧中第三场"橘园相会"与第五场"橘园重逢"中着重表现了二人的复杂情感。周平与秀芬在将红未红的橘园中相逢，回忆以往上学时的情景：周平为秀芬取绰号"小柳枝"，秀芬为周平追篮球磕破了额角，周平送秀芬去医院、送她回家……而现在秀芬成为周平的大嫂，两人面对面将变故细细谈来。谈及秀芬悲惨的命运，周平为她打抱不平，并对她说要有"新时代女性的觉悟"，他将为她去上海见大哥，让大哥把秀芬送回娘家。由于大哥从中作梗，两人误会散场。再重逢时，秀芬已经屈服于命运。两人过去的同学情谊与萌动的情愫皆成过眼云烟，只剩下难以逾越的遗憾。小说与瓯剧在两人情感处理上结局相同，但细节略有不同。在小说中我们看到六叔与秀芬的互动很少，而瓯剧中周平秀芬的排场较多，两人的情感表达得以充足、细腻地展示。

瓯剧在其他情节上也有稍微改动。如大妈主动向秀芬提起二姨太而一改小说遮掩着隐瞒秀芬；大妈对城里二姨太无形的恐惧在瓯剧中表现为她总感觉周围有疑似二姨太的高跟鞋"笃笃"声从而精神极度紧张；代表生子的瓷娃娃不是像小说一般而是大妈提前求好；为老爷找小娘也不与小说一般自己认真挑选，而是谈好条件托媒人去找，这里不再展开。

小说和瓯剧改编出入最大的地方是故事的结局。小说中秀芬因为胎儿流产患上了产热症，精神状况因此日渐颓靡，双重打击下很快离世。她的灵柩暂厝橘园一角，等待大伯归来安置。而在瓯剧第七场尾声中，秀芬的命运由阿川叔转述："秀芬孩子掉了，大夫说她这辈子都不能再生育了。老爷怜悯秀芬，让大娘给了她一笔钱，让她自寻出路。听说，秀芬打算一个人进城去。"剧台上秀芬身着学生装束，向着前方走去，身后是一片红似血的橘林。这个结局与琦君向读者交代的真实的秀芬的处境颇像："秀芬事实上并没有死，而是被带到外地，受尽了折磨，在大伯逝世后，被逐出家门。"① 虽然瓯剧改编的秀芬最终结局究竟如何答案没有言明，但是秀芬出走进城便隐含了一种"新时代女性"的可能。"大团圆"的结尾为秀芬镀上了一层光明的底色，这样的结局也让台下的观众心理上获得一点秀芬逃离凄苦人生的代偿性安慰。

四、结语

从文学语言转为戏剧语言，许多应交代的时间、人物被动移到幕后，人物唱词、念白成为故事推进的主要载体。以小说为基础改编的瓯剧《橘子红了》在视角方面，表演直接面对观众，与观众拉近了审美距离；在人物上延伸了小说描写较少的部分，对小说是一个有益的补充；在情节上适当改动满足演出与观众心理的需要。小说与瓯剧之间构成了有益的互动。

小说与瓯剧还有一些细节差异值得注意。琦君自小接受古典文学教育，很小的时候就开始阅读经典著作。作为"一代词宗"夏承焘的弟子，诗词造诣颇深。在她的诸多作品中，都蕴含着淡淡的古典情调。小说《橘子红了》中诗句出现三处："从来好物不坚牢，彩云易散琉璃脆""悲莫悲兮生别离，乐莫乐兮新相知""君问归期未有期，巴山夜雨涨秋池"。诗句的运用为小说增添了悲剧的朦胧感，蒙上了淡淡的愁绪。瓯剧改编后的唱词贴合人物形象，带有民间戏曲通俗易懂的格调。小说中展现了温州特色民俗风情，如数数要

---

①琦君《关于〈橘子红了〉》，《橘子红了》，江苏文艺出版社，2009 年版，第 117 页。

成双成对、长不大的叫"痨丁"、新娘进门的布置等，这些在瓯剧中得到了最大限度的保留，同时瓯剧丰沛婉转的唱腔、独特的方言乡音使得《橘子红了》的温州风味更加浓郁，强化了小说的怀乡思绪。

　　小说以文字呈现且带有淡淡的古典情调，颇具地域风味，瓯剧的改编增加了原小说表现形式，但瓯剧以"书面温话"作为舞台语言，一定程度上缩减了琦君原作的受众，小说整体基调在改编中有所改变。

在时间中成长与追忆

——读琦君的《橘子红了》

范 甜

（温州大学）

摘要： 琦君的散文温柔细腻、清新质朴，富有流水般的动感和美感。时间是其作品中的重要因素，在缓缓流淌的时间长河中，我们既见证了人物的成长以及命运的变化，又感受到琦君对往事的追忆以及对故人的怀念。代表作《橘子红了》的魅力便在于此，具有"往事不可追"的悲戚之美。

关键词： 时间；追忆；《橘子红了》

琦君的作品承载着她对于 20 世纪前半段的江南的深厚记忆与怀念，是个体生命经验与时代创伤的完美结合。正如白先勇所说："琦君在为逝去的一个时代造像，那一幅幅的影像，都在诉说着基调相同的古老故事：温馨中透着幽幽的怆痛。"[1] 其代表作《橘子红了》以少女的视角，讲述了另一个少女的命运悲剧。作品中蕴含着极其复杂的情感，其中不乏生活的温情，但更多的是命运的悲切。

一、时间之树：少女命运的隐喻

时间的本质是变化。随着时间的流逝，个体生命由出生走向消亡。《橘子红了》这篇小说并未出现具体的时间刻度，而是通过橘子的生长变化，突出四季的更替。"橘子"这个意象不仅与时间息息相关，还暗示着人物的命运与精神状态。

"橘子还是青的，结得很密"[2] 时，秀芬还不曾来到"我"家；"橘子才跟豆子似的"[3] 时，秀芬进门了；"橘子一天天长大了，有许多已经转黄"[4] 时，大家共同等待大伯的归来；"橘子一天比一天红"[5] 时，秀芬日渐美丽活泼起来，"我"与秀芬也日渐亲密起来；"橘子成熟、红透"[6] 时，大伯回来与秀芬圆房了；橘园里每天可以采下"最最鲜红的大橘子"[7] 时，秀芬怀孕了，大伯却匆匆离开了；"橘树上已没有一个橘子，树叶也脱落得光秃秃的。泥土里还零零落落掉有几枚橘子，灰扑扑的早已腐烂"[8] 时，秀芬却已不在人世。秀芬的身世凄惨，父亲去世，母亲改嫁，与兄嫂生活在一起，却常常被使唤、被侮辱，生活很不如意。来到"我"家后，她似乎脱离了以往的悲剧生活，感受到了家庭的温暖和幸福。大妈待她像女儿一般，"我"与她情同姐妹，大伯和六叔更让她体会到爱情的滋味。她被命运牵扯进这样一种既定的人生状态，但同时又自觉地感受到生命的价值和意义，生命之树由此焕发出光彩。然而变故陡生，对于交际花姨太不怀好意的试探以及大伯的不管不顾，沉浸在怀孕喜悦中的她倍感痛苦，不幸意外落胎。失子和爱而不得的双重打击导致她病情一天重似一天，最终走向香消玉殒的悲剧结局。可以说，她的生命随着橘子的成熟而绽放，随着橘子的凋零而消逝。橘子每年都会开花结果，由青转红，秀芬的人生却再也无法重来，"年年岁岁花相似，岁岁年年人不同"，何其唏嘘！

橘子生长、成熟、凋落，时间不过仅仅半年，秀芬却仿佛挣扎了漫长的一辈子。透过橘子，我们见证了一位青春少女的精神状态由活泼乐观走向萎靡不振。琦君将橘子与秀芬的生命联系在一起，颇有佛学意味。一方面她写出了自然、人事的发展规律，生、老、病、死不可抗，众生皆是如此，谁也逃不过。另一方面她又为这种世事难料的境况感到深深的无奈，时间的一维性于橘子似乎并无多大关联，但在秀芬身上却体现得淋漓尽致。在橘子的映照下，秀芬的命运更显其悲哀，叫人心酸。"橘子"这个意象凝聚着深刻的人文关怀，琦君"自然流露出同情和怜悯的人道主义精神，并且热切期盼能找寻到拯救旧社会女子的良方以改变她们的命运"[9]。

二、成长之路：生命拔节的沉痛

作品由第一视角"我"进行叙事，"我"与秀芬同处于青春年华，然而两人的命运截然不同，这为小说增添了一份难以言说的悲哀。面对秀芬的命运变化时，"我"的通情达理显得弥足珍贵。可惜的是，"我"的一系列思考和行为未能挽救秀芬的悲惨命运，反而显示出"我"在成长之路的拔节之痛。

"我"的思考贯穿于秀芬的命运变化过程，对于大妈讨秀芬做大伯三房这一安排，"我"没有单纯因多了个玩伴而高兴，反而思考大妈的安排对于秀芬的意义。"我"关注秀芬的言行举止，从而进入其内心世界。了解到秀芬的命运系在孩子身上，"我"更是生出无限同情，并深入挖掘到秀芬的缺爱心理。秀芬受惊落胎，我不解秀芬这样的好女孩为何得不到神佛庇护，不解勤俭善良的大妈为何一生受累，苦苦思索的是命运为何如此不公。秀芬重病时，"我"愤愤不平地给大伯写信，希望能纾解秀芬满腹的心事。除此之外，为了不让秀芬陷于幻灭的痛苦中，"我"偷偷打电话给六叔，希望他回来"能给秀芬一番开导，让她知道人人都关爱她，让她懂得，天地间原有种种不同的爱的"[10]。秀芬的早逝引起了"我"的反复思索，她的悲剧命运是谁的罪过呢？然而"我"毕竟只是一个阅历不深的少女，无法给出确切的答案。是大妈吗？大妈似乎主导了秀芬的悲剧命运，她替丈夫纳妾，一方面是为了子嗣问题，一方面是为了夺回丈夫的心。但没有大妈的安排，贫苦的秀芬或许会落入更为悲剧的命运中。是大伯吗？大伯爱的是二太太，秀芬对他来说只是繁衍子嗣的一个工具，所以他对秀芬漠不关心。是交际花姨太吗？她不愿意其他女人夺取丈夫的爱，于是为难怀孕的秀芬。每个人都有自己的行为逻辑与处事方式，我们不应该盲目将秀芬之死归罪于任何一个人，或许无可奈何的人生应为此负一份责，"《橘子红了》悲剧意味归根结底就在于命运的无可奈何。"[11]

在这短短的半年时间中，"我"力尽所能地做了一系列的事情，写信给大伯、偷打电话给六叔……这些行为隐藏着"我"对秀芬的爱与祝愿：希望秀芬摆脱不幸命运，获得幸福的生活。然而终究无可挽回，秀芬的悲剧死亡促使"我"褪去青涩，转而迅速进入一个更为残酷的成年世界，明明只"长大了半岁，却似长大了十年，连眼泪都不再能化解沉哀了"[12]。"我"在思索中历经成长拔节的痛楚，最终接触到了成长的奥秘与人生的真相，明白了世上许多事本就无解的道理。一个少女的早逝导致了另一个少女的早熟，这双重悲哀令人痛心。然而真实的"我"并未如此通达人情，这是琦君"对秀芬粗心大意，未能多多照顾的心理补偿"[13]，字里行间满含着对往事与故人的缅怀。

三、追忆之苦：文化乡愁的书写

经历了远离故土之苦，思乡怀旧自然而然地成为琦君的主要写作题材，其他大陆迁台的作家亦是如此。可以说，"怀乡是台湾女作家萦绕在心、挥之不去的家园情结。因而，新移民女作家的怀乡是从个人的原乡经验和生命情感出发，在群体崛起于50年代台湾文坛的时候，又以乡愁为主题的共同诉求，传达出这一代漂洋过海、远离故土女作家的集体记忆。"[14] 怀乡之作往往带有双重意味，一方面折射出对故土的思念，另一方面则蕴含着对理想的失落。

离开大陆后，故乡的人、事成为琦君脑海中无法忘却的记忆，《橘子红了》中的橘园承载着其难以言说的乡愁。随着时间的流逝以及空间的变迁，过往时光逐渐褪去不和谐因子，美好记忆由此凸显、强化和升华。小说中最美好的时光应当是大伯未回家之前，"我"与秀芬常在橘园里玩，一起读书、写字、数橘子，友谊日渐加深。六叔也常常陪"我"和秀芬在橘园的小屋里聊天，他和秀芬原是同学，两人十分投缘，相处融洽，自然而然地产生了微妙的情愫。他们度过了一段极其短暂的美好时光，橘园是他们的安全港，同样是琦君心中的"乌托邦"。文中描写了许多有关温州的风俗民情，例如摘橘子、捡鸡蛋、结婚、解梦以及求子等动人生活场景，有些习俗虽带有迷信色彩，但琦君目的并不在于批判，而是透露出对故乡深深的思念。这份乡愁并非仅仅停留在童年时光的追忆上，也不止于现实理想的失落，而是深入到中国优秀传统文化的文脉中去。作品中蕴含着丰富的佛教意味，佛家思想认为人生是一片苦海，许多事是人力无法挽救的，秀芬的早逝最终只能归咎于人生的无可奈何。伯母虔诚信佛，对人极为和善，遭到丈夫冷落却不怨不怒，反而一心为丈夫着想。这或许是佛教思想中消极避世的一面，但在"我"身上则体现出佛教积极的一面。"我"一直希望秀芬能获得不同的爱，从而使其脱离苦难。这种爱战胜苦难的人生哲学中蕴藏着琦君的一颗佛心，是一种自度与度他的慈悲。

时间的车轮滚滚向前，带走了许多像童年和青春一样珍贵的东西。琦君的怀乡实际上是对时间的一种自觉的反抗，是一种情感追忆和文化缅怀的书写。她以温柔细腻的笔调书写了橘园由绿转红的场景，刻画了故乡独特的民俗风情与故乡人生活的喜怒哀乐，并融入了一些佛教人生哲学，正是它们构成了其独特的文化乡愁与追忆情怀。在追忆的过程中，过去和现实的情感互相交织，正如陶成涛所说："文化乡愁在历史和现实之间构建文化记忆，唤起文化价值，引领文化思潮。这种情感维度是任何一种文化记忆从生成到发育成熟过程中都不可或缺的重要组成部分，体现了文化记忆的内在灵魂。"[15]

文学的存在并不是让我们回到过去，而是立足现在。琦君不忍将秀芬的悲剧命运归罪于任何一个人，但我们需要反思背后的社会意蕴，男权社会下的女性何其悲哀，她们意识不到自我命运的痛苦和不幸，只知道默默忍受，然后顺理成章地将自己的悲剧加诸下一代，受害者最终自觉或不自觉地成为加害者，从而导致悲剧故事不断重演，这是个人的悲剧，更是时代的悲剧。

参考文献

［1］［2］［3］［4］［5］［6］［7］［8］［10］［12］［13］琦君．橘子红了［M］．北京：人民文学出版社，2001．11：1、3、10、28、29、37、44、96、83、94、106．

［9］［11］孙良好、李沛芳．追忆·怀乡·闺怨——关于琦君的《橘子红了》［J］．文艺争鸣．2012．11：133—135．

［14］樊洛平：《当代台湾女性小说史论》，台北：台湾商务印书馆股份有限公司，2006．4：28．

［15］陶成涛．文化乡愁：文化记忆的情感维度［J］．中州学刊．2015．7：157—162．

行香子

李康化
（上海交大）

　　壬寅小满日，温州瓯海举行第二届琦君研究高峰论坛，受温州大学孙君良好邀请参会，因疫情无缘参会，因念成词。

情出心胸，兴发云中。挈师友、雅集成功。舞台屏幕，声气相通。①
有桂枝黄，梅枝绿，橘枝红。
童心作颂，乡愁在梦。念平生、仰止攸同。清词丽句，承脉天风。②
但纱灯杳，街灯黯，佛灯空。

---

　　① 第二届琦君研究高峰论坛线上线下同步进行。又，琦君的小说《橘子红了》曾于2002年被改编为电视剧（李少红执导），2014年又被改编为瓯剧。2015年10月20日晚，余曾受邀于上海逸夫舞台观演瓯剧《橘子红了》，对蔡晓秋、方汝将的表演印象深刻。

　　② 琦君为夏承焘先生得意门生，先师吴熊和承夏先生词学一脉，则余亦可谓传天风阁老人之衣钵矣。

跋

　　第二届琦君研究高峰论坛于 2022 年 5 月 21 日在浙江省温州市瓯海区举行，本书收录了第二届琦君研究高峰论坛参会学者的交流论文。各地学者联手，从不同角度切入琦君研究，多维度展现了研究的最新成果。这些论文围绕世界华文文学视野下的琦君研究、琦君作品和文学教育、琦君作品文本细读、琦君与故乡等议题展开，为琦君研究打开了更多的可能性和想象空间。

　　首届琦君研究高峰论坛于 2018 年 11 月 24 日举办，由中共温州市瓯海区委、瓯海区人民政府联合温州大学创办，具体由瓯海区社科联和温州大学人文学院等单位承办。论坛的设立，推进了琦君研究水平，让各地学者有了互动的高端对话平台。首届论坛成果，后汇编成《琦君：2018 在瓯海》一书，由文汇出版社出版发行。

　　原本计划每两年举办一次论坛，2020 年举办第二届论坛，但由于突如其来的新冠肺炎疫情，打乱了一切安排，对于这种需要各地学者参会的活动，不得不往后延迟。这一延迟就是一年，我们计划 2021 年的 10 月末举行第二届论坛。但人算不如天算，10 月份全国各地的疫情此起彼伏，活动政策再度收紧，我们无奈再度把论坛推迟到 2022 年上半年。但好饭不怕晚、良缘不怕迟，第二届琦君研究高峰论坛终于在 2022 年，在万紫千红的初夏时节，在琦君的故乡——瓯海启幕了，虽然有点遗憾，不是所有学者都亲临现场，但我们还是通过现代化的多媒体技术，采用线上线下相结合的方式，聆听了各地学者的高见。在这里要感谢各地学者积极的参与和对琦君研究的不断探索，才有了这本沉甸甸的学术成果。

最后，对帮助本书顺利出版的单位、个人道声感谢！由于时间仓促、限于水平，书稿定有许多谬误，还请方家给予指正！

《梦中应识归来路》编委会
2022 年 9 月